l. a. cotton

REI
DE
ALMAS

Traduzido por Wélida Muniz

1ª Edição

2025

Direção Editorial:	**Revisão Final:**
Anastacia Cabo	Equipe The Gift Box
Tradução:	**Arte de capa:**
Wélida Muniz	Dily Lola Designs
Preparação de texto:	**Adaptação de capa:**
Ana Flávia L. de Almeida	Bianca Santana
Diagramação:	Carol Dias

Copyright © L. A. Cotton, 2020
Copyright © The Gift Box, 2025
Capa cedida pela autora

Todos os direitos reservados.
Nenhuma parte do conteúdo desse livro poderá ser reproduzida em qualquer meio ou forma – impresso, digital, áudio ou visual – sem a expressa autorização da editora sob penas criminais e ações civis.
Esta é uma obra de ficção. Nomes, personagens, lugares e acontecimentos descritos são produtos da imaginação da autora. Qualquer semelhança com nomes, datas ou acontecimentos reais é mera coincidência.

Este livro segue as regras da Nova Ortografia da Língua Portuguesa.

CIP-BRASIL. CATALOGAÇÃO NA PUBLICAÇÃO
SINDICATO NACIONAL DOS EDITORES DE LIVROS, RJ
Gabriela Faray Ferreira Lopes - Bibliotecária - CRB-7/6643

C89r
    Cotton, L.A.
        Rei de almas / L.A. Cotton ; tradução Wélida Muniz. - 1. ed. - Rio de Janeiro : The Gift Box, 2025.
        290 p. (Verona legacy ; 2)

    Tradução de: King of souls
    ISBN 978-65-85940-36-8

    1. Romance americano. I. Muniz, Wélida. II. Título. III. Série.

25-96164   CDD: 813
                    CDU: 82-31(73)

Tais violentos prazeres têm fins também violentos.
No triunfo falecem, como a pólvora e o fogo.
Que em um beijo se consomem.
~ William Shakespeare

Nicco

— Qual é, Nicco, é o melhor que você consegue fazer? — Dane partiu para cima de mim, já movendo os punhos e mostrando os dentes. Um convencido, esse filho da puta. Imprudente e impulsivo com uma força impressionante para um garoto de dezessete anos.

Ele me lembrava de mim mesmo naquela idade.

— Continua falando merda assim, moleque, e você vai beijar a lona. — Apontei um dedo para ele.

— É uma ameaça? Porque eu estou morrendo de medo, porra. — Os amigos dele riram, debochados, batendo punhos e trocando *high-fives*, como se o resultado fosse inevitável.

Alguns garotos mais velhos trocaram olhares comigo e sorriram. Eles entendiam. Sabiam que Dane estava a um segundo de levar uma surra.

Mas, verdade seja dita, eu precisava daquilo. Precisava sentir os punhos desleixados dele nas minhas costelas. A pontada de dor enquanto ele me acertava no queixo. Eu precisava da queimação profunda irradiando por cada um dos meus músculos.

Eu precisava de tudo isso.

Ele veio para cima de mim de novo, mas, dessa vez, previ o golpe, e o soquei na barriga.

— *Humpf.* — Ele despencou feito um saco de batata.

— Segura a onda, moleque — falei, passando a mão pelo rosto. Suor cobria a minha pele, e as juntas dos meus dedos estavam machucadas de novo, a pele nova mal tendo aguentado a luta improvisada com o meu primo.

— Eu quase te peguei. — Ele sorriu para mim, e sangue pingou de sua boca. Estendi a mão, e ele a segurou para que eu o puxasse. Meio cambaleante, Dane ficou de pé, e balançou a cabeça. — Da próxima vez, vou te dar uma surra, Marchetti.

— Ah, tá, sonha, garoto. — Baguncei o cabelo dele antes de empurrá-lo para os amigos.

Peguei uma toalha e me sequei.

— Não passou vergonha — Benny disse ao se aproximar de mim. Ele é um dos capos do meu tio. Um cara típico do sul de Boston que foi subindo na hierarquia por mérito próprio.

— É, bem, tenho uma tonelada de raiva para queimar.

Ele me entregou uma garrafa de água, e eu a destampei, virando tudo de uma vez.

— Para mim, tem cheiro de problema com mulher. — Minha expressão ficou apática, e ele xingou baixinho: — Merda, Nic, ruim assim?

Inspirei com dificuldade e cocei o queixo.

— Quanto o tio Al te contou? — Ergui a sobrancelha.

— Ele disse que você tinha vindo ficar afastado até a poeira baixar.

Até a poeira baixar...

Precisaria de muito mais que a poeira baixar para dar um jeito nessa situação.

Hesitei. Quanto menos pessoas soubessem da verdade sobre Arianne, melhor, mas a notícia acabaria se espalhando. Além do mais, eu precisava muito conversar com alguém, porque essa história estava me matando. Cada segundo que eu passava ali, e ela lá em Verona, destruía outra parte da minha alma.

— Vamos lá, acho que deixei umas bebidas das boas por aqui, e você pode me contar tudo enquanto tomamos umas. — Sua mão grande pousou no meu ombro e o apertou.

Eu não vinha muito a Boston. Tio Alonso e os caras dele cuidavam das coisas por aqui, assim como meu pai e os nossos caras lidavam com os negócios em Rhode Island. Mas Benny era praticamente da família. O que eu contasse a ele ficaria entre nós. De capo para capo. Homem para homem.

Olhei para ele e fiz uma careta, sentindo a hostilidade se esvair. O cerrar da minha mandíbula combinava com o aperto no meu peito.

— É melhor que as minhas doses sejam duplas.

REI DE ALMAS

— Obrigado, Lyra — Benny disse para a garçonete, encarando a bunda da mulher quando ela saiu rebolando. Ela estava vestida igual às outras do *Opals*, com pouquíssima roupa.

Era uma das boates do meu tio Al em South Boston. Eu teria preferido ir a algum lugar mais tranquilo, mas a academia de Benny ficava na esquina, e ele tinha negócios a tratar ali, então segui o fluxo.

Olhei o celular pela centésima vez no dia, batendo o pé no banco.

Apesar de ter lutado alguns rounds com Dane na academia, uma energia implacável ainda vibrava através do meu corpo. Eu sabia que a única coisa que me faria sossegar era a única que eu não poderia ter.

Não no momento, ao menos.

Arianne.

Eu conseguia imaginar vividamente seus grandes olhos cor de mel. Os lábios carnudos e macios. O sorriso irresistível.

Minha doce, forte e compassiva Bambolina.

Porra, eu estava com saudade dela.

Não fazia nem vinte e quatro horas que eu havia saído de Verona. Desde que me afastei da única mulher que já desejei.

A mulher que tinha meu coração na palma das mãos para fazer o que bem entendesse.

Eu estava ali por ela. Para mantê-la a salvo até meu pai descobrir um meio de consertar a merda que fiz.

Mas nada parecia certo.

Porra nenhuma parecia estar certa.

— Calma, Nicco. — Benny empurrou um uísque para mim. Cerrei o punho e curvei os dedos ao redor do copo. — Agora me conte dessa sua garota.

— Não sei nem por onde começar — confessei, e o olhei de relance, cansado.

— Al deu a entender que ela era um fruto proibido. — Ele me lançou um olhar compreensivo. Benny devia ser uns vinte anos mais velho que eu, como muitos dos capos da Dominion. Mas idade não importava quando se era o filho do chefão.

Passei o polegar pela borda do copo, tentando me concentrar em alguma coisa, em *qualquer coisa*, exceto na merda que estava por vir.

— Amar essa garota poderia começar uma guerra. — Minha voz falhou.

— A esse ponto? — Havia certa provocação nas palavras dele. — Deve ser uma garota e tanto.

— Ela é... — *Tudo*, a palavra pendeu da ponta da minha língua.

— É preciso ser uma mulher forte para ficar ao lado de um mafioso, Nicco. E você é tão jovem...

Eu o interrompi com um olhar sério, e o cara sorriu, uma gargalhada profunda que sacudiu os seus ombros.

— O que quero saber é se você tem certeza de que ela é a mulher certa. Porque, pelo que ouvi, não há como voltar atrás. E a família tem desfrutado de certa paz nessas últimas duas décadas.

— É assim que chamamos agora? — Ergui a sobrancelha. — Então o que foi aquela palhaçada com o Dane algumas semanas atrás?

— O garoto é esquentadinho. Cai matando com todas as armas em punho. Como se todos não fôssemos iguaizinhos nessa idade.

Eu entendia o que ele quis dizer, mas Dane deveria ser menos sem noção. Tio Alonso podia ser o segundo na cadeia de comando, mas ele ainda era o chefe da família em Boston. Um dia, essa responsabilidade seria de Dane. Ele seria Alonso... e eu seria o meu pai.

E se Dane vai assumir o poder, ele precisa aprender a respeitar o poder.

Levei o copo aos lábios e virei o uísque de uma vez só. A queimação foi intensa, mas eu nem titubeei. Não consegui resistir ao impulso de pegar o celular no bolso de novo e ver se tinha alguma mensagem.

— Você poderia ligar para ela, sabe.

— Ela está puta comigo.

— E quando uma garota não está puta com um cara?

— Eu a abandonei. — Simplesmente saí e fui embora sem me despedir. Mas eu sabia que se a tivesse acordado, abraçado e beijado, não a teria largado nunca mais.

Mas ela estava com dificuldade de entender, recusava-se a atender minhas ligações e a responder minhas mensagens.

Eu não a culpava.

Não poderia culpá-la.

Não quando eu era a pessoa que a havia atraído de bom grado para esse mundo, para a minha vida.

Eu deveria ter ido embora no segundo em que descobri quem ela era. Eu deveria ter ido embora sem nem olhar para trás.

Mas como se dá as costas para algo tão vital quanto a outra metade da sua alma?

A resposta é: não se dá.

REI DE ALMAS

Não tem como.

Largar Arianne, me forçar a negar a nossa conexão, teria sido a minha morte.

Ao longo do tempo, isso teria matado a nós dois.

Ela não era uma garota qualquer. Uma quedinha passageira. Arianne Capizola era o meu coração. A melhor parte de mim.

Ela era a mulher com quem eu passaria a minha vida.

Soltei um longo suspiro.

Se ao menos fosse assim tão simples.

— Um sábio uma vez disse — Benny começou, me tirando de meus pensamentos — que o amor não guarda rancor. Se ela for metade da mulher que você diz que é, vai acabar voltando atrás.

— Niccolò, Benny, aí estão vocês. — Tio Alonso se juntou a nós no bar. — Cadê o esquentadinho do meu filho?

— Nicco deu uma lição nele no ringue.

Alonso riu.

— Espero que você tenha batido o suficiente para fazer ele entender a mensagem de uma vez por todas.

— Ele não é um garoto ruim — falei. Ele me fazia lembrar um pouco de Bailey. Insensato e confuso quanto ao seu lugar no mundo. Mas ao contrário de Bailey, Dane não via problema nenhum em impor sua autoridade por aí.

— Vou conversar com ele de novo — afirmei. Fazia poucas semanas desde que eu, Enzo e Matteo tínhamos vindo para tirar Dane das garras de uma das gangues dali de Boston. Alonso e meu pai acharam que ele me ouviria, já que eu era apenas alguns anos mais velho que ele.

— Aquele moleque vai acabar me levando para o túmulo. Faz dezoito no ano que vem. — Alonso estremeceu. — E aí que merda eu vou fazer com ele? O garoto tem sorte pelos Diablos não terem estourado os miolos dele por causa daquela gracinha que ele fez. — Ele virou a bebida e secou a boca com as costas da mão.

— Os Diablos não queriam arrumar encrenca — contei. Quando nos encontramos com o líder deles, Manny Perez, o homem deixou claro que não queria uma guerra. Mas queria uma compensação pela tentativa de Dane de invadir o território dos Diablos em Roxbury e arredores. Uma compensação com a qual meu tio concordou, mesmo que a contragosto, para salvar a vida do filho.

— É, bem, ele criou um problema do qual não precisávamos.

— Parece que Dane não é o único filho causando problemas. — Benny deu um sorrisinho para mim, e bateu nas minhas costas.

— *Vai a farti fottere* — resmunguei, ansiando por outra luta. — Eu não planejei nada disso.

— Relaxa, Nicco, só estou te enchendo o saco. Que melhor razão para ir para a guerra senão o amor?

— Benito — Alonso sibilou, fazendo sinal para o capo ir embora.

— A gente se vê, Nic. — Benny saiu.

— Desculpe o Benny. Ele é um dos meus homens de mais confiança, mas é um idiota.

Dei um sorriso sarcástico ao ouvir aquilo.

— Está tudo bem. Sei que as pessoas não vão entender as minhas razões.

— A herdeira dos Capizola. — Ele soltou um suspiro e coçou a barba muito bem aparada. — Antonio deve ter dado um troço quando descobriu.

— Se não fosse pelo fato de que ela estava... — Engoli as palavras, dor apertando meu coração. Ver Arianne ferida daquele jeito, o sangue e os hematomas, me dava vontade de matar alguém. Me fazia querer ir para Verona e obrigar Scott Fascini a pagar pelos seus pecados.

— Ele me disse que ela estava machucada. — Eu assenti. — Todos já perdemos a cabeça uma vez ou outra, mas deflorar uma jovem com tanta brutalidade...

As palavras penderam entre nós, apenas alimentando a raiva que se avolumava dentro de mim. Parecia fogo me varrendo, ameaçando me queimar até eu não ser nada além de cinza e ossos.

— É raro encontrar o que você encontrou, Niccolò. — A mão de Alonso pousou no meu ombro, pesada, mas tranquilizadora. — Mas não deixe isso consumir você. Já vi homens demais sucumbindo à loucura por causa do amor.

— Você parece o meu pai — declarei.

Um sorriso repuxou o canto de sua boca.

— Antonio é um homem sábio. Faria bem a você dar ouvidos a ele.

— Estou aqui, não estou?

Sua risada suave tomou conta de mim, acalmando a tempestade que rugia em meu peito.

— A Família deve vir sempre em primeiro lugar, Niccolò. É o fardo que devemos carregar.

Meu olhar se desviou para o dele. Eu nunca tinha ouvido um dos meus tios se referir a essa vida como um fardo. Ser mafioso estava no nosso sangue. Incutido na nossa alma. Você entrava nessa vida vivo e só saía morto. Não havia outro modo.

Ergui uma sobrancelha, e ele riu de novo.

— Todos temos histórias, filho. Mas alguns de nós preferem mantê-las para si.

— Não consigo deixar de pensar que seria mais fácil se eu não amasse a Arianne... se conseguisse abrir mão dela, em vez de atar a garota a essa vida. — Uma vida de mágoas e segredos.

— Acha mesmo que consegue fazer isso?

— Não. — Cerrei a mão mais uma vez. — E eu me odeio por isso.

— Antonio me passou os detalhes e parece que a vida dela foi decidida muito antes do caminho de vocês se cruzarem, assim como aconteceu com você. Libertar a garota não é a resposta nesse caso.

— Então eu luto?

— Você luta. Isso é maior que você e Arianne, Niccolò. É uma história conturbada exigindo ser reparada. Os Capizola e os Marchetti deveriam estar unidos desde sempre.

Não era a primeira vez que alguém sugeria isso, mas eu não conseguia enxergar nada além da guerra que vinha em nossa direção. E pensar que eu tinha confiado nele...

Eu tinha confiado que Roberto faria a coisa certa e seria o pai que Arianne merecia. Mas, em vez disso, ele me enganou. Ele tinha me feito de otário, e eu fui embora. Deixei Arianne lá, e agora ela estava... noiva daquele merda do Fascini.

Minhas juntas ficaram brancas enquanto apertavam o copo de novo.

— Niccolò. — Preocupação revestiu as palavras de Alonso. — Você vai passar por essa. Nós somos Marchetti. É o que fazemos.

Dei um aceno de cabeça incisivo para ele. Foi tudo o que consegui fazer enquanto o fogo do inferno bradava dentro de mim, cada vez mais quente. Era meu dever protegê-la. Resguardá-la de todo o mal e manter os monstros à distância. Ainda assim, ali estava eu. Banido para uma terra longínqua, incapaz de ficar perto dela.

Minha cabeça sabia que era o certo a se fazer, sabia que era a única opção. Mas meu coração... o tolo do meu coração inconstante não demorou a esquecer as promessas que eu tinha feito, a responsabilidade que pesava sobre os meus ombros.

Eu não era um mero capo na família, eu era filho do meu pai.
O príncipe Marchetti.
Eu tinha um legado inteiro a defender.
Um legado que um dia me veria coroado como rei.
Mas todo rei precisava de uma rainha...
Não precisava?

Arianne

— Como você está se sentindo? — Nora me entregou uma caneca de café e se sentou ao meu lado.

Estávamos no nosso novo apartamento, para o qual eu havia convencido meu pai a nos deixar mudar. Meu olhar estava fixo no corredor e para além do meu quarto. O mesmo cômodo em que Nicco tinha feito amor comigo havia menos de quarenta e oito horas.

Ele tinha me amado… e depois me deixado. E agora eu estava à deriva, perdida no mar sem uma âncora. Nicco foi embora. E levou meu coração junto.

— Ainda não consigo acreditar que ele foi embora. — Passei os polegares pela caneca.

— Ele não tinha escolha, Ari. Sei que dói, mas teria doído muito mais ver o cara ser arrastado para a cadeia ou, pior, para o IML.

Um tremor violento me atingiu enquanto eu abafava um choramingo.

— Desculpa, eu não tive a intenção…

— Não, você está certa. Não é tanto por ele ter ido, mas por ele mesmo não ter dito na minha cara.

Se eu soubesse que aquela era minha última noite com ele, teria saboreado cada segundo. Teria implorado para ele fazer amor comigo sem parar. Teria gravado cada toque, cada beijo, cada suspiro na memória.

— Você deveria falar com ele.

Meu peito se apertou, e afaguei o local, como se a dor fosse física. Sem dúvida nenhuma parecia. Meu coração estava ferido e maltratado.

— Eu sei, eu só… o que você quer que eu diga a ele? Ele foi embora, Nor. — E eu estava presa ali, vivendo meu pior pesadelo.

Tristan ainda estava em coma. Meu pai havia me traído da pior maneira possível. E fui prometida a Scott Fascini. O cara que havia me drogado e roubado a única coisa que eu nunca quis que fosse dele.

Lágrimas surgiram no canto dos meus olhos enquanto eu afastava as lembranças obscuras. Toques cruéis e palavras horríveis. Ele havia me maculado. Batido e machucado. Mas eu não o deixaria ter o meu coração.

Ele *nunca* o teria, pois era de outra pessoa.

Era de Nicco.

Ele sabia do noivado. Luis, meu guarda-costas, contou a ele no segundo em que saímos da propriedade do meu pai. Eu estava entorpecida demais para fazer qualquer coisa. A surpresa tinha sido tanta que eu não tinha forças para fazer nada além de soluçar o caminho todo até University Hill.

Meu pai tinha prometido... ele tinha prometido que daria um jeito em tudo. E ele mentiu.

Depois de Nicco ter dado uma surra em Scott e ter machucado Tristan sem querer, eu tinha feito um acordo com o meu pai. Um acordo que ele rompeu assim que virei as costas.

Raiva percorreu meu corpo. Eu finalmente havia confiado no meu pai, contado a ele o tipo de cara que Scott era de verdade, e ainda assim ele me traiu. Roberto Capizola havia escolhido um lado, e agora ele estava morto para mim.

— Ari, olhe para mim. — Nora se aproximou mais, cobrindo minha mão com a sua. — Sei que tudo parece perdido agora, mas você vai superar tudo isso, eu sei que vai. Antonio está fazendo a parte dele, e você tem a mim, ao Luis e a sua mãe. Vamos dar um jeito nisso. Mas, por favor, liga para o Nicco. Vocês precisam conversar.

Assenti ligeiramente para ela. Nora tinha razão. Era uma conversa que Nicco e eu precisávamos ter.

Mas como se diz ao homem que ama que se está prometida a outro? Que é esperado que você saia com o cara e que passe tempo com ele e que...

Eu me impedi de continuar o pensamento.

— Agora é um ótimo momento. — Nora me entregou o meu celular. Eu o encarei como se fosse uma granada. — Pega — ela me encorajou, e deslizei os dedos trêmulos ao redor do aparelho.

— Vou te dar um pouco de privacidade.

— Obrigada — sussurrei, o sangue correndo para as minhas orelhas.

Nora me ofereceu um sorriso encorajador antes de sumir corredor afora, indo em direção aos quartos. O apartamento era pequeno, mas era iluminado e ventilado e não tinha a mácula das lembranças dolorosas.

Todas, exceto uma.

Acordar ontem de manhã, ver que Nicco tinha ido embora e ler seu bilhete de despedida havia partido algo dentro de mim. Eu tinha pensado que encararíamos juntos a tempestade que estava por vir, mas agora ele estava lá, e eu estava aqui, e como uma montanha íngreme demais para escalar, Scott estava encravado bem entre nós.

Respirei bem fundo, encontrei o número dele e apertei o ícone para ligar.

— Arianne? — Meu nome ressoou como uma prece sussurrada que fez meu coração se partir ao meio.

— Oi, Nicco.

— Graças a Deus, porra. — Ele suspirou. — Eu estive tão preocupado. Você está bem? Onde você está? O Luis está aí? Me conta tudo.

Não consegui evitar um sorriso. Esse jeito protetor de Nicco era algo do qual eu nunca me cansaria.

— Estou no apartamento com a Nora. Luis está lá fora. Ele não me perde de vista. Não que tenhamos ido longe. Não fomos para a aula hoje de novo. Não depois...

— *Perdonami*, Bambolina. Eu não queria ir embora daquele jeito. Não queria fugir feito um covarde. Mas sei que se eu não fosse... sei que se eu ficasse e tentasse explicar tudo, então não seria forte o bastante para te deixar.

— Você me magoou, Nicco, muito. — Dor tomou conta do meu coração enquanto eu segurava as lágrimas que ameaçavam cair. — Meu pai me traiu. Ele disse que daria um jeito nas coisas, ele disse...

— Ele traiu a nós dois.

Arquejei.

— Como assim?

— Ele me ligou antes de eu ir para o apartamento. Disse que havia coisas em jogo que eu não entendia e que ele precisaria de tempo. Me pediu para que eu o deixasse cuidar de tudo, e para eu ficar na minha.

— Ele disse o quê? — Eu mal conseguia acreditar no que ele estava me dizendo.

— Meu pai já tinha me mandado ir para Boston e não chamar atenção. Então falei para o seu pai que eu ia sumir, desde que ele me prometesse que você ficaria em segurança.

— Isso não faz sentido. Quando ele me intimou a ir para casa, Mike Fascini estava lá com... — Não conseguia nem dizer o nome dele, mas Nicco sabia de quem eu estava falando, dado o arquejo dele.

Lágrimas se empoçaram nos meus olhos enquanto eu perdia a luta e desistia de abafar a dor no meu coração.

— Shh, não precisa dizer em voz alta, Bambolina. Luis me contou tudo.
Um choramingo sofrido se derramou dos meus lábios.
— Desculpa. Desculpa.
— Não chora. — A voz dele vacilou. — Por favor, não chora. Nada pode se meter entre a gente, Arianne, preciso que você saiba disso. Não importa o que o seu pai diga ou o que aquele merda do Fascini faça... nada pode se meter entre nós. Porra nenhuma. *Il mio cuore è tuo.*

Eu queria acreditar nele. Queria tanto acreditar nele. Mas Nicco não estava ali. Ele não estaria ali amanhã na faculdade nem amanhã à noite quando Scott viesse me buscar para sair com ele.

Meu corpo estremeceu.

Só de pensar em Scott perto de mim já me dava arrepios. Mas eu não via escapatória. Scott estava com sede de sangue, do sangue de Nicco. Não havia como dizer até que ponto ele iria. E eu não podia correr esse risco.

Não o faria.

— Bambolina, diga alguma coisa...

— Como estão as coisas aí em Boston?

A risada dele tomou conta da linha. Era um bálsamo para o meu coração partido, preenchendo algumas das rachaduras.

— Está tudo bem em Boston. Embora meu primo Dane tenha levado uma surra mais cedo.

— Você estava lutando?

— Eu luto às vezes... — ele disse, cauteloso. — Me deixa relaxado.

— Lutar te deixa relaxado? — Deixei escapar, com descrença cobrindo minhas palavras. — O que mais eu não sei sobre você, Niccolò Marchetti?

Era uma pergunta capciosa.

Eu havia ficado caidinha por Nicco muito rápido, o que queria dizer que estávamos nos conhecendo melhor no processo.

— Nada importante. — Ouvi o sorriso em sua voz. — Você já sabe o que há no meu coração, Bambolina. O que está na minha alma.

A sinceridade em suas palavras dele me viraram do avesso.

— Não sei se consigo fazer isso — sussurrei.

Houve um segundo de silêncio, e então Nicco soltou um suspiro contido.

— Você é tão forte, Arianne. Você consegue, sei que consegue.

— Mas e se ele esperar... — As palavras não ditas pairaram entre nós como uma geleira.

Meu pai e Mike Fascini esperavam que eu saísse com Scott... eles esperavam que nos comportássemos como um casal, apesar de o anúncio oficial do noivado estar sendo mantido em segredo por ora.

Meu pai esperava que eu ficasse sozinha com o cara depois que ele... Abafei esses pensamentos, engolindo a bile que subiu pela minha garganta. Eu não podia ir por esse caminho. O que Scott fez comigo estava no passado, e eu precisava encontrar um jeito de transformar isso em força para me ajudar a sobreviver a essa situação.

— Luis está trabalhando nisso — Nicco afirmou.

— O que isso quer dizer? O que...

— Bambolina, me escuta. Você não está sozinha. Sei que parece ser o caso, mas nossos amigos, nossos aliados, farão tudo o que puderem para te manter em segurança. Só me prometa que você vai permanecer firme... — Ele hesitou, seu silêncio era ensurdecedor. — Prometa que você vai lutar.

— Prometo. — Minha voz tremeu involuntariamente. Eu queria ser forte. Queria encarar o futuro com o coração rebelde e fúria nas minhas veias. Mas a verdade era que... era que eu estava com medo.

Estava com medo do que poderia acontecer.

Do que eu me tornaria.

Vozes surgiram ao fundo na linha, e Nicco disse:

— Preciso ir. Mas te ligo em breve, ok?

— Ok. — Dor estava entrelaçada nessa curta sílaba.

Falar com Nicco não bastava. Eu precisava vê-lo. Sentir seus braços ao meu redor, seu fôlego soprando em meu rosto.

— Eu amo você, Bambolina. *Sei tutto per me.*

— Eu amo você também — sussurrei ao desligar, a dor se enterrando mais profundamente nas rachaduras do meu coração.

— Ari? — Nora entrou correndo no quarto, me esmagando em seus braços magros enquanto eu soluçava. — Ssh, vai ficar tudo bem. Eu prometo.

Mas as pessoas não paravam de fazer promessas e não paravam de quebrá-las.

Meu pai. Minha mãe. Scott... Nicco.

Me chamavam de herdeira Capizola. Os alunos da Montague me olhavam como se isso significasse alguma coisa; algo a se reverenciar e invejar.

Mas ser a herdeira Capizola não fazia de mim uma pessoa forte.

Fazia de mim um peão.

Um peão em um jogo em que eu não entendia as regras.

Um jogo que, no momento, eu estava perdendo.

A manhã seguinte não trouxe nenhum rastro de esperança. Luis bateu cedo à porta, informando que meu pai esperava que eu voltasse às aulas. Nora falou que era bom voltar à normalidade.

Mas nada na minha vida parecia normal. Não mais.

Segui a rotina: tomei banho e me vesti, penteei o cabelo e o deixei solto, formando ondas suaves ao redor do meu rosto. Não me dei o trabalho de passar maquiagem.

Nora fez café e esquentou uns *waffles*, mas eu não estava com fome. O nó no meu estômago não queria comida, queria respostas. Queria uma solução para a encrenca em que eu estava metida.

A porta se abriu, e Luis apareceu.

— Pronta?

Assenti, sentindo as garras da incerteza apertarem a minha garganta.

— Nora, o carro já está lá fora — ele disse. — Você poderia me dar alguns segundos a sós com Arianne?

— Claro. — Ela pegou a bolsa e veio até mim. — Você dá conta. — Nora apertou minha mão de levinho antes de sair do apartamento.

Luis fechou a porta e adentrou no cômodo.

— Como você está se sentindo?

— Entorpecida.

— Eu estarei lá — a expressão dele suavizou —, o tempo todo.

— E quando eu tiver que sair essa noite? Você vai estar lá também?

As narinas de Luis inflaram, mas ele nem piscou. Ele era bom no que fazia, capaz de mostrar uma fachada calma e tranquila o tempo todo. Ele havia enganado o meu pai, mentido na cara dele. Isso me fez imaginar se ele mentiria para mim também.

— Você pode confiar em mim — ele afirmou, como se ouvisse meus pensamentos. — Não vou deixar aquele merda te machucar de novo. Prometo.

Soltei um breve suspiro.

Mais promessas.

Promessas não tinham valor nenhum quando nós lidávamos com homens como Scott Fascini e o meu pai. Homens que manipulavam, mentiam e distorciam a verdade para benefício próprio.

Aprendi a lição do jeito mais difícil.

— Você falou com o meu pai?

A expressão de Luis se transformou em raiva.

— Ele me ligou hoje de manhã.

— Ele disse alguma coisa?

— Nada. Mas algo não se encaixa. Ele é um homem implacável, Ari, mas não consigo acreditar que ele te entregaria ao Fascini, a menos que pensasse que estava te protegendo.

— Está mais para protegendo a si mesmo — resmunguei, com indignação me queimando por dentro, traição e engano pesando no meu peito.

— Seu pai é muitas coisas, Ari, mas não é um monstro. Eu trabalho para ele desde antes de você nascer, e tudo o que ele fez foi para te proteger.

— Como você pode defender ele depois que... — As palavras ficaram presas no nó da minha garganta.

Respirei fundo, me forçando a me acalmar, mas eu tremia de raiva.

— Ele me entregou para Scott como se eu não fosse nada mais que uma propriedade. Eu contei o que ele fez comigo. Eu o encarei nos olhos e contei que ele... — Desviei o olhar, recusando-me a permitir que Luis me visse perder o controle.

— Eu sei. — Ele soltou um suspiro contido. — Mas tem que haver uma explicação. Não é possível.

Devagar, ergui meu olhar vidrado para o meu guarda-costas.

— Então me diz, Luis, o que eu devo fazer?

— Você é a herdeira Capizola, Arianne. Levante a cabeça e se recuse a se acovardar. Às vezes, a gente não percebe a nossa própria força até sermos obrigados a encarar a maior das nossas fraquezas. Tente se lembrar disso — ele disse com um meio sorriso. — Agora vamos lá, você não quer chegar atrasada na aula.

Bufei enquanto ele me acompanhava para fora do apartamento.

Chegar atrasada era o menor dos meus problemas.

— Todo mundo está encarando — falei para Nora enquanto abríamos caminho até o refeitório.

— Só estão curiosos.

— Curiosos? — Ergui a sobrancelha. — É esse o nome agora?

Ela revirou os olhos e me arrastou para a porta. Eu não queria estar ali. Todo mundo sabia o que havia acontecido com Tristan. Todo mundo pensava saber o que havia acontecido naquela noite fatídica, mas eles não sabiam a verdade.

Não tinham como saber.

Então passei a manhã toda tentando ignorar o burburinho constante de sussurros e cochichos.

— Arianne? — Congelei ao ouvir a voz de Sofia. Devagar, eu me virei para encontrar seu olhar marejado. — Tem alguma novidade?

Fiz que não.

Ela abafou um choro estrangulado com a mão.

— Tentei ir visitar ele, mas disseram que só a família tinha permissão. — Ela rogava com o olhar, como se achasse que eu sabia de alguma coisa.

Eu não sabia.

— Roberto prefere manter as coisas em segredo por enquanto — Nora respondeu por mim. — Mas tenho certeza de que ele vai te avisar assim que Tristan puder receber visita.

Ela abafou outro choramingo.

— Eu sei que a gente não tinha nada sério... mas eu gosto dele, gosto muito dele.

— Sinto muito — falei.

— Ah, Ari. — Sofia lançou os braços ao meu redor e me apertou com força. — Se você precisar de alguma coisa...

— Obrigada.

Ela se afastou e enfim recuperou a compostura.

— É melhor eu ir. Mas eu falei sério... Estou aqui.

Assim que ela saiu, Nora soltou um assovio baixo.

— Isso foi...

— Não começa. — Fui na direção das saladas. Eu não conseguia nem pensar em comida, mas sabia que precisava comer.

— Você viu o você sabe quem?

— Você pode dizer o nome deles, Nor.

— Posso? Não conheço as regras da espionagem.

Franzi as sobrancelhas quando encontrei seu olhar divertido.

— Jura?

REI DE ALMAS

— Mas te fiz sorrir, não fiz?

— Tudo bem — cedi. — Você me fez sorrir.

Nora se aproximou mais, servindo a própria comida.

— Sei que as coisas estão horríveis agora, mas precisamos achar pontinhos de luz na escuridão.

— Precisamos mesmo, não é?

— É. Além do mais, eu estava torcendo para dar uma boa olhada no Enzo, mais especificamente no…

Tapei a boca dela com a mão.

— Guarde seus pensamentos para si mesma.

— Santinha.

— Safada.

— Mas você me ama. — Ela sorriu.

Não podia negar isso. Nora era minha melhor amiga. Minha confidente. A irmã que eu nunca tive.

E eu iria precisar dela mais do que nunca se tinha a intenção de sobreviver aos próximos meses.

Nicco

— Você está com uma cara péssima — Dane falou enquanto eu entrava na cozinha, cambaleando.

Alonso caiu na gargalhada.

— Não conseguiu acompanhar Benny e eu.

Resmunguei e esfreguei a nuca. Eu não costumava beber muito, não gostava da sensação de perder o controle. Mas depois de falar com Arianne ontem, fiquei em um estado deplorável. Queria lutar, bater e machucar. Mas meu tio sabia que eu não estava em condições de entrar no ringue, então, em vez disso, convidou Benny para ir lá, pegou uma garrafa do seu melhor uísque e nós três nos sentamos ao redor de uma fogueira nos fundos, bebemos e conversamos até altas horas da madrugada.

— Niccolò. — Tia Maria se aproximou e me deu um beijo na bochecha. — Tem café na garrafa, e eu estou fazendo panqueca.

Meu estômago revirou.

— Acho que vou ficar só com o café.

Alonso e Dane deram risadinhas.

— Você não deveria estar na escola? — perguntei ao meu primo.

— É, deveria. — Maria lançou um olhar cheio de significado para o filho.

— Mas, *mamma*...

— Nada de mas, *Polpetto*. É o último ano, e você vai se formar. Fala para ele, Alonso.

— Mãe, não me chama assim — ele resmungou.

— Sua mãe está certa. Vá para a escola e tente aprender alguma coisa. E fique longe de encrenca.

Dane resmungou algo enquanto enfiava uma panqueca cheia de calda na boca.

— Está faltando doce ainda? — Desviei o olhar para a bagunça pegajosa no seu prato.

— Vá se foder — ele articulou com os lábios enquanto sorria.

O riso retumbou no meu peito. Dane era uma mistura estranha de Enzo e Matteo. Ele tinha o humor de Matteo e o temperamento de Enzo. Isso fazia dele imprevisível e imprudente, e eu não duvidava de que ele causaria algumas dores de cabeça para o meu tio antes de completar dezoito anos.

Eu me servi de café e fui até a janela. A casa do meu tio ficava em um terreno enorme de esquina, com vista para o litoral de South Boston. Ele tinha comprado a propriedade havia alguns anos, pois Maria queria se mudar dos prédios de tijolinhos no coração do bairro. Era chamativa e caríssima, mas Maria era esposa dele, a mulher dele, e ela tinha meu tio na palma da mão.

Meus pensamentos vagaram para Arianne; os dedos gelados do pesar apertaram meu coração. Ela estaria indo para a aula em breve. Eu sabia porque Luis já tinha me mandado mensagem para contar os planos deles. Ele podia estar na folha de pagamento de Roberto, mas eu confiava no cara. Acreditava que ele faria o melhor para Arianne.

Meu bolso começou a vibrar, e peguei o celular, surpreso ao ver o nome do meu pai.

— Vou atender lá fora — falei para os meus tios antes de ir lá para o deque.

— Niccolò.

— Coroa — provoquei.

— Olha essa boca, moleque.

— Como estão... as coisas?

— Tommy está trabalhando vinte e quatro horas por dia para descobrir alguma sujeira de Mike Fascini, e eu mandei Stefan para ajudar.

— Eles descobriram mais alguma coisa?

— Além do fato de que ele pode muito bem ser um fantasma do passado voltando para nos assombrar, não. — Ele soltou um suspiro pesado. — Como estão as coisas em Boston?

— Não é meu lar.

Um segundo se passou, então meu pai disse:

— Eu sei, filho. Eu sei. Mas você precisa ficar aí. A última coisa de que precisamos é começar uma guerra antes de ter todas as informações.

Apertei o parapeito com força.

— O homem prometeu Arianne a ele. Ele a entregou para aquele merda como se ela não passasse de uma...

— Niccolò — o tom do meu pai saiu cortante —, você precisa manter a cabeça no lugar. A gente não pode ter outro incidente.

Estremeci.

— Tristan foi um acidente.

— Eu sei, e você também sabe, mas ele está em coma, filho, pelo amor de Deus. Roberto tem todo o direito de querer pagar na mesma moeda.

— Ele estava do nosso lado — falei. — Ele ia arranjar mais tempo para a gente com os Fascini.

— Mesmo? Ou só estava tentando te tirar da jogada?

— Algo não se encaixa. — Soltei um suspiro frustrado. — Arianne disse a ele sobre as evidências, ela contou que tinha provas de que Fascini... — As palavras foram afogadas pela minha raiva, meu corpo vibrando com uma energia mal contida.

— Você precisa manter a calma, filho. Deixar a raiva levar a melhor não vai fazer bem nenhum.

Rangi os dentes enquanto pressionava os lábios. Eu jamais esqueceria da visão de Arianne quebrantada e toda machucada no banco de trás do carro de Bailey.

— Niccolò, me escuta. Você não pode se perder nessa. Ouviu? Você fica aí em Boston enquanto a sua mulher deve ficar firme e fazer a parte dela. Se ela consegue fazer isso, então, por Deus, você precisa...

— Eu sei. — Soltei um longo suspiro, forçando meus músculos a relaxar.

Meu pai estava certo. Eu não podia me dar ao luxo de me afogar em raiva e fúria. Não ajudaria em nada, e com certeza não ajudaria Arianne. Mas eu me sentia tão inútil exilado ali, tão impotente.

— Me diz o que fazer. — Minha voz vacilou, dor preenchendo o silêncio que se seguiu.

— Fique firme e espere. Você é um Marchetti, Niccolò. A gente não se acovarda diante dos inimigos, e com certeza não foge.

Bufei para aquilo, porque eu tinha fugido. Eu estava escondido em Boston enquanto ele tentava resolver tudo.

— Sei o que você está pensando — ele falou, como se pudesse ouvir meus pensamentos —, mas precisamos lidar com tudo isso do jeito certo. Se ela é importante para você...

— Ela é — vociferei.

— Eu sei, filho. — Ele soltou um suspiro resignado. — Eu sei. Aquela garota… ela consegue encantar até mesmo o mais frio dos corações. Arianne é família agora. Eu te dou a minha palavra de que vou fazer tudo ao meu alcance para garantir que ela não acabe machucada de novo. Mas você precisa confiar em mim.

— Eu confio — resmunguei. — Não é esse o problema. — Eu não confiava naquele merda do Fascini. Ele já tinha machucado Arianne duas vezes. O que o impediria de tentar de novo?

— Ela tem o guarda-costas, e eu vou pôr um cara para ficar de olho neles.

— Quem?

— Niccolò. — O tom dele saiu mais ríspido. — Confie que eu vou cuidar disso. A gente tem tempo. Você falou que o aniversário dela é em fevereiro. Isso nos dá tempo o bastante para pensar na melhor forma de fazer a nossa jogada. Se entrarmos nessa com toda a nossa artilharia, podemos colocar tudo em risco, filho. E a gente não pode arriscar, não farei isso. *La famiglia prima di tutto*. — Ele soltou um longo suspiro. — Ligo assim que tiver mais notícias.

— Tudo bem. — As palavras pesaram em mim.

Ele tinha razão. Enquanto eu estivesse em Boston, e ele lá, eu teria que acreditar que ele cuidaria de tudo.

Mas eu não era obrigado a gostar disso.

Passei o dia com Benny e com alguns dos caras dele, coletando *pizzo*. Não era o ideal, mas era melhor do que ficar sentado na casa do meu tio, me torturando.

— Atenção, Nic — Felix disse enquanto nos aproximávamos de um boteco de quinta. — A gente não costuma sair daqui sem acabar sujando as mãos.

Minhas costas ficaram eretas, meus sentidos em alerta máximo. Não parecia nada bom. O letreiro de neon estava quebrado, mostrando Atirado em vez de Atirador, e a porta já tinha visto dias melhores. Mas aquilo só pareceu fazer Benny achar graça enquanto entrávamos.

Blues saía de uma caixa de som antiga no canto do salão, e alguns caras estavam sentados por ali, bebendo cerveja e jogando baralho.

— Benny. — Um deles deu um aceno de cabeça brusco.

Felix e Dimitri se separaram, um foi para perto da porta, o outro para a que levava aos banheiros. Com uma das mãos escondida dentro da jaqueta, eles estavam inexpressivos. A temperatura no bar reduziu significativamente.

Os caras bebendo não pareciam muito preocupados, seguindo com o jogo de pôquer como se aquilo fossem só negócios, como sempre. E talvez fosse mesmo. As pessoas que se envolviam com a Família sabiam das regras. Sabiam que pelo menos uma vez por mês caras como eu e Benny viriam fazer a cobrança. Às vezes, eles pagavam por proteção, em outras para fazer negócios no território dos Marchetti, e também havia os casos em que pagavam porque tinham uma dívida com a Família. De todo modo, quando o dia chegava, a pessoa pagava.

E se não pagasse... bem, aí a história era outra.

— E aí, Gino, você está nos fundos? — Benny chamou. Ele estava de pé na outra porta, escondida por uma pesada cortina preta. Houve um farfalhar e uns xingamentos, então um cara musculoso apareceu de regata branca, com tatuagens serpenteando pelos braços e ao redor do pescoço.

— Que porra é essa, Benny? Não dá uma folga.

Sorri. Era sempre a mesma coisa com esses *coglioni*. Eles sabiam como as coisas funcionavam, mas em noventa por cento das vezes tentavam se esquivar do pagamento.

— Sabe, Gino, pensei que a essa altura você já teria ganhado um pouco de noção, porra.

Alguns caras na mesa ergueram o rosto, e Felix se aproximou. Tateei minha arma, mas Benny me lançou um olhar que dizia "está tudo sob controle".

— Gino. — Uma mulher pequena apareceu, e parou de supetão quando nos viu. — Ah, oi, Benny. Gino não disse que você viria.

— Parece que Gino tem dificuldade de lembrar a data de pagamento.

— Vocês querem beber alguma coisa? — ela adicionou: — Ou comer?

— Puta que pariu, Jen, eles não querem beber nada.

— Na verdade, eu quero. — Benny olhou para mim. — E você, Nic? Aceita uma bebida?

Dei de ombros. Eu não estava ali para ficar de brincadeira, tinha ido lá para me distrair.

— Claro, Benny, vou pegar para vocês. — Ela começou a contornar o bar, mas a mão de Gino foi direto para o pulso dela. — Volte para os fundos e fique lá, porra.

— Para com isso, meu bem. — Ela sorriu, mas o gesto não chegou aos seus olhos. — Nós temos convidados. Deveríamos dar a eles uma recepção digna dos Atiradores.

Ele se inclinou para perto, pressionando o rosto no dela. Eu avancei, mas Benny ergueu a mão. Raiva fervia em minhas veias. Ela tinha metade do tamanho dele, e Gino a encarava como se a mulher fosse o diabo encarnado.

— Eu disse para ir lá para os fundos, *puttana*.

— Gino. — Ela riu, mas saiu estrangulado. — Por favor, nós temos convidados. — Os olhos dela rogavam para ele, mas só serviu para fazer as narinas do cara dilatarem.

Ela tentou se desviar, mas ele a agarrou pelo pulso de novo, e uma expressão de dor surgiu em seu rosto.

— Tudo bem, eu vou... eu vou, para de fazer escândalo.

Gino resmungou baixinho e ela sumiu através da cortina.

— Porra de mulher que não sabe manter a boca fechada.

Benny respirou bem fundo.

— Você beija sua mãe com essa boca?

— Minha mãe que se foda. Puta burra que também não conhecia o próprio lugar.

— Bom ver que você mantém a elegância, Gino — Felix disparou, com a expressão contraída de nojo enquanto se erguia em toda a sua altura.

— Viemos tratar de negócios, não para ficar de conversa fiada, podemos ir direto ao ponto? — Benny ergueu a sobrancelha.

— Está mais para terem vindo aqui para me foder.

— Odeio dizer, *stronzo* — Felix soltou uma gargalhada —, mas você não faz o meu tipo.

Gino resmungou e pegou dinheiro em uma lata. Os caras à mesa não prestaram atenção nenhuma enquanto ele tirava uma corrente do pescoço e a destrancava.

— O mês foi fraco.

— Fala para alguém que se importa. — Benny sorriu, avançando até o balcão. — E é melhor estar tudo aí — ele avisou.

— Tá, tá, fica calminho aí.

Estalei a língua baixinho. O cara era uma figura, e já estava me dando nos nervos.

— Aqui está. — Ele empurrou um envelope bem gordo para Benny.

— Agora deem o fora da porra do meu bar.

— *Tsc, tsc*, Gino. Esse seu pavio curto vai acabar te metendo em encrenca. — Benny deu um tapinha na bochecha dele antes de seguir para a porta. Eu fui atrás, permitindo que meu olhar vagasse por cada um dos caras à mesa. Eram clientes regulares, ficou óbvio, mas eu não conseguia decidir se eram caras de Gino ou outro tipo de cliente.

Felix e Dimitri saíram primeiro, e eu e Benny fomos logo atrás. Eu tinha acabado de chegar na porta quando ouvi a voz exaltada de Gino. Um grito ecoou pelo ar seguido por um grunhido alto e mais gritos abafados. Olhei para trás, mas a mão grande de Benny pousou no meu ombro.

— Deixa, Nicco. Pegamos o que queríamos.

Mas vi tudo vermelho quando ouvi outro choramingo baixinho. Me desvencilhei de Benny, me virando e atravessando o bar, furioso. Fiquei cara a cara com um dos homens enquanto ele ficava de pé em um salto.

— Eu não iria lá atrás se fosse você.

Enfiei a mão na jaqueta, e o deixei ver o punho da minha arma.

— Vai me impedir?

— Cai matando. — Ele ergueu as mãos e deu um passo para o lado.

Ignorei Benny, alimentado por nada além de raiva e fúria. Ela ainda estava chorando, e os soluços baixinhos se infiltravam em mim, transformando meu sangue em lava derretida.

— Tira a porra das mãos de cima dela — rosnei enquanto irrompia pelas cortinas. Era um escritório pequeno e bem ali na mesa, Gino tinha feito a mulher se encolher, com um hematoma já se formando ao redor do olho dela.

— Que merda é essa? — ele vociferou. — Você não tem o direito de entrar aqui e me dizer como agir, caralho.

— Peça desculpas, agora.

— *Vaffanculo*!

Não dei outra chance a ele. Parti com tudo para cima do cara, em um borrão de socos e fúria, saboreando o estalo dos meus punhos em sua bochecha, na pele suave de sua garganta. Ele caiu feito um saco de batata, com sangue escorrendo do olho e gemidos de dor se derramando da porra daquela boca suja. Mas eu não parei... não conseguia.

— Não o machuque, por favor... — a mulher gritou, e eu quis sacudi-la até ela criar juízo. Mas eu sabia como era. Sabia que essas mulheres inventavam desculpas para namorados e maridos. Como ficavam tão cegas para o ciclo de violência que só tinham uma lista de desculpas.

Meu peito arfava enquanto eu me agachava, agarrando o cara pelo colarinho e puxando-o para frente.

— Toque nela de novo, e da próxima vez não vai ser com os meus punhos que você vai ter que se preocupar.

— Quem você pensa que é, porra? — Saliva espirrou no ar enquanto ele tentava se recompor.

— Seu pior pesadelo, filho da puta.

— Niccolò. — A voz de Benny cortou a tensão. — A gente tem que ir.

— N-Niccolò? — o cara gaguejou, confusão nublando seus olhos. E eles se arregalaram quando ele compreendeu. — Marchetti? Niccolò Marchetti?

Não respondi.

Só o empurrei com mais força, me endireitei e alisei a jaqueta.

— Você deveria encontrar um cara que te trate bem — falei para a mulher que ainda fungava.

— E-eu amo ele.

Benny trocou olhares comigo e apontou a cabeça para o bar. Saí de lá e fui embora como se não tivesse acabado de perder a compostura.

— Que merda foi essa? — Benny perguntou no segundo em que pisamos na calçada.

— Só liberando um pouco da tensão.

— Jesus, Nic, era para você estar ficando na sua.

— Ele vai causar problema? — Apontei a cabeça para o boteco.

— Nada, eu cuido disso. Mas talvez seja melhor você ficar em casa. Você é um perigo do caralho.

Ele não estava errado. Mas eu tinha ouvido a mulher chorar e tudo o que escutei foi minha mãe e meu pai brigando, a voz exaltada dele, o choro abafado dela. Tudo o que vi foi o corpo de Arianne todo machucado. E Alessia. Minha irmã doce e inocente com um cara sem rosto, mostrando a ela quem era mais forte.

— Foi um gatilho para algumas coisas — confessei.

— Não me diga. — Ele bateu nas minhas costas. — Por um segundo, me preocupei com a possibilidade de adicionar limpeza à lista de hoje.

— Já era hora, se quiser a minha opinião — Felix acrescentou. — Gino é problemático demais. Não é a primeira vez que eu vejo Jenny toda roxa, e provavelmente não vai ser a última.

— Você tem razão — falei enquanto fazia uma careta. — É melhor eu não vir aqui de novo.

Arianne

Minhas mãos tremiam enquanto eu dava os toques finais no meu cabelo. Nora havia me ajudado a prendê-lo em um coque bagunçado, com mechas soltas emoldurando o meu rosto. Era despojado e elegante.

O total oposto de como eu me sentia.

Meu estômago revirou, e meu peito estava apertado, mas eu tinha que fazer aquilo.

— Ari? — Nora chamou, e sua cabeça apareceu na porta. — Você já está... Minha nossa, você está linda. — Havia certa tensão nas palavras dela que me fez soltar um suspiro entrecortado.

— Ele vai chegar daqui a pouco.

Emoção me atingiu como um tsunami, e levei a mão à penteadeira para me firmar.

— Ei — Nora veio correndo até mim. — Vai ficar tudo bem. É só um jantar. Luis disse...

— Me dá só um segundo. — Fechei os olhos com força e respirei fundo três vezes. Eu conseguia fazer isso.

Eu tinha que conseguir.

Que escolha eu tinha?

Se eu não cumprisse o meu papel, se não colocasse um sorriso no rosto e fingisse que pelo menos tolerava Scott, talvez eu nunca mais voltasse a ver Nicco.

— Tudo bem. — Abri os olhos, e meus dedos se curvaram ao redor do tampo da cômoda. — Estou pronta.

A sensação era de que eu estava me preparando para a batalha, só que minhas palavras eram uma arma; e meu coração, o campo.

— Luis estará lá o tempo todo.

— Eu sei. — Afastei um cacho do rosto e forcei um sorriso amarelo.

Luis ia bancar o nosso acompanhante. Era tudo parte dos últimos arranjos do meu pai com Mike Fascini. Scott ia me cortejar, me levar para jantar, para festas de negócios, eventos de família, mas nosso relacionamento permaneceria casto até a noite de núpcias.

Noite de núpcias.

Ainda não conseguia acreditar que eles queriam que eu me casasse com ele.

Meu pai disse que me protegeria, mas as palavras dele tinham muito pouco valor, levando em conta que ele havia me entregado ao meu estuprador como se eu fosse uma vaca premiada.

Segui Nora até a sala. Luis estava à espera, com cara de poucos amigos.

— Seu pai quer falar com você. — Ele estendeu o celular e soltei um suspiro pesado. Peguei o aparelho, levei-o até a orelha e esperei.

— *Figlia mia?*

— Pai.

— *Mio tesoro*, por favor… há coisas que você não entende. Coisas das quais estou tentando te proteger. Esse arranjo é a opção mais segura para você no momento.

— Muito bem — falei, seca. — Mais alguma coisa? Ou só está ligando para desejar que eu me divirta com o meu *noivo*?

Ele respirou fundo e xingou baixinho.

— Tudo o que eu faço é por você. Um dia, você vai perceber isso.

— Eu nunca vou te perdoar por isso — afirmei, com raiva. — Por me entregar ao homem que… — Engoli as palavras. Dizê-las lhes daria credibilidade. Daria poder a Scott. E eu me recusava a permitir isso. Eu me recusava a permitir que ele maculasse as lembranças que eu tinha de Nicco fazendo amor comigo.

Ele poderia ter a minha companhia, meu tempo e até mesmo a minha mão em casamento, mas não teria o meu coração.

Ele *jamais* teria o meu coração.

— Arianne, por favor, tente entender…

— Então me conte a verdade. Me diz do que se trata tudo isso…

— Eu não posso, não ainda. — Ele soltou um suspiro frustrado.

— Então, tchau, pai. — Desliguei e estendi o celular para Luis, que o pegou sem conseguir disfarçar sua desaprovação. Mas eu sabia que a reação não era direcionada a mim, mas ao homem que eu não chamava mais de *papá*.

— Eu vou estar lá — Luis falou —, o tempo todo.

Dei um aceno incisivo para ele e o esperei abrir a porta. Scott podia ter certo poder sobre a minha vida por ora, mas eu me recusava a obedecer a ele. Seria um grande prazer encontrar pequenas oportunidades para me rebelar.

A começar por encontrá-lo lá embaixo, no carro dele.

Mas Luis abriu a porta, e eu congelei, ódio fazendo meu sangue ferver.

— Arianne, já está pronta. — Ele sorriu, e franzi os lábios, engolindo as centenas de coisas que eu queria dizer.

— Pensamos que seria menos...

— Ah, sim, pode poupar as desculpas. — Ele dispensou Luis e chegou mais perto. — Flores para a dama. — Scott deu uma piscadinha e me entregou um buquê de rosas. Eu as encarei como se ele estivesse me oferecendo o seu coração, arrancado do peito, sangrando e ainda batendo entre seus dedos.

— Obrigada. — Eu quase me engasguei com as palavras. Relutante, peguei as flores, me virei para trás e encontrei Nora parada lá, com lágrimas e raiva nos olhos.

— Por mim, pode tacar fogo. — Eu as entreguei para ela, que riu.

— Ari... — Preocupação reluziu em seu olhar.

— Vou ficar bem. Prometo.

Eu me recompus, virei e saí do apartamento, sem nem me dar ao trabalho de esperar por Scott. Ele veio tropeçando atrás de mim, e sua risada sombria fez minha coluna enrijecer.

— Quanto mais você resiste, mais doce será quando você enfim se render. — Ele agarrou o meu braço e o entrelaçou no seu. Eu o fuzilei com o olhar. Raiva vibrou por mim, mas Luis pigarreou e deu a volta em nós para abrir a porta.

— Você vai no SUV — Scott ladrou como se tivesse direito de dar ordens.

— Não é parte do acordo. Eu vou onde Arianne for. — Luis o olhou com firmeza, mas Scott nem titubeou, os dois travando uma silenciosa batalha de vontades.

— A gente pode ligar para Roberto ou para o seu pai e resolver o assunto.

— Você vai atrás — Scott cedeu, e me acompanhou até o seu carro esportivo. Era tão presunçoso e tão cheio de lembranças ruins. Um arrepio me percorreu enquanto ele abria a porta e pressionava a mão nas minhas costas. — Lembra do quanto a gente se divertiu da última vez que estivemos aqui?

REI DE ALMAS

Passei por debaixo do seu braço e entrei no carro, me forçando a respirar. O aroma familiar do couro me atingiu, me sobrecarregando.

Era só um jogo para ele.

Um jogo distorcido em que Scott queria que eu sentisse medo e me acovardasse. Mas ele se esquecia de uma coisa. Quando um animal selvagem estava acuado, ou ele se rendia ou lutava, e eu não ia me acovardar para Scott Fascini, não importava o quanto ele tentasse me desarmar.

Meus dedos se curvaram no couro macio do banco enquanto eu me obrigava a controlar minha respiração.

Meus sentidos estavam em alerta máximo. Pois por mais que eu tentasse esquecer, ainda lembrava de cada detalhe da última vez em que estive neste carro. Aquela noite fatídica havia desencadeado uma cadeia de eventos que eu jamais teria imaginado nem nos meus sonhos mais delirantes. Uma cadeia de eventos que tinha virado o meu mundo de cabeça para baixo em muitos sentidos.

As portas do carro bateram enquanto Luis e Scott entravam.

— Bem, não está aconchegante? — ele debochou. — Talvez eu devesse ter feito reserva para três.

Luis disfarçou um bufo.

— Comece a dirigir — ele resmungou.

— Acho que você vai gostar muito do restaurante que eu escolhi. — A mão de Scott foi para o meu joelho, meu corpo ficando tenso. Ele deu um sorrisinho para mim. O sorriso de um predador rastreando a presa. Mas eu não seria vítima dele de novo.

Eu me recusava.

Deslizei a mão pela dele, meus dedos se entrelaçando entre os espaços.

— Viu — ele disse. — Não foi tão difícil...

Torci seu indicador para trás, e o gemido de dor preencheu o carro.

— Sua vagabunda.

Exibi meu próprio sorrisinho para ele e falei:

— Quem, eu?

— Tem certeza de que quer seguir essa estratégia? — Ele franziu o cenho, a voz saindo em um rosnado baixo. — Porque você deveria saber, noiva, que eu nunca perco.

O Sorrento era o paraíso para quem gostava de frutos do mar. Escondido em uma das ruas bucólicas da cidade, era uma fusão deliciosa da Itália e dos Estados Unidos. Eu só tinha ido lá uma vez, ainda criança. Mas meus pais iam todos os meses. Todo mundo importante em Verona frequentava o lugar, então não fiquei muito surpresa por Scott ter conseguido uma mesa para nós.

— Sr. Fascini — o maître D disse —, sua mesa de sempre já está preparada.

— Obrigado, Carlo. — Scott me encorajou a seguir adiante, com a mão pressionada nas minhas costas, em uma demonstração de possessividade e propriedade.

Eu odiei.

Odiei tudo isso.

Saber que Luis estava por perto me fazia sentir certo conforto, mas não ajudava em nada a aliviar o nó no meu estômago.

— Vinho?

— Uma garrafa de champanhe, por favor, estamos comemorando. — Scott mal prestou atenção no maître D, mantendo o olhar fixo no meu rosto.

— Claro, sr. Fascini, alguém trará agora mesmo. — O homem se afastou.

— Sozinhos, enfim. — Scott relaxou na cadeira, sem nem tentar disfarçar a forma lânguida com que apreciava meu corpo. Eu tinha vestido calça preta e blusa de chiffon. Era recatada e elegante. Bacana para um encontro e segura. Se eu pudesse escolher, teria vestido um saco de estopa, mas Nora me lembrou de que eu precisava cumprir o meu papel. Pelo menos até alguém pensar em um modo de me tirar do inferno que era esse pesadelo.

Teria sido tão fácil fugir, me levantar e nunca mais olhar para trás. Eu poderia ir para Boston, e Nicco e eu sumiríamos no país. Mas ele tinha responsabilidades. Todo um legado pesando em seus ombros, isso sem mencionar Alessia e os primos. Eu não poderia pedir isso a ele.

Além do mais, Verona era o meu lar. Nora estava ali. Minha mãe… minha vida.

Fugir pareceria uma rendição, e eu me recusava a me acovardar. Não para Scott, não para o meu pai, não nesse jogo que eu ainda não entendia bem.

— Seu pai te falou da festa?

— Festa? — Pavor serpenteou pelo meu corpo.

— A festa de noivado, claro. Bem, pelo menos vai ser assim que anunciarmos.

Naquele momento, o garçom chegou com o champanhe. Logo peguei a taça.

— Obrigada — murmurei, e virei tudo de uma vez só. As bolhinhas efervesceram ao descer, e cobri a boca com a mão.

Scott riu.

— Minha noiva gostou da novidade.

— Ah, bem, parabéns. — O garçom se ofereceu para encher minha taça outra vez, mas recusei. Eu precisava manter o juízo, não podia sucumbir à distração tentadora do álcool.

— Você deveria beber mais. — Scott apontou para a garrafa no gelo. — Se soltar um pouquinho.

— Acho melhor ficar na água.

— Estraga-prazeres — ele falou, arrastando as palavras. — Fui visitar o Tristan hoje. Os médicos disseram que ele pode acordar a qualquer momento.

Dor revolveu o meu coração. Eu e meu primo não nos dávamos bem o tempo todo, mas ele ainda era família, meu sangue. Eu não queria que ele morresse.

— Tomara.

— Pelo menos o Marchetti foi embora. Ele tem sorte por não estar apodrecendo em uma cela como merece pelo que fez com Tristan. — Scott disse as palavras como se negasse a própria responsabilidade nos eventos daquela noite. Se ele não tivesse provocado o Nicco, não estaríamos sentados ali.

Ah, a quem eu estava enganando?

Eu não sei o que teria acontecido, porque ficou muito claro que a minha vida não me pertencia. Eu não era nada mais que um fantoche e o titereiro era um homem que vestia várias carapuças.

Pai

Traidor.

Pecador.

Mentiroso.

Roberto Capizola era alguém em quem eu não podia mais confiar. Alguém que falava que me protegia e que me colocava em primeiro lugar, mas que me trancou em casa por cinco anos para me poupar da verdade.

Meu pai não era um bom homem.

Meu legado não foi construído com sangue, suor e lágrimas de um passado honesto. Foi construído com mentiras e segredos e um passado obscuro do qual ele pensava que eu não era forte o suficiente para saber.

Peguei a garrafa de champanhe e enchi minha taça.

— Já sabem o que vão pedir? — O garçom voltou, parecendo um pouco envergonhado. Scott se endireitou e cruzou as mãos sobre a mesa.

— Vou querer o de sempre, sem molho e com mais verduras, por favor.

— Certo, sr. Fascini. E a dama?

Antes que eu pudesse abrir a boca, Scott falou:

— Ela vai querer a mesma coisa, obrigado.

O garçom deu um aceno firme e começou a se afastar, mas indignação ardeu em mim.

— Com licença — chamei o homem e peguei um dos cardápios de capa de couro. — Na verdade, eu vou querer salada de folhas e camarão à parte.

— Excelente escolha. — Ele abriu um leve sorriso para mim e saiu apressado.

— Sou capaz de pedir a minha própria comida.

— Você quer ser independente. — Scott voltou a relaxar na cadeira. — E eu entendo. Mas saiba, Arianne, que você precisa se acostumar a que cuidem de você.

— Não quero ser o troféu de ninguém, Scott. — O nome dele vibrou pelo meu corpo.

Seus lábios se curvaram, achando graça.

— Você tem tanto a aprender sobre o mundo, *bellissima*.

— Não me chame disso — vociferei, e agarrei o assento com força.

— Nosso casamento vai deixar nossa família mais forte. Seremos uma força a ser reconhecida. Os Capizola e os Fascini. — Algo tremulou em seu olhar. — Você e eu, vai rolar, gata. Então pode aceitar de uma vez, ou continuar resistindo. Eu vou adorar os dois.

O champanhe bateu no meu estômago, e engoli o ácido que subiu para a minha garganta.

Scott não facilitaria as coisas. Ele não ia parar de me pressionar e de me provocar.

Ele pegou a própria taça e a inspecionou, seu olhar me captando através do cristal polido.

— Estou contando os dias até poder ter você de novo.

Respirei fundo. Eu não conseguia fazer aquilo. Não conseguia ficar sentada escutando aquelas palavras nojentas e deturpadas.

— Com licença, preciso ir ao banheiro. — Com cautela, eu me levantei e peguei a minha bolsa. Luis logo cruzou olhares comigo e assumiu posição para me seguir. Corri até os fundos do salão e entrei no banheiro feminino.

Ouvi uma batida, e a voz grossa de Luis soou em seguida:

— Arianne? Você está bem?

— Só um minuto. — Minha voz falhou enquanto, desesperada, eu lutava para impedir as lágrimas de caírem. Tinha sido idiotice pensar que se eu não desse poder a Scott, ele não me machucaria.

Eu estava errada.

Gente como Scott, *homens* como Scott, não esperava que dessem poder a elas, elas o tomavam. Ele só pararia quando ganhasse. Quando me tivesse quebrada aos seus pés, implorando para que ele parasse.

— Arianne, estou entrando. — Luis entreabriu a porta e a cabeça dele apareceu. — O que foi? O que há de errado?

— Ele... — Um soluço feio abriu caminho pela minha garganta enquanto meu corpo tremia de dor e frustração.

— Ssh. — Meu guarda-costas me puxou para os seus braços. — Ele só está tentando arrancar uma reação de você.

Eu me afastei e olhei para ele.

— Bem, está dando certo. — Luis me entregou um lenço e sequei o canto dos olhos. — Acho que não consigo fazer isso.

— Consegue, sim. — Ele me deu um sorriso triste. — Você precisa.

Afastei o olhar. Naquele momento, eu não queria lutar. Não queria aguentar firme e me recusar a permitir que tipinhos como Scott Fascini e o meu pai pisassem em mim.

Eu queria fugir.

Queria implorar a Luis para me levar embora de Verona e nunca mais olhar para trás.

— Arianne, olhe para mim. — Ele soltou um suspiro contido. Devagar, ergui os olhos cheios de lágrimas para ele. — Você é uma das pessoas mais fortes que eu conheço. Você é gentil e compassiva e tem um coração enorme. Não deixe que esse cara tire isso de você. Não deixe aquele merda ganhar.

— T-tudo bem. Eu estou bem. — Saí de seus braços, fui até o espelho e sequei os olhos. — Você me dá um minuto?

Luis hesitou, mas depois de um segundo, assentiu e saiu.

Peguei o celular na bolsa e abri as mensagens.

> Me conta algo bom.

A resposta chegou na mesma hora, fazendo minha boca se curvar em um meio sorriso.

> Eu amo você.

E outra mensagem chegou logo em seguida.

> Está tudo bem?

> Vai ficar. Eu amo você também.

 Emoção embargou a minha garganta enquanto eu esperava a resposta dele. Deus, eu queria ver Nicco. Queria me enterrar em seus braços e sentir o cheiro dele.

> Seja forte, Bambolina. Seja forte por mim. Por nós.

5

Nicco

— É ela? — Dane perguntou quando nos sentamos para tomar uma cerveja. As chamas da fogueira estavam altas sob o céu escuro da noite, o crepitar era hipnótico.

— É — falei, tenso, e larguei o celular no braço da cadeira.

— Como ela é?

— Quer saber mesmo?

— Eu não consigo nem imaginar que vou conhecer uma garota que vai me deixar de quatro, então, manda a ver.

— Arianne é… — Soltei um breve suspiro. — Ela é diferente de todo mundo que eu já conheci.

— E você não tinha ideia de que ela era… sabe, o inimigo? — ele sussurrou as palavras como se fossem proibidas.

— Nenhuma. — Meu peito se apertou. — Acha mesmo que eu teria… — Parei de falar. Sugerir um mundo sem Arianne parecia impossível.

Eu sabia o que Dane pensava, o que todos os meus tios e os caras pensavam. Eles não entendiam como eu tinha me apaixonado tão rápido por uma menina que eu mal conhecia. Cacete, nem mesmo eu entendia. Mas cansei de questionar isso. O destino havia entrelaçado nosso caminho naquela noite, e eu não queria que fosse de outro jeito.

Antes dela, eu estive entorpecido; um príncipe relutante usando uma coroa pesada demais. Minha única prioridade era a Família e o cumprimento do dever. Mas conhecer Arianne foi como respirar pela primeira vez. Ela sorriu e todas as estrelas se sobressaíram. E algo dentro de mim veio à vida. Eu queria protegê-la. Ficar ao lado dela. Eu queria me ligar a ela para sempre, com lealdade e amor.

Eu queria coisas com ela que eu não tinha o direito de desejar por ser um mafioso de dezenove anos. Um mafioso que um dia seria o chefe da Família.

— Dureza, cara. — Dane soltou um assovio baixo antes de dar um bom gole na cerveja. — A única garota que você quer é a única que você não pode ter.

Meu olhar se desviou para o dele, mas não vi arrogância nenhuma lá, só um pouco de curiosidade. Dane ainda era inexperiente, circulando às margens da Família até fazer dezoito anos, se formar na escola e assumir seu papel sob o comando do pai.

Nós éramos o futuro.

O legado dos nossos pais.

Algo para que ninguém poderia nos preparar.

— Talvez eu conheça essa garota um dia. Mostrar a ela que sou o Marchetti mais bonito. — Ele balançou as sobrancelhas, e joguei a tampinha da minha garrafa na cabeça dele. Dane a afastou com um tapa, gargalhando.

— Nem fodendo.

Ele deu de ombros.

— Não é como se eu não tivesse opções.

— Opções? — Ergui as sobrancelhas. Convencido do caralho.

— Até parece que você, Enzo e Matteo não comeram todo mundo na escola. Enzo é um dos caras mais galinhas que eu já conheci. O cara é...

— Nunca deixe ele ouvir você dizendo essa merda. — As vibrações do meu celular exigiram minha atenção, e peguei o aparelho.

> Eles estão em um restaurante chique da cidade. Luis está junto.

> Ótimo. Fique de olho neles.

Apertei enviar, sem saber se me sentia aliviado ou ainda mais ansioso. Eu não tinha nem pedido a Bailey para ficar de olho em Arianne, ele mesmo se ofereceu. Eu não queria arrastar o garoto ainda mais para essa merda entre mim, Fascini e Roberto, mas algo me dizia que ele não daria ouvidos.

E, verdade seja dita, eu precisava de um par de olhos nela, um par de olhos de alguém a quem eu confiaria a minha vida.

— Tudo certo? — Dane perguntou, e assenti. — Você não tá com cara de que está tudo bem. Pode conversar comigo, sabe. Somos família. E um dia vamos tomar conta de tudo, juntos.

Nunca me permiti pensar no futuro, não quando ele já estava todo definido para mim. Mas as coisas tinham mudado.

Eu tinha mudado.

— Estou tentando achar um jeito de passar por essa, e não vou mentir, garoto, é difícil pra caralho.

— Ei, chega disso de me chamar de garoto. Você é tipo, dois anos mais velho que eu.

— Três.

— Ah, foda-se. — Ele fez um gesto de desdém. — Você sabe que seu coroa vai dar um jeito nisso. Tio Toni não vai deixar um engravatado pisar nele e na Família.

— Você conhece a história entre os Marchetti e os Capizola?

Ele deu de ombros.

— Sei tudo o preciso saber. Eles seguiram por um caminho, nós seguimos por outro, agora, estamos em lados opostos.

Sorri. O garoto tinha jeito com as palavras.

— Bem por aí. — Cocei o queixo. — Só que a gente tem um passado. — E era engraçado o jeito que o passado tinha de se repetir.

Dane resmungou. Ele ainda era jovem. Não entendia a sutileza necessária para se lidar com certas situações. Roberto Capizola e Mike Fascini não eram os caras com quem costumávamos lidar. Eles eram poderosos, endinheirados… e cheios de conexões. Se íamos mesmo enfrentá-los, precisaríamos de um plano muito bem amarrado. Porque quando se declarava guerra, pessoas ficavam feridas.

Pessoas morriam.

— É só que eu odeio saber que ela está lá… com ele. Se o cara machucar a Arianne de novo… — Fúria pura explodiu nas minhas veias. Meu corpo tremia, meus dentes estavam violentamente cerrados atrás dos meus lábios.

Eu queria matar Scott Fascini.

Eu o *mataria*.

Um dia, quando ele menos esperar, eu veria a vida ser drenada de seus olhos e só sentiria satisfação.

— Merda, Nicco, você é bem mais evoluído que eu. Se algum cara tocasse a garota com quem estou, eu caparia o sujeito e faria ele comer o próprio pau.

Sorri para aquilo. Não consegui evitar.

— Pode acreditar, o que é dele está guardado.

Custasse o que custasse, Scott Fascini pagaria pelo que fez.

Silêncio nos envolveu enquanto encarávamos o fogo crepitante. Boston era um mundo à parte de La Riva. Meus pensamentos seguiram para Enzo e Matteo e para o que estariam fazendo no momento. Parte de mim se perguntava se Matt seria capaz de manter nosso primo esquentadinho longe de encrenca. Eu tinha pedido aos dois para ficar de olho em Alessia. Queria pedir que vigiassem Arianne, mas Enzo ainda estava aceitando tudo aquilo, e eu sabia que ele a intimidava. Então Bailey parecia a melhor opção, por ora. Todos precisávamos ficar na nossa, deixar a poeira baixar. Roberto Capizola podia ter me passado a perna, mas estava óbvio que ele tinha mexido uns pauzinhos, já que eu seguia respirando e, até onde sabia, não tentaram revidar.

Estava tudo quieto.

A calmaria antes de uma tempestade implacável.

Eu tinha dado uma surra no Scott e colocado Tristan Capizola em coma. Não tinha como me safar de algo assim.

— Como é? — Dane pôs fim ao silêncio. — Ser capo? Sair por aí trabalhando para a Família?

Dane era um garoto alto. Tinha ombros largos e cintura estreita, e era óbvio que ele malhava. Mas ali, com o brilho do fogo dançando em seu rosto, ele parecia um garotinho, assustado e fascinado na mesma medida.

— É o que é. — Passei o polegar pelo pescoço da garrafa. — Ser um Marchetti significa família, significa colocar a Família acima de tudo. Significa estar preparado para lutar… para se ferir… para *morrer* pela Dominion.

— Sua iniciação… — A voz dele estava baixa, com um pouco de incerteza. — O que você precisou fazer?

— Você sabe no que isso implica. — Todos os homens nascidos na Família passavam por isso.

— É, mas ouvir e saber são coisas diferentes.

Inclinei a cabeça para o céu, soltando um fôlego tenso. Eu não pensava muito naquela noite. A noite em que eu, Enzo e Matteo fomos formalmente iniciados, mas eu ainda me lembrava dela como se tivesse sido ontem.

Dizem que a primeira vida que tiramos nos muda; bem, a minha havia se tatuado na minha alma, uma sombra suja de sangue que nunca sumiria.

— *Venham* — *meu pai nos chamou para a sala mal iluminada. Eu me sentia um completo idiota vestido todo de preto. O chão estava frio sob meus pés enquanto eu levava meus primos, meus dois melhores amigos neste mundo, até a mesa em que meu pai estava.*

Eu sabia como era; tinha ouvido histórias o bastante sobre a cerimônia de iniciação por ter crescido perto do chefe.

REI DE ALMAS

— *Niccolò, Lorenzo, Matteo, essa é a hora.* — *Ele fez sinal para nos aproximarmos da mesa. As chamas dos candelabros tremeluziam descontroladamente, lançando sombras em torno da sala. Um semicírculo dos homens de mais confiança do meu pai o rodeava. Vi meu tio Michele e o pai de Enzo, tio Vincenzo. Todos estavam iguais: calça e blusa social, cabelo limpo e arrumado, expressão pétrea. Não era surpresa nenhuma; eles sabiam o que estava por vir.*

Eles sabiam o que teríamos que fazer.

Enzo e Matteo ficaram quietos, cada um de um lado meu. Como filho do chefe, eles sabiam que eu seria chamado primeiro.

— *Niccolò Luca, como chegou aqui esta noite?* — *Meu pai ergueu a pequena adaga, luz refletindo na lâmina. Um frio me subiu pela espinha. Esse dia tinha sido inevitável para mim desde o momento em que respirei pela primeira vez. Estava no meu sangue.*

Era o meu legado.

— *Pronto para o juramento* — *repeti as palavras que sempre soube que diria um dia.*

Meu pai fez sinal para eu lhe dar a mão. Estendi-a com a palma para cima, e ele começou:

— *Niccolò Luca, esta noite você renasce. O sangue que flui por suas veias é sangue Marchetti* — *ele espetou a ponta da faca no meu dedo, e eu não vacilei* —, *o sangue da Dominion. Significa que você colocará a Família acima de todo o resto. Responderá ao chamado da Família acima de todo o resto. E defenderá a Família acima de todo o resto. Você entende?*

— *Sim.*

Ele furou o meu dedo, deixando gotas de sangue pingarem na imagem do santo.

— *Jure pelo santo que você sempre guardará os segredos da Família.*

— *Eu juro.*

Meu pai pegou um isqueiro, ateou fogo no canto da imagem e a largou na palma da minha mão.

— *Enquanto ela queima, assim o faz a sua alma. Quando a chama perecer, você renascerá.*

Aquela imagem se transformou em nada além de fumaça e cinzas na minha mão. Eu não sabia como me sentiria quando enfim assumisse meu lugar na Família, mas enquanto estava lá, senti as amarras me envolvendo, me atando a uma vida que nunca pedi.

Uma vida que eu tinha abraçado mesmo assim.

Eu amava a minha família. Amava meu pai, meus tios e os meus avós. Mas fazer aquele juramento, jurar à Omertà, era sacrificar a minha liberdade.

As chamas se extinguiram quando a mão grande do meu pai pousou no meu ombro. Ele se inclinou e beijou a minha bochecha.

— La famiglia prima di tutto.

Dei um passo para o lado e deixei Enzo assumir o meu lugar. Ele repetiu a mesma cerimônia. Matteo foi por último. Os homens do meu pai nos rodearam, batendo nas nossas costas e nos dando as boas-vindas à Família. Mas era mera formalidade. A noite estava apenas começando. Não bastava fazer o voto e jurar pelo santo. Era necessário que provássemos nossa fidelidade.

— *Vamos comer* — *meu pai declarou, indo até a longa mesa posta atrás de nós.* — *Esta noite, recebemos meu filho e meus sobrinhos na família. Esta noite, eles se tornam homens de verdade.*

Olhei para baixo, para Dane. Ele me observava, curiosidade e medo brilhando em seus olhos.

Você deveria estar apavorado.

— Aproveite o último ano da escola — falei. — Curta ao máximo o tempo que ainda te resta sendo só um garoto. Porque assim que fizer o juramento...

Dei um bom gole na cerveja, tentando engolir o nó na minha garganta.

— Está de boa. — Uma risada nervosa vibrou no peito de Dane. — Estou pronto — ele adicionou.

— Todos estamos — murmurei. — Até que a hora chega. — Até eles enfiarem uma arma na sua mão trêmula e ensanguentada e dizerem para puxar o gatilho.

Outro vibrar do celular me tirou daquela lembrança sombria.

— Preciso atender — falei, já ficando de pé.

— Claro, cara. A gente se fala amanhã.

— Ela está bem? — perguntei no segundo em que não podia mais ser ouvido.

— Ela... — Luis soltou um suspiro exasperado. — Isso tudo é uma merda, Marchetti. Fascini está agindo como se não... — Eu o ouvi engolir as palavras.

— Ele...

— Não, não. Ele disse algumas coisas e se sentou lá com aquela porra de sorriso convencido no rosto. Mas, no geral, ele está se comportando como um cachorro bem-treinado.

— Onde ela está?

— Ele se encontrou com uns amigos. Estão no bar conversando.

REI DE ALMAS

— Você ainda consegue ver todo mundo?

— Não vou deixar que eles saiam da minha vista... Você sabe que seria bem fácil. — Silêncio preencheu a linha. — Tão fácil enfiar uma bala entre os olhos dele. Eu poderia fazer isso, poderia...

— Não. — A palavra rachou meu peito ao meio. — Antes, precisamos saber exatamente com o que estamos lidando. — Se Scott e o pai estiverem relacionados aos Ricci, precisamos saber.

Dar um fim a Scott, não importava o quanto eu desejasse isso, teria que esperar. Precisávamos levar aquilo até o fim.

— Como você consegue?

A pergunta de Luis me pegou desprevenido. Passei a mão pelo rosto, sentindo a barba de dias sob os dedos.

— Não diz respeito a mim — rosnei, incapaz de disfarçar o tremor na voz. — Mas a Arianne.

Se ela estivesse bem, eu ficaria bem.

— Aquela garota deve ter culhões de aço para fazer o que está fazendo essa noite. Mas devo dizer, Marchetti, não confio nele. Mesmo Roberto tendo conseguido negociar um acordo de celibato, o cara é um monstro. Vejo toda vez que ele olha para ela. Ele está seguindo as regras agora, mas não sei por quanto tempo vai ser capaz de conter a fome.

Meu corpo enrijeceu e fechei os olhos ao ouvir suas palavras.

— Fica de olho nela. Você precisa estar com ela a cada maldito segundo.

— Eu vou. Ligo quando voltarmos para o apartamento.

— Obrigado.

Luis desligou, mas fiquei encarando a tela por muito tempo. Não conseguia enxergar nada além da bruma vermelha invadindo minha visão. Nada naquilo se encaixava.

Porra nenhuma fazia sentido.

Arianne

— Eu quero ir embora — falei entredentes, forçando um sorriso para que os amigos de Scott não pensassem que eu estava sendo grossa.

Eu não ligava para a opinião deles, mas não queria chamar atenção para mim.

— Qual é, gata — Scott cantarolou baixinho. — Só mais um pouquinho...

— Você pode me levar para casa ou eu posso pedir ao Luis para chamar um carro. — Ele devia ter um por perto, só para garantir.

Scott deu uma risada nervosa, e seu olhar se voltou para o casal com o qual passamos a última hora conversando no bar.

— Não dê um show, Ari. Dale e Kayla são bons amigos. Só mais uma bebida e a gente vai.

— Aproveita a bebida. — Deslizei do banco, empurrando-o de levinho da minha frente. — Estou indo embora.

Eu não conseguia respirar. Entre os incessantes sorrisos falsos e as risadas forçadas, o elástico ao redor do meu peito tinha ficado cada vez mais apertado. Se eu não tomasse um pouco de ar fresco em breve, eu desmaiaria ou diria ou faria algo de que me arrependeria depois.

— Está tudo bem? — Dale perguntou.

Olhei por cima do ombro de Scott e consegui forças para abrir um sorriso amarelo.

— Na verdade, eu não estou me sentindo muito bem. Acho que vou encerrar por aqui. — Coloquei a bolsa debaixo do braço e ajeitei uma mecha fujona atrás da orelha.

— Já? A noite ainda é uma criança. Scott acabou de chegar à parte boa.

Precisei me controlar demais para não revirar os olhos. Scott não tinha parado de falar. Enquanto a noite se desenrolava, ficou mais e mais claro que ele amava o som da própria voz. Dale havia perguntado sobre os machucados dele, e Scott tinha aproveitado a chance de contar sobre a noite em que ele havia defendido a minha honra do infame Niccolò Marchetti, que quase havia matado tanto ele quanto o meu primo.

E eu fiquei sentada lá em silêncio, fingindo que reviver aquilo não era o equivalente a centenas de facas minúsculas cortando a minha pele.

— Querido, se Arianna disse que precisa ir, deixa.

— É Arianne. — Quase mostrei os dentes para Kayla.

Ela não estava tentando me ajudar. Estava tentando me menosprezar, assim como foi a noite toda. Mas inveja era um motivador poderoso, e eu não tinha deixado de notar o modo como ela olhou para Scott desde que nos juntamos a eles no bar. Obviamente, a garota não via o monstro por debaixo das roupas caras e do sorriso feroz.

— Ah, que cabeça a minha. — Ela espalmou a mão com unhas muito bem-feitas no abdômen de Dale, os olhos entrecerrados cheios de desejo enquanto os percorria pelo peito de Scott. Os lábios se curvaram em um sorriso malicioso, fazendo um tremor profundo me percorrer. Eles estavam sendo tão óbvios.

Era nojento.

— Talvez seja melhor você ficar — sugeri. — Tenho certeza de que Layla vai gostar.

Dale começou a tossir quando a namorada estreitou o olhar para mim. Scott simplesmente riu e segurou minha mão.

— Com ciúme, amor?

Pressionei os lábios com força.

Respira. Só respira.

— É uma qualidade muito pouco atraente, não acha? — Kayla debochou.

— Qual é, meninas. — Dale soltou uma risadinha nervosa. — Vamos guardar as garras. Fique tranquila, Ari, essa aqui sabe a quem pertence. — Kayla deu um gritinho, e só pude concluir que Dale havia beliscado ou dado um tapinha na bunda dela.

— Bem, foi um prazer conhecer vocês. — Comecei a me afastar de Scott, rogando em silêncio para que ele não criasse caso.

— Tenho certeza de que vamos te ver de novo. — Dale deu uma piscadinha, com um brilho maroto no olhar.

Ah, Deus, ele sabia? Será que Scott já tinha contado a ele sobre o noivado?

— Aproveitem o resto da noite — falei, sem me demorar para ouvir a despedida de Scott.

Eu precisava dar o fora dali.

Naquele segundo.

Luis se aproximou de mim, me perguntando em silêncio se estava tudo bem. Franzi os lábios e assenti.

— Vamos — ele disse. — Vou te levar para casa. — Luis abriu a porta bem quando Scott nos alcançou.

— Vitelli, você pode dirigir. — Ele jogou a chave para Luis.

— Talvez seja melhor eu pedir um carro, não?

— Com medo de não dar conta?

Luis fez cara de poucos amigos.

— Eu dirijo. Mas você precisa pensar em um jeito de voltar para casa depois que chegarmos ao La Stella.

— Talvez eu passe a noite... — Scott deu um sorrisinho para mim.

Eu nem me dei o trabalho de responder, passei por ele e saí do restaurante. O ar frio me atingiu na mesma hora, e respirei bem fundo, em uma tentativa desesperada de acalmar a tempestade rugindo dentro de mim.

— Você precisa aprender qual é o seu lugar. — Scott se aproximou de mim e colocou as mãos nas minhas costas. O gesto íntimo pareceu uma facada no estômago. — Dale Manzello é um bom amigo e um empresário de respeito. Não machucaria ser educada com ele.

— Igual Kayla estava sendo legal contigo? — Eu praticamente cuspi as palavras.

— Cuidado, *Principessa*, posso confundir essa maldade com ciúme.

Engoli um resmungo.

— É divertido. — Scott abaixou a cabeça até a minha orelha, seu toque ficando mais firme. — Vai ser bom pra caralho ver você se ajoelhando aos meus pés.

Meus dedos se curvaram com tanta força que as unhas começaram a ferir a pele.

— O carro. — Luis pigarreou, e aproveitei o momento para a minha vantagem, me afastando de Scott e indo em direção ao meu guarda-costas.

— Obrigada — falei assim que ele abriu a porta do carona. Mas Scott se enfiou na minha frente e me impediu de entrar.

— Acho que eu e Ari vamos juntos lá atrás. — A mão dele resvalou na minha cintura e se demorou na curva da minha bunda. — Temos muitos assuntos para colocar em dia. — Ele chegou mais perto, seu fôlego atingindo meu rosto, a boca tão próxima que eu quase sentia o sabor do uísque em sua língua.

Minha visão começou a embaçar, uma onda de náusea paralisante me atingindo.

— Arianne — alguém gritou enquanto eu estendia a mão para alguma coisa, qualquer coisa. Mas era tarde demais. O mundo começou a se inclinar, e o abismo escuro me engoliu por inteiro.

— Arianne? — A expressão preocupada de Luis surgiu à minha frente. — *Meno male!*

— O-o que aconteceu?

— Você desmaiou. — Ele se agachou ao meu lado. Ainda estávamos na calçada, uma multidão se reunia ao nosso redor, todo mundo fazendo a mesma cara de preocupação.

— Aqui. — Alguém me entregou uma garrafa de água. — É melhor você beber alguma coisa antes de o socorro chegar.

— Soco... não. — Ergui a mão, balançando um pouco quando tudo voltou a girar. — Estou bem, obrigada.

— Arianne, linda, graças a Deus. — Scott irrompeu em meio à multidão. — Fiquei morto de preocupação.

— Luis. — Agarrei o braço do meu guarda-costas, confusão turvando meus pensamentos. — Eu quero ir para casa — sussurrei.

— O carro vai chegar a qualquer momento.

— Espera só um minuto — Scott começou a falar, mas Luis endireitou a postura e os dois tiveram uma conversa silenciosa enquanto uma mulher de expressão gentil dava tapinhas na minha mão.

— É o bebê?

— Como é? — Eu me sentei mais ereta.

— Ah, perdão. — Culpa reluziu em seus olhos. — Eu pensei... o início da gravidez me derrubou algumas boas vezes.

— Eu não estou grávida. — Reprimi um arrepio.

— Você comeu?

— Estou bem. Só um pouquinho sobrecarregada.

Ela assentiu, dando um sorriso compreensivo.

— Seu noivo ficou tão preocupado. Foi muito fofo. E o seu tio parecia...
— Tio?
— Ele não é...
— Arianne. — Luis pairou sobre nós. — O carro chegou.
— E Scott? — O nome dele parecia cinzas na minha língua.
— Tomei providências para o levarem para casa em segurança. Venha. — Luis estendeu a mão para mim, e eu a segurei, deixando-o me puxar de pé. — Você está bem?
— Acho que sim. — Fiquei vermelha de vergonha, mas aquilo não era nada comparado à lembrança da mão de Scott na curva da minha cintura, com a boca perigosamente perto da minha.

Eu o senti me observar, o gesto carregado e tempestuoso. Olhei para trás, fitando-o nos olhos e mantive a encarada. Scott estava puto da vida, estava estampado em seu rosto. Mas era mais que isso.

Havia uma posse no seu olhar estreitado que fez meu corpo estremecer. Ele acreditava mesmo que eu era dele. E apesar da minha decisão de não permitir que ele mexesse com a minha cabeça, eu não podia negar que estava apavorada com até que ponto ele iria para garantir que eu continuasse assim.

Luis me acompanhou até o SUV preto e elegante, então abriu a porta. Eu entrei e fiquei surpresa quando ele me seguiu.

— Tudo bem? — o motorista perguntou. Eu o reconheci. Era o segurança que geralmente ficava com Nora.
— Só dirija — Luis respondeu, mal-humorado.
— Você está bem? — perguntei, dando uma espiada nele.
— Porra, Arianne. Eu que deveria perguntar isso.
— Estou bem. Eu só...
— Foi um gatilho.
— O quê?
— Acho que algo que Scott disse ou fez gerou algum gatilho em você.

Apertei o banco de couro com força.
— Ele queria me colocar naquele carro, e pareceu que eu não conseguia respirar. Eu não conseguia... — Um choramingo incompreensível escapou dos meus lábios.
— Ei, está tudo bem. — Luis chegou mais perto, me puxando para os seus braços. — Você está bem.

Agarrei a camisa dele e solucei baixinho em seu peito. Talvez ele tivesse razão. Talvez Scott tivesse provocado um gatilho. Apesar de tudo estar tão à flor da pele, eu tinha me esforçado demais para esquecer aquilo. Eu me recusava a deixar que aquelas lembranças tivessem poder sobre mim. Mas as cicatrizes eram reais, e elas tinham poder sobre mim, sim.

Ele tinha poder sobre mim.

Eu precisava aceitar.

Precisava aceitar e encontrar um jeito de usar aquilo.

— Precisa falar com o Nicco? — Luis sussurrou, e eu sentei ereta de uma vez.

— Não, você não pode contar a ele. — Se ele soubesse o que tinha acontecido... não quero nem pensar no que ele poderia fazer.

— Ari. — Luis soltou um suspiro tenso. — Não acho que devemos esconder isso dele.

— Por favor, promete. Você não pode contar a ele, Luis. Nicco precisa ficar em Boston.

A expressão dele se suavizou.

— Tudo bem. Mas se acontecer de novo... talvez seja melhor você ir a um médico?

— Não preciso de médico nenhum. — Eu precisava era de um milagre.

— Só estou dizendo, talvez falar com alguém ajude.

— Só fiquei sobrecarregada. Não vai acontecer de novo.

— Ari...

— Estou bem, Luis. — Eu o dispensei com um aceno. — Só preciso descansar.

— Então descanse. Não vou deixar nada acontecer com você.

Com aquelas palavras reconfortantes, meus olhos se fecharam, e eu me deixei ser levada, querendo desesperadamente acreditar nele.

— Tem certeza? — Nora perguntou na manhã seguinte, enquanto tomávamos café e comíamos panqueca.

— Preciso da distração. Não posso ficar aqui o dia todo, me escondendo. Vai me deixar maluca.

— Eu sei, mas depois de ontem...

— Ontem foi... bem, não sei bem o que foi a noite de ontem. Mas estou bem hoje. Eu consigo. Preciso fazer isso.

Ela me lançou um olhar compreensivo. Eu já tinha visto aquilo antes. Geralmente, aparecia antes de ela soltar uma bomba.

— Ele estuprou você, Ari. Scott te deu alguma coisa e aí... te *machucou*. — Ela inspirou, trêmula. — Admiro a sua força. Admiro o fato de você querer encarar essa situação de frente e não dar poder a ele. Mas eu também acho que o Luis está certo, você precisa se dar tempo de processar tudo o que aconteceu. Precisa de ajuda, amiga. Ajuda profissional. Talvez devesse dar tempo a si mesma...

— Tempo? — Eu me levantei com tudo, espirrando café por toda a parte. — Eu não tenho tempo. Eu preciso do Nicco. Preciso que meu pai não seja um babaca manipulador e mentiroso. E preciso não ser um peão em um jogo que não sei se entendo. Falar com um médico ou com um psicólogo não vai me dar nada disso. Não vai consertar o pesadelo em que me encontro enfiada. Ele me entregou ao Scott, Nora. Meu próprio pai me entregou como se eu fosse um bastão, e estou apavorada com a possibilidade de que se eu não obedecer, algo ruim vai acontecer.

Porque uma pequena parte de mim ainda acreditava que tinha mais nessa história, que o meu pai não era tão cruel e implacável quanto parecia.

Lágrimas de raiva escorreram pelas minhas bochechas enquanto eu fungava.

— Então eu não quero conversar. Não quero tentar expor meus sentimentos quanto ao que aconteceu. Eu quero seguir como se nada tivesse ocorrido e fingir que ainda tenho poder para tomar decisões quanto à minha própria vida. Quero fingir que não estou só esperando pela próxima bomba. Eu quero...

Nora correu até mim e me abraçou.

— Sinto muito, sinto muito mesmo. Estou aqui para o que você precisar. Só... eu fiquei tão preocupada quando Luis mandou uma mensagem contando o que aconteceu.

— Ele fez o quê? — Eu me afastei e engoli o nó na minha garganta.

— Ele se preocupa contigo, Ari. Nós dois nos preocupamos. — Ela deu um pequeno sorriso. — Luis também me contou que você fez ele prometer que não diria nada para o Nicco.

— Ele não pode saber, Nor. — Dor percorreu o meu corpo. — Simplesmente não pode.

— Isso não é... bem, ok.

— Só preciso ser mais cuidadosa com minhas emoções quando estou perto do Scott. Ele passou a noite quase toda me levando ao limite. Ele quer me ver ceder.

— Aquele merda — ela disse entredentes. — Mal posso esperar para esse filho da puta receber o que está guardado para ele.

— Nora. — Eu queria que Scott pagasse, e pagasse caro. Mas não tinha certeza se queria que Nicco derramasse mais sangue.

Não por mim.

Ela deu de ombros.

— Ele merece tudo o que está guardado para ele. E não vou dizer que sinto muito.

— Quem é você neste momento?

— Alguém que faria qualquer coisa pela melhor amiga.

— Você está me dando um pouquinho de medo — admiti, com um sorriso fraco.

— Eu só... Deus, ele faz meu sangue ferver. E não vou nem começar a falar do seu pai.

— Minha vida nunca foi minha, percebo isso agora. Vou ser para todo o sempre a herdeira Capizola.

— Não. De jeito nenhum. Eu me recuso a aceitar isso. — Nora balançou a cabeça. — Você é muito mais que isso, Arianne. Você é gentil, compassiva e humilde. E forte... você é forte pra caralho. E o que encontrou com Nicco é raro. Vale a luta. Vale as feridas. Nicco e o pai vão pensar em alguma coisa, amiga. Não duvido. Porque família é tudo para o Antonio, e você é tudo para o Nicco. A gente vai conseguir. A gente vai seguir fingindo que está tudo bem enquanto pensa no que fazer.

— Obrigada — sussurrei, e alívio se espalhou por mim. Talvez um dia eu fosse parar para absorver tudo o que aconteceu comigo. Mas esse dia não seria hoje.

Não podia ser.

Porque se eu parasse, perderia o controle. E se eu perdesse o controle, se baixasse a guarda mesmo que por um segundo, Scott daria o bote.

Se aprendi algo desde que cheguei à Montague é que os caras bonzinhos nem sempre são bonzinhos, e que os malvados nem sempre são malvados.

— Tudo bem, vamos — ela disse —, a gente pode parar na cafeteria no caminho.

— Nós já comemos.

Nora deu de ombros.

— Não é como se eu fosse dizer não para um bolinho de mirtilo. Luis — ela chamou, e ele entrou na sala. — A gente vai a pé até a cafeteria, e aí vamos para o centro.

— A manhã está boa para isso. — Ele deu um aceno tenso, o olhar se desviando para o meu. — Como você está?

— Bem, obrigada.

Ele deu outro aceno.

Eu tinha acabado de pegar a bolsa quando meu celular começou a tocar.

— *Mia cara*. — A voz da minha mãe preencheu a linha. — Como você está? Como foi... — Ela não completou a frase.

— Foi ok. — Nora me olhou e dei um sorriso dizendo que estava tudo bem. — Mas aconteceu uma coisa. Eu desmaiei.

— Ah, Deus, Arianne. — Ela engoliu o choro. — Eu sinto muito, meu amor. Queria que as coisas fossem diferentes, eu queria poder... Mas seu pai está tão ensimesmado. Nem toca no assunto. Tem alguma coisa acontecendo, mas não sei como...

— Está tudo bem, *mamma*. — Não estava, mas eu não podia seguir com aquilo. Não poderia carregar a culpa dela também.

— Eu estava saindo com a Nora. A gente pode se falar depois?

— Claro. Seu pai pediu... ele quer que você venha aqui mais tarde para falar do... — Ela respirou fundo. — Há arranjos a serem feitos, para a festa.

O nó permanente no meu estômago se apertou.

— Muito bem — falei, sem emoção. — Passo aí mais tarde.

— Espera — ela se apressou. — Eu amo você, *figlia mia*. Eu te amo tanto. E nós vamos superar isso, prometo.

Murmurei uma despedida e desliguei.

— Tudo bem? — Nora perguntou da porta.

— Meu pai me convocou. Ele quer me ver mais tarde.

Ela titubeou.

— Ele disse o motivo?

— A festa...

— Ah.

— Arianne? — Luis apareceu sobre o ombro de Nora. No segundo que os olhos dele pousaram em mim, o homem ficou pálido. — O que foi?

— Nada.

Nada do que eu dissesse agora adiantaria. A menos que eu pedisse a ele para me levar para bem longe. E eu não poderia fazer isso com Nora e minha mãe, apesar da lealdade equivocada dela pelo meu pai.

Por ora, eu estava presa ali.

Então fiz a única coisa que podia: ergui a cabeça, me preparei e disse:

— Vamos.

Nicco

Entrei no meu quarto e fechei a porta. O dia tinha sido longo pra caralho. Minha tia havia tentado me fazer companhia, mas eu parecia uma onça. Só quatro dias de exílio, e já estava me sentindo um animal enjaulado.

Meu pai não tinha novidades. Tommy, nosso detetive, e Stefan, o *consigliere* da Família, estavam correndo contra o tempo para desenterrar sujeira sobre Mike Fascini, mas não havia nada a relatar. E, para piorar, Arianne mandou mensagem mais cedo, dizendo que precisava falar comigo.

Eu me joguei na cama e passei a mão pelo cabelo. Ainda estava suado da academia. Dane e tio Alonso tinham uma academia completa na casa, então passei algumas horas queimando um pouco de energia. Mas não foi o suficiente. Uma energia irrequieta circulava pelas minhas veias como lava. O tempo todo, eu só conseguir pensar naquele filho da puta com as mãos em Arianne.

A minha garota.

A minha vida.

Luis disse que tudo tinha ido bem; que depois do jantar e dos drinques com os amigos de Fascini, ele levou Arianne para casa e chamou um táxi para Scott. Mas minha mente era minha inimiga, trabalhando contra mim para imaginar tantos fins dignos de pesadelo quanto fossem possíveis.

E agora ela queria conversar.

Eu estava prestes a explodir.

Meu celular vibrou, e eu o apanhei, levando à orelha.

— Nicco? — A voz dela estava baixa, e meu peito se apertou.

— Bambolina.

Um segundo se passou.

E mais outro.

Nenhum de nós falou, mas o silêncio foi ensurdecedor. Essa era a nossa vida agora. Dor silenciosa e lembranças amargas.

— Como você está? — Arianne enfim perguntou.

— Pensei que ficaria tudo bem. Que eu viria para cá, e saber que você estava em segurança seria suficiente... mas isso está me matando. Já faz quatro dias, e está me matando.

— Eu sei — ela sussurrou. — Eu procurei por você hoje. Saí com a Nora, esperando que você aparecesse. O que a gente vai fazer, Nicco? Como vamos sobreviver a isso?

Joguei meu corpo para trás e soltei um suspiro profundo e trêmulo.

— A gente segue em frente, Bambolina. A gente tem que seguir em frente.

— Eu... — Arianne hesitou.

— O que foi, *amore mio*?

— Meu pai quer me ver hoje à noite... para falar da festa.

Meu sangue ferveu.

— Sabe quando é?

— Em breve, eu acho.

Esfreguei as têmporas. Eu queria reconfortá-la, dizer que tudo ficaria bem, mas não encontrava as palavras.

Pensar em Arianne sendo exibida na frente de todo mundo e apresentada como noiva de Scott estava me rasgando por dentro.

Ela não era dele.

Ela *nunca* seria dele.

Ainda assim, ele estava lá, e eu estava aqui e não havia porra nenhuma que eu pudesse fazer.

— Ainda há tempo. Seu aniversário é só em fevereiro. Temos cinco meses pela frente. Meu pai vai pensar em alguma coisa até lá. Ele vai...

— Nicco, para. Por favor. Não quero continuar com isso. Dói demais.

— Bambolina — sussurrei, e a dor dela era palpável mesmo pelo celular.

— Só conversa comigo, me conte como foi o seu dia.

— Não há muito a contar — confessei.

— Vamos ver.

— Tomei café com os meus tios e Dane. E quando ele saiu para se encontrar com os amigos, ajudei minha tia pela casa, e aí...

— Como assim? Com as tarefas?

Eu ri.

— Surpresa?

— Um pouquinho. — Ouvi o sorriso na resposta. — Não consigo imaginar o famigerado Niccolò Marchetti lavando pratos.

— Você acha que eu sou famigerado? — O canto da minha boca se ergueu. Eu gostava de ouvir Arianne assim: feliz e brincalhona.

— Bem, e não é?

— Às vezes — diminui a voz —, quando é preciso.

Houve um segundo de silêncio, então um leve farfalhar.

— O que você está fazendo? — perguntei.

— Minha toalha escorregou.

Calor me inundou e foi direto para o meu pau.

— Não me diz que você acabou de sair do banho.

— Bem, sim...

— Porra, Bambolina. Você faz ideia do quanto eu fico louco por saber que você está aí, nua...

— Não estou nua, estou de toalha. — A risada suave de Arianne era música para os meus ouvidos, e só serviu para aquecer ainda mais o meu sangue.

— Eu queria estar aí. — As palavras saíram tensas.

— Por quê? — Sua voz mal passava de um sussurro. — O que você faria?

— Quer mesmo saber?

Esperei, prendendo o fôlego, meu coração esmurrando as costelas. Eu não tinha planejado aquilo, mas iria com tudo. Aceitaria tudo o que pudesse no que dizia respeito a ela.

— Sim, eu quero imaginar que você está aqui, Nicco. Quero imaginar você me tocando.

— Estou bem aí, passando os lábios pela sua pele úmida. Consegue sentir os meus beijos?

— S-sim. — Foi um gemido suave.

— Você está sozinha?

— Sim, Luis está lá fora.

Ainda bem, porra.

— Você confia em mim?

— Você sabe que sim.

— Deite-se na cama. — Houve uma breve pausa. — Deitou? — perguntei.

— Sim. — Sua voz estava rouca de desejo.

— Tire a toalha, Bambolina. — Ouvi um leve ofego. — Agora deslize a mão bem devagar até a barriga.

— Faz cócegas.

— É o que se espera. — Eu sorri. Nossa, eu queria estar lá. Queria adorar o corpo dela. — Eu consigo te imaginar deitada aí. O volume dos

REI DE ALMAS

seus seios, a curva suave dos seus quadris. Quero traçar a língua em cada pedacinho seu até você implorar por mais.

— Sim, eu quero tanto… isso. — Sua voz estava ofegante.

— Está vendo como é boa a sensação do seu corpo?

— Hum-hum.

Eu estava duro feito pedra, com o pau pulsando de desejo. Sem hesitar, abaixei o calção, deslizei a mão para baixo e me acariciei. Soltei um longo sibilo.

— Nicco?

— Toque-se, Arianne. Imagine meus dedos, meus lábios. Lembra como foi quando eu te levei ao Country Club?

— Foi tão bom. — Ela abafou um gemido, respirando fundo.

— Qual é a sensação? Me diz… — Eu fui mais rápido, estocando na minha mão, imaginando que era ela.

— É macio e quente… e úmido.

— Caramba, Bambolina. Queria ser eu aí. Eu queria estar enterrado dentro de você.

— Sim… sim. — Os gemidos dela foram a minha ruína, gotas de suor escorriam pela minha barriga enquanto eu ia atrás do meu alívio.

— Você está chegando lá? — gemi as palavras.

— Está tão gostoso… mas não é igual a quando você me toca — ela confessou.

— Eu estou bem aí, Arianne. Consigo ouvir seus gemidos baixinhos, a sensação do seu corpo tremendo sob o meu. Goza para mim, Bambolina, eu preciso que você goze para mim.

Um formigamento começou na base da minha coluna e eu me deixei afundar nas lembranças de Arianne. No modo como eu tinha me sentido quando fiz amor com ela. Havia sido a experiência mais intensa da minha vida. Dois corpos se encaixando como um, duas almas se unindo.

— Nicco, ah, Deus… — ela choramingou. — Eu vou…

— Isso, *amore mio*. Se solte. Apenas se solte… porra. — Prazer puro disparou por mim enquanto eu gozava na minha mão. Meu peito arfava pelo esforço, meu corpo estava exausto e saciado.

— Você ainda está aí? — perguntei ao pegar um lenço de papel na mesa de cabeceira e me limpar.

Houve uma breve pausa, e então ela disse:

— Não consigo acreditar que eu acabei de fazer isso.

— Eu quero fazer de tudo com você, Arianne. Eu quero te dar tudo.

— Posso te perguntar uma coisa? — A hesitação em sua voz chamou a minha atenção.

— Qualquer coisa.

— Você fica assustado com o que sente por mim?

— A cada segundo do dia. Eu não estava mentindo quando disse que eu sabia que se ficasse naquela manhã, não teria sido capaz de me despedir de você. Eu teria traído tudo o que sou... por você.

— Não paro de pensar em fugir. Só nós dois. Ir para algum lugar em que ninguém nos conheça. Mas aí eu penso na Nora, na minha mãe e na Alessia e na sua família, e sei que não podemos.

Silêncio se seguiu. Silêncio tenso e agourento. Então Arianne soltou um suspiro baixinho.

— Era para ser difícil assim?

Porra. Aquelas palavras me evisceraram. Me partiram como uma faca cega e me rasgaram por dentro.

— Arianne...

— Não. — Ela soltou um suspiro baixinho. — Está tudo bem. Eu não queria arruinar o momento.

— Bambolina, nunca pense assim. Não comigo. Eu quero você o tempo todo. Nos momentos felizes e nos tristes também. Mesmo nos raivosos e nos frustrantes. Eu não vou mentir para você e dizer que sei que vai dar tudo certo. Mas vou te dizer que sempre vou amar você, Arianne. E sempre vou lutar por você, não importa o que aconteça. Prometo.

— *Ti amo più oggi di ieri ma meno di domani* — sussurrei.

— Eu amo você também. É melhor eu desligar e ir me arrumar. Luis quer sair daqui a pouco.

— Tudo bem. Me manda mensagem mais tarde?

— Pode deixar. Tchau, Nicco.

Ela desligou, e a perda repentina foi como um balde de água fria.

Fui tomar banho e troquei os lençóis antes de pegar o celular de novo.

— Niccolò? — Meu pai atendeu no primeiro toque.

— Tommy deu notícia?

— Eu ia te ligar. Ele está a caminho de Boston.

— Mesmo? — Pavor me invadiu.

— Era o que eu suspeitava. Mike Fascini é, na verdade, filho de Michael Ricci. Ele e a esposa, Miranda Fascini, vieram de Vermont nos anos setenta. Tommy encontrou registros de um parente vivo em Montpelier.

— Então você acha que Mike e Scott são descendentes de Elena Ricci?

— É coincidência demais, filho. Os Ricci iam se juntar à família. Quando Elena e Emilio fugiram, todo mundo presumiu que depois da morte dele, ela tinha se matado. Mas e se não foi o caso? E se ela fugiu com o filho do Emilio?

— Espera, está me dizendo que Scott Fascini na verdade é um Marchetti?

— É possível, filho. Tommy teve alguns problemas com os registros, então vai direto à fonte, e eu quero que você vá junto.

— Você quer que eu vá para Vermont?

— Vai te dar o que fazer. Além do mais, Tommy pode precisar de reforços.

— Eu tenho escolha? — Vermont ficava a quatro horas dali. Mais quatro horas de distância de Arianne. Eu não gostava daquilo, mas, pelo suspiro do meu pai, eu soube que não haveria negociação. — Tudo bem, eu vou.

— Que bom, ele vai chegar aí em menos de uma hora.

— Vai ter uma festa — falei. — Uma festa de noivado.

— Eu sei, filho.

— Sabe?

— Eu disse que ia ficar de olho nela, e pretendo manter a minha promessa. Mas teremos que seguir com cuidado se desejamos evitar uma guerra.

— Então me diz como? Me diz como eu fico sentado aqui enquanto o pai dela entrega a garota para aquele merda que... — Eu não consegui dizer.

— Entendo a sua dor, Niccolò, mas você tem que manter a mente no quadro geral. A Família deve vir em primeiro lugar. Sempre. Arianne é sua mulher agora, o que significa que ela tem a minha proteção. Mas precisamos chegar ao fundo dessa questão do Fascini.

— Entendi. — Forcei as palavras a saírem. Ele continuava falando em Família e responsabilidade, mas minha cabeça e meu coração estavam divididos.

— Que bom. Vá para Vermont e consiga respostas, então a gente parte daí. — Houve uma pausa e depois ele suspirou. — *Porca miseria*. Sua irmã está rondando lá fora. Alessia, entra — ele resmungou.

— Desculpa, papai. Juro que eu não estava escutando.

Eu sorri. Ela era esperta demais para o próprio bem.

— Falo com você em breve. — Ouvi um som abafado e então a voz da minha irmã tomou conta da linha.

— Nicco?

— Oi, Sia.

— Como você está? Como estão as coisas em Boston? Me conta tudo.

— Opa, respira.
— Desculpa. — Ela riu. — Eu só estava esperando o pai sair.
— Sia? — Minha coluna ficou rígida.
— Então... eu estava pensando... — Não gostei da hesitação na voz dela. — E se eu convidasse Arianne para sair? Talvez possa ajudar.

Meu coração se encheu de emoção.
— Caramba, Sia, é disso que você queria falar?
— Bem, é. Você acha mesmo que eu estou pouco me fodendo...
— Olha a boca!
— Relaxa, mano. Eu gosto da Arianne e não paro de pensar que ela está tendo que... ele a machucou, Nicco, machucou e...
— Eu sei — soltei um suspiro dolorido —, eu sei.
— E, de repente, se eu me oferecer para sair com ela, ela vai saber que não está sozinha. Não que ela esteja sozinha, sei que ela tem a Nora, e ela parece legal e tudo o mais, mas eu pensei...
— Você se preocupa com ela.

Um segundo se passou, e minha irmã sussurrou:
— Sim, é isso.
— Deixa comigo.

Eu não queria colocar nem Alessia nem Arianne em risco. Mas talvez ela tivesse razão... talvez Arianne fosse se sentir melhor se soubesse que podia contar com alguém próximo a mim.
— Sério?
— Sério. — Eu ri. — Mas nada de drama, Sia. Estou falando sério. A situação é delicada. A última coisa que quero é você causando mais mal do que bem.
— Vou me comportar, juro. Só quero que ela saiba que pode contar comigo. E não é como se eu tivesse uma tonelada de amigas com quem sair.
— Você tem a Arabella.
— É, mas a Bella é da família. É diferente.

Eu odiava a dificuldade que Alessia tinha de fazer amigos. Eu só queria que ela desabrochasse. Mas a escola não havia sido gentil com a minha irmã. O círculo dela era pequeno, e ela tinha dificuldade para confiar nos outros.

Mas não em Arianne.

Ela a recebeu de braços abertos e com um grande sorriso. Não que eu esteja surpreso. Minha Bambolina causava isso nas pessoas. Ela havia feito o impossível: meu pai cair sob seu encanto.

— Vou dar seu número para Arianne, tudo bem?

O gritinho abafado de Alessia me disse tudo o que eu precisava saber. Ela via Arianne como uma de nós agora.

E isso significava muito para mim.

— Preciso desligar. Mas se cuida, e a gente se fala em breve, ok?

— Ok, e obrigada, Nicco.

— Pelo quê? — Franzi a testa.

— Por confiar em mim com ela. Sei o quanto Arianne significa para você, então obrigada.

— Merda, Sia, você é minha família. Meu sangue. É claro que eu confio em você.

— Bem, isso significa muita coisa. Nem sempre é fácil ser sua irmã...

— Eu sei. — Soltei o fôlego, o peso de suas palavras parecendo uma corda em volta do meu pescoço. — Eu sei. Eu amo você.

— Eu amo você também. Tchau, Nicco. — Ela desligou.

Antes que eu pudesse mudar de ideia, procurei o número de Arianne e comecei a digitar.

> Alessia quer saber se você quer fazer alguma coisa. Pensei que ia ser legal as minhas meninas preferidas se conhecerem melhor. Vou te encaminhar o número dela. Te amo. Sempre.

Apertei enviar e encaminhei o número da minha irmã. Arianne respondeu na mesma hora.

> Eu vou amar. Mas acha que tudo bem? Não quero causar problemas para ela.

Meus lábios se curvaram. Elas eram parecidas demais.

> Deixa comigo. Tenho certeza de que Luis pode pensar em alguma coisa. Vou sair de Boston por um tempinho. Não quero que você se preocupe, mas é importante. Ligo assim que puder.

> Essa é uma das vezes... não é?

Franzi as sobrancelhas enquanto lia a mensagem.

> Que vezes?

> Seu pai me avisou que você teria que fazer coisas que não poderia me contar... mesmo se eu perguntasse.

> Você está perguntando?

Sangue rugiu entre meus ouvidos. Tudo tinha acontecido tão rápido, e não tive tempo de explicar as coisas para Arianne. Ainda havia tanto de que ela não sabia, coisas que ela não entendia.

> Não. Tudo que peço é que você volte para mim.

Soltei um longo suspiro. Não sei o que fiz para merecer Arianne, mas eu tinha sorte pra caralho por ter essa garota ao meu lado.

> Eu vou. Nada vai me manter longe. Nem mesmo a morte.

Arianne

— Ah, meu amor. — Minha mãe me agarrou de levinho pelos ombros, deixando os olhos varrerem o meu rosto. — Você está bem?

— Estou bem, *mamma*. O pai...

— Está na sala com Mike e Suzanna Fascini.

— Eles estão aqui? — Fiquei pálida.

— Eu não sabia, juro, meu amor. — Ela me deu um sorriso triste. — Ele não está me contando nada.

— O Scott está aqui? — O tremor na minha voz me traiu.

— Não. Tinha compromisso com o time.

Bem, pelo menos isso. Talvez eu sobrevivesse à reunião com meu pai e os Fascini sem desmaiar.

— Luis, que prazer te ver de novo. — O olhar de minha mãe foi para o guarda-costas.

— Sra. Capizola — ele respondeu, com completa indiferença, sem deixar nada transparecer.

— Por favor, pode me chamar de Gabriella. — Ela entrelaçou o braço com o meu. — Ontem à noite, o Scott não...

— Não, *mamma*.

— Graças a Deus. — Ela suspirou. — Eu estava morta de preocupação. Seu pai deixou bem claro que vocês só deveriam consumar o casamento na noite de núpcias, mas não confio neles, Arianne. Não confio em nenhum deles mais.

Franzi as sobrancelhas e respirei bem fundo.

— O que foi, *mia cara*?

Eu a puxei para um lado, pondo certa distância entre nós e Luis. A propriedade era bem protegida, e parecia haver ainda mais seguranças quando chegamos. A equipe do meu pai geralmente parecia composta por fantasmas. Faziam-se conhecer, mas raramente os víamos. Só que não foi o que aconteceu essa noite.

Essa noite, eu havia notado mais homens de guarda do lado de fora da casa e no portão.

— Preciso que você pare, *mamma*.

— P-parar? Como assim?

— Você estava feliz por entrar nessa até saber a verdade sobre Scott. Você queria que eu saísse com ele.

— Arianne, isso não é...

— Não minta para mim. Você está do lado deles. — Lágrimas queimaram o canto dos meus olhos, mas eu não ia chorar.

— Você tem razão. — Arrependimento brilhou em seu olhar, seu rosto ficando pálido de vergonha. — Eu fui ofuscada pela minha lealdade ao seu pai, pela reputação da nossa família. Mas saiba que foi tudo por amor, Arianne.

— Como você pode dizer algo assim? Eu tenho dezoito anos, *mamma*. Nunca namorei ninguém, nunca vivi fora dessas paredes, e você queria me prender àquele monstro.

— Meu amor, não é...

— É melhor nos juntarmos a eles. Não quero deixar o meu pai bravo. — Passei por ela e segui pelo corredor, resistindo ao impulso de pedir desculpas.

Luis veio atrás de mim, me deixando ter um pouco de espaço. Era irônico que, ultimamente, eu me sentia mais à vontade com a presença dele do que com a dos meus pais.

— Aí está você, *mio tesoro*. — Meu pai se levantou no segundo em que pisei na sala.

— Pai. — Não fui na direção dele. — Sr. e sra. Fascini.

— Por favor, Arianne. — Ela se aproximou. — Seremos da mesma família em breve.

Ela me segurou pelos ombros e deu um beijo em cada uma das minhas bochechas.

— Suzanna, deixe a menina respirar. Arianne — o sr. Fascini se dirigiu a mim. — É um prazer te ver de novo. A você também, Gabriella.

Não tinha percebido que minha mãe havia entrado na sala, mas não reconheci a presença dela. Em vez disso, franzi os lábios, me forçando a assentir. Mike Fascini era muito cara de pau, parado ali, fingindo que tudo estava bem sendo que ele sabia... ele sabia o tipo de monstro que o filho dele era. E mesmo assim não fez nada.

Nem uma maldita coisa.

— Temos muito a conversar. Sente-se. — Ele apontou para o sofá de couro como se aquela fosse a casa dele, como se ele estivesse no controle.

REI DE ALMAS

Me ocorreu que talvez ele estivesse.

Eu me sentei como a filha obediente e dócil que já fui. Rebeldia queimava dentro de mim como um incêndio descontrolado, fazendo o meu sangue ferver e a minha respiração sair em ofegos curtos e superficiais.

Mike Fascini era igualzinho ao filho. Bonito. Charmoso. Exibia um sorriso que seduzia as pessoas.

Mas não me deixei enganar. Ternos caros e boa aparência não queriam dizer nada em um mundo em que era o dinheiro que falava, e as pessoas não passavam de peões.

— Reservei a suíte Michelangelo no hotel Gold Star para o próximo sábado.

— Cedo assim? — deixei escapar.

— Estamos ansiosos para dar a boa notícia — o sr. Fascini afirmou. — Não é, Roberto?

Algo se passou entre os dois, algo que me fez me arrepiar.

Meu pai pigarreou:

— Isso mesmo. Mike e Suzanna estão cuidando de tudo. Não é muita gentileza da parte deles?

— Achei um encanto — minha mãe comentou, dando um tapinha no meu joelho. Notei o leve tremor na mão dela.

— Os convites já foram enviados. Cento e vinte das pessoas mais influentes do condado vão se reunir para testemunhar a união de duas famílias importantes.

— Tenho certeza de que será uma celebração e tanto. — Meu pai sorriu, mas o gesto não alcançou seus olhos. Na verdade, ele parecia completamente derrotado.

Eu queria poder ver dentro da mente dele. Saber por que ele estava fazendo aquilo.

— Providenciei segurança extra. — O sr. Fascini me relanceou com o olhar frio. — Só para garantir.

— Tenho certeza de que não será necessário — meu pai adicionou. — Arianne sabe o que está em jogo.

— Sim, bem, cuidado demais nunca fez mal a ninguém. Nicco Marchetti ainda está por aí... Tenho certeza de que todos nos sentiremos mais seguros sabendo que a festa estará bem protegida.

— É claro, Mike. — Minha mãe afastou o cabelo do rosto. — Já decidiu as cores? O tema? Algo em particular que Arianne deva vestir?

— Será um jantar a rigor. — Suzanna abriu um enorme sorriso. — Então ponham em exibição os vestidos e os diamantes.

— Eu tenho o vestido perfeito. — As duas se envolveram em uma conversa à parte, falando de vestidos e centros de mesa, enquanto eu estava sentada lá, quieta e sufocada, com uma tempestade se intensificando dentro de mim.

Luis estava parado perto da porta, rígido e composto. Ele captou o meu olhar e deu um leve aceno de encorajamento.

— Arianne?

— Humm, desculpa. — Pisquei para o meu pai e para o sr. Fascini.

— Mike acabou de perguntar como foi ontem à noite com Scott.

— Foi tudo bem, obrigada. — A mentira envolveu meu coração, apertando até doer.

— Você precisa desculpar o meu filho, Arianne. Ele às vezes pode exagerar um pouco na abordagem, mas é só porque ele gosta muito de você. Faz muito tempo que ele espera por isso.

Um tremor violento me percorreu.

— Ele foi muito cavalheiro. — Quase me engasguei com aquelas palavras.

— Fico feliz em saber. — O sr. Fascini pegou o copo e o ergueu ligeiramente antes de virar o líquido ambarino.

Olhei para o meu pai. Dor e culpa estavam gravadas em sua expressão. E eu fiquei feliz. Fiquei feliz por ele ter que se sentar ali e fingir também. Não era justo só eu ter que pagar o preço, não é mesmo?

— Planejamos tudo para que vocês cheguem juntos — o sr. Fascini contou. — Achamos que o gesto fará uma declaração mais firme. Aí jantaremos e, depois da refeição, faremos um brinde pela Capizola Holdings e a Fascini e Associados estarem se tornando parceiras de mais de uma forma. — Ele se recostou no couro suave do sofá e cruzou o tornozelo sobre o joelho. O epítome do homem no controle; o que tinha todas as cartas.

— Sabemos que tudo isso pode ser um choque e tanto, Arianne — Suzanna atestou, com um sorriso largo e sincero. Ela era igualzinha às meninas da faculdade. Meninas que ficavam cegas pelo sobrenome Fascini: dinheiro, status, poder e bons genes. — Mas, no nosso mundo, casamentos assim são um bom negócio.

— Humm. — Franzi os lábios, abafando um gemido.

— É uma pena o Scott não ter podido vir hoje — ela prosseguiu. — Tenho certeza de que ele ia ter gostado de estar aqui para te assegurar de que tudo ficará bem.

Bem naquele momento, o celular do sr. Fascini começou a tocar. Ele o tirou do bolso e franziu o cenho.

— Preciso atender, se me derem licença. — Ele saiu da sala.

— Está uma noite tão agradável. Que tal tomarmos algo na varanda? — minha mãe perguntou a Suzanna.

— Que ideia maravilhosa. — As duas saíram, me deixando sozinha com meu pai.

— *Figlia mia*...

— Nem começa — sibilei.

— Arianne, por favor, entenda...

— Eu nunca vou entender. Você mentiu para mim, pai. Você me *traiu*.

— Há coisas... coisas que você não sabe. Coisas que ainda não pode saber. Mas eu te imploro, por favor, confie em mim.

Encarei dentro de seus olhos, e nem hesitei ao dizer:

— Minha confiança em você morreu no dia que me vendeu para os Fascini.

— Arianne, por favor. Eu só queria te manter em segurança.

— Segurança? — falei entredentes. — Scott me estuprou... ele me drogou e me estuprou. — Meu corpo tremia de raiva. — Então me diz, pai, como é que me entregar nas mãos dele se equivale a me manter em segurança?

Ele ficou pálido enquanto soltava um gemido de dor.

— Você precisa confiar em mim. Sei que eu não mereço... sei que falhei com você, mas preciso que...

— Negócios, nunca dormem. — O sr. Fascini voltou para a sala. Ele parou, olhando para mim e meu pai. — Está tudo bem?

— Perfeitamente bem. — Meu pai pressionou os lábios.

— Arianne? — O sr. Fascini ergueu uma sobrancelha.

— Arianne está de acordo com todos os planos, Mike.

— Fico feliz por estarmos todos em sintonia. — Seu olhar frio e firme pousou no meu pai de novo.

Algo se passou mais uma vez entre eles.

Um aviso silencioso.

Uma ameaça velada.

— Vamos nos juntar às mulheres na varanda — meu pai sugeriu. Ele se levantou e passou a mão pelo queixo, e nem olhou para mim.

Talvez não pudesse.

Mas eu via.

Eu via a máscara de culpa.

E tinha quase certeza de que vi uma única lágrima escorrer pelo seu rosto.

Eu estava almoçando no dia seguinte quando meu celular tocou com um número desconhecido.

— Ari? — alguém disse baixinho do outro lado da linha.

— Matteo? — Meus olhos se arregalaram quando reconheci a voz dele.

— Essa noite, seis e meia, esteja pronta.

— O que você...

— Só esteja pronta. — Ele desligou. E logo mandei mensagem para Alessia.

> Sabe o que vai rolar essa noite?

A notificação chegou em seguida.

> Matteo acabou de mandar mensagem.
> Eles devem ter pensado em alguma coisa.
> A gente se vê mais tarde?

> Mal posso esperar.

— Que sorriso é esse? — Nora se sentou ao meu lado.

— Acho que vou sair com a Alessia hoje.

— Eles conseguiram pensar em alguma coisa?

— Parece que sim. — Dei de ombros. Quando mandei mensagem para Alessia dizendo que ia adorar sair com ela, ela me disse para esperar que os caras dariam um jeito. Não era como se a irmã de Niccolò Marchetti pudesse simplesmente aparecer no prédio e pedir para subir. Precisávamos ser discretas. Precisávamos garantir que nem meu pai nem Fascini descobrissem.

— Acha que Enzo vai também?

— Você quer que ele vá? — retruquei.

Nora riu, e seus lábios se curvaram em um sorriso.

— Bem, eu não tenho visto muito o cara, e ele é uma gracinha.

— Ele não é uma gracinha, Nor. Ele é aterrorizante.

— Ah, eu não acho.

— Nicco disse...

— Tá, tá, eu sei o que o Nicco disse. Não é como se eu quisesse me casar com o cara. Só acho que ele seria bom entre os lençóis... contra a parede... ou em cima da...

Tapei sua boca com a mão, abafando as palavras. Palavras que eu não precisava nem queria ouvir.

— Já acabou?

— Já — ela murmurou na minha palma, e eu a afastei.

— Enfim, pensei que você e o Dan estavam juntos.

— A gente só está se pegando. Não tenho tempo para nada sério.

— São palavras suas ou dele?

— Nem todo mundo se apaixona perdidamente pelo primeiro cara que conhece. — Ela riu, mas não me juntei a ela. — Merda, Ari, só estou brincando. Foi uma piada. Só estou dizendo que a maioria de nós jamais viverá o que você tem com o Nicco.

— Você acha que eu estou me enganando?

— O quê? *Não*! Nicco te ama, meu bem. Ele iria à guerra por você. Tem ideia da sorte que tem?

— Às vezes, não acho que seja sorte... eu me sinto condenada.

Ela pegou a minha mão e a puxou para o colo.

— Você diz que está condenada, mas pelo que vejo, Nicco, o que vocês dois têm, dá a você algo pelo que lutar. Imagina se não tivesse conhecido o cara, imagina se ele não tivesse te salvado naquela noite... você estaria infeliz, sozinha e noiva do Scott ainda por cima.

— Por que isso está acontecendo comigo, Nora? — Tentei tanto conter as lágrimas, mas foi impossível ignorar a emoção crescendo dentro de mim.

— Não sou uma pessoa religiosa, Ari, você sabe. Mas eu acredito em destino. Acredito que tudo o que vivemos, tudo a que sobrevivemos, nos transforma na pessoa que deveríamos ser. Essa batalha é sua, meu bem. Vai lá e arrasa.

— Você está ficando boa nisso. — Funguei, secando os olhos na manga do casaco.

— Hum, em quê?

— Em saber a coisa certa a dizer.

— Ah, eu não sei — ela sorriu —, eu ainda tenho bastante indecência em mim. Quer me ouvir dizer um pouco mais?

— Acho que já deu por hoje.

— Que pena. Tive um sonho uma noite dessas, com o Enzo e o monstruoso pa...

Minha mão disparou, abafando as palavras dela. Eu era muito grata pelas palavras encorajadoras de Nora. Mas seria uma verdadeira benção nunca mais ter que ouvir sobre o pau monstruoso de Enzo.

— Bom trabalho hoje — Brent disse enquanto limpávamos as últimas cadeiras. O IRSCV fez acolhimento naquela tarde.

Estar ali, com pessoas menos afortunadas que eu, colocava as coisas em perspectiva. Eu me perdia nas histórias de solidão e desesperança deles, arrebatada pelos relatos francos do que viviam na rua. O IRSCV era um lugar seguro para muitos, uma tábua de salvação. E eu era grata por ter um pequeno papel nisso.

— Quais são seus planos para essa noite? — ele perguntou.

— Ah, ela vai ficar comigo. — Nora veio dos fundos. — Peguei sua bolsa, tudo pronto?

— Acho que sim. — Sorri para Brent. — Podemos ir?

— Claro. Vemos vocês de novo em breve?

— Com certeza.

— Divirta-se — ele disse às nossas costas enquanto nos esgueirávamos na noite escura.

— Tudo bem? — Luis ficou em posição de sentido, e disfarcei um sorriso. Ele sempre estava tão tenso. Eu não conseguia deixar de me perguntar se ele se arrependia de ter ficado do meu lado nessa história.

— Sim.

— Vamos, então. — Ele me acompanhou até o carro. O motorista assentiu, mas eu não o reconheci.

— Luis? — perguntei, hesitante.

— Esse é o Jay — ele respondeu.

— Oi, Jay. — Nora passou por mim e entrou no carro. — Sou a melhor amiga da Arianne, Nora.

Ele não respondeu.

Luis se inclinou.

— Está tudo bem, vocês podem confiar nele. É um amigo.

Franzi o cenho. Claro que ele não queria dizer o que eu achava que era.

— Quer dizer que ele é…

Luis me calou com o olhar.

— Precisamos de mais olhos e ouvidos. É algo bom, prometo.

— Tudo bem. — Entrei.

— Então, qual é o plano? — Nora perguntou no segundo em que Luis se acomodou no banco do carona.

— Você vai ver — ele respondeu, misterioso.

Nora cruzou olhares comigo e agitou as sobrancelhas. Era a cara dela ficar animada com a perspectiva de uma aventura. Eu não conseguia encontrar entusiasmo. Porque embora eu estivesse animada para ver Alessia, eu não queria pôr a garota em risco.

— Ei, não faz isso. — Nora franziu a testa e segurou a minha mão. — Não fique esperando o pior sempre. Vai ficar tudo bem. Você vai ver.

Pegamos a Romany Square em direção a La Riva. Meu coração bateu descontrolado enquanto eu observava a paisagem mudar, mas nós não paramos. O cara novo seguiu dirigindo, pegando o caminho que levava a Providence, até o bairro de Nicco não ser nada além de árvores e sombras.

Depois de dez minutos, saímos da rua principal e pegamos uma estrada de chão a caminho de lugar nenhum. As copas fechadas das árvores deixavam tudo mais sinistro, os galhos escuros e retorcidos arranhando as janelas e o teto do carro. Por fim, o matagal começou a clarear, dando em uma cabana.

— Que lugar é esse? — perguntei a ninguém em particular enquanto meus olhos se esforçavam para enxergar na escuridão.

— Você vai ver.

O SUV reduziu até parar ao lado de uma caminhonete, e Luis soltou o cinto.

— Esperem aqui.

Ele saiu e foi até a cabana. Depois de alguns segundos, a porta se abriu e Matteo apareceu na varanda. Meus ombros relaxaram de alívio.

Eles trocaram algumas palavras antes de voltarem até nós. Luis abriu a porta e Nora não perdeu tempo, saindo logo. Mas eu hesitei.

Matteo enfiou a cabeça lá dentro.

— Vai ficar sentada aí a noite toda?

Pressionei os lábios e balancei a cabeça. Matteo riu e estendeu a mão para mim.

— Vem, eu não mordo. — Ele me ajudou a sair.

— Que lugar é esse? — perguntei.

— O esconderijo da família. Temos alguns lugares como esse por todo o condado. É melhor a gente entrar. Sei que tem alguém ansiosa para te ver.

Não tive nem chance de responder. Um redemoinho louro saiu voando da cabana e desceu os degraus.

— Você chegou — Alessia deu um gritinho, lançando-se nos meus braços. Eu a abracei também, rindo baixinho.

— Eu estava tão preocupada — ela sussurrou.

— Uma regra, Sia — uma voz profunda disse. Olhei para cima e vi Enzo à porta, com o olhar frio fixo em mim. — Fique dentro da droga da cabana.

— Relaxa, E, estamos seguros aqui. — Alessia mostrou a língua para ele, mas Enzo não estava mais olhando para ela. Ele encarava Nora.

— Você não disse que traria a garota.

— Eu tenho nome, babaca. — Ela marchou direto para ele e deu um encontrão no cara ao entrar na cabana.

— O que foi? — Matteo riu, obviamente achando graça. — Você não precisava vir.

— Sim — Enzo resmungou. — Eu precisava. — Ele deu meia volta e sumiu lá para dentro.

— Vai ser divertido. — Riso retumbou do peito de Matteo. — Vem, vamos te mostrar o lugar.

Alessia chegou bem perto de mim.

— Estou tão feliz por você ter vindo.

Deveria ter sido esquisito ou excessivamente íntimo, mas não foi. Foi bom. Pareceu certo.

Pareceu que algo estava mudando, como se eu finalmente tivesse encontrado o meu lugar.

— Nós vamos ficar aqui fora. — Luis me deu um aceno reconfortante. — Esse lugar está fora do radar, mas vamos ficar de guarda. Você está segura aqui.

— Ele não está errado — Matteo acrescentou. — Não vamos deixar nada acontecer contigo, Arianne, prometo.

— É, você é uma de nós agora. — Alessia sorriu. — E a gente protege os nossos.

REI DE ALMAS

Nicco

— Como você consegue fazer isso dia sim, dia não? — perguntei a Tommy enquanto tamborilava os dedos na minha coxa.

Estávamos o dia todo ali, vigiando o endereço que ele havia descoberto. Era um trabalho tedioso pra caralho, mas Tommy parecia gostar.

— Eu gosto da solidão... e gosto de observar pessoas.

É, nem um pouco esquisito.

— Não sei por que a gente não pode simplesmente ir lá, bater na porta e falar com ela.

Elizabeth Monroe.

Viúva de setenta e cinco anos. Nascida e criada em Montpelier, Vermont. Mas ela nem sempre foi uma Monroe. Na verdade, tinha nascido Elizabeth Ricci, e era tia de Mike Fascini. A única Ricci que restava em Vermont, de acordo com o que Tommy descobriu.

— Ei, quem é aquela? — Apontei a cabeça para a menina entrando na casa. Ela parecia ter a minha idade, talvez uns dois anos mais nova.

Tommy pegou o caderno, virou algumas páginas e bateu o dedo lá.

— Ela tem uma neta. Charlotte Monroe. Deve ser ela.

— Uma neta? Você não disse que ela tinha família.

— São só ela e a Charlotte. A menina é caloura na faculdade em Burlington. — Ele deu de ombros e acendeu um cigarro.

— Você se importa? — Ergui a sobrancelha. — Essas coisas vão te matar.

— Já tenho uma passagem só de ida para o inferno, garoto. Posso muito bem aproveitar o percurso. — Ele deu uma boa tragada, abriu a janela e soprou a fumaça lá fora.

Abri minha própria janela, respirando ar fresco. Passava pouco das seis. Arianne já devia ter encerrado o turno no IRSCV, o que significava que Luis estava levando Nora e ela para a cabana para se encontrarem com a Alessia.

Deus, eu queria estar lá. Queria tanto ver a Arianne. Mas, em vez disso, estava preso ali com Tommy, sendo fumante passivo e vigiando a casa de uma idosa.

— Ela passou o dia dentro de casa. A mulher não é uma ameaça — afirmei, ficando impaciente.

— Ela não é uma ameaça, mas não sabemos se Fascini não está de olho nela.

— Você disse que Michael Fascini saiu de Vermont antes de Mike nascer.

— De acordo com os registros, eles chegaram ao condado de Verona nos anos 1970. Mas ainda não podemos nos arriscar.

Soltei um suspiro frustrado e passei a mão pelo cabelo.

— E aí? Vamos ficar sentados aqui a noite toda? — Já fazia horas.

— A gente espera a garota sair, aí você entra.

— Eu?

— Tem que ser você, Nicco. Olhe para mim. Não sou do tipo que agrada vovozinhas.

Tommy tinha razão. A cicatriz feia que ia do olho esquerdo até o maxilar dava a ele uma expressão raivosa permanente. O que era irônico, já que o cara era uma das pessoas mais legais que eu conhecia. Mas se Elizabeth Monroe o visse de pé à sua porta, a probabilidade era de que ele não seria convidado para entrar.

— Por tudo o que descobri, parece que Elizabeth e o irmão não se batiam. Mas a trilha deixada pelos papéis nem sempre forma a imagem completa.

A porta se abriu e a garota apareceu. Elizabeth ficou parada à porta. Ela parecia frágil para alguém de setenta e cinco anos. Elas se abraçaram e a menina beijou a avó nas bochechas antes de ir para a calçada.

— Ok, é com você agora. Pronto?

— Para falar com uma senhorinha? — Moleza comparado a algumas das coisas que eu já tive que fazer.

— Está armado? Só para garantir.

— Sério?

— Se eu aprendi alguma coisa trabalhando para a Família, é que a gente nunca pode ter certeza demais de nada nem de ninguém. Vou estar por perto. — Tommy me deu um aceno de cabeça, e eu saí do carro.

Atravessei a rua e enfiei as mãos no bolso. O sol estava começando a sumir no horizonte, crepúsculo cobrindo os arredores. Eu não fazia ideia do que ia dizer, mas a ânsia pela verdade, para descobrir os detalhes do que nos levou até ali, pesava no meu peito.

Ela vivia numa casa pequena, bem diferente do imóvel gigantesco que Fascini possuía em Roccaforte. Fui até a varanda e bati na porta. Uma energia nervosa reverberava pelo meu corpo, o que era uma idiotice do caralho. Eu não conhecia essa mulher. Ela não era ninguém para mim.

Ninguém.

E também era.

Se as coisas tivessem sido diferentes, ela teria sido da família.

Talvez não por sangue, mas o irmão dela teria sido.

Merda zoada do caralho.

Movimento atrás da porta chamou minha atenção, e então ela se entreabriu, a porta de tela nos separando.

— Pois não?

— Sra. Monroe?

— Quem quer saber? — ela perguntou, com um suave sotaque italiano.

— Meu nome é Niccolò. Niccolò Marchetti. — Eu já estava contrariando o conselho de Tommy, mas algo me levou a falar a verdade.

— Marchetti? — Ela estreitou o olhar, sua pele era enrugada e sem viço. — Faz muito tempo que não ouço esse nome.

— Eu esperava que a senhora pudesse me ajudar.

— Me deixa adivinhar, aquele meu sobrinho está criando problemas?

Minha coluna ficou rígida.

Ela sabia.

A senhorinha sabia por que eu estava ali.

— Eu estive esperando que um de vocês aparecesse, sabe. Não pensei que levaria tanto tempo. Está sozinho? Na verdade — ela ergueu um dedo —, não responda. Sei como vocês agem. Entre.

Elizabeth abriu a porta e deu um passo para o lado. Abri a porta de tela e a segui.

— Aceita um chá? — ela perguntou. — Acabei de fazer.

— Aceito.

— Bem, pode se sentar. Vai levar só um segundo. — Ela apontou para a sala. O cômodo era modesto, cheio de móveis de escritório, cada superfície lotada com enfeites e fotografias. Vi a menina de antes, a neta, em quase todas. Mas foi a da lareira que chamou a minha atenção. Era como olhar para uma versão mais velha de Scott Fascini. A mesma mandíbula quadrada, o mesmo sorriso convencido. Só que era uma foto antiga e desbotada, em preto e branco.

— É o meu irmão, Michael. — Elizabeth colocou a bandeja de chá sobre a mesa e parou ao meu lado, então pegou a moldura prateada na prateleira. — Mas você já sabia, não é?

Ela me lançou um olhar cúmplice.

— Venha, sente-se. Tenho certeza de que temos muito a conversar.

— A senhora continua falando como se estivesse esperando por algo assim.

— E estive. O passado sempre vem acertar as contas. Ele está... morto? Elizabeth foi direto ao ponto enquanto servia o chá.

— A senhora não sabia? — De acordo com Tommy, Michael Fascini morreu havia quase vinte anos.

— Não tenho notícias de Michael desde o dia que ele saiu de Vermont em sua cruzada.

— Cruzada?

— Eu jamais vou me esquecer do dia em que ele descobriu a verdade. Nossa mãe nunca falava do pai dele quando éramos pequenos. Sabíamos que tínhamos pais diferentes, mas não importava, não para mim. Eu idolatrava meu irmão mais velho. Mesmo quando jovenzinho, ele era forte e leal. Era devotado à nossa *mamma* com paixão. Acho que é por isso que ela nunca voltou a se envolver com ninguém, porque temia a reação de Michael. Eu tinha sete anos quando ela finalmente contou para ele. Michael havia acabado de completar onze anos. Eu me lembro porque tinha sido um inverno rigoroso, e a neve nos prendeu por dias. Ele não parava de perguntar sobre o pai, e acho que ela sentiu que era hora de ele saber a verdade.

Elizabeth encarou o nada, os olhos ficando nublados com a dor do passado.

— Tudo mudou depois disso. Michael ficou obcecado com a história dos Marchetti e dos Capizola, queria saber tudo. Ele se fechou, começou a brigar e a se meter em encrenca na escola. *Mamma* não sabia o que fazer. Sei que ela se arrependia de ter contado a verdade a ele, mas era tarde demais.

— Ela também contou à senhora o que aconteceu?

— De início, não. Ambos guardavam coisas para si mesmos. Mas quando ela ficou doente, confessou tudo. Que ela e Emilio haviam desencadeado os eventos que levaram você a estar sentado aqui hoje.

— Seu sobrinho está ameaçando alguém de quem eu gosto.

Ela soltou um suspiro pesado.

— Eu tinha esperado que ele fosse romper o ciclo.

— A senhora sabia? Sabia que ele iria atrás de nós?

— Você precisa entender, Nicco... posso te chamar de Nicco?

Assenti, e ela sorriu.

— Nossa mãe fugiu para Vermont com nada além das roupas do corpo. Quando Michael descobriu a verdade sobre o pai, e seu assassino, ficou com a alma marcada. Uma marca que, enquanto ele crescia, apodreceu e virou algo bem maior. Algo maléfico. Quando ele conheceu Miranda, eu esperava que ela fosse capaz de afastá-lo daquela escuridão. E, por algum tempo, ela conseguiu. Mas quando eles comunicaram que estavam de mudança para o condado de Verona, eu soube o que ele pretendia. Implorei para ele não ir. Miranda estava grávida e não sabia a história toda. Ela pensou que ele estava indo atrás de uma vida melhor para os dois. Eu poderia ter contado para ela... Eu deveria ter contado, mas ainda esperava...

Soltei um suspiro contido.

Era verdade.

Era tudo verdade.

Mike Fascini era neto de Elena Ricci e Emilio Marchetti. Ele era primo do meu avô.

Ele era da minha família.

— Nicco?

— S-sim? — Cocei o queixo, tentando entender tudo.

— Só me diz, Michael Junior machucou alguém?

— Ainda, não. Mas o filho dele...

— Filho? Ele tem um filho?

— A senhora não sabia?

— Não. Minha neta é tudo o que me resta.

— E a família do seu marido?

— Kenny, que Deus o tenha, era filho único. Só resta Charlotte e eu. Os pais dela, minha filha e meu genro, morreram em um acidente de carro alguns anos atrás.

— Ela mora com a senhora?

— Morava. — A senhorinha sorriu com carinho. — Ela se mudou há pouco tempo para Burlington, para fazer faculdade. Fiz as pazes com o passado, Niccolò, mas Michael nunca conseguiu. Eu sabia que a mudança dele para Verona só podia significar uma única coisa. Lamento saber que a sede dele por vingança tenha sido repassada para Mike Junior.

— Então é questão de vingança? — Eu me inclinei para a frente e entrelacei as mãos entre as pernas. Elizabeth era um livro aberto. Eu não sabia o que esperar quando ela abriu a porta, mas não era isso.

— Não posso afirmar saber o que meu sobrinho pensa ou por que ele faz o que faz. Mas eu conhecia o meu irmão. Eu olhava nos olhos dele e via os segredos de sua alma. E aquele homem era movido à dor e à fúria. Os Ricci deveriam ter sido uma das famílias mais importantes de Verona. Em vez disso, não nos tornamos nada. Até onde você iria pela mulher que te deu à luz, Niccolò?

— Minha mãe foi embora — falei, inexpressivo, sentindo a dor tomar conta do meu coração.

— Sinto muito por isso. Você tem irmãos?

Assenti.

— Uma irmã.

— E até onde você iria para protegê-la? Para consertar qualquer mal que acontecesse com ela? Não justifico as ações do meu irmão, mas consigo entendê-las. O pai dele foi assassinado por amar a mulher errada. Eu entendo o modo como vocês agem, o código... mas o amor não conhece limites, Nicco. Ele não segue códigos, nem leis, nem moral... as coisas são como são.

Eu não poderia discordar.

Eu havia me apaixonado perdidamente por Arianne. Mesmo depois de descobrir a verdadeira identidade dela, eu não consegui mudar aquilo. Nossas almas estavam atadas. E eu não conseguia deixar de pensar que a história estava se repetindo. Só que dessa vez não eram um Ricci e um Marchetti quebrando as regras.

— O que foi? — Elizabeth perguntou.

— A senhora sabe por que vim aqui?

— Atrás de respostas... da verdade.

— E sabe o que eu terei que fazer com essa informação? O que significa?

— Sei. — A expressão dela se amainou. — Como eu disse, Nicco, faz tempo que fiz as pazes com o passado. Mas foi diferente para Michael. Nossa mãe deu a ele o sobrenome dela para protegê-lo. Mas isso só alimentou a obsessão dele por vingança. Meu irmão queria apenas uma coisa na vida, Niccolò.

— É? E o que era?

— Tirar tudo das pessoas que tiraram tudo da nossa mãe. — Ela me encarou, e, pela primeira vez desde que entrei ali, senti a linha invisível entre nós. — Fazer os Marchetti e os Capizola pagarem pelo que fizeram.

— Pesado pra caralho, garoto — Tommy disse assim que nos sentamos no bar. — Então o Fascini é um primo distante seu?
— Algo do tipo. — Passei o polegar pelo gargalo da garrafa.
Tommy queria uma bebida mais forte, mas eu sabia que se me deixasse levar, seria um pulo para eu fazer ou dizer algo de que me arrependeria.
Ele era da família.
Tinha sangue Marchetti correndo pelas veias de Scott.
Isso não mudava nada.
E, ao mesmo tempo, mudava a porra toda.
Os pecados dos nossos antepassados nos trouxeram a esse ponto, e, agora, parecia que seríamos nós a pagar o preço.
— Acha que ele sabe?
— Quem, o Scott? — Cerrei a mandíbula, o nome dele parecia ácido na minha língua. — Tem que saber, não é? Ninguém pode ser tão perverso sem ter passado por um trauma sério.
Tommy deu de ombros e terminou a cerveja. Ele bateu a garrafa na mesa e soltou um suspiro pesado.
— Algumas pessoas são só fodidas da cabeça. Talvez ele saiba, talvez não, talvez simplesmente esteja no sangue dele... mas ele é o inimigo, Nicco. Não se esqueça disso.
— Esquecer... acha que algum dia eu vou esquecer o que ele fez com Arianne? — perguntei entredentes. — Eu jamais vou esquecer.
Estava gravado na minha mente, em cada fibra do meu ser.
— Que bom. — Tommy assentiu. — Vem uma tempestade por aí. Passei a vida lidando com homens iguais a Mike Fascini. Homens tão cegos pela sede de vingança que isso destruiu quem eles são. Ele não vai parar. Só há um fim para isso.
Ele tinha razão.
Michael Fascini havia se mudado com a família para Verona com um único propósito: destruir a família de Arianne.

Destruir a *minha* família.

Mesmo Elizabeth havia se resignado com o que estava por vir.

Os Fascini haviam se posicionado como uma das famílias mais poderosas e influentes de Verona. A união legal de Scott e Arianne, e a fusão dos negócios com a Capizola Holdings daria a eles recursos, dinheiro e poder para destruir Roberto antes de irem atrás dos Marchetti.

— Por que agora? — deixei escapar.

— Não há hora como o agora. Até onde eu sei, os Fascini não são um grupo organizado. É só o Mike e só o pai dele antes disso. Mas ele se firmou como o perfeito cavalo de Tróia.

— Algo não encaixa. Há outros modos de fazer a Família sofrer. Outros modos de fazer os Capizola sofrerem. — As peças estavam lá, mas eu não conseguia encaixá-las.

— Talvez Michael tenha tentado e falhado, talvez ele tenha percebido que não conseguiria fazer isso sozinho.

— Espera... — As peças começaram a se mover, disparando pela minha cabeça até começarem a perder velocidade e se encaixarem como em um mapa.

Até tudo estar no lugar e ficar claro feito cristal.

— Não gosto desse olhar — Tommy afirmou, franzindo as sobrancelhas.

— Acho que eu sei. — As palavras saíram em um sussurro estrangulado. — Acho que sei o que aconteceu.

Arianne

— Que lugar incrível — falei ao me aconchegar no enorme sofá modulado que dividia a área de estar em conceito aberto.

Fogo de verdade crepitava na lareira, o estalar das chamas e o cheiro de lenha preenchendo o espaço. Era rústico e aconchegante, diferente de tudo o que eu já tinha visto.

— É, bacana mesmo. — Nora acompanhava os movimentos de Enzo enquanto ele puxava Matteo para longe.

— Não esquenta com eles — Alessia disse. — Estou tão feliz por vocês estarem aqui. — Ela sorriu para Nora. — Não faço muito isso de sair com amigas, sabe?

— E os seus amigos da escola? — Nora perguntou.

— A escola é... nem sempre é fácil. Ser um Marchetti foi fácil para aqueles três. Mas não é a mesma coisa para nós, garotas. Os caras ficam longe porque sentem medo, e as meninas geralmente nos veem como um meio para chegar aos meninos.

— Sinto muito.

— Não sinta. — Ela deu de ombros. — Poderia ser pior. Se vocês dois vão ficar — ela olhou para os primos —, pelo menos poderiam ser úteis.

Enzo estreitou o olhar perigosamente.

— Não força, Sia.

— Relaxa, E. — Matteo bateu nas costas dele. — Já que estamos aqui, podemos muito bem relaxar. — Ele foi até a cozinha e abriu a geladeira. — Bingo.

— Que palhaçada. — Enzo se largou em uma das poltronas e tirou um baseado do bolso.

— Por que você veio se não queria estar aqui? — perguntei.

Seu olhar disparou para o meu, sérios e avaliadores.

— Você é a namorada do Nicco. E ele é nosso... — Enzo pressionou os lábios com força.

— O que meu primo está tentando dizer é que você é importante para o Nicco, e o Nicco é importante para eles. — Alessia deu uma olhada em Enzo. — Te mataria ser legal, E?

Ele resmungou alguma coisa antes de colocar o baseado entre os lábios e acender.

O cheiro amargo perdurou no ar, mas ninguém pareceu se importar.

— O que você está escondendo aí atrás? — Nora se levantou e foi até Matteo. — Vou pegar uma. — Ela tirou uma cerveja das mãos dele.

— Você ainda não tem idade — ele provocou.

— E você tem? — Ela ergueu a sobrancelha.

— *Touché*.

— Ari, meu bem, cerveja ou refrigerante?

— Refrigerante — respondi —, por favor.

— Eu quero cerveja — Alessia disse.

— Não — os primos ladraram ao mesmo tempo, e segurei a risada.

— Eles são sempre assim?

— Piores. — Ela revirou os olhos. — Estou surpresa por eles não estarem te seguindo pelo campus.

— Na verdade, eu não tenho visto nenhum deles — Nora comentou.

Matteo olhou para Enzo, que balançou a cabeça.

— O que foi? — perguntei, notando que os dois estavam agindo de forma suspeita.

— Só porque vocês não conseguem ver a gente não quer dizer que não estamos por perto. — Matteo abriu a cerveja e deu um bom gole, mas o brilho de culpa em seus olhos não me passou despercebido.

— Então vocês estão por lá? — Entrecerrei o olhar. — Por que não vimos vocês?

— Nicco pensou que seria melhor para vocês se fôssemos discretos.

— Faz sentido, eu acho. — Meu peito se apertou. As fofocas estavam agitadas depois da briga, da internação de Tristan e do sumiço repentino de Nicco.

— Jesus, se eu soubesse que a gente ia falar disso a noite toda, eu nem teria me dado o trabalho. — Alessia sorriu para mim.

— Desculpa. É só que há muito a processar.

— Eu sei. Mas vocês estão aqui e em segurança, e espero mesmo que a gente se divirta do bom e velho jeito das meninas.

Enzo grunhiu e passou a mão pelo cabelo escuro.

— Algum problema? — Alessia bufou.

— Se vai ser igual da última vez, com você e Bella tentando trançar o meu cabelo, então, sim, vai ser problema pra caralho.

— Qual é, E — Matteo interviu —, foi divertido pra cacete.

— Talvez você goste de ter as unhas feitas e o cabelo trançado, mas não é a minha praia.

— Você fez mesmo isso com elas? — Nora não conseguiu conter o riso.

— A gente tinha uns doze anos. Nicco me deixou treinar passar gloss nos lábios dele.

Enzo bufou.

— A gente segurou o cara e deixou você fazer isso.

Alessia revirou os olhos para ele.

— E daí?

— Ele fazia o que você queria. — Matteo se remexeu na cadeira. — E aí seus peitos cresceram.

— Que nojo!

— O quê? É verdade. Ter uma irmã mais nova, sabendo o que sei do mundo, já basta para me mandar precocemente para a sepultura.

— Meu irmão mais velho costumava dizer que ele tinha duas funções principais neste mundo — Nora disse. — Me fazer sorrir e quebrar as pernas de qualquer cara que ousasse me machucar.

Tensão estalou no ar quando ela olhou para Enzo, que estava focado na fumaça que saía do baseado.

— Parece dos meus. — Matteo inclinou o gargalo da garrafa para ela. — O que você acha, Enzo?

Ele resmungou de novo.

— Seu irmão foi para a UM?

— Ele foi para a Universidade da Pensilvânia, correndo atrás do seu sonho de entrar para o futebol americano profissional e ter fama e fortuna.

— Enzo lança bem.

— Mas que merda, preciso de ar. — Ele se levantou e foi até a porta da cozinha.

— Por que você trouxe o Enzo? — Alessia resmungou. — Ele é tão...

— Infeliz? — Nora deu um sorrisinho.

— Que fofo. — Matteo estreitou os olhos para ela. — Fingindo que não está nem aí.

— E não estou.

— Vamos ver. — Ele se levantou. — Posso confiar nas três e dar uma saidinha?

Alessia olhou feio para ele, e os ombros de Matteo se sacudiram com a risada silenciosa.

— Já volto. — Ele saiu atrás do Enzo.

— Graças. A. Deus. Pensei que eles fossem ficar aqui para sempre.

— Mas o Matteo disse...

— Relaxa. Eles não vão para longe. Tem uma fogueira lá nos fundos e alguns bancos. É bem legal.

Nora encarou a porta com anseio.

— Sossega, garota. — Eu ri.

— Espera, você e... o *Enzo*? — Alessia ficou incrédula. — Por essa eu não esperava. Vocês dois já... sabe?

— O quê? — Nora fingiu surpresa. — Não. *Não!*

— Mas ela quer. — Sorri.

— Só pra avisar, meu primo não namora. Cacete, eu não sei nem se ele fica com as meninas por assim dizer. Enzo é... complicado.

— E qual é a dele? — Nora puxou as pernas para cima e se esticou na poltrona, ficando à vontade.

Alessia cruzou as pernas diante do corpo.

— Meu tio Vincenzo, pai do Enzo, bem, ele é meio linha-dura. Foram só os dois desde sempre. Minha mãe praticamente ajudou a criar o garoto. Mas aí ela... — Alessia engoliu em seco, e estendi a mão, segurando a dela e apertando de levinho.

— Era diferente para Nicco e Matteo. Eles tinham forte influência feminina. Tinham irmãs. Mas Enzo... só tinha a si mesmo.

— Isso é meio triste. — Nora olhou de relance para a porta de novo, com uma expressão de anseio.

— É. Isso o endureceu, sem dúvida. O pai dele sempre gostou de ir de uma mulher para outra, e acho que Enzo é igual. Muitos homens da Família não sossegam.

— Você faz parecer tão normal.

— E é, para mim, pelo menos. Nossa família tem fortes ideais quando lhe convém. Olha o meu exemplo, acha que um cara algum dia vai ser bom o suficiente para mim aos olhos do Nicco? Ou do meu pai?

— Que... difícil. — Nora fez uma careta.

— Uma palhaçada. Eles ficam dizendo que as mulheres deles são a coisa mais preciosa do mundo, e os bonitos estão por aí comendo as *goomars* ou usando elas como saco de pancada.

Meu coração se apertou, e puxei a mão de volta, agarrando a almofada no meu colo.

— Droga, Ari, eu não quis dizer... Nicco nunca vai fazer isso contigo. Não depois do que aconteceu com a nossa mãe. — Alessia me deu um sorriso triste. — É melhor eu parar de falar agora. A gente está aqui para te reconfortar, não te fazer sair correndo.

— Não vou a lugar nenhum. — Sorri em resposta. — Como ela era?

— Incrível. Simplesmente uma pessoa boa, sabe? Sempre alimentando uma casa cheia de gente. Amava tomar conta de todo mundo. E meu irmão a adorava.

Ela olhou para baixo, fingindo cutucar as unhas.

— Eu amo o meu pai, mas ele é um bêbado raivoso de pavio curto. Acha que eu não sei dos hematomas. Das noites que a minha mãe chorava até dormir. Mas eu via as coisas. Eles acham que não, mas eu via. Eu sempre vejo.

— Sinto muito.

— Está tranquilo. — Ela deu de ombros meio desanimada, e encontrou o meu olhar de novo. — Poderia ser pior. Nessa vida, sempre poderia ser pior. Mas jamais passou pela minha cabeça. Um dia, minha mãe estava lá, a mulher forte e resiliente que sempre foi, e no outro... ela foi embora.

— Sabe para onde ela foi?

— Sumiu no mundo. Seja onde estiver, ela não quer ser encontrada. — Tristeza se agarrou às palavras de Alessia.

Eu não sabia como era perder um dos pais, mas sabia como era ter seu mundo virado do avesso, descobrir que tudo o que você acreditava saber era mentira.

— Eu a odiei por tanto tempo, mas acabei aceitando.

A expressão dela dizia o contrário, mas não insisti. Alessia ainda era jovem. Ainda precisava encontrar seu lugar no mundo.

Eu tinha sentido a mesma coisa quando cheguei à UM, mas tudo era diferente agora.

Eu estava diferente.

Meu celular vibrando me assustou.

— É o Nicco — falei, ao tirá-lo do bolso.

— O que ele disse? — Alessia se sentou mais ereta, tentando xeretar. Puxei o aparelho para mais perto do peito.

Nora riu.

— Acredite, você não quer saber.

— Nora! — gritei, ao mesmo tempo que Alessia gemia:

— Que nojo. É o meu irmão.

Fiz um gesto para as duas e li a mensagem.

> Descobri umas coisas hoje. Precisamos conversar, mas quero fazer isso pessoalmente.

> Você não pode voltar, não é seguro.

> Eu sei. É por isso que estou combinando com Luis de ele te trazer aqui. Mas ninguém mais pode saber.

— Ari, o que foi? — Nora perguntou.

Hesitei. Eu sabia melhor do que ninguém que segredos e mentiras só causavam mágoa. Mesmo quando a gente pensava que estava protegendo alguém, mesmo que te dissessem que tinha sido por amor.

> Preciso contar para a Nora. Eu não minto para ela.

> Tudo bem. Mas só para a Nora.

> Quando?

> Amanhã. Vou organizar tudo. Eu te amo, Bambolina. Se cuida e diz para a Alessia que eu mandei oi.

— Nicco mandou oi.

— Diz a ele que é melhor ele voltar logo.

— Queria eu. — Meu coração doeu.

— Como está o seu primo... Tristan, né?

— Na mesma. A condição é estável, e os médicos dizem que ele pode acordar a qualquer momento. É questão de esperar.

— Meu Deus, eu sinto muito. — Ela levou a mão à garganta. — Não consigo nem imaginar como deve ser... se fosse o Nicco...

— Mas não é. — Abri um sorriso tenso. — E o que aconteceu foi só um acidente infeliz.

— Espero de verdade que ele fique bem.

— É, eu também.

Tristan, apesar de ter um péssimo bom senso, ainda era meu primo. Eu não queria que ele morresse. Queria que ele acordasse e soubesse a verdade sobre o meu pai, sobre Scott.

Eu queria que ele fizesse a coisa certa.

— Uau, a gente sabe se divertir, né? — Nora disse, rindo.

— Ah, sei lá. — Olhei dela para Alessia. — É legal.

— É. — Alessia sorriu. — É, sim.

Ficamos na cabana por horas, rindo e conversando. Matteo e Enzo acabaram se juntando a nós, embora Enzo tivesse ficado de cara feia a noite toda. Luis e Jay nos levaram de volta para University Hill. Nora estava meio dormindo quando subimos para o apartamento.

— A gente se vê de manhã — ela murmurou, se arrastando até o quarto.

— Vou fazer chocolate quente, se quiser se juntar a mim — falei para Luis, que pairava perto da porta.

— Você não está cansada?

— Não ando dormindo bem — confessei.

— Pesadelos? — Ele me olhou com preocupação.

— Meus demônios não me assombram quando durmo, Luis.

Eles são de verdade.

Me rodeiam como piranhas famintas, esperando a hora certa de atacar.

— Eu não diria não para um chocolate quente. — Ele entrou e fechou a porta.

Estava tarde, e talvez eu devesse ter ido para a cama, já que precisava ir à aula amanhã, mas havia coisa demais na minha cabeça para eu desligar.

Depois de preparar a bebida e jogar marshmallow em cima, fui até Luis. Ele tinha se acomodado na ponta do sofá.

— Aqui está — falei, entregando a caneca a ele.

— Obrigado. Você se divertiu?

Eu me sentei na outra ponta, me aconchegando no tecido macio.

— Alessia é um amor, e o Matteo parece legal. Ainda não me decidi sobre Enzo.

— Ele é durão. A maioria dos caras que levam essa vida são.

— Fala por experiência?

— Só porque a sua família decidiu seguir um rumo diferente não quer dizer que a gente não suje as mãos. — O sorriso dele se transformou em careta.

— O que isso quer dizer?

Eu já tinha visto a verdadeira face do meu pai, mas era o Luis, né? Todo o império Capizola havia sido construído sobre mentiras e escândalo?

— Monstros usam muitas máscaras, Arianne. Seu pai se dispôs a tomar La Riva e Romany Square dos Marchetti, mas nunca foram dele.

Encarei o chocolate quente, observando os marshmallows borbulharem e derreterem.

— É por isso que você está me ajudando? Porque não concorda com os ideais do meu pai? Você é o segurança em que ele mais confia.

Luis virou o corpo para mim e soltou um longo suspiro.

— Estou te ajudando porque é o certo a se fazer. Porque filho nenhum deveria pagar pelos pecados dos pais. Esta luta, a rixa entre os Marchetti e os Capizola, não é um fardo que você deve carregar, Arianne. E o que o Fascini fez contigo... eu nunca vou me perdoar. Aconteceu sob minha guarda. Eu queria acreditar que o seu pai não sabia o que Scott ia fazer naquela noite, mas ele sabia que *alguma coisa* ia acontecer. — As palavras dele tremiam de raiva.

— Eu nunca tive filhos. Minha ex-mulher e eu tentamos. Por anos. Mas não aconteceu. Então ver você crescer, ver a jovem que se tornou, tudo o que enfrentou, acho que mexeu comigo. Essa parte minha nunca foi preenchida. Trabalho para o seu pai há quase vinte anos, Arianne. Mas agora estou a seu serviço. E se isso significa que estou a serviço dos Marchetti, que seja.

— O que vai acontecer se o meu pai descobrir?

Uma sombra escura passou pelo seu rosto.

— Vamos torcer para que não aconteça. — Ele tomou um gole do chocolate quente. — Eu não queria dizer nada, mas não sei se vou conseguir dormir se guardar isso para mim. Encontrar com Nicco amanhã é um risco, Arianne. Um que não sei se você deveria correr por ora.

— Eu preciso ir.

— Eu sei. — Ele coçou o queixo. — Mas se eu vou te proteger, isso significa que preciso ser sincero contigo. E acho que essa é uma ideia péssima.

— Você não quer me levar?

— Eu não disse isso. Mas há uma razão para Nicco ter saído do condado. Se Mike ou Scott descobrem...

— Eles não vão descobrir. Vamos nos certificar disso.

Eu iria, mesmo que Luis não me levasse.

Precisava ver o Nicco, mais do que precisava respirar. A cada segundo ali sem ele, eu me afundava ainda mais nas águas profundas em que me encontrava.

Ele me deu um aceno curto. Desaprovação brilhou em seu olhar, mas Luis não disse mais nada.

— Vou tomar as providências. Vamos precisar inventar alguma história. Algo que o seu pai engula, algo que vá manter Scott longe de você.

— Eu não vou ter que me preocupar com Scott. Ele vai estar treinando com o time, tem um jogo importante chegando. Ele está distraído com isso.

— O que facilita as coisas.

— Nora convidou Dan, o amigo dela, para vir aqui amanhã à noite, então eu vou me enfiar dentro do quarto. — Dei um olhar cheio de significado para ele.

— Muito bem. Vou repassar para o resto da equipe.

— Obrigada, por tudo. Eu não sei o que faria se não fosse por você e por Nora.

— Algo me diz que você sobreviveria. Você é muito forte, Arianne. Nunca se esqueça disso. Sei que tudo parece desesperador agora, que você não vê saída, mas a gente sempre tem uma escolha. É questão de decidir quais batalhas lutar.

— Eu não vou me casar com ele.

Eu preferia morrer.

— Não tenho a intenção de permitir que você caminhe até o altar, em direção àquele imbecil. Mas Antonio precisa de tempo para pensar em alguma coisa. Seu pai sempre conseguiu manter as mãos limpas, mas acho que podemos supor que Mike Fascini vai até onde for preciso para conseguir o que quer.

— Você sabe o que ele tem contra o meu pai, Luis?

Meu guarda-costas gostava de falar em enigmas, mas enigmas não me ajudavam em nada.

— Tenho minhas suspeitas.

Ergui a sobrancelha.

— E vai dividi-las comigo?

— Vai mudar alguma coisa?

Ficamos em silêncio.

— Não, não vai. — A verdade parecia uma facada no peito. — Ele fez a escolha dele. E eu fiz a minha.

Luis colocou a caneca sobre a mesa e se levantou.

— É melhor você ir dormir, está tarde.

— Talvez você tenha razão.

— Vou passar o turno da noite e dormir. A gente se vê de manhã, sim?

Assenti.

— Certo. Boa noite, Luis.

Ele deu um sorriso tenso, a máscara de indiferença deslizando para o lugar quando ele voltou ao modo guarda-costas e seguiu para a porta.

Mas ele pausou no último segundo e olhou para trás.

— Não vai ser sempre assim, Arianne. Às vezes, coisas ruins acontecem para nos preparar para coisas ainda melhores. Tente se agarrar a isso.

Eu queria acreditar nele.

Mas algo me dizia que o pior ainda estava por vir.

Nicco

Ela estava atrasada.

Arianne deveria me encontrar no motel perto da reserva Blue Hills vinte minutos atrás. Mas não havia nem sinal dela.

Quase fiz um buraco no carpete enquanto andava de um lado para o outro, esperando o SUV preto entrar no estacionamento. Fiquei tentado a pedir ao meu tio Alonso a chave de um dos imóveis dele, mas já era arriscado demais pedir Arianne para vir. Então mantive tudo vago. O brilho em seus olhos quando eu disse que passaria a noite fora foi todo o sinal de que precisei para sacar que ele sabia direitinho o que eu estava fazendo. Mas ele não tentou me impedir; sabia que não conseguiria.

Eu precisava vê-la.

Precisava abraçar Arianne e contar tudo o que eu descobri depois de falar com Elizabeth Monroe. Mas era mais que isso. Eu precisava saber que ela estava bem. Precisava olhar nos olhos dela e *ver*.

Eu estava prestes a ligar para Luis quando vi o carro.

— Graças a Deus, porra — murmurei e puxei a porta com força.

Luis saiu e esquadrinhou o estacionamento. Eu já tinha verificado a área. Duas vezes. Ver Arianne fora daquele carro fez a tensão sumir dos meus ombros. Ela me viu e saiu correndo, então se lançou nos meus braços abertos.

— Nicco. — Meu nome era como uma prece em seus lábios. Mas era eu que queria cair de joelhos e adorá-la.

— Você está bem. — Eu a segurei pela nuca e embalei seu corpo junto ao meu. — Você está bem.

— Senti saudade. — Arianne jogou a cabeça para trás para olhar para mim. — Senti tanta saudade.

— Eu sei, Bambolina. Eu sei. — Abaixei a cabeça e rocei os lábios nos dela.

Uma vez.

Duas.

Eu me deixei memorizar a forma deles e me familiarizar de novo com o sabor deles. Mas foi Arianne que assumiu o controle, encaixando o corpo no meu como a última peça de um quebra-cabeça e aprofundou o beijo. Sua língua deslizou entre os meus lábios, buscando a minha.

Luis pigarreou. Eu gostava do cara, sério, mas, ali, naquele momento, eu queria que ele sumisse.

— A gente deveria conversar — ele falou quando eu não fiz o menor esforço para pôr fim ao beijo.

Arianne havia agarrado o meu agasalho, nos ancorando juntos.

— Bambolina — suspirei em sua boca, afastando a mão dela com gentileza. — Me dá um segundo.

Ela sorriu para mim, as bochechas coradas, os lábios inchados.

— Entra. — Apontei a cabeça para o quarto. — Eu já vou, prometo.

— Tudo bem. — Arianne hesitou e soltou um breve suspiro quando me roubou outro beijo antes de entrar.

Fechei a porta e fui até Luis.

— Você verificou o perímetro? — ele me perguntou.

Assenti.

— Está limpo. Ninguém sabe que eu estou aqui, nem mesmo o meu tio.

— Nicco — ele franziu a testa —, esse é um risco imenso.

— Ela vale isso.

— Você disse que descobriu alguma coisa em Vermont.

— Descobri. Mas a gente não deveria conversar aqui fora. Você estava na equipe de segurança quando alguém tentou atacar Arianne na escola?

— Estava.

— Preciso que você fale com esse cara. — Entreguei a ele o cartão não identificado de Tommy. — Ele está esperando a sua ligação.

— Podemos confiar nele?

— Podemos. Reservei um quarto para você. — Peguei o segundo cartão-chave no bolso e entreguei a Luis. — Eu não sabia se você ia querer, mas é seu.

— Vou ficar de vigia, mas obrigado. É melhor você ir falar com ela, Arianne está ficando impaciente. — Ele me entregou a mochila dela.

Olhei para trás bem a tempo de ver a cortina se mover.

— Eu vou. — Meus lábios se curvaram. — Mas, antes, eu preciso saber... como ela está? De verdade?

— Faz só uma semana, me pergunte daqui a um mês. — Luis fechou a cara. Ele se importava com Arianne, isso era óbvio. Mas parte de mim sentia que ele não concordava com o modo como estávamos lidando com as coisas.

— Vá ficar com ela. A gente conversa amanhã.

— Liga se pintar algum problema — falei, recuando devagar até a porta.

— O mesmo para você.

Eu o observei voltar para o SUV e entrei no quarto. Não havia nada de especial ali: quatro paredes, um banheiro pequeno, cama queen com colchão de mola e alguns móveis. Mas poderia muito bem ter sido um casebre, e eu não estaria nem aí. Porque sentada ali, na beirada da cama, estava a garota que tinha meu coração na palma da mão.

— Bambolina. — A palavra saiu dos meus lábios em um suspiro enquanto eu largava a mochila.

Arianne se levantou e veio até mim, pressionando a mão na minha bochecha.

— Não acredito que você está aqui.

Inalei com dificuldade e a puxei para o meu peito, abraçando-a.

— Eu precisava te ver.

— Eu sei. — Ela apoiou as mãos no meu peito e me olhou com tanta emoção que perdi até o fôlego.

Afastei uma mecha fujona e tracei as linhas do seu rosto. Arianne ficou ofegante quando meus dedos deslizaram pela curva do seu pescoço.

— Me beija.

Ela me atendeu, ficou na ponta dos pés e me ofereceu os lábios. Segurei o seu rosto com as mãos, passando a língua por sua boca e a emaranhei com a dela. Arianne tinha gosto de amor e promessa.

Tinha gosto de lar.

— Nicco — ela gemeu baixinho, encaixando-se ainda mais. Continuei salpicando seu rosto com beijos breves e desesperados, lambendo e mordiscando a pele sob sua orelha. Eu queria pintar cada centímetro dela com os meus lábios, marcá-la com o meu toque. O desejo de ter essa garota me queimava, um incêndio que não havia água no mundo que pudesse apagar.

— Deus, Bambolina. Eu te quero tanto, eu te quero pra caralho.

As mãos delas deslizaram sob a bainha do meu agasalho, mergulhando lá embaixo e encontrando a pele quente. Arianne explorou meu abdômen e meu peito. Sem pressa nenhuma enquanto traçava cada relevo e reentrância.

— Eu senti tanta saudade — ela suspirou as palavras no canto da minha boca. Sua voz estava carregada de desejo.

— Eu quero te deitar nessa cama, tirar a sua roupa e te fazer minha de cada jeito possível.

— Sim — ela gemeu, e as mãos foram para o cós da minha calça. — Faça amor comigo, Nicco.

Eu segurei os seus pulsos e os prendi entre nós enquanto abaixava o rosto até o dela, encarando dentro daqueles olhos cor de mel.

— A gente tem tempo.

Eu não pedi que ela fosse lá por isso, não importava o quanto eu desejasse. A gente precisava conversar. Arianne precisava entender a situação. Mas ela me olhava com tanta intensidade que eu não sabia se seria capaz de resistir.

— Nicco, o que foi? — Seus olhos nublaram de incerteza.

Segurei seu rosto e afaguei sua bochecha com o polegar.

— Não deveria ser assim. Você merece muito mais, Arianne. Você não merece isso. — Culpa tomou conta de mim, envolvendo meu coração enquanto eu fechava os olhos e soltava um suspiro brusco.

— Nicco — Arianne passou os dedos no meu queixo —, olhe para mim.

Abri os olhos e ela sorriu. Deus, o sorriso dela. Era o suficiente para me deixar rendido.

— Minha vida nunca foi minha, percebo isso agora. Fui preparada para algo que nunca pedi, uma vida que eu não quero. Pensei que ir para a UM fosse o início da minha liberdade, quando eu começaria a tomar minhas próprias decisões.

Uma única lágrima deslizou pelo seu rosto, e eu a sequei com o polegar.

— Mas foi tudo uma mentira. Até você. Eu escolho você, Nicco. Eu escolho uma vida... com você.

Eu me inclinei e encostei nossas testas.

— Nunca houve escolha quando o assunto era você.

Eu sabia disso agora.

Algo havia mudado em mim na noite em que Arianne se deparou comigo e Bailey no beco. Eu tinha querido protegê-la, garantir que ninguém a machucaria de novo. E aqueles sentimentos só cresceram quanto mais tempo eu passava com ela, transformando-se em algo primal que chegava ao fundo da alma.

Algo a que eu não poderia resistir mesmo se tentasse.

— A gente precisa conversar, vem. — Peguei Arianne pela mão e a levei até a cama. — Desculpa pelo quarto. Sei que não é algo com que você está acostumada.

— Acha que eu ligo para isso? — Ela se sentou e tirou as botas antes de se arrastar pela cama e se recostar na cabeceira. Ela rangeu quando me juntei a Arianne, e passei um braço ao redor do seu ombro, puxando-a contra mim.

— Eu não pensei muito bem nisso.

— Me encontrar?

— Te encontrar em um motel barato. — Em um quarto que não havia nem sofá nem cadeiras para nos sentarmos.

— Não é tão ruim assim. — Ela olhou para mim. — O que está passando aí nessa sua cabeça?

— Sinceramente?

— Claro.

— Estou com dificuldade de pensar em algo que não seja te deixar nua. Calor ardeu em seus olhos.

— Eu estou bem aqui.

Um grunhido baixo borbulhou na minha garganta.

— Estou tentando fazer o que é certo, Bambolina.

— E eu te amo por isso. — Ela se desvencilhou de mim e se moveu ao meu redor.

— O que você está fazendo, *amore mio*?

— Facilitando para você. — Senti seu corpo tremer quando ela montou no meu colo. Segurei sua cintura, guiando-a. — Tudo bem? — A voz dela estava rouca e as pupilas estouravam de luxúria.

— Mais que bem. — Curvei a mão em sua nuca e a beijei. Lambidas lentas e profundas. — Mas não me tente, Bambolina. A gente precisa conversar.

Decepção marcou a sua expressão, e eu ri.

— A gente tem tempo.

— Temos? Porque parece que o tempo já está se esgotando.

— Arianne — suspirei, e dor me partiu ao meio.

— Tudo bem. Você disse que a gente precisa conversar, então vamos conversar. — Meus olhos se estreitaram, mas ela acrescentou: — Eu estou bem. Você está aqui, e isso é tudo o que importa.

— Descobri algumas coisas.

— Estou ouvindo…

Porra. Como eu conto? Depois de tudo pelo que ela já passou.

— Nicco, fala comigo. Seja o que for, a gente vai superar.

Guiei o rosto de Arianne para o meu e respirei fundo.

— Acho que sei quem deu a ordem para te matar.

— Não foi mesmo o seu pai?

Balancei a cabeça.

— Acho que foi Mike Fascini.

Arianne franziu o cenho. Mas a confusão logo se transformou em outra coisa. Medo surgiu em seus imensos olhos castanhos quando eles se arregalaram.

— Você acha que ele... mandou me matar? — Ela se engasgou com as palavras.

— Eu conheci a tia dele. É onde eu fui ontem.

— O que mais ela disse?

— Ela não ficou nada impressionada por Mike estar tentando começar alguma coisa. Ela sabia. Sabia que a porra do irmão se mudou para Verona para ir atrás de nós.

— O irmão dela?

— É, o pai de Mike. Ele morreu há muito tempo. Mas acho que o estrago foi feito.

— Não faz sentido... por que ele quer... — Arianne estremeceu.

— Já ouviu o nome Ricci?

— Não me é familiar, por quê?

— Há muito que você não sabe da nossa história, Bambolina.

Minha garota forte e corajosa apoiou a mão na minha bochecha e deu um sorriso triste.

— Então me conta.

Contei tudo a Arianne. Falei de Emilio Marchetti e Elena Ricci e a traição dos dois. Contei como Alfredo Capizola caçou os dois e matou Emilio. Contei como os Ricci fugiram do condado de Verona e se tornaram um nome o qual nossas famílias não mencionavam.

— Não consigo acreditar — ela suspirou, e o som fez o meu coração doer. A última coisa que eu queria era deixar Arianne chateada. Mas a cada revelação vinha uma nova mágoa.

— Scott é seu... primo.

— Primo *distante*. — Aquele filho da puta podia ter sangue Marchetti nas veias, mas jamais seria família.

— Acha que ele sabe?

— Importa? — Ergui a sobrancelha.

— Não, acho que não. Por que você me contou?

— Porque... — Eu a puxei para mais perto, deixando-nos com os rostos bem próximos. — Você precisa entender a gravidade da situação. Scott e o pai estão com sede de sangue. Eles querem derrubar a minha família e a sua. Acho que o atentado contra você foi um modo de incitar uma guerra entre os Marchetti e os Capizola. Se tivesse... sido bem-sucedido... — Eu mal consegui fazer as palavras passarem pelo nó na minha garganta. — Seu pai teria ido atrás de vingança.

Arianne bufou.

— Não dá para ter certeza. Ele não se importa comigo.

— Não é verdade, Bambolina. Do jeito distorcido dele, acho que ele pensa que está te protegendo.

— Ao me prometer para a família que deseja a nossa queda?

— Mas e se ele não souber a verdade? Pensa... Se ele suspeitava que o meu pai estava por trás do ataque, talvez ele tenha se voltado para o Fascini para assegurar a própria posição. A Fascini e Associados tem boas conexões. Juntos, Mike e seu pai seriam uma força e tanto.

— Então essa é a jogada dele? Se Mike Fascini realmente é quem você diz, então para onde tudo isso vai levar?

Era a única coisa que eu não havia descoberto ainda. Havia outros modos de se vingar. Qualquer um com dinheiro poderia pagar para alguém sumir ou ser levado. Poderiam inclusive fazer parecer um acidente, uma tragédia que ninguém jamais questionaria.

— Talvez ele não queira sujar as mãos — falei.

— Ou talvez ele tenha um plano ainda maior do qual a gente ainda não sabe. — Arianne soltou um suspiro cansado.

— Ei. — Beijei o canto de sua boca. — Isso não muda nada. Não vou deixar nada acontecer contigo.

— Eu estou noiva do Scott, Nicco. Eles querem que eu me *case* com ele.

Cada músculo do meu corpo ficou tenso.

— Você jamais será dele — rosnei.

Arianne era minha.

— Isso — pressionei a mão no esterno dela, bem em cima do coração — é meu. Um dia, quando tudo isso acabar, você será minha, Bambolina. Será minha esposa. Minha rainha. Você entendeu?

Seu lábio inferior tremeu quando ela me fitou com os olhos marejados.

— Diz que você entendeu — pedi, com desespero se agarrando a cada palavra.

— Eu também estou com medo, Nicco. — Lágrimas silenciosas deslizaram pelas suas bochechas, e meu coração se partiu pela garota que já tinha enfrentado tanta coisa. — Quando eu estava no restaurante com ele... o cara se esforçou demais para me deixar desconfortável, para me mostrar que era ele quem estava no controle.

— Ele... tocou em você? — Minha voz tremia de raiva. Luis me disse que foi tudo bem, que Scott havia mantido as mãos para si mesmo. Mas senti que algo faltava na história.

— Não, não desse jeito. Mas aconteceu uma coisa...

Bruma vermelha começou a me rodear, e meu aperto na cintura de Arianne ficou mais forte.

— Preciso que você se mova, Bambolina.

— Nicco, não...

— Eu estou bem — falei —, mas preciso de espaço. Por favor... — Minha voz ficou embargada.

Arianne saiu do meu colo, pressionou a cabeça na cabeceira e se encolheu enquanto eu me levantava, andando para lá e para cá, feito um animal enjaulado.

— É por isso que eu não queria te contar — ela sussurrou.

— O que ele fez?

— Não foi nada, sério. — Ela olhou para além de mim, como se admitir aquilo fosse um fardo grande demais para carregar. — Eu queria ir embora. Ele queria ficar. Mas eu disse que estava indo. Saímos para o carro e ele disse ao Luis para dirigir. Ele chegou perto demais de mim e roçou a minha cintura, foi só isso. Mas pareceu tão possessivo, tão íntimo. Tudo voltou à tona. Foi como se uma onda gigante tivesse me atingido. — Ela enfim olhou para o meu rosto de novo. — Luis acha que eu tive um ataque de pânico. Eu desmaiei.

— Porra. — Meu punho disparou, atingindo a parede. Dor ricocheteou pelas minhas juntas e foi até o pulso, queimando pra cacete.

— *Nicco*! — Arianne saiu da cama e veio correndo até mim.

— Espera. — Ergui a mão para detê-la. Uma tempestade escura e raivosa rugia pelo meu corpo. Eu queria bater em alguma coisa, sentir dor e sangrar.

Eu precisava disso.

Filetes escuros de sangue escorriam da minha mão, mas eu mal senti. Estava ligado demais. Faminto por aquilo.

— Me deixa dar uma olhada. — Arianne avançou e eu recuei, feito um animal enjaulado sendo cutucado.

— Nicco, sou eu. Apenas eu. — Ela me encurralou, sem deixar saída. Meu corpo tremia com violência enquanto eu tentava, desesperadamente, me agarrar à corda desgastada do meu controle.

— Nicco... — Arianne afastou o cabelo do meu rosto. Abaixei a cabeça, meus ombros estavam curvados e tensos. Eu queria matar aquele cara. Queria caçá-lo e matar o filho da puta com as minhas próprias mãos.

— Volta para mim. — Ela ergueu com cuidado a minha mão machucada e avaliou o dano. — Precisa limpar. Vamos ver o que tem aqui. — Arianne me largou e foi ao banheiro. Quando voltou, ela trazia um pequeno kit de primeiros-socorros. — Achei no armário. Senta. — Seu olhar foi para a cama, mas eu permaneci rígido.

— Preciso ficar em pé.

— Tudo bem. Fica parado. — Ela trabalhou em silêncio, limpando tudo e então enfaixou a minha mão. Minha pulsação começou a desacelerar, o aperto do meu peito estava se soltando.

Era ela.

O toque, a calma dela.

— Sinto muito — deixei escapar.

Arianne segurou o meu rosto com as mãos e me fitou. Deus, eu queria me afogar naquelas piscinas de mel.

— Fala comigo.

— Eu quero matar aquele cara... deveria ter matado.

— E por que não fez isso?

Era a última coisa que eu esperava que ela fosse dizer, mas sabia que não tinha nada a ver com ela, mas comigo.

— Não é simples. — Soltei um suspiro carregado. — Se eu tivesse matado o cara... começaria algo que talvez não fôssemos capazes de terminar. Eu não posso fazer isso com a Família, com você.

Ela assentiu, abaixando a mão para segurar a minha e as entrelaçou.

— Eu odeio Scott pelo que ele fez comigo. Eu odeio tanto ele que às vezes desejo que você tivesse feito isso. — Arianne deu um suspiro trêmulo. — Mas eu quero uma vida ao seu lado. Um futuro. Não vou suportar se você for parar atrás das grades... ou algo pior.

— Se ele te machucar de novo, não vou falar por mim.

Algo cintilou em seu olhar, mas antes que eu pudesse decifrar, Arianne me beijou.

— Não quero mais falar, Nicco. Eu quero que você faça amor comigo. Quero que me faça esquecer os monstros.

— Bambolina... você merece...

— Não me diga o que eu mereço. Posso escolher meu próprio caminho, Nicco. E é você. Você não vê? É...

Minha boca atacou a dela, engolindo as palavras. Arianne tinha razão. Eu não queria ser outro homem em sua vida tirando dela o direito de escolha. Eu a queria ao meu lado, como igual. Como sua outra metade.

— Não sei se vou conseguir ir com calma — murmurei contra seus lábios.

Eu estava agitado demais para pegar leve.

Arianne segurou o meu queixo e se afastou ligeiramente, então me encarou com nada além de amor e desejo.

— Então não se segure.

Arianne

Nicco parecia pronto para me devorar.

Fome fervilhava em seus olhos entreabertos enquanto eles se fixavam nos meus lábios.

— Você faz ideia do quanto você é linda? — As palavras dele me envolveram como um cobertor quente.

Quando estávamos só nós dois, era fácil esquecer todo o resto. Me perder nele.

Minhas mãos foram para a bainha da sua blusa de frio, e eu o senti estremecer enquanto a tirava. Nicco assumiu o controle, e a despiu. Estendi a mão para ele, passando de leve os dedos pelas cicatrizes antigas. Havia tantas. Tantas histórias, tanta dor. Mas cada marca era uma parte dele. Fazia Nicco ser quem era. Ferozmente protetor e obstinadamente leal.

Nicco podia ser mafioso, mas ele me amava com paixão, e eu ainda não conseguia acreditar que podia dizer que ele era meu.

Não dissemos nada enquanto ele tirava meu casaco. Ele logo começou a abrir os botões da blusa, desabotoando-os com bastante precisão. Seus dedos traçaram a curva dos meus seios, brincando com a renda do sutiã.

— *Sei bellissima.*

Fiquei ofegante quando os dedos dele encontraram o cós da minha calça. Nicco só tinha olhos para mim enquanto empurrava com cuidado o tecido para longe dos meus quadris, deixando-os se acumular aos meus pés como um montinho de seda. Ele passou as mãos pelas minhas costas e afagou a curva dos meus quadris.

— Nunca vou me cansar disso. — As palavras saíram em um sussurro rouco.

Sem avisar, Nicco me pegou no colo, e meu gritinho assustado preencheu o quarto.

— Me abrace com as pernas — ele deu a ordem, indo na direção da cama.

A sensação de sua pele na minha era incrível, e eu me pressionei ainda mais, precisando desse momento com ele.

Nicco parou na beirada da cama. Eu estava envolvida ao redor dele, sem a mínima vontade de me soltar. Então ele afagou o nariz no meu e respirou fundo. Um segundo se passou, anseio delicioso estalando ao nosso redor. Só tivemos uma noite juntos. E dessa vez parecia diferente, parecia ser muito mais. Quando nossos lábios se encontraram, pareceu uma promessa silenciosa para tudo que éramos.

Tudo o que queríamos.

O mundo desapareceu à minha volta quando Nicco me deitou na cama. Ele se erguia diante de mim, forte e bonito; um anjo escuro colocado na Terra para me amar, e só a mim. Mas havia um brilho em seus olhos. Um lampejo de algo que me fez respirar bem fundo.

Nicco abriu o botão da calça jeans antes de ficar de joelhos. Seu cabelo caiu por cima dos olhos, me impedindo de vê-lo, mas eu conseguia senti-lo. Sentir cada beijo enquanto ele explorava a minha pele, tocava e provava. Ele me marcou com a língua, girando-a no meu umbigo antes de ir mais e mais para *baixo*.

— Ah, Deus — suspirei enquanto ele mordiscava a renda que me cobria.

— Isso aqui precisa ser tirado. — Ele se afastou e tirou a peça pelos meus quadris e seguiu pelas pernas.

Nicco não deu nenhum aviso quando mergulhou em mim, chupando e lambendo até me deixar em completa submissão. Foi incrível, o calor do seu fôlego em contraste com o frio da sua língua.

— Você tem gosto de paraíso — ele murmurou contra minha pele úmida. — Quero ver você se perder, Bambolina. Olhos em mim.

Eu me apoiei nos cotovelos, observando-o, embriagada de luxúria.

— Está tão gostoso — suspirei, com o corpo tremendo.

Nicco me observou enquanto, devagar, movia dois dedos dentro de mim e os curvava para cima.

— Minha nossa... — As palavras ficaram presas na minha garganta quando ele abaixou a cabeça e moveu língua e dedos em perfeita sincronia.

— Goza para mim, Bambolina.

As palavras me lançaram sobre o precipício. Joguei a cabeça para trás enquanto gritava o seu nome, ondas intensas de prazer me atingindo. Nicco se ergueu, tirou a calça e a cueca. Observei com ávida fascinação enquanto ele se afagava. Ele era longo e duro e tão perfeito que doía olhar para ele.

— Vê o que você faz comigo, *amore mio*? — Suas palavras estavam roucas de desejo enquanto ele vinha na minha direção e se ajoelhava aos pés da cama. — Você é minha, Arianne Carmen Lina Capizola. Nada nunca vai mudar isso. — Ele se arrastou pelo meu corpo até que nos tornamos um.

— Sua — sussurrei em seus lábios, enganchando as pernas ao redor da sua cintura.

Nicco entrou em mim com uma estocada suave, me preenchendo tão completamente que eu não consegui nem respirar. Eu sabia que ele estava se segurando; sabia que ele estava caminhando em uma linha tênue entre o controle e a perda dele. Mas eu não queria que ele pegasse leve comigo. Eu queria tudo. O bom, o mau e todos os pedaços quebrados. Eu queria o príncipe da máfia, o cavaleiro de armadura brilhante, o lutador e o amante.

Resumindo: eu só queria ter ele.

Cada pedacinho.

Nicco envolveu as nossas mãos e as pressionou ao lado da minha cabeça enquanto a outra ia para a minha coxa, puxando a perna mais para cima, indo mais fundo. Mais forte. Ele me beijava como se essa fosse nossa primeira e última vez juntos, como se ele não fosse se fartar. Nossas línguas dançavam em um ritmo lento e erótico enquanto ele estocava em mim com uma contenção de tirar o fôlego.

— Nicco, eu não sou de vidro. Não vou quebrar. — Mordi o seu queixo e arqueei as costas para encontrar suas estocadas bem calculadas.

— Eu não quero machucar você.

— Não vai — suspirei. — Eu quero você. Por inteiro. — Minha mão deslizou pelo seu corpo, pressionando-o contra mim. Ele grunhiu contra meu pescoço enquanto aumentava o ritmo.

— Você é tão deliciosa, Bambolina.

— Mas você precisa de mais — falei, passando os dedos pelo seu cabelo.

Ele congelou, me olhando admirado.

— Tem certeza?

Passei os dentes pelo lábio inferior e mordi de levinho, assentindo.

— Se prepara. — Nicco moveu as minhas mãos para os seus ombros e nos virou sem dizer nada. Minhas bochechas pegaram fogo com a nova posição. Mas eu não precisava me preocupar, não com o modo como ele me olhava. Como se eu fosse a coisa mais preciosa na Terra.

Ele se sentou, esmagando meu peito com o seu.

— Vai ser profundo desse jeito.

— Tudo bem.

Suas mãos foram para o meu cabelo enquanto ele me beijava. Meu corpo formigou com a sensação, meu ventre ficando rígido enquanto ele levava uma das minhas mãos à sua ereção. Eu me ergui um pouco, deixando-o se guiar sob mim, e então me afundei devagar. Bem devagar. Por inteiro. Nossos gemidos ofegantes preencheram o espaço entre nós, e então ele estava me beijando, se movendo em mim. Foi diferente. Mais profundo. Mais intenso. Era como se eu o sentisse em toda a parte. Ele curvou a mão na minha nuca e puxou de levinho, levando a boca à minha clavícula e sugando a pele lá.

— É... meu Deus... — Engoli um gemido. Tudo estava amplificado, prazer puro corria pelas minhas veias. Nicco sugou e lambeu até chegar aos meus seios, provocando um dos meus mamilos. Eu gemi, e então a língua substituiu os dentes, suavizando a ardência.

— Perfeita — ele murmurou na minha pele suada, traçando uma trilha de beijos até a minha boca.

Nossos corpos se moveram mais rápido... com mais força... mais *fundo*. Até os gemidos se tornarem música. Uma crescente cacofonia de suspiros e arquejos ofegantes. Nicco me segurou com força, encaixando nosso corpo tão perto que eu não sabia onde eu terminava e ele começava. Era como se ele quisesse se rastejar para dentro de mim e se tornar parte minha.

Mas ele já era.

Sua alma já estava entrelaçada com a minha.

— Porra, Bambolina. Nada — ele juntou o meu cabelo e o tirou do meu rosto, então pressionou um beijo debaixo do meu maxilar — jamais será tão bom quanto isso.

— Estou quase lá — arquejei, com o corpo tremendo.

— Juntos — ele murmurou, me beijando com tanta intensidade que me senti começar a cair. Mas Nicco estava lá para me apanhar quando gozamos juntos, o rápido subir e descer do peito, as batidas do coração aceleradas.

— Não posso prometer que as coisas não vão piorar antes de melhorarem... — Nicco encontrou meus olhos semicerrados. — Mas prometo que estarei lá no final.

Assenti, emocionada demais para responder. Na nossa bolha, era seguro. Eu me sentia segura, amada e querida. Mas fora dela, sem ele ao meu lado, eu me sentia perdida. À deriva sem a minha âncora.

Nicco nos deitou e puxou o lençol sobre nós. Ele me segurou, os dedos deslizando ao longo da curva da minha cintura enquanto o silêncio nos envolvia.

— Em que você está pensando? — Eu me inclinei para olhar para ele. Nicco estava tão bonito com o cabelo bagunçado e suado, enquanto os olhos brilhavam de amor e possessividade.

— Tudo... e nada.

— Parece complicado. — Dei um gritinho quando ele me rolou para baixo dele.

— Eu estava me perguntando, como vou conseguir te deixar ir embora amanhã? Como vou conseguir te deixar voltar para lá, para ele? Me diz, Bambolina, como? — Dor revestia suas palavras, fazendo meu coração doer.

Levei a mão à sua bochecha e dei um sorriso triste.

— Você vai conseguir, Nicco. Isso é mais importante que nós, você mesmo disse.

Ele agarrou a minha mão e beijou a palma.

— Eu sei, Bambolina. Você está cansada? Com fome? Eu poderia pedir alguma coisa...

— Nicco, para. — Meu braço o envolveu pelo pescoço, puxando seu rosto para o meu. — Eu tenho tudo de que preciso bem aqui. — Eu o beijei, passando a língua entre seus lábios, provocando-o. Nicco assumiu o controle, aprofundando o beijo e tirando o meu fôlego. Calor se empoçou no meu ventre, e eu o senti duro e pronto contra a minha coxa.

— De novo? — Seu olhar intenso me prendeu.

Reprimi um sorriso tímido e assenti.

— Caramba, Arianne. — Ele abaixou a mão entre nós, encontrando o meu sexo. Arquejei quando ele introduziu um dedo em mim. — Você vai me matar.

Eu o puxei mais para perto, até estarmos nariz a nariz.

— Posso pensar em jeitos piores de morrer. — Meus lábios se curvaram contra os dele.

— Eu amo você, Arianne. Com tudo de mim.

— Me mostra — gemi, já sentindo a onda de êxtase se elevar.

Ele olhou bem dentro da minha alma enquanto sussurrava:

— *Senza di te, la vita non ha significato.*

Ergui o rosto para o feixe de luz do sol. Ele aquecia a minha pele, despertando meus músculos cansados.

— Bom dia. — Meus lábios se curvaram quando estendi a mão para Nicco, apenas para encontrar lençóis frios e vazios. — Nicco? — Eu me sentei, afastando os cachos bagunçados do rosto.

O quarto estava silencioso. Parado. Afastei as cobertas e peguei uma camiseta limpa e uma calcinha na mochila. Abri as cortinas, esquadrinhei o estacionamento, mas estava tão vazio quanto o quarto. Desânimo invadiu o meu peito. Nicco não foi embora sem se despedir, não mesmo. Não de novo.

Não depois de tudo.

Pânico me inundou. E se algo tiver acontecido? E se...

A maçaneta sacudiu, e eu congelei, meu coração batendo descontrolado no peito. Agarrei o celular, pronta para ligar para Luis.

— Bom dia. Eu trouxe café.

— Nicco — choraminguei.

— O que foi? — Ele ficou pálido. — Ah, você pensou que eu tinha ido embora, não foi? — Ele abaixou a cabeça, culpa inundando seus olhos escuros.

— Eu... eu não...

— Ei, vem cá. — Ele colocou o café e o saco de papel pardo sobre a mesa e veio na minha direção. — Desculpa, eu nem pensei. — Nicco me puxou para os seus braços e eu fui de bom grado, me aconchegando em seu peito forte.

— Não sei no que pensar. — Enterrei o rosto em seu pescoço.

— Bambolina, olhe para mim. — Seus dedos deslizaram pelo meu queixo e inclinaram minha cabeça para encontrar o seu olhar. — Eu nunca mais vou fazer aquilo. — Nicco me incinerou com o olhar.

— Eu sei.

E sabia.

Mas o profundo pavor que eu senti ao acordar na cama vazia tinha sido real. Uma reação natural a tudo pelo que passei nas últimas semanas.

— Eu acordei cedo, e você parecia tão em paz. Não quis te acordar. — Ele envolveu o braço ao meu redor enquanto nos balançava devagarinho. — Trouxe café e donut.

— Um homem que sabe como agradar. — Sorri. — Quando temos que ir?

— A gente tem tempo — ele disse, e me puxou para a cama. Mas eu não me soltei e nós tombamos em um emaranhado de pernas, braços e risadas. Nicco me olhou, afastando o cabelo do meu rosto. — Queria que tivéssemos mais tempo.

— Eu também. — O nó no meu estômago deu as caras de novo. — O Luis está bem?

— Está. Mas acho que ele não dormiu muito.

— Ele ficou acordado a noite toda? — Franzi as sobrancelhas.

— Ele queria garantir que você ia ficar a salvo. — Nicco roçou o nariz no meu, roubando um beijo.

— Preciso escovar os dentes. — Espalmei o peito dele, rindo quando ele começou a salpicar beijinhos na curva do meu pescoço.

Dei uma risada baixa.

— Acha que eu ligo?

Eu o empurrei e me sentei. Nicco se levantou e pegou o café e os donuts.

— Café, *amore mio*?

— E depois do café? — Meu coração se apertou ao pensar em me despedir de Nicco. Eu estava grata pela nossa noite juntos, mas não bastava. Não quando eu queria que durasse para sempre.

— Depois do café, vou te levar até aquele banheiro ridiculamente pequeno, tirar as suas roupas e lavar cada pedacinho da sua pele, só para poder te sujar de novo.

Minha nossa.

Meu ventre se contraiu.

— Acho que não estou mais com fome — confessei.

— Coma, Bambolina. Você precisa de força. — Ele me lançou um olhar cheio de significado e estendeu o saco de papel.

— Tudo bem, mas saiba que minha *mamma* sempre diz que um segundo nos lábios, uma eternidade nos quadris.

— Shh — Nicco disse. — Você é perfeita do jeito que é.

— E é por isso que comer donuts no café da manhã não é uma boa ideia. — Tentei segurar um sorriso. Aquilo era tão bom. Tão normal.

— Ei — ele se inclinou para perto e afagou a minha bochecha —, não faz isso. — Ele deve ter notado meu desânimo. — A gente tem tempo.

Mas não seria o bastante.

Jamais seria o bastante.

Depois do café da manhã, Nicco cumpriu sua promessa de me sujar. Ele fez amor comigo no chuveiro e de novo na cama antes de ceder à insistência de Luis para que fôssemos embora.

Nosso tempo juntos havia acabado.

— Tudo bem? — Nicco perguntou a Luis quando saímos. Ele pegou a minha mochila e nos deu um aceno de cabeça.

— Precisamos voltar antes que alguém suspeite. Vou dar um minuto a vocês dois. — Luis foi para o SUV.

— Não chora, Bambolina. — Nicco secou as lágrimas que escorriam pelas minhas bochechas.

— Estou tentando ser forte — respondi. — É que eu odeio essa situação.

— Eu sei. — Ele segurou a minha nuca e me puxou para perto. — Eu também. Mas vamos torcer para que não seja por muito mais tempo. Agora que sabemos quem Mike Fascini realmente é, podemos pensar em alguma coisa.

— Mas o que isso quer dizer? — Minha voz ficou embargada, meu coração já estava aos frangalhos.

— Quer dizer que faremos de tudo para dar um jeito nisso.

— Tudo bem — concordei, porque o que mais eu poderia fazer? Nicco não me daria uma resposta mágica. Não havia uma.

— Você consegue, Arianne. Eu sei que você consegue.

— Fácil para você dizer, não é você que... — Engoli as palavras. Eu não queria discutir. Não depois da noite perfeita. — Você vai voltar para Boston?

— Vou. — Nicco parecia eviscerado, culpa estava gravada nas suas feições. Mas ia além daquela expressão. Ela nos revolvia, espessa, pesada e sufocante.

— Então acho que devemos nos despedir. — Uma onda fresca de lágrimas ameaçou cair, mas as engoli.

— Eu te amo, *amore mio*. Lembre-se disso. — Nicco me abraçou com força. — Você tem que se lembrar.

— Arianne — Luis chamou do carro.

— Eu tenho que ir — sussurrei, e dor inundou o meu peito.

— Não é um adeus, Bambolina.

Mas parecia.

Nicco me beijou. Com força, machucando, sem ligar para a audiência. Quando ele deu um último selinho nos meus lábios, eu estava ofegante e longe de estar satisfeita.

— Vai — ele ladrou, rouco. — Antes que eu te peça para ir comigo.

Eu me afastei, me forçando a pôr um pé diante do outro até chegar a Luis.

— Pronta? — ele perguntou.

Assenti, incapaz de falar. Olhei para trás e articulei "eu amo você", antes de entrar no carro, torcendo para que ele não ouvisse o som do meu coração se partindo nem o das minhas lágrimas escorrendo.

Nicco

Ver Arianne entrar naquele SUV foi uma das coisas mais difíceis que eu já fiz. Depois de o carro sumir, não fiquei muito mais tempo. Peguei a mochila e subi na moto, o ronco familiar do motor debaixo de mim acalmando meu espírito.

Arianne ia voltar para aquele monstro.

Não era certo.

Mas era a única escolha que tínhamos no momento.

Mike Fascini não era um cara qualquer: era um homem com sede de vingança. Arianne tinha razão, precisámos descobrir os planos dele.

O casamento, não que eu pretendesse deixá-la se casar com aquele filho da puta, não seria dali a quatro meses. Não faria de Arianne uma Fascini, o negócio deles não se fundiria nem Mike teria acesso ao império de Roberto. Mas e depois?

Ele queria derrubar os Marchetti. Implodir os Capizola.

Mas eu ainda estava deixando algum detalhe vital passar.

Uma coisa era certa, se Mike estava por trás do ataque frustrado a Arianne, e eu apostava que sim, significava que ele não tinha medo de sujar as mãos. Ele não tinha medo de matar uma menina a sangue frio só pelo bem da sua causa, o que queria dizer que ele estava preparado para ir até onde fosse necessário para conseguir o que queria, o que fazia dele um homem perigoso.

Mais perigoso do que esperávamos.

A reserva Blue Hills sumiu atrás de mim enquanto o horizonte de Boston aparecia. Eu precisava falar com o meu pai. Precisávamos de um plano. Arianne estava em segurança, mas o que aconteceria quando Scott decidisse que já tinha cansado de bancar o bonzinho?

Eu estava esperando o meu momento. Seguindo as regras e mantendo o código da Família. Mas se ele sequer tocasse em um único fio de cabelo de Arianne de novo, eu não me responsabilizaria pelas minhas ações.

Porque atacar Arianne seria como atacar a mim.

E um ataque a mim era um ataque à Família.

Eu só precisava que meu pai e os homens dele entendessem isso.

Quando voltei para a casa do meu tio, fui cumprimentado pela caminhonete de Matteo e um dos carros do meu pai.

Uma expectativa nervosa me percorreu enquanto eu estacionava e entrava. Risada alta preenchia o ar, a cadência familiar da voz do meu pai e de tio Alonso soando nos meus ouvidos.

— Niccolò, que bom que resolveu se ajuntar a nós. — Meu pai me lançou um olhar de quem já tinha entendido tudo. — Sente-se, coma. Maria fez a gentileza de preparar um banquete para a gente. — Ele apontou para a comida.

Naquele momento, a porta dos fundos foi aberta e meus primos entraram.

— Nicco. — Matteo veio direto para mim e me puxou para um abraço. — Que bom te ver.

— A você também.

— Primo. — Enzo inclinou o queixo, sua expressão estava tão fria quanto o cumprimento. Ele ainda não tinha superado. E parte de mim não o culpava. Mas isso não mudava nada.

Eu estava com a Arianne.

Ela estava na minha vida, ele gostando ou não.

— Niccolò — tio Vincenzo puxou uma cadeira, me chamando —, venha, temos muito a conversar.

— Depois de comermos.

— Isso aí — Dane interrompeu, se largando em uma cadeira e enchendo o prato com uma quantidade bizarra de comida.

— Cadê os modos, garoto?

— Podemos parar com essa de garoto? — Dane rosnou para o pai.

— Quer que Nicco te dê uma surra de novo? Porque pode ser providenciado. Na verdade, agora que Matteo e Enzo estão aqui, talvez eu coloque os três para te ensinar umas coisinhas.

Enzo riu baixinho, e Dane, com discrição, mostrou o dedo do meio para ele. O garoto era mesmo um filho da puta convencido. Eu podia gostar de lutar com ele, até mesmo derrubá-lo uma vez ou outra, mas se Enzo tivesse uma pequena chance, acabaria com a raça dele.

— Sem dúvida, podemos providenciar — meu primo disse, franzindo as sobrancelhas.

Dane engoliu um bocado de panqueca e falou:

— Só dizer a hora e o lugar.

— Ahh, o garoto tem colhões, preciso reconhecer. — Vincenzo caiu na gargalhada, bateu a mão grande na mesa, fazendo os pratos e as travessas tilintarem.

— Ele precisa saber a porra do lugar dele. — Tio Alonso olhou feio para o filho, mas Dane nem ligou enquanto devorava o café da manhã.

— Que inesperado — falei, erguendo a sobrancelha para o meu pai. Ele bufou baixinho, terminando o café.

— A gente conversa depois de comer.

Ele estava puto da vida.

Provavelmente porque eu fui atrás de Arianne antes de ligar para ele. Mas eu não podia voltar no tempo, e mesmo que pudesse, não teria mudado nada.

Arianne merecia saber a verdade sobre Mike Fascini.

Ela merecia saber exatamente no que estava metida.

— Veja só. — Tia Maria entrou na sala, parecendo a esposa de subchefe que era. — Faz tempo que a minha cozinha não via tantos homens juntos. — Ela passou a mão pelos ombros do marido e deu um beijo na cabeça dele.

— Você está bonita, Maria.

— Obrigada, Toni. Agora, se não se importa, vou pegar esse meu filho e garantir que ele vá para a escola hoje. Dane. — Ela fez sinal para o garoto.

— Mas, mãe...

— É melhor você ouvir a sua mãe, garoto — Tio Michele disse.

— Que palhaçada — Dane resmungou enquanto se levantava. — Eu consigo lidar com o que está acontecendo.

— É o que todos dizem até acabar com uma pilha de merda nas mãos e nos pés. — Tio Al debochou. — Dê o fora daqui, garoto. E vê se não arranja confusão, porra.

Maria tirou Dane da cozinha, e, segundos depois, a porta da casa se abriu e fechou.

REI DE ALMAS

— Ele vai acabar me matando.

— Ele é um bom garoto, Al — meu pai disse. — Jovem e afoito. Tem fome pela coisa.

— Fome demais, se quiser saber.

— Ele só quer fazer a coisa certa por você, pela Família. — O olhar firme do meu pai se virou para o mim. — Não é ruim.

— É bom te ver, Toni. De verdade. Mas por que você veio? — Meu tio se recostou na cadeira, olhando de mim para o meu pai.

— Pergunte ao Niccolò.

— Quer fazer isso agora? — perguntei a ele.

— Quanto antes melhor, filho.

Passei a mão pelo rosto. Eu não esperava que ele fosse aparecer ali, que dirá trazer todos os seus homens de confiança junto. Mas eles eram a minha família.

A Família.

Esperava-se que eu pudesse confiar a minha vida a cada um deles. Mas ao confiar a minha vida, eu também confiaria a de Arianne.

— Niccolò...

Encarei os homens sentados ao redor da mesa. Os homens mais próximos de mim. Meu pai, meus primos e tios. Eu não poderia carregar esse fardo sozinho, e, ainda assim, compartilhá-lo com eles...

— Niccolò — meu pai reiterou. — Estamos esperando.

— Descobrimos uma coisa, Tommy e eu — contei.

— Bem, desembucha, Nic. — Tio Vincenzo devorou outro pãozinho e limpou as mãos no guardanapo.

— Mike Fascini é neto de Elena Ricci.

Silêncio nos envolveu. Denso e pesado com os pecados do nosso passado.

— Que merda é essa que você acabou de dizer? — Vincenzo se inclinou para a frente, os dedos grossos se curvando na beirada da mesa.

— Você o ouviu, Vin — meu pai disse. — Ele está falando a verdade.

— Ricci? *Minchia!* Não é possível.

— Elena Ricci? — Matteo ficou pasmo. — Tipo, a razão para toda essa bagunça ter começado?

— Eu esperava que o resultado fosse diferente — meu pai suspirou —, mas a realidade é que Mike Fascini é, de fato, um Marchetti.

— Que palhaçada — Enzo vociferou e ficou de pé. Mas ninguém nem pestanejou, era o comportamento dele de sempre. Quando as coisas iam para o inferno, ele começava a andar para lá e para cá, igual a um tigre enjaulado. — Aquele filho da puta não é um de nós.

— É claro que não — tio Michele desdenhou. — Mas se o que Niccolò diz é verdade, então as coisas são bem mais complicadas do que a gente supunha.

— É verdade, eu falei com a tia dele.

— A tia dele? Que porra é essa, Nicco?

Olhei para o meu pai e assenti.

— Eu e o Tommy fomos até Vermont. Foi para onde Elena fugiu depois que Alfredo... — Não precisei dizer as palavras, eles já conheciam a história.

— Ela teve o filho de Emilio. Michael. Quando ele se casou, adotou o sobrenome da esposa e se tornou Michael Fascini.

— Mas que merda fodida do caralho — Enzo soltou um assovio baixo.

— Você sabia? — Tio Vincenzo olhou feio para o meu pai.

— Eu tinha as minhas suspeitas.

— Porra — ele suspirou, passando a mão pela barba por fazer.

— Tem mais — afirmei. — Acho que Mike Fascini está por trás do ataque a Arianne cinco anos atrás. Não tenho provas concretas ainda, mas meu instinto diz que estou certo.

— Faz sentido — meu pai concordou. — Tira a garota da jogada, e coloca a culpa na gente.

Meu estômago se afundou enquanto meus tios assentiam. Falar da tentativa frustrada contra a vida de Arianne era o equivalente a me eviscerar com uma faca de serra.

— Mas não deu certo — tio Al disse.

— Pois é. — As palavras saíram tensas. — Então agora ele está trabalhando sob um ângulo diferente. Tommy pensa que ele está se posicionando como um cavalo de Tróia.

— É inteligente. Atacar o império Capizola primeiro e depois vir atrás de nós.

— Ele está nessa sozinho?

Dei um aceno firme para tio Michele.

— Achamos que sim. Não tem evidência de ele ter alguém além da segurança pessoal e da equipe da Fascini e Associados.

Enzo pairava sobre nós, com os olhos estreitados em frestas perigosas.

— É só a gente abater o cara. Ele é um só. Acaba com ele, e essa merda termina.

REI DE ALMAS 117

Um arrepio percorreu o ar com aquelas palavras.

— Lorenzo — meu pai soltou um suspiro cansado. — Nós não podemos simplesmente abater o cara. Ele é uma das pessoas mais influentes do país.

— Estou com o meu filho, Toni. Mike Fascini é uma pedra no sapato da Família. Acabar com ele faz sentido.

Meu pai estalou a língua.

— Sempre rápido demais para derramar sangue. Precisamos avaliar o quadro geral. A garota é...

— A garota é a porra de um problema. — Tio Vincenzo rilhou os dentes. — Desculpa, Nicco, sério, mas ela vai ser a nossa queda se não tomarmos cuidado.

Eu me levantei com tudo da cadeira.

— Ela não está em debate.

— Ela é só mais uma, garoto. De todas as bocetas do planeta, você tem que se apaixonar pela porra da herdeira do Capizola.

— Não fala dela assim, porra — exigi entredentes, com os punhos cerrados na lateral do corpo.

— Niccolò, Vin não quis te desrespeitar, não é?

— Qual é, Toni. Ele é seu capo, seu filho... ele sabia o que estava fazendo...

— *Basta!* — Meu pai bateu o punho na mesa. — Não viemos aqui para falar de Arianne. Niccolò fez a escolha dele. Ela é mulher dele agora. O que quer dizer que ela é da família. Além do que, ela é a única vantagem que temos agora.

— Puta que pariu, inacreditável — sibilei.

— Olha a boca, filho. Eu posso estar do seu lado, mas seu tio tem razão. — Ele franziu o cenho enquanto soltava o fôlego. Eu sabia que a responsabilidade que ele carregava pesava em seus ombros. Assim como eu sabia que um dia ela seria minha.

— Roberto tem boas relações, assim como Mike Fascini. A gente não pode ir atrás do homem. Não até sabermos das intenções dele.

— Acho que está bem clara qual é a intenção dele, Toni. — Vincenzo bufou de desgosto.

— Precisamos de mais tempo. — Comprimi os lábios enquanto passava a mão pelo cabelo.

— Tempo dá vantagem a ele, Nicco. Precisamos atacar agora, enquanto ainda podemos contar com a surpresa.

— Vincenzo — meu pai sibilou. — Não está ajudando. Não podemos ir atrás de Fascini até saber se ele não tem um sistema de segurança. Se dermos cabo do homem, como garantir que ele não tem nada armado para derrubar a gente? Quando finalmente cortarmos a cabeça das operações dele, quero ter certeza de que não vão surgir mais duas no lugar. Não vou arriscar tudo por causa de *se* e de *talvez*. Os Marchetti têm tanto direito ao condado de Verona quanto os Capizola. Eu não vou me curvar e não vou fugir. Mas não vou partir para cima com toda a artilharia só para aplacar a sua sede de sangue.

A boca do meu tio se contorceu de desgosto. Não era frequente o meu pai usar a hierarquia, mas, quando ele usava, sempre parecia cair mal com o meu tio. Ao contrário de tio Michele, que ficava quieto. Ele não era tão suave quanto Matteo, mas era a calmaria para a tempestade de Vincenzo.

— Então vamos ficar de joguinho? Podemos muito bem arriar a calça e deixar eles meterem no nosso...

— Vin. — Tio Michele sacudiu a cabeça, batendo de levinho os dedos da mesa. — Precisamos ouvir o Toni. Ele tem razão, é uma questão delicada, e até termos certeza de como lidar com Mike Fascini sem desencadear uma tempestade, é melhor ficarmos na nossa.

— E a garota?

— O nome dela é Arianne — vociferei, sentindo a lambida da fúria na minha espinha. Meu tio estava me levando ao limite. Mas o que ele não devia ter percebido ainda é que quando o assunto era Arianne, eu sempre revidaria.

Ou talvez ele tenha.

Talvez fosse parte do plano para mostrar ao meu pai que eu estava perdido.

— Preciso de ar — falei.

— Niccolò... — Meu pai soltou um suspiro resignado. — Vai, a gente se fala depois.

Não precisei ouvir duas vezes.

Saí de lá feito um furacão, sem nem olhar para trás.

— Eu tinha esquecido o quanto esse lugar era chique. — Matteo se largou em uma das luxuosas cadeiras gaiola de vime cinza.

— É bem diferente de La Riva, sem dúvida — resmunguei.

— É, mas La Riva é o nosso lar.

— Verdade.

— Conversa comigo, Nic.

— Quando eu a vi ontem à noite, só consegui pensar em levá-la para bem longe daqui, de Verona. Eu queria fazer isso. — Olhei para ele. — Eu queria fazer isso e nunca mais olhar para trás. Que tipo de pessoa isso faz de mim?

— Você ama a garota — ele falou como se fosse a coisa mais simples do mundo.

— É, mas eu também amo a Alessia. Você e Enzo... Bailey. — Passei a mão pelo rosto e soltei um suspiro frustrado.

— Eu sei. Mas não é igual. Você encontrou a pessoa certa para você, cara. A garota que te faz querer mais. Não há nada errado com isso.

Estreitei o olhar, avaliando Matteo. Ele sempre foi diferente de mim e de Enzo.

Com um jeito mais agradável e um coração imenso. Isso não queria dizer que ele não cumpria com os deveres, porque cumpria.

Ele entendia o que significava ser mafioso. Todos entendíamos.

— O que está pegando contigo?

— Comigo? — Ele franziu o cenho.

— É, algo está estranho contigo ultimamente. — Agora que eu parava para pensar, ele estava assim desde o início do semestre. Mas estive distraído demais com um anjo de olhos cor de mel para me debruçar naquilo.

Até o momento.

— Nada. — Ele se inclinou para a frente e se apoiou nos punhos.

— Acha que eu nasci ontem, Matt? Desembucha.

— Conheci uma pessoa.

— Você conheceu uma pessoa? Que porra é essa? Quando... — Fiquei confuso. Matteo não saía com ninguém. Nenhum de nós fazia isso.

Pelo menos eu não, antes de Arianne.

— Lembra daquele trabalho que fizemos no verão, lá em Providence?

— A boate do Zander?

Ele assentiu. Zander DiMarco gerenciava uma rede de boates na região de Providence, Verona e Pawtucket. A Dominion oferecia proteção a ele em troca de uma boa grana. Estivemos lá no verão para coletar *pizzo*, e o filho da puta tinha armado um espetáculo. Tanto que me pai delegou as futuras coletas para o tio Michele e os caras dele.

— Não sei se estou entendendo... — falei. Fazia semanas, e ele não disse absolutamente nada.

— Fiquei em Providence aquela noite. Teve uma tempestade, lembra? — Assenti, tinha sido uma das grandes. — Então, eu esbarrei com essa garota. Uma coisa levou à outra e a gente...

— Você pegou uma garota em Providence e não comentou nada?

Ele ficou pálido.

— Parece idiotice, mas tivemos uma conexão. Foi... Nic, foi incrível. Mas ela me deu um perdido.

— Não brinca. — Cocei o queixo. — Você gosta mesmo dela?

— Ela... porra, a gente simplesmente se encaixou. E o sexo, juro que morri e fui pro céu. Mas fiquei com a impressão de que ela não estava me contando a história toda, e você já sabe que eu não fui muito sincero com ela.

— Então por que você está me contando isso agora?

— Porque eu achei que você ia entender. Porque olho para você e Arianne e quero a mesma coisa. Quero pra caralho.

— Você deveria ligar para ela.

— Já te falei, ela bloqueou o meu número.

— Bem, então vá até lá para vê-la.

— Não, cara. Não posso...

— Por que não, porra?

— Jamais daria certo. Estou aqui, ela em Providence. Foi um lance de uma noite só.

Mas não foi. Dava para ver nos olhos dele, no leve retorcer de sua boca. Matteo estava caidinho, e eu tinha estado focado demais em mim para notar.

— Desculpa.

— Não tem pelo que se desculpar. — Ele passou a mão pelo cabelo louro-escuro. — Eu não te contei, e você não lê mentes. Além do mais, você anda um pouquinho ocupado.

Ainda assim, não aliviou a culpa que me percorria.

— Olhe só a gente. — Eu me afundei na cadeira.

— É... quem diria. — Ele riu, mas saiu estrangulado. — Sei que a Família vem em primeiro lugar, Nic... mas família é importante também. Tio Vin te deu uma prensa lá, mas foi só porque ele não entende. Ele não sabe como é.

REI DE ALMAS

Matteo entendia?

Como?

Na maior parte do tempo, nem eu mesmo entendia o que era aquilo que eu e Arianne tínhamos.

— Não sei se algum dia ele vai — confessei.

Matteo me deu um aceno compreensivo de cabeça.

— Então eu acho que você vai precisar convencer o homem.

Arianne

— Tristan? — Corri até a cama dele, mal contendo as lágrimas que se acumulavam nos meus olhos.

Tristan estava acordado.

— Ei, prima. — Ele sorriu, mas o gesto não chegou aos seus olhos.

— Estou tão feliz por você ter acordado. — Agarrei sua mão e a apertei. — Meu Deus, Tristan, eu...

— Aí está ela.

Minhas costas retesaram quando ouvi a voz de Scott.

— Não sabia que você estava aqui — falei entredentes.

— Relaxa, gata. — Ele passou o braço pelo meu ombro, como se fosse meu dono. — Podemos contar as boas notícias para Tristan agora que você está aqui.

Meu primo franziu a testa.

— Vá em frente — Scott riu —, diga a ele.

Respondi sua insistência com silêncio. Eu jamais proferiria aquelas palavras.

— Nós estamos noivos — ele praticamente cantarolou.

— Merda, Ari, sério? — Tristan deu um enorme sorriso. — Eu sabia que ele ia pedir, mas não achei...

— Ele não pediu.

— Como assim? — Tristan franziu o cenho enquanto alternava o olhar entre mim e Scott. — Mas você acabou de dizer...

— Semântica. — Scott deu de ombros. — Depois do incidente, as coisas caminharam um pouco mais rápido do que esperávamos. Mas vamos oficializar no próximo fim de semana.

— O que vai acontecer?

— Nossa festa de noivado. Não é, gata?

Olhei feio para Scott, rogando para que ele tirasse a máscara por pelo menos um minuto. Eu estava ali para ver Tristan, nada mais.

— Por que eu tenho a sensação de você não está me contando a história toda? — Os olhos de Tristan cravaram nos meus até que os desviei. Eu não queria fazer aquilo, não ali. Não com Scott do meu lado.

Eu me desvencilhei das mãos de Scott, peguei a de Tristan e apertei de levinho.

— O importante é que você está acordado.

— Ainda não consigo acreditar que estou fora da temporada. Na porra do último ano. — Ele praticamente rosnou as palavras.

— Sinto muito — falei.

— É, pois somos dois. O Marchetti...

— Vazou — Scott se apressou a dizer. — Não vai dar as caras em Verona tão cedo se sabe o que é bom para ele. — Senti Scott me encarando fixamente, mas nem olhei para ele. Estava ocupada demais tentando não desmoronar.

— O que você lembra daquela noite? — Scott perguntou ao meu primo.

— Não sei, cara. Está tudo meio embolado. Vocês dois estavam brigando...

— Ele apareceu do nada. Eu estava conversando com Arianne e o cara me atacou.

Engoli uma lamúria. Não foi o que aconteceu. Nicco estava me defendendo, me protegendo. Mas eu sabia que a verdade entraria em um ouvido e sairia pelo outro enquanto Scott estivesse ali. Ele e Tristan eram melhores amigos, e meu primo não morria de amores por Nicco.

— Primeiro, ele quebrou seu dedo, depois veio atrás de mim. O cara é um psicopata...

— O que você falou? — Eu enfim olhei para Scott.

— Que parte? — Ele deu um sorrisinho.

Ele sabia exatamente que parte, mas ia me fazer repetir.

— Ele quebrou o dedo de Tristan?

— Você não sabia? — O sorrisinho dele se tornou maligno. — Na festa algumas semanas atrás.

— Ele fez isso mesmo? — perguntei ao meu primo, que assentiu.

— Ele e os capangas me agarraram e me arrastaram para a oficina. O filho da puta deu uma martelada no meu dedo. — Meu estômago revirou de descrença.

— Ele não... ele não faria...

— Era o que eu estava tentando te dizer, gata. Niccolò Marchetti é um monstro.

— Mas por que ele faria isso?

Eu sabia que ele e Tristan não se batiam, mas quebrar o dedo dele? Não fazia sentido.

— Por que você acha? — meu primo disse, frio. — Porque ele queria informação. Ele queria saber se a minha prima, a herdeira Capizola, estava mesmo frequentando a UM. — Tristan não pareceu bravo dessa vez... apenas resignado.

Eu não sabia o que pensar.

Eu sabia que Nicco não era lá muito bom; o cara era o príncipe da máfia, pelo amor de Deus. Eu vi enquanto ele batia em Scott até o cara sangrar e depois partiu para cima de Tristan em um arroubo de fúria. Mas por baixo do mafioso havia alguém que protegia com ferocidade aqueles que amava, leal até a morte. Então não saber o que ele tinha feito com o meu primo me pareceu meio que uma traição.

— O que foi, gata? — Scott passou os dedos pelos meus ombros. — Enfim está percebendo o tipo de pessoa que o Marchetti realmente é?

Eu não olhei para ele, mas senti sua desaprovação, ouvi o sorrisinho nas suas palavras.

— Deixa a garota em paz, babaca — Tristan disse, lançando um olhar solidário para mim.

Uma semente de esperança fincou raízes no meu peito. Talvez meu primo não estivesse de todo perdido.

— Estou feliz por você estar acordado — repeti, como se fosse apagar a conversa esquisita dos últimos minutos. — O médico falou quando você vai ter alta?

— Eles precisam fazer mais alguns exames, ficar de olho nos sinais vitais por mais alguns dias.

— Que notícia boa — Scott afirmou. — Talvez você consiga ir à festa de noivado.

Reprimi um tremor e fechei os olhos. Quando os abri de novo, Tristan me observava com os lábios comprimidos. Dei um pequeno sorriso para ele, que estreitou os olhos. Ele sentia que havia algo errado, mas não fez perguntas.

— O time está em boas mãos. — Scott começou a atualizá-lo sobre os Montague Knights, e eu deixei meus pensamentos vagarem.

Nicco teve muitas oportunidades para me contar que tinha machucado o Tristan.

Mas ele não contou.

Meu primo tinha dito que Nicco estava atrás de informações sobre a herdeira Capizola. Ele não sabia que era eu na época, e não pude deixar de me perguntar se ele teria feito diferente se soubesse.

Nicco vivia de acordo com um código, eu sabia. Ele havia sido criado para uma vida que eu jamais entenderia. Mas isso não me fazia amá-lo menos. Assim como descobrir que eu era a herdeira Capizola não o fez me amar menos.

Nosso destino estava selado no segundo em que cruzei caminho com ele e Bailey naquele beco escuro.

Nicco me salvou naquela noite.

Eu só não esperava que ele fosse me libertar também.

— Tudo bem, Tristan. — Uma enfermeira entrou no quarto. — Você precisa descansar.

— Acho que é a nossa deixa — Scott disse. — Pega leve, cara, e a gente se vê em breve. — Os dois trocaram um soquinho.

Tristan apertou o meu braço.

— A gente se fala em breve.

Dei um breve aceno de cabeça para ele.

— Tchau.

Saí correndo do quarto, sem esperar que Scott me acompanhasse. Mas minha tentativa de escapar foi em vão. Ele me alcançou e segurou minha mão.

— Seria de se pensar que você está tentando fugir de mim.

— E estou — disparei.

— Tsc, tsc, *Principessa*, você precisa aprender a respeitar os outros. Sou seu noivo. Seu futuro marido. Em breve, serei eu na sua cama, entre as suas pernas.

Bile subiu para a minha garganta, fazendo meus olhos lacrimejarem. Rebeldia queimou dentro de mim.

— Eu nunca serei sua — cuspi as palavras para ele.

Foi um erro.

Scott apertou a minha mão com mais força e me arrastou para a escadaria. Estava deserto lá, ainda menos movimentado do que o corredor de que acabáramos de sair. Ele me empurrou contra a parede e curvou a mão ao redor da minha garganta.

— Repete.

— Eu nunca serei sua. — Meus olhos se estreitaram de ódio.

— Acha que vão te dar ouvidos? — Scott se aproximou, respirou fundo, passou o nariz pela curva do meu pescoço de um jeito que me fez engolir uma onda de lágrimas e vômito. — Eu vou entrar em você de novo, e você vai querer. Vai implorar por mais depois que eu terminar com você, porra.

— Tire as mãos de mim. — Minha voz tremeu, me traindo.

— O que você vai fazer, gata? — Ele lambeu a minha pele. — Gritar? Porque você sabe que só vai me deixar mais...

A porta se abriu no andar de baixo, e vozes ecoaram pela escadaria. Aproveitei a distração para tirar Scott da minha frente e saí andando. Sua risada sombria percorreu os meus ombros, me causando calafrios.

— O tempo está passando, Arianne.

Desci a escada e entrei no saguão do hospital. Luis se levantou no segundo em que me viu.

— Arianne, o que foi?

— Nada. A gente pode ir, por favor?

Ele havia ficado lá embaixo para me dar privacidade. É claro que eu não tinha esperado que Scott estaria ali ou que seria louco o suficiente para tentar algo em um hospital.

Eu não cometeria esse erro de novo.

— Vitelli, que prazer te ver aqui. — Scott se aproximou de nós, exibindo seu sorrisinho nojento de sempre.

Luis olhou feio para ele antes de olhar para mim.

— Tem certeza de que está tudo bem?

— Está. — A palavra quase me sufocou.

— Tínhamos assuntos a discutir — Scott afirmou. — Mas acho que ela captou a mensagem.

Precisei me segurar para não responder. Engoli as palavras. Eu queria discutir com ele, mas precisava escolher minhas batalhas com sabedoria, porque precisaria da minha armadura nas semanas que estavam por vir.

— Vamos. — Luis colocou a mão gentil no meu ombro. — O carro está esperando.

— Sem nem dar tchau? — Scott fez beicinho.

Eu me afastei dele com a cabeça erguida. O cara poderia me pressionar e me provocar, mas eu não permitiria que ele me fizesse perder a cabeça.

De jeito nenhum.

Assim que saímos do hospital, Luis segurou a minha mão.

— O que aconteceu?

— Só Scott sendo bizarro como sempre.

— Ele fez alguma coisa?

— Não importa. — Me desvencilhei dele, lutando com as lágrimas que ameaçavam cair.

— Arianne, importa. Se ele…

— Se ele o quê? — repeti entredentes. — Ele tem todas as cartas, e sabe bem disso.

— Seu pai negociou…

— Meu pai não está no controle, eles estão. Então, não, não estou bem. Mas preciso estar. Porque se eu ceder mesmo que apenas um centímetro para Scott, ele vai tirar tudo de mim, e não vou permitir que ele faça isso de novo, não vou.

— Não vou sair do seu lado de novo. Eu sabia que deveria…

— Luis, não foi culpa sua. Nós estávamos em um hospital. Não tinha como você saber que Scott estava aqui.

— Talvez precisássemos saber.

— Como assim?

— Talvez seja melhor a gente começar a rastrear o cara.

Revirei os olhos.

— Se acha que vai ajudar. — Eu não achava, mas estava claro que Luis queria fazer alguma coisa, qualquer coisa, para tentar dar um jeito na situação.

— Vou falar com Roberto de novo, talvez ele possa…

— Não, você não vai. Não temos certeza de que ele não vai contar tudo para Mike, e se ele contar… — Só Deus sabia o que aconteceria comigo.

Meu pai não era um aliado. Ele era um peão.

— Eu consigo lidar com Scott.

— Você não deveria lidar com aquele merda.

— Você tem razão, eu não deveria. Mas que escolha eu tenho?

Indecisão tremulou em seus olhos, então ele se aproximou de mim e disse:

— Quero que você ande com uma coisa.

— O quê? — arquejei, certa de que tinha entendido mal.

— Só um canivete. Algo discreto. Você tem treinamento em autodefesa. Sei que seu pai te obrigou a fazer aulas depois do que aconteceu na escola.

— Luis, eu não sei…

— Sei que precisamos esperar, mas você não deveria ficar perto daquele monstro sem ter como se proteger.

Mas uma faca?

Eu não sabia nem o que pensar.

— Só para você se proteger, e me faria me sentir muito melhor.

— Tudo bem — cedi.

— Vou arranjar uma, e passar um tempo te ensinando a…

— Acho que dou conta. — Um arrepio me percorreu. — A gente pode ir agora? — Entre minha visita a Nicco e depois a Tristan, meu emocional estava um trapo.

— Como quiser. — Luis me guiou até o SUV, segurou a porta e eu entrei.

Scott ainda estava lá, me encarando. Seus olhos dele diziam um milhão de coisas que eu não queria ver.

Não havia como fugir.

Não havia saída.

Eu era dele.

E ele tinha toda a intenção de me fazer perceber isso.

Foi fácil evitar Scott na faculdade. A gente não fazia as mesmas aulas, e ele era um deus no campus. Adorado e idolatrado pelas massas. Aquilo deveria ter me feito me sentir um pouquinho melhor.

Mas não fez.

Eu estava inquieta.

Eu sentia saudade de Nicco. Apesar de todas as questões que eu tinha quanto a Tristan. Com o que aconteceu entre eles. Ainda havia o fato de que eu sentia como se estivesse esperando.

Esperando Scott fazer o próximo movimento.

— Ari?

— Desculpa? — Pisquei para Nora. Era quarta-feira, e tivemos que dar o braço a torcer e ir comer no refeitório por causa da chuva. Mas conseguimos encontrar lugar para sentar bem longe de todo mundo. Longe do time de futebol americano e das fãs.

— Eu perguntei o que está rolando ali? — Ela apontou a cabeça para onde Scott estava sentado com os colegas de equipe. Uma garota pairava sobre eles, com as mãos nos quadris. Mesmo de longe, dava para dizer que ela estava puta.

— É a Emilia?

— É — respondi, observando a garota apontar o dedo na cara de Scott.

— Cara, ela está dando um belo esporro nele.

Scott olhou para ela, dando um sorrisinho. O riso fez seus ombros sacudirem enquanto ela continuava o sermão. A garota saiu feito um furacão, com os olhos marejados.

— Preciso ir. — Peguei a bolsa e me levantei.

— Ir? Mas a gente acabou de chegar. — Nora me encarou como se eu tivesse enlouquecido, e talvez tivesse mesmo.

— A gente se vê depois, ok? Pode comer o meu. — Apontei para a bandeja com a comida intocada.

— Quer que eu vá?

— Não, está tudo bem. Luis vai estar comigo. — Ele assentiu antes que eu disparasse pelo refeitório, tendo o cuidado de evitar Scott e os amigos.

— Emilia, espera — chamei.

— O que foi? — Ela parou e deu meia-volta. — Ah, é você.

— A gente pode conversar?

— O que poderíamos ter para dizer uma à outra?

— Por favor?

— Tudo bem, cinco minutos. Vem. — Ela apontou para o pergolado além das portas. Era um dos cinco que havia espalhados pelo gramado. A chuva caía em nós enquanto corríamos para lá. Luis ficou por perto, mas não nos seguiu até o abrigo.

— Você ainda tem quatro minutos e quarenta segundos — ela sibilou.

— Emilia, por favor.

— Eu amo o Scott. — Ela suspirou. — Estou apaixonada por ele.

— Você não ama esse cara. — Não era possível. Ele era um mostro.

— Como você sabe que droga eu sinto? Ele era meu antes de você aparecer e...

Ela cerrou os lábios e balançou a cabeça.

— Confie em mim, eu queria que as coisas fossem diferentes. Eu não quero o Scott. Não quero nada disso.

Emilia franziu a testa enquanto me avaliava.

— Ele me contou, sabe? Me provocou com o seu noivado.

Meu coração parou por um segundo. Se ela sabia, outros talvez também soubessem. *Todo mundo vai saber em breve.* Soltei um suspiro cansado.

— Ouça o que você disse. Scott não é uma pessoa boa, ele não é... — Respirei fundo e escolhi com bastante cuidado as minhas próximas palavras. — Scott já te machucou, Emilia? Fez algo contra a sua vontade?

— Ele jamais… eu amo o Scott. Nós íamos ser felizes juntos. Nós íamos… — O lábio inferior dela tremeu, e vi quando ela percebeu. Scott a machucara, ela só não tinha separado fantasia da realidade ainda. Talvez fosse seu mecanismo de defesa, ou talvez fosse o jeito dela de dar sentido àquilo, ou talvez ela realmente o amasse.

Mas isso não mudava o fato de que Scott era um monstro.

— Você poderia estar com alguém bem melhor — falei.

— Faça-me o favor. — Ela revirou os olhos, indignação brilhando ali. — Depois de Tristan, Scott é o solteiro mais cobiçado da UM. E ele era meu. — A testa franzida se transformou em um olhar furioso.

— Não sou sua inimiga, Emilia. Mas poderia ser sua aliada.

— Que droga isso quer dizer? Você está noiva dele… vai se casar com ele, e está querendo o quê? Tramar algum plano maluco de vingança? Eu não preciso ouvir isso. Fique longe de mim, ok? Não sei o que você pensa que sabe, mas está errada. — Emilia começou a ir em direção aos degraus.

— Só pense no assunto, por favor.

Se houvesse outras garotas como eu e Emilia, talvez pudéssemos ir até a polícia. Talvez eles encobrissem o caso, mas se tivesse muitas meninas, alguém teria que levar a denúncia a sério, não teria?

Mas minhas esperanças logo foram esmagadas.

— Não dá para enfrentar uma família como os Fascini — Emilia disse, com profunda resignação. — É melhor você se lembrar disso.

Emilia me evitou depois disso. Assim como eu continuei evitando Scott. Quando a manhã de quinta-feira chegou, quase fui capaz de me levar a pensar que eu era só uma garota normal morando com a melhor amiga e fazendo faculdade.

Mas eu não era normal.

Eu estava presa no purgatório.

Vivendo um pesadelo.

Passei o tempo contando as horas e os minutos até a próxima mensagem de Nicco.

Igual a uma viciada esperando pela próxima dose, peguei meu celular, desesperada para ouvir a notificação ou senti-lo vibrar.

Eram as palavras dele, as mensagens de amor, que me faziam sobreviver a esses dias.

Mas era uma sensação ambivalente. Eu sabia que precisaria perguntar a ele sobre ter machucado Tristan, mas nunca parecia ser a hora certa. Ele estava em Boston, e eu aqui, e essa não era uma conversa que eu queria ter por telefone. Eu precisava encará-lo nos olhos quando perguntasse, ver sua expressão.

E ainda havia o pequeno detalhe de que, a cada dia que se passava, mais a festa de noivado se aproximava. Minha mãe já havia enviado três vestidos para eu escolher. Era para Scott e eu irmos combinando, o que queria dizer que quando eu escolhesse o vestido, precisaria informar a ele para que ele usasse uma gravata da mesma cor.

Mas informar a ele significava falar com ele. E falar com ele significava ouvi-lo. Então pedi a Luis para passar o recado. Eu poderia ter mandado mensagem, mas pareceu uma pequena vitória desafiá-lo.

Até eu ir à sala de estar e encontrá-lo sentado no sofá.

— Se é assim que você fica assim que acorda, vou ser um cara de muita, muita sorte. — Ele encarou o meu corpo sem nem disfarçar, deixando o olhar faminto se demorar nas minhas pernas nuas. Eu estava usando um blusão da UM que ia até o meio das coxas.

— O que você está fazendo aqui? — Envolvi os braços ao redor da minha cintura.

— Isso é jeito de cumprimentar o seu noivo? Passei para te trazer algo para sábado. Vou ter treino extra hoje e jogo amanhã. — Ele se levantou e veio até mim. Passos lentos e seguros, como se fosse dono do apartamento e de tudo ali dentro.

Incluindo eu.

Ele enfiou a mão no casaco e tirou de lá uma caixa de joia em formato retangular. Ele abriu a tampa e mostrou um colar de diamantes. Era deslumbrante. Um cordão delicado de brilho e elegância.

Odiei a peça na mesma hora.

— É demais.

— Você é minha noiva, Arianne. Há muito mais de onde isso saiu. — Ele ia tirar o colar da caixa, mas coloquei a mão sobre a dele.

— Vou usar no sábado. — Se ele tentasse pôr aquilo em mim, eu temia que fosse desmoronar.

— Muito bem. — Ele fechou a tampa e colocou a caixa no balcão ao meu lado. — Você deveria usar o vestido prata.

— Como você... deixa.

Ele me avaliou, seu olhar incisivo vasculhando meu rosto, buscando o que eu não sabia.

— Sei que não começamos com o pé direito, mas é só porque você me deixou louco pra caralho. — Scott estendeu a mão e colocou uma mecha atrás da minha orelha. — Nós poderíamos ser tão bons juntos.

Meu corpo começou a tremer de indignação. Ele achava mesmo que algo do que dissesse poderia consertar aquilo? O cara era mais iludido do que eu pensava.

— É melhor você ir — falei, recuando ligeiramente. Ele estava agindo estranho, e aquilo me dava nos nervos.

— Tá. Mas use os diamantes e o vestido. Eu te vejo no sábado.

Pavor tomou conta de mim e se assentou com força no meu estômago. Segundos se passaram, o silêncio era estranho e sufocante. Eu meio que esperava que ele fosse fazer alguma coisa, algum comentário grosseiro ou que tentasse me intimidar. Mas ele não fez nada disso. Soltou um longo suspiro antes de me dar um aceno e ir embora.

Luis entrou correndo na sala minutos depois e me encontrou de pé na mesma posição.

— Arianne, o que houve?

— Ele estava aqui.

— Filho da puta sorrateiro — ele disse entredentes. — Recebi uma ligação dizendo que houve um problema no estacionamento subterrâneo. Ele deve ter ligado para entrar aqui escondido. Ele...

— Não. Ele agiu... foi esquisito.

— Esquisito como? — Luis chegou mais perto.

— Ele foi quase... normal.

Ele reprimiu um grunhido.

— Me conte exatamente o que ele disse.

— Ele me trouxe isso. — Entreguei a caixa a Luis. — Me disse para usar no sábado, com o vestido prata.

— Nada mais?

Eu assenti.

— É tudo um jogo para ele. — Ele cerrou a mandíbula. — Ele quer nos mostrar que ainda tem poder. Vou aumentar a segurança aqui. Garantir que ele não entre escondido de novo.

— Tudo bem — murmurei, ainda enraizada ali.

Algo na visita de Scott me incomodou, e eu estava começando a pensar que nada o manteria longe de mim. Ele conhecia cada truque, cada ponto cego.

Eu podia lidar com o monstro desbocado que gostava de me fazer ter náuseas e de me acovardar. Mas o Scott calmo e composto era um animal diferente.

Ele estava mudando as regras. Tentando me pegar desprevenida.

E eu estava com medo de que fosse funcionar.

Nicco

— Como você está?

Silêncio preencheu a linha. Era sábado, a manhã da festa. Eu queria ligar para Arianne e dizer que tudo ficaria bem.

Passei a semana querendo fazer isso.

Mas não consegui encontrar as palavras. E talvez eu estivesse ficando paranoico, mas ela passou a semana toda esquisita.

A gente ainda se falava e trocava mensagem. Ela me contava como foi o dia, e eu contava da minha rotina monótona. Mas Arianne estava distante, com uma tristeza persistente na voz que eu não conseguia reconhecer.

Aquilo estava me comendo por dentro.

Cutucando cada insegurança que eu tinha quanto ao nosso relacionamento, ao nosso futuro.

Ela odiava o Fascini, eu não duvidava disso. Minha doce Bambolina falava dele com tanto desdém que nem uma vez questionei seus sentimentos pelo cara.

Mas *algo* havia mudado.

E eu não conseguia deixar de me perguntar se era por causa da nossa distância física. Se o que estávamos exigindo dela era demais. Luis ficava de olho nela e me dava notícias. Porém, não era o bastante. Depois de mais uma semana separados, sem nenhuma luz no fim do túnel, eu estava começando a perder as esperanças.

Talvez Arianne também estivesse.

— *Amore mio?* — sussurrei. — Fala comigo.

— Não consigo acreditar que é hoje — ela por fim respondeu, aliviando um pouco o aperto no meu peito. — Passei a noite acordada desejando que as coisas fossem diferentes... que eu fosse uma garota normal. Mas a minha vida nunca vai ser normal. — O suspiro resignado que ela soltou me cortou até os ossos. Minha garota estava desistindo. Ela estava escorrendo entre os meus dedos, e eu não sabia que porra fazer.

Se eu fosse até ela…

Não podia. Meu pai meu deu ordens estritas para permanecer em Boston. Deu até mesmo instruções estritas para o meu tio Alonso se certificar de que eu não fizesse nenhuma loucura.

Ele não confiava em mim quando o assunto era Arianne, e talvez ele tivesse razão.

Porque enquanto eu agarrava o telefone com força, esperando pelas próximas palavras de Arianne, tudo em que eu podia pensar era em voltar para Verona.

— Eu só quero amar você, Bambolina. Com tudo de mim.

— Eu sei. — Ela soltou um suspiro entrecortado. — E eu quero ser forte, de verdade. Mas não consigo evitar pensar que essa noite vai mudar tudo.

Porra.

Aquilo estava me matando.

Arianne havia se arrastado para dentro da minha alma, se entrelaçado com o meu DNA. Se ela se machucasse, eu me machucava. Se ela sangrasse, eu sangrava. Se ela chorasse, minha alma prantearia com ela.

— Há algo mais, não é? — perguntei. — Algo que você não está me contando.

— Como você… — Ela se deteve.

— Seja o que for, você pode me contar. — Meu corpo tremia com violência. Se o Fascini tiver machucado… não, Luis teria me dito. — Você está tendo dúvidas sobre… nós? — Eu mal consegui fazer as palavras passarem pelo nó na minha garganta.

— O quê? *Não*! Não é isso. Eu amo você, Nicco. Não tem como mudar isso.

— Então o que é, Bambolina? Por favor, me diz. Você precisa me contar.

Seu silêncio foi ensurdecedor.

— Arianne, por favor…

— Tristan acordou.

— Mesmo? — Eu me enchi de alívio. — É bom, não é? — Eu sabia que Arianne gostava do primo, e eu jamais ia querer causar dor a ela. Então Tristan estar acordado só podia ser bom.

Ainda assim, ela não parecia muito satisfeita.

— Eu o vi no hospital. Scott estava lá, e disse algumas coisas… coisas sobre você.

Meus músculos se retesaram.

— Que coisas? — Tentei manter a voz calma, mas não consegui disfarçar um pouco do pânico.

— Eu não queria falar disso por telefone, mas preciso perguntar... Você machucou o Tristan, Nicco? *Antes* do incidente?

Ela sabia.

O filho da puta contou para ela.

Não escondi dela de propósito. É que tudo aconteceu tão rápido, e agora ali estávamos nós.

— Eu deveria ter te contado — falei.

— Então é verdade? Você quebrou o dedo dele?

— Foi antes de eu saber a verdade sobre você.

Ela respirou bem fundo.

— Entendi.

— Bambolina, por favor. Você sabe quem eu sou. O que eu faço.

— Existe saber, e *saber*, Nicco.

— O que você quer que eu diga? — As palavras saíram sofridas.

Era o que eu era.

Eu não poderia mudar o meu legado.

Assim como Arianne não poderia mudar o dela.

Eu era um Marchetti. A Família vinha em primeiro lugar. Sempre viria, a menos que eu decidisse me afastar de tudo aquilo e nos fadar a uma vida no exílio. Seria Emilio Marchetti e Elena Ricci parte dois.

— Nada — ela suspirou. — Não há nada a dizer. Eu só queria saber. Queria que Scott não tivesse usado a verdade contra mim daquele jeito. Eu me senti uma idiota.

— Você não é idiota, Bambolina.

— Não? — ela fervilhou. — Então me diz por que eu me sinto uma? Estou cansada de ter homens ditando a minha vida. A única pessoa que parece entender isso é o Luis. — Arianne riu, mas foi um som amargurado e estrangulado. Bem diferente da doce melodia suave que geralmente escapulia dos seus lábios.

— Ele me deu um canivete, sabe. Tenho treinado com ele.

— Ele o quê? — Cerrei a mão com força. Luis não me contou nada.

— Ele disse que eu deveria ser capaz de me proteger.

— Bambolina, você está segura... sei que não parece, mas não vamos deixar nada te acontecer. — Mesmo enquanto eu dizia as palavras, não sabia se ainda acreditava nelas.

REI DE ALMAS

Aquilo não se resumia a Arianne.

Era maior que ela, maior que eu.

Que nós.

— Você não está aqui, Nicco. — As palavras incisivas pareceram um tapa na minha cara. — Não tem como você garantir a minha segurança se não está aqui.

— Isso não é justo.

— Nada disso é.

— Por que estou com a impressão de que estamos tendo a nossa primeira briga?

Ela soltou outro suspiro.

— Eu preciso ir. Vou me encontrar com minha mãe e Suzanna Fascini para fazer a maquiagem. — A falta de emoção na voz dela me preocupou.

Eu sabia que aquilo estava cobrando um preço de Arianne, mas ela parecia tão derrotada.

— Eu amo você, Arianne Carmen Lina Capizola. Você só precisa aguentar firme um pouco mais. Você consegue? — *Por mim?* Engoli aquele pensamento. Arianne já estava puta comigo; não queria jogar mais lenha na fogueira.

Mas eu precisava que ela lutasse um pouco mais.

— Bambolina, por favor... — acrescentei.

— Eu tenho que ir. A gente se fala. — Arianne desligou na minha cara.

Soltei um rugido gutural e joguei o celular do outro lado do quarto. Por sorte, não bateu na parede, e pousou com um baque no tapete macio. O aparelho era meu único meio de manter contato com Arianne. Se eu não tivesse isso, não teria mais nada.

Todo dia passado longe dela era mais um dia em que minha alma doía. Mais um dia em que os laços que nos atavam se afrouxavam. Eu conhecia o bastante dessa vida para saber que ela exigia sacrifícios. Exigia que os homens oferecessem uma parte da alma, que colocassem a Família acima de tudo.

Mas a maioria deles não encontrava um amor como o nosso.

Ele transcendia as obrigações familiares e o pensamento racional. Vivia dentro de mim, trançado em cada fibra do meu ser.

Eu temia que se eu não lutasse por Arianne, se não fosse o cara que ela merecia, então não restaria nada de mim para dedicar à Família.

Porque, sem ela, eu não era inteiro.

Passei o dia circulando pela casa, ajudando a minha tia. Ela me lembrava tanto da minha mãe que sua presença me trouxe um conforto inesperado. Tia Maria não tinha governanta, ela gostava de colocar as mãos na massa. Porém, mais do que isso, ela respeitava minha necessidade de espaço, me deixando ajudá-la em um silêncio confortável ou com conversa fiada.

Quando terminamos na cozinha, ela veio até mim e segurou o meu rosto com suas mãos pequenas.

— Você é tão bonzinho, Nicco. Arianne tem sorte por ter você.

— Tem? — Franzi as sobrancelhas.

— Você a ama, não é? — Assenti. — E você faria de tudo para fazer a menina feliz? Para mantê-la em segurança?

— Você sabe que sim.

— Bem, então, pare de sentir pena de si mesmo. Você é Niccolò Marchetti. — Ela me deu uma piscadinha compreensiva e um tapinha na minha bochecha. — Acho que ouvi seu celular vibrar. É melhor você ir dar uma olhada. Pode ser ela.

Eu o deixei no quarto, para evitar olhar para o aparelho a cada cinco segundos.

Tia Maria já ia sair, mas eu a chamei no último segundo.

— Você é feliz?

Ela parou e me deu um sorriso caloroso.

— A gente tem uma única vida, Nicco. Amor, família e boa comida, o que mais há?

— As outras coisas... não te incomodam?

— Claro que incomodam, mas eu fiz a minha escolha. Assim como Arianne fez a dela. — Seus olhos brilhavam de amor. — A vida é curta. Curta demais para viver arrependido. — Ela sumiu pelo corredor, me deixando sozinho com os meus pensamentos.

Segui seu conselho, peguei uma cerveja na geladeira e fui lá para o meu quarto. Eu tinha escolhido o menor dos quartos de hóspedes, não queria dar trabalho. O que me garantiu meu próprio banheiro e nenhum vizinho.

Meu celular estava aceso, o que plantou uma semente de esperança no meu peito. Mas ela logo morreu quando vi o nome de Enzo.

— Oi — ele disse, atendendo depois do primeiro toque. — Estou tentando falar contigo.

— Eu estava ajudando a tia Maria.

— Você está se tornando um gatinho domesticado.

— Vai te catar. Eles fizeram a gentileza de me receber, o mínimo que posso fazer é ajudar. O que está pegando?

— Estou ligando para saber como você está... — Ele deixou no ar.

— Quer dizer que está ligando para saber se estou onde deveria. — Irritação me percorreu.

— Tio Toni está preocupado, todos estamos.

— Estou aqui, não estou? — falei entredentes.

— É, e é a coisa certa a se fazer — ele hesitou —, só pensei que sendo a festa e tudo o mais, que você fosse...

— Você pensou que eu faria alguma idiotice tipo subir na moto e aparecer lá?

O pensamento havia passado pela minha cabeça. Na verdade, foi a única coisa em que pensei essa semana.

— Você precisa ficar aí e deixar a gente cuidar disso. Promete, primo.

— O que vocês vão fazer? Me diz o que você faria se fosse com a garota que você ama?

Ele bufou.

— Pouco provável.

— Você vai conhecer ela. Um dia, você vai conhecer a garota que vai te deixar de quatro, e eu vou estar lá para assistir, amando cada segundo. — As palavras saíram amarguradas. Enzo não entendia. Assim como o pai dele não entendia. E eu era trouxa por pensar o contrário.

— Não liguei para brigar, Nicco. — Ele soltou um leve suspiro. — Liguei porque estou preocupado. Sei que é difícil para você. Mas o tio Toni, meu pai e Michele estão tentando pensar no melhor caminho.

— E ele não envolve sumir com Mike Fascini? — Amargura pendia das minhas palavras.

— Você ainda está puto com isso?

— Eu ainda estou puto porque vocês ainda não estão me dando apoio. — Eu estava arranjando briga, mas não pude evitar. Eu precisava extravasar. Precisava tirar aquela merda de dentro de mim, e Enzo deu o azar de se tornar o saco de pancadas para as minhas palavras.

— Não é bem por aí, e você sabe. A gente está do seu lado. Eu sempre vou te apoiar, caralho — ele cuspiu as palavras. — Mas desde que ela apareceu, você não consegue ver direito. A Família vem em primeiro lugar. Um rabo de saia não muda isso.

— Eu não pedi por nada disso, você sabe. Não fui atrás dela. A garota entrou na minha vida e me deixou de quatro antes mesmo de eu entender o que estava acontecendo. Acha que eu não sei que ela complica tudo? Acha que todos os dias eu não me pergunto se não seria mais fácil para nós dois se a gente apenas a deixasse ir? — Minha voz ficou rouca, e meu peito arfava com o peso das palavras.

— Nic, isso não...

— Amar Arianne está me matando, Enzo. Está me matando, porra. Mas não amar, se tentar me afastar disso... não restará mais nada de mim. — Soltei um suspiro trêmulo, sentindo o peso das minhas palavras, o peso de estar longe de Arianne, empurrando o meu peito. — Ela está dentro de mim, cara. E eu sei que você não entende. Sei que há tantas camadas de gelo ao redor do seu coração que você não consegue se pôr no meu lugar e entender... mas se eu perder Arianne, se eu não conseguir dar um jeito de fazer isso dar certo... você pode muito bem vir até aqui e me dar um tiro na cabeça. Porque ela significa isso para mim. Não há vida sem ela. Simples assim.

O silêncio se estendeu entre nós.

— Porra, Nicco.

— É — suspirei. — Um dia, você vai entender.

— Eu não apostaria nisso. Mas estou começando a compreender. Eu não entendo, talvez nem nunca vá, mas saquei. Só não quero que você faça algo irreversível. Você precisa confiar no seu pai para fazer o que precisa ser feito.

— E se ele não fizer? — Um tremor violento me atravessou.

— Ele vai. Ele sabe o que está em risco, talvez melhor do que ninguém.

— O que você quer dizer?

— Ele perdeu a sua mãe. Sei que as coisas entre eles nem sempre foram fáceis, mas ele a amava. Tia Lucia era o centro do universo dele. O homem nunca mais foi o mesmo depois que ela foi embora.

Enzo estava certo.

Meu pai não era o mesmo desde que minha mãe foi embora. Mas ele se manteve firme porque tinha responsabilidades. Ele tinha uma família que precisava dele, e uma organização que necessitava do seu comando.

REI DE ALMAS 141

Soltei um suspiro pesado, a animosidade me abandonando.

— Sei que as coisas entre nós não estão legais desde Arianne — falei. — Mas você é o meu melhor amigo. Meu irmão de todos os jeitos que importam.

— Não precisa ficar todo emocionadinho comigo. Você sabe que vai sempre poder contar comigo. Mas eu não sou o Matteo, Nic. Nem nunca vou ser. Nem sempre vou dizer o que você quer ouvir. Mas sempre vou ser sincero contigo.

— E eu te amo por isso.

— Vá se foder com essa merda. Ela está te transformando em um molenga.

— Talvez você e Nora devessem ficar e assim que esse lance com o Fascini acabar, poderíamos sair os quatro juntos. — Um sorriso repuxou os meus lábios. Foi impossível resistir à oportunidade de provocar Enzo. Ele soltou um som estrangulado, e dei uma risada arrogante. — Algo me diz que ela daria conta de um cara igual a você.

— Ninguém dá conta de um cara igual a mim.

Errado ele não estava.

— Mas sério, primo, você está bem?

— Não vou fazer nenhuma idiotice, se é o que você quer dizer.

— Fica aí na sua. A gente já resolveu tudo para essa noite, e o Vitelli vai estar com a sua garota. Ele não a perderá de vista.

Aquele não era o problema, não naquela noite.

— Deveria ser eu — sussurrei.

Deveria ser eu ao lado dela, deveria ser eu reclamando-a como minha na frente daquelas pessoas.

Um segundo se passou e então Enzo soltou um longo suspiro.

— Quem sabe, se tudo sair conforme o planejado, um dia não seja?

Arianne

— Pronta? — Luis perguntou.

Eu me olhei no espelho da parede e assenti. Meu cabelo estava trançado no alto da cabeça, formando uma coroa, e mechinhas soltas caíam ao redor do meu rosto. Meus olhos estavam esfumaçados e os lábios eram de um tom profundo de vermelho. Os diamantes que Scott havia me dado pendiam como uma forca ao redor do meu pescoço. Quase decidi não usar o colar. Mas, no fim, eu o tirei da caixa e pedi para Luis fechá-lo.

Faria a minha parte naquela noite. Eu me penduraria no braço dele como a noiva dócil e devotada que deveria ser, e faria tudo com um sorriso enigmático nos lábios.

— Tanto quanto possível. — Peguei a bolsa e a enfiei debaixo do braço. Nós estávamos hospedados no Gold Star Hotel naquela noite, mas Mike Fascini havia insistido para que Scott e eu chegássemos juntos na limusine que ele havia providenciado para nós.

— Você está linda, Ari — ele disse, e abriu a porta.

Eu me sentia linda. O vestido abraçava o meu corpo como uma segunda pele sedosa, beijando o chão enquanto eu caminhava. Mas a noite já estava estragada.

Descemos as escadas juntos, quinze minutos antes do planejado. Eu me recusava que Scott aparecesse na minha porta de novo levando flores, não quando ele me oferecia algo muito mais sinistro.

Quando chegamos ao saguão, Luis apertou a manga dele, sussurrando algo no microfone escondido. Àquela altura eu já estava acostumada com suas comunicações discretas. O que antes parecera uma intrusão na minha vida agora era algo que eu julgava natural.

Luis era a minha sombra, meu anjo da guarda, e eu me sentia mais segura por saber que ele estava ali.

— Acha que cometi um erro? — perguntei a ele.

Ele me olhou com as sobrancelhas erguidas.

— Não tenho o direito de dizer como você deve viver a sua vida, Arianne.

— Eu sei. — Dei um aceno educado para ele. — Mas sua opinião é importante para mim.

— Eu acho... — Ele hesitou, desaprovação brilhando em seus olhos, mas então o canto de sua boca se inclinou. — Não te culpo por querer desafiar o cara.

— Mas acha que eu não deveria cutucar a onça?

— Você precisa escolher suas batalhas com sabedoria.

Uma limusine preta e elegante parou do lado de fora, e Luis ofereceu o braço.

— Vamos?

Entrelacei o braço no dele e o deixei me conduzir lá para fora. O motorista saiu do carro e deu a volta para abrir a porta. Scott saiu, e seus olhos foram para o meu vestido.

— Pensei que você fosse usar o prata.

— Preferi o esmeralda.

Seus olhos queimaram de indignação.

— Meus pais vão ficar decepcionados por você ter decidido me desobedecer.

— Tenho certeza de que eles vão superar.

— Vou estar lá na frente. — Luis soltou o meu braço e me esperou entrar. Scott foi logo atrás, me empurrando para o canto mais afastado do longo banco de couro. A porta do veículo bateu, e o som reverberou no meu crânio.

— É assim que sempre vai ser? — Scott me olhou feio. — Eu te peço para fazer alguma coisa, e você aproveita a oportunidade para me desafiar?

— Estou com o colar. — Lancei um sorriso enviesado para ele.

— Você é agressiva, devo reconhecer. — Ele brincou com uma das mechas do meu cabelo, girando-a ao redor do dedo. Não tive escolha senão chegar mais perto, a menos que eu quisesse que a pontada de dor piorasse.

— Só não consigo decidir se isso me agrada ou não. — Ele se afastou, me surpreendendo. — Champanhe? Estamos comemorando, afinal de contas.

— Acha que eu vou voltar a confiar em qualquer bebida que você me oferecer?

— Aquilo foi... um meio para um fim.

Vômito subiu para a minha garganta. Ele falou com tanta inocência. Com tanta indiferença. Como se aquela noite não tivesse sido a mais horrível da minha vida. Desviei o olhar e me dei um instante para recuperar o fôlego.

— Como quiser. — Eu o ouvi estourar a rolha e se servir uma taça. Quando o encarei de novo, Scott me observava.

— O que foi? — perguntei, seca.

— Por mais que eu quisesse que você tivesse colocado o vestido prata, esse ficou bom pra caralho em você. — Ele esfregou o queixo, deixando o olhar se demorar no decote. Então um sorrisinho lento surgiu no canto de sua boca. — Que bom que eu vim preparado. — Ele se inclinou até o compartimento que percorria um dos lados do interior do carro e puxou uma gavetinha.

Meu coração se apertou quando vi a gravata verde-esmeralda envolta em seus dedos.

— Você acha que eu não te conheço, Arianne, mas conheço. — Ele estreitou o olhar enquanto tirava a gravata prateada e a substituía pela que combinava com o meu vestido.

Meus olhos se fecharam quando reprimi um tremor. Algo estava diferente naquela noite. Talvez fosse o fato de que eu o havia desafiado ao escolher um vestido diferente ou talvez fosse por causa do pequeno canivete preso na minha coxa direita, mas apesar da sua tentativa de me desarmar, eu não me sentia mais insegura na presença dele.

Eu me sentia forte.

Confiança me percorria. Uma nova sensação de força. Scott já tinha me ferido do pior jeito possível, qualquer coisa que ele tentasse fazer comigo não seria nada com o que eu não pudesse lidar.

— Não usei para você.

— Não. — Ele chegou mais perto de novo. — Mas vou fingir que foi esse o caso. Vou fingir que você o escolheu só para mim. — Seus dedos traçaram a pele ao longo do meu braço, a gravata esmeralda me provocando. — Te trouxe uma coisa. Meu pai queria que eu esperasse até mais tarde, mas quero entrar lá com você no meu braço e com o meu anel no seu dedo. — Suas palavras exalavam possessividade.

Scott tirou uma caixinha do paletó e a mostrou para mim.

— Mandei ajustar.

Ele abriu a tampa e o tirou da almofadinha.

Minha mão tremia enquanto ele a segurava e deslizava com cuidado o anel de noivado pelo meu dedo. A sensação era pesada. Desconhecida e errada.

Parecia que ele estava roubando outra das minhas primeiras vezes.

— Você é minha agora, *Principessa*. — Seu toque se demorou, o olhar estava escuro e faminto. Fiquei ofegante, uma energia nervosa me percorrendo. Scott ia tentar me beijar; estava lá em seu olhar intenso.

Felizmente, Luis escolheu aquele exato momento para abaixar a divisória.

— Estamos quase chegando. Seu pai já confirmou que está todo mundo lá dentro. Vocês vão entrar e se sentar para o jantar.

Como se eu fosse conseguir comer com aquele nó gigantesco no meu estômago.

— Pronta? — Scott perguntou em meio a um sorriso presunçoso. Ele estava amando cada segundo daquilo, mas eu me recusava a deixar o medo transparecer.

Não naquela noite.

— Estou — respondi, me preparando para o que vinha pela frente.

A porta se abriu e Scott saiu, me oferecendo a mão. Eu a peguei, apertando com um pouco mais de força que o necessário.

— Bom aperto — ele provocou.

Alisei o vestido e observei o hotel impressionante. Havia seguranças a postos em cada canto. Eu esperava que estivesse protegido, mas não aquela tamanha demonstração de força.

— Esta vai ser uma noite para recordar. — Seu hálito quente soprou em meu rosto. Eu me desviei dele e estreitei o olhar.

Havia algo naquela inflexão. Uma ameaça velada que fez alarmes tocarem na minha cabeça. Mas que bomba poderia ser lançada em mim que fosse pior que o pai dele anunciando oficialmente o nosso noivado?

Nenhuma.

O que queria dizer que Scott só estava tentando me irritar.

Eu iria para a festa, comeria, beberia e sorriria na hora certa. Ficaria ao lado dele e permitiria que acreditassem naquela mentira. E então voltaria para o meu quarto onde, na cobertura da escuridão, eu me permitiria desabar.

Dessa vez, quando ele tocou as minhas costas e pressionou o corpo no meu, não entrei em pânico. Simplesmente ergui a cabeça, endireitei os ombros e respirei fundo.

Eu podia fazer aquilo.

Eu faria aquilo.

Porque eu era Arianne Capizola. Filha do meu pai.

E, essa noite, eu não me curvaria a ninguém.

O Gold Star Hotel era um lugar luxuoso, decorado em dourado e bege. Porém, a suíte Michelangelo era a atração principal. Um salão imenso com pé-direito alto e janelas do chão ao teto, com vista para um gramado muito bem-cuidado que dava em um laguinho. Dois lustres idênticos de cristal pendiam sobre as mesas redondas. As cadeiras estavam envoltas em laços beges e dourados, e cada mesa tinha um candelabro enfeitado com rosas frescas e pintadas de dourado. Era ostentoso. Um lugar digno de um rei.

Exatamente o tipo de coisa que eu esperava.

— Você está tremendo — Scott disse quando entramos no salão. Ninguém prestou atenção em nós de início, mas logo os sussurros começaram.

— Aí estão vocês. — Mike Fascini nos viu e abriu caminho até nós.

— Filho, você está muito bonito, e Arianne... — Ele me olhou dos pés à cabeça e se inclinou para sussurrar: — Meu filho é um homem de muita sorte. Vamos?

Mike fez sinal para a mesa na frente do salão. Vi meus pais e Suzanna Fascini, e Nora e seu acompanhante, Dan. Parecia que todos estavam observando. E talvez estivessem. Não deixei meu olhar vagar para verificar. Mantive o foco em Nora, que me dava um sorriso tranquilizador e um olhar que dizia "você consegue".

— *Mio tesoro.* — Meu pai se levantou e deu a volta para nos cumprimentar. Ele segurou o meu rosto, me olhando com tanta devoção que fiquei sem fôlego. — Você está... — Ele engoliu em seco, quase se engasgando com as palavras.

Vê-lo tão desconfortável me fez sentir uma satisfação estranha.

Pois somos dois, pai. Com jeito, me desvencilhei de suas mãos e passei por ele e fui até a minha mãe.

— Arianne, *mia cara*. O vestido ficou perfeito. — Ela me deu uma piscadinha cúmplice, e franzi o cenho. Ela sabia que Scott havia pedido que eu usasse o vestido prata?

Tive minha resposta quando Suzanna Fascini me cumprimentou.

— Arianne, você está incrível. O vestido prata não serviu? — Ela ergueu a sobrancelha.

— Preferi o verde. — Dei um sorriso dulcíssimo para ela antes de me sentar.

Infelizmente, a disposição dos assentos era homem, mulher, homem, mulher, então não fiquei ao lado de Nora.

Mas Dan estava entre nós, e ela não perdeu tempo ao deslizar a mão sobre o colo dele e apertar a minha de levinho.

— Você está bem? — Ela articulou com os lábios, e eu assenti.

Scott se acomodou ao meu lado assim que Mike Fascini assumiu o palco. Ele ligou o microfone.

— Boa noite a todos — sua voz ecoou pelo salão grandioso —, é um grande prazer ver tantos amigos e colegas reunidos para uma noite tão especial. Mas, antes de chegarmos lá, comam, bebam e desfrutem da boa companhia. Saúde. — Ele ergueu a taça, e o salão repetiu a palavra.

Um exército de garçons irrompeu da porta vai e vem, carregando bandejas de aperitivos, o aroma pungente de alho e tomate preenchendo o ar.

— Vinho? — Scott resvalou no meu braço. O nó no meu estômago se apertou.

Olhei para Nora, e ela ergueu a taça dela, me assegurando de que estava tudo bem.

Mas eu não conseguia. Não poderia permitir que ele me servisse uma bebida.

Coloquei a mão no braço de Dan e sorri para ele.

— Você poderia me servir uma taça de vinho tinto, por favor?

— Humm, claro. — Ele franziu as sobrancelhas enquanto alternava o olhar entre mim e Scott, que ainda segurava a garrafa.

— Obrigada. — Ergui a taça para Scott. — Já estou servida, obrigada.

Ele grunhiu, a mão pesada pousando na minha coxa sob a mesa. Fiquei rígida, me forçando a respirar.

— Não comece com joguinhos, não essa noite — ele sussurrou pelo canto da boca.

— Tire as mãos de mim. — Eu o empurrei, resistindo ao impulso de quebrar o dedo dele.

Um prato de comida foi colocado na minha frente e agradeci ao garçom. A cara estava ótima. Bruschetta de tomate e manjericão com aceto balsâmico. Mas meu apetite estava lá no meu apartamento.

— Você deveria comer — Scott afirmou. — Temos uma noite longa pela frente.

Captei de novo. O aviso velado em sua voz. A leve inflexão de arrogância, como se ele soubesse de algo que eu não sabia.

Recusei-me a entrar no joguinho dele e continuei olhando para a frente. Minha mãe capturou o meu olhar e sorriu. Ela estava lindíssima em seu vestido plissado de um ombro só feito por um estilista italiano. Era azul-escuro, combinando perfeitamente com a joia de safira e diamante que ela usava. Suzanna também estava linda em seu vestido e com o cabelo preso em um penteado intrincado.

Em algum momento durante o primeiro prato, Scott apoiou o braço nas costas da minha cadeira, os dedos deslizando precariamente perto da minha pele. Eu me sentei mais ereta, aumentando a distância entre nós, e ele se aproximou mais. Era uma batalha de vontades, e nenhum de nós estava preparado para perder.

— Está tudo certo com a sua comida, Arianne? — Mike perguntou do outro lado da mesa. Abaixei os talheres e dei um sorriso forçado. Peguei a entrada e a movi pelo prato, dando a impressão de que havia comido um pouco.

— Estou guardando para a sobremesa.

Ele riu.

— Gosta de doces? Você e Scott vão se dar muito bem, então. Ele ama sobremesa. Quando criança, parecia que Suzanna não fazia cannoli e tiramisù que bastassem.

Dor envolveu o meu peito. Scott e tiramisù não deveriam estar na mesma frase, não quando a palavra me lembrava tanto de Nicco.

— Arianne, o que foi? — O tom de barítono do meu pai reverberou por mim.

— Nada. — Peguei minha taça e bebi. — Estou bem.

— Ela só está um pouco nervosa, eu acho — Suzanna sugeriu. — É de se esperar.

— Você precisa relaxar, gata — Scott ergueu ligeiramente a voz, o bastante para as mesas ali perto ouvirem, e passou o braço ao redor do meu pescoço. — Eu te disse, vai ficar tudo bem.

Tudo dentro de mim gritou para ele tirar as mãos de mim, mas engoli o impulso. Eu não podia causar uma cena, não ali. Não no meio desse maldito jantar com a elite de Verona.

Peguei a mão dele e a tirei do meu pescoço, colocando-a de volta em seu colo.

— E eu disse que estou bem.

— Você vai ter que ficar de olho nessa aí — Mike riu —, ela é feroz.

— E eu não sei? — Scott murmurou.

Os garçons começaram a recolher os pratos, me dando alguns momentos de trégua.

— Por que você não vai ver se consegue pegar algo decente para a gente beber? — Nora sugeriu a Dan.

— Mas, linda, eles têm serviço…

— O bar é logo ali.

Ele finalmente entendeu e se levantou. Nora não perdeu tempo e deslizou para a cadeira vazia do acompanhante.

— Você está bem? — ela sussurrou.

Olhei para os meus pais e os Fascini. Estavam entretidos em uma conversa, e Scott estava ocupado mandando mensagem para alguém.

— Estou bem.

— Tudo bem se você não estiver. É meio intenso.

— Vou ficar bem. Aposto que Dan pensa que entrou na quinta dimensão. — Soltei um suspiro baixinho.

— Depois do Baile do Centenário, acho que ele sabe dos riscos quando seu pai está envolvido.

— Abato — Scott se inclinou ao redor de mim —, que gentileza a sua de se juntar a nós.

— Fui convidada, babaca. — Ela sorriu com desdém.

— É, por sugestão minha.

— Sua? Pouco provável.

— Sério. — Ele deu de ombros. — Não queria que Arianne se sentisse deslocada.

— Que atencioso da sua parte — debochei, lutando para não revirar os olhos.

— Que se foda, preciso ir mijar. — Ele se levantou e se afastou da mesa.

— Deus, babaca nojento.

— Nem me fala. Ele está dando tudo de si para me incomodar.

Nora segurou a minha mão.

— E você está se saindo muito bem não cedendo para ele. Aliás, bela jogada com o vestido. Como ele reagiu?

— Tentou fingir que não ligou, mas ficou irritado.

— Bem feito, ele mereceu por tentar mandar no que você vai vestir. Quem ele pensa que é?

— Meu noivo, ao que parece. — Amargura exalou de cada sílaba.

Sua expressão ficou desanimada.

— Droga, Ari, sinto muito.

— Não sinta. Nunca vou me casar com ele. Prefiro... — Eu me detive.

— Não diga isso — ela arquejou, preocupação brilhando em seus olhos. — Não vai chegar a esse ponto — ela sussurrou as próximas palavras. — Nicco nunca vai permitir.

Perdi o fôlego com a menção do nome dele, e ela franziu o cenho.

— O que foi?

— A gente brigou mais cedo. Eu disse algumas coisas...

— Que coisas?

— Não importa. — Importava. Mas eu não queria ressuscitar aquela conversa. Eu estava frustrada, magoada e descontei tudo nele.

— Você...

Dan escolheu aquele momento para voltar, pairando sobre nós.

— Peguei dose dupla; algo me diz que vamos precisar.

— Você é dos meus. — Nora voltou para o próprio assento e aceitou a bebida.

— Não trouxe para você, Ari, desculpa, eu não...

— Está tudo bem. — Por mais que uma bebida forte fosse acalmar um pouco os meus nervos, eu não podia me permitir baixar a guarda.

Não naquela noite.

Nicco

Eu não ia conseguir.

Não ia conseguir ficar sentado na casa do meu tio sabendo que ela estava em algum hotel chique sendo exibida ao lado do noivo.

Depois da nossa discussão naquela manhã, tentei mandar mensagem. Até liguei de novo, mas Arianne estava me dando um gelo. Doía. Doía tanto que quando saí feito um furacão da casa e subi na moto, disse a mim mesmo para não ir lá. Disse a mim mesmo que eu só precisava dar uma volta para clarear a cabeça. Mas quando dei por mim, as ruas começaram a ficar familiares... até eu estar em Roccaforte, e o Gold Star Hotel se erguer à distância feito a porra de uma placa de neon posta ali para rir da minha cara.

Ela estava lá com ele.

A *minha* Arianne.

Minha Arianne forte e corajosa.

Encontrei uma vaga, passei a perna pela moto e fiquei parado lá. Encarando o lugar como se fosse uma miragem em um deserto escaldante. Você sabe que não deveria... mas mesmo assim se entrega à ilusão.

Péssima decisão.

Um momento de fraqueza que poderia me meter em muita confusão.

Porém, naquele momento, eu não estava nem aí.

Não estava nem aí por estar desafiando uma ordem direta do meu pai, arriscando tudo só para estar perto dela.

Antes que eu pudesse mudar de ideia, fui na direção do hotel, me mantendo nas sombras. O capuz da jaqueta me escondia, mas eu sabia que os seguranças de Roberto e de Fascini tinham recebido ordens para ficar de olho a qualquer sinal meu ou dos caras.

Parte de mim se perguntava se Fascini apostava que eu ia aparecer. Que talvez aquilo tudo fosse apenas uma armadilha bem elaborada para me atrair, e eu estava caindo feito um patinho.

Mas eu precisava ver Arianne.

Depois da nossa briga, eu precisava vê-la. Precisava encarar os olhos dela e saber que estávamos bem, que poderíamos sobreviver àquilo.

Enquanto eu me aproximava do hotel, fui me pressionando nos janelões, tomando cuidado para não chamar atenção. O lugar estava muito bem protegido, inúmeros seguranças guardavam a entrada e as portas de vidro do lado de dentro. Não havia como atravessar a porta da frente, mas eu sabia que havia outros meios de fazer isso. O hotel tinha vista para um gramado vasto que descia até um lago particular, e aquela era minha melhor opção. Me daria o ponto de vista perfeito para a suíte Michelangelo. Eu poderia ficar de vigia, poderia garantir que ela estava bem, e então conseguiria escapar como se fosse um fantasma.

Não deveria ter sido tão fácil. Atravessei o jardim, pulei um muro e encontrei o ponto de vigia perfeito.

Tudo parecia muito tedioso, um jantar seguido por sobremesa. Eu conseguia ver Arianne de longe, quieta, sentada entre Fascini e o acompanhante de Nora. Havia seguranças em cada janela, e a porta estava fortemente protegida. Mas eu não ia entrar. Só observar já era suficiente.

Pelo menos foi o que continuei repetindo para mim mesmo.

Um estalo soou às minhas costas, eu me ergui e olhei para trás. Estreitei o olhar na escuridão, meu coração batendo contra minhas costelas. Se alguém me pegasse ali...

— Enzo? — Franzi o cenho.

— Por que você não faz a porra que te mandam fazer?

— Como você...

— Eu te conheço, Nic. Sabia que não conseguiria ficar longe. Só me levou um tempo para te achar.

— Eu tinha que vir.

— Mas não deveria.

— Eu sei. — Olhei para o hotel. As pessoas tinham começado a circular enquanto os garçons eram rápidos ao tirar os pratos vazios e os copos sujos. Arianne e Nora estavam uma em cima a outra. Deus, ela estava linda pra caralho. O vestido verde-esmeralda acentuava suas curvas suaves à perfeição.

Um rosnado baixo se formou na minha garganta quando vi Scott passar o braço pela cintura dela e guiá-la até um grupo, como se ele fosse seu dono.

— Calma, primo. — A mão de Enzo segurou o meu ombro. — Você precisa relaxar.

— Relaxar? — Perdi a paciência. — Ela está lá com outro cara. O mesmo cara que… — As palavras estavam amargas na minha língua quando as engoli.

— Eu sei, mas você precisa manter a calma. Você nem deveria estar aqui. Se alguém te vir vai ser uma merda do caralho. Ela está bem. Você está vendo. É uma droga, eu sei que é. Mas ela está bem.

Ela parecia bem, sorrindo para o grupo enquanto Scott fazia as apresentações. A mão dele continuou possessiva na cintura dela. Eu queria arrancá-la e usar para dar uns tapas nele.

Eu queria ver aquele filho da puta sangrando e implorando pela própria vida. A fissura por feri-lo nunca passava, ficava ali sob a superfície. Uma besta adormecida esperando a hora de dar o bote.

— Você precisa ir embora. — Seu aperto ficou mais forte, tentando me tirar de debaixo do enorme carvalho branco. Mas eu não conseguia desviar o olhar. Mike Fascini e a esposa se juntaram a eles, rindo e fazendo piada como se fossem velhos amigos.

Como se fossem família.

Aquele pensamento acabou comigo.

— Nicco, você precisa…

— Eu preciso ver a Arianne. — Eu saí, me desvencilhando de sua mão e dando um passo à frente. Mas Enzo me agarrou pelas costas e me puxou para trás.

— Que merda você está pensando?

Eu me virei e encontrei sua expressão tempestuosa.

— Não posso ficar aqui parado. Está acabando comigo.

— Agora não é hora. Você já arriscou tudo vindo aqui.

— Eu preciso ver a Arianne.

— Nicco, me escuta. — Ele me olhou sério. — Você precisa subir na sua moto e voltar pra Boston antes que o Fascini descubra que você está aqui.

— Não, eu preciso vê-la.

— *Porca miseria*! — ele grunhiu. — Eu não posso entrar lá e trazer a garota aqui para fora.

— Não, mas Nora ou Luis talvez possam ajudar. — Peguei o celular e o entreguei a ele.

— Você está falando sério? — Ele arregalou os olhos, que brilhavam de desaprovação.

— Só preciso de cinco minutos. — Nunca seria o bastante, mas acalmaria a minha alma até eu vê-la de novo.

— Você perdeu a porra do juízo.

Não neguei.

Eu me sentia instável.

Perdido.

Como se eu estivesse me afogando em água escuras e turbulentas, sendo levado pela maré.

— Espera aqui. — Enzo me olhou feio. — Estou falando sério, Nicco. Não mexa uma porra de fio de cabelo. Se o Vitelli disser que não dá, então não dá. Você ouviu?

Tudo o que consegui fazer foi acenar com a cabeça, tenso. Eu estava ocupado demais analisando cada movimento de Arianne. O modo como ela ficava perto, mas não muito, de Fascini. O sorriso que não chegava a alcançar os olhos.

Enzo me encarou uma última vez antes de se abaixar e sair das árvores. Eu queria ir atrás dele, ser eu a ligar para Nora ou Luis e ir até Arianne. Mas apesar da minha evidente falta de contenção, eu não estava com vontade de morrer.

Os minutos se passaram dolorosamente devagar enquanto eu esperava. As pessoas voltaram a se sentar enquanto os garçons iam de mesa em mesa enchendo taças. Perdi Arianne de vista.

Uma energia implacável vibrava por mim enquanto eu me balançava para a frente e para trás, desesperado para ter pelo menos um vislumbre dela.

Mas ela não apareceu.

Enzo, sim.

— Precisamos ir, agora — ele ladrou, me chamando das sombras.

Corri até ele, seguindo-o pela lateral do prédio até uma pequena sacada.

— Cinco minutos — ele disse. — E eu estou falando sério, Nic. Um segundo a mais, e eu mesmo vou te arrastar daqui e te fazer voltar para Boston a base de pancada.

— Você não aguentaria comigo — impliquei.

— Quer pagar para ver? — ele grunhiu.

Uma porta se abriu e Luis apareceu. Ele me lançou um olhar irritado. Ao que parecia, Enzo não era o único puto comigo. Mas nada disso importou quando Arianne surgiu.

— Bambolina. — Corri até ela, passando os olhos por cada centímetro do seu corpo. — Graças a Deus, porra.

— Nicco — ela suspirou —, o que você está fazendo aqui?

— Eu precisava te ver. Precisava saber que você estava bem.

— Você não pode ficar aqui.

— Shh. — Afastei o cabelo de seu rosto, me aproximando até sentir as notas suaves do seu perfume.

— Nicco. — Ela agarrou a minha jaqueta. — Você não deveria ter vindo.

Meus olhos se abriram e franzi as sobrancelhas em confusão.

— O que você...

— Não é seguro. Se alguém te vir...

— Ninguém vai me ver. Depois da nossa conversa hoje de manhã... eu não podia deixar as coisas daquele jeito. — Passei o nariz pela bochecha de Arianne, sentindo seu cheiro. Ela estremeceu ao meu toque, e a parte possessiva de mim se rejubilou por saber que eu ainda a afetava de modo tão visceral.

Envolvi a mão ao redor de sua nuca, segurando-a junto a mim.

— Você está tão linda, Bambolina. Eu te vi... com ele. Falando com os pais dele.

— Estou cumprindo o meu papel, Nicco. Nada mais. — Ela recuou, mas segurei sua mão, notando um feixe de luz atingir o dedo dela.

— Isso é... Porra. — Inspirei pelo nariz, tentando controlar o tsunami de emoções que me atingia.

Ela estava usando um anel.

Uma aliança de noivado com um diamante imenso.

A aliança *dele*.

Eu ia vomitar.

— Nicco, faz parte do show. — Era Arianne quem me segurava agora, seus olhos arregalados rogando para eu me acalmar.

— Ele pôs essa porra de aliança em você? — Um arrepio me percorreu.

— Shh — ela chegou mais perto e me empurrou para a parede —, não faz isso, por favor. Não aqui, não agora. É só para exibir. Uma atuação. Você sabia o que aconteceria essa noite.

— Ele ficou de joelhos e se declarou para você? — debochei.

Arianne ficou pálida e recuou, como se minhas palavras fossem um tapa.

— Isso não é justo, e você sabe.

— Merda, desculpa. Eu só... me pegou de surpresa. Odeio saber que ele está lá dentro, cheio de dedos para você.

— E eu não estou gostando. — Lágrimas surgiram nos cantos dos seus olhos, mas a minha Bambolina era forte e as forçou a recuar.

— Eu sei. Vem cá. — Passei os braços ao redor de sua cintura e apoiei o queixo em sua cabeça. — Você está linda de verdade, Bambolina. E desculpa por você ter que fazer isso. Tudo isso.

— Eu só consigo pensar que ele tomou outra das minhas primeiras vezes... e eu o odeio tanto por isso.

Eu me afastei e olhei para ela, minha coluna ficando rígida.

— É melhor você ir. — Ela deu um pequeno sorriso.

— Como eu vou conseguir te deixar voltar para lá?

— Você precisa. — Arianne deu de ombros. E recuou um passo, nossas mãos ficando estendidas entre nós.

— Ele pode ter as suas primeiras vezes — falei baixinho —, mas o seu para sempre... ele me pertence.

Arianne hesitou antes de se lançar em mim. Eu a peguei e tropecei para trás com ela nos meus braços.

— Me beija — ela suspirou. — Me beija como se fosse a sua aliança no meu dedo.

Nossos lábios se encontraram em uma colisão urgente de línguas e dentes. Arianne verteu toda a sua dor e frustração em cada toque, e, voraz, eu a recebi. Seu corpo se encaixou no meu e nossas mãos vagaram e exploraram enquanto nos lançávamos ao beijo.

Eu queria o para sempre com ela.

Queria um conto de fadas.

Eu poderia ser um rei da máfia em formação, mas não era nada sem a minha rainha. E não queria reinar sem ela ao meu lado.

Era simples.

Quando enfim me afastei, Arianne estava corada, com os lábios inchados. Desejo brilhava em seus olhos e ela parecia arrebatada. Mas eu não estava nem aí. Porque quando ela voltasse lá para dentro, quando voltasse para aquele filho da puta, ela sentiria o meu gosto. E saberia direitinho a quem pertencia.

— Satisfeito? — Enzo me empurrou com força para a moto. — Foi por pouco.

— Tá, tá, poupe o sermão para alguém que se importe.

— Exatamente, primo. Você deveria se importar. E não estou falando só da Família. O que você acha que seria da Ari essa noite se os caras do Fascini te encontrassem? Você não está com a cabeça no lugar.

— Ela está usando a aliança dele, E. — Esfreguei o queixo, frustrado. — Eu devo simplesmente fingir que não está acontecendo?

— Você deve acreditar que o seu coroa está fazendo a parte dele.

Pressionei os lábios. Ele tinha razão, e eu odiava aquilo.

— Olha, já foi. — Ele soltou um suspiro pesado. — Você a viu. Agora precisa ir embora e manter o seu rabo em Boston.

— Você vai contar para ele?

— O que você acha? — Ele me lançou um olhar penetrante. — Desde que você me prometa que não vai fazer uma merda dessas de novo, fica entre a gente, ok?

— Obrigado, de verdade.

— Sei que você pensa que eu não entendo, e talvez eu não entenda mesmo, mas eu conheço você, Nicco. Nada nunca vai mudar isso.

Subi na moto e coloquei o capacete.

— Vá direto para casa.

Assenti. Eu não queria mentir para ele, mas havia outro lugar para o qual eu precisava ir antes, e sabia que ele não ia gostar.

— Conseguiu dar uma olhada na Nora hoje? — perguntei, mudando de assunto. — Ela estava gostosa. — Eu a tinha visto pela janela.

— Vá se foder — ele disse entredentes.

Risada ecoou do meu peito quando dei a partida e assenti para ele antes de disparar pela rua. O percurso até o hospital levou apenas dez minutos. Era exatamente do que eu precisava para clarear a cabeça depois de ver aquele anel no dedo de Arianne.

Eu ainda não conseguia acreditar. Fazia sentido, eles estavam noivos, afinal de contas, mas minha mente não conseguia entender. Talvez porque a minha alma já a reclamara como minha. Então ver outro cara reivindicando-a ia contra tudo o que eu sentia.

Quando parei no estacionamento do hospital, o peso no meu peito havia aliviado um pouco. Arianne era minha. Algo tão materialista quanto aquela aliança não mudaria isso. Mas ela parecia tão composta ao lado daquele filho da puta, com os pais dele sorrindo para os dois como se tudo naquela situação fizesse sentido.

Desci da moto e pendurei o capacete no guidão. Essa era outra ideia ruim, mas eu precisava ver Tristan.

Enzo tinha razão, Arianne tinha me mudado. As coisas que não teriam importância antes, agora tinham. Como olhar nos olhos do cara que eu quase matei e pedir perdão.

O estacionamento estava vazio enquanto eu o atravessava até a porta do hospital. O County Memorial estava iluminado, contrastando com o fundo escuro, sinal de que hospitais nunca dormiam. Mas estava tranquilo lá dentro. Ainda assim, eles não levariam na boa ter gente circulando pelos corredores à noite.

Subi as escadas até o segundo andar e verifiquei o corredor antes de sair pela porta. Eu sabia que Tristan estava lá em cima, mas não sabia onde. O balcão das enfermeiras ficava mais à frente, com apenas uma mulher lá. Esperei alguns minutos, torcendo para que ela fosse chamada.

Quando ela finalmente se levantou e sumiu no corredor, aproveitei a oportunidade e corri até o balcão para olhar o imenso quadro branco.

— Isso — sussurrei, decorando o número do quarto de Tristan. Ficava apenas algumas portas atrás de mim.

Eu meio que esperava que houvesse segurança, mas o corredor estava vazio. Pressionei o rosto no vidro, olhei lá dentro, e claro, Tristan estava apagado.

Culpa me percorreu. Era por minha causa. Eu o coloquei ali. Mas ele estava bem.

Ele ia ficar bem.

Agarrei a maçaneta e abri a porta com cuidado. Ela mal fez barulho quando entrei. O luar se infiltrava entre as persianas, lançando sombras nas paredes e iluminando o perfil de Tristan. Eu me enfiei no canto do quarto, escondido nas sombras.

Eu não deveria estar ali. Mas precisava consertar as coisas.

Precisava que ele soubesse que nunca tive a intenção de machucá-lo naquela noite quando perdi o controle. Mas agora que estava ali, não sabia que merda dizer.

Então comecei com a verdade.

— Eu não tive a intenção de me apaixonar por ela — falei baixinho. — Simplesmente aconteceu. Não foi nenhum plano elaborado para zoar com a sua família. Ela não era um jogo, não para mim. Bastou olhar para ela uma vez naquela noite, e algo se encaixou.

Encostei a cabeça na parede e soltei um suspiro trêmulo. Estava tarde. Mike Fascini já devia ter feito o anúncio. O noivado já devia estar oficializado.

Dor apertou o meu peito.

— Ela não ia querer que eu te contasse, mas você precisa saber. Como alguém que é praticamente um irmão para ela, você deveria saber que ele a estuprou. Na noite do Baile do Centenário, ele colocou alguma coisa na bebida dela e a estuprou. — Lágrimas queimaram no fundo dos meus olhos. — E agora ela está lá, na festa com ele. Seu tio e o pai dele estão exibindo os dois como se fossem um casal feliz… é fodido pra caralho. Essa porra toda é zoada. Nós nem deveríamos ser inimigos, sabe. — Soltei um longo suspiro. — Deveríamos ser família. Se a história tivesse se desenrolado como deveria, a gente nem estaria aqui.

Tristan se remexeu em seu sonho, o farfalhar do linho áspero ecoando pelo silêncio. Eu congelei e prendi a respiração até ele se acalmar.

— Eu não deveria estar aqui. Não sei por que vim… mas tudo é diferente agora. Eu só quero protegê-la. Pôr fim a tudo isso. Mas não sei como. Não sei como salvá-la.

Eu me aproximei mais e olhei para ele.

— Eu não tinha a intenção de te machucar naquela noite. Nem percebi que era você até ser tarde demais. Se Arianne vai sobreviver a isso com o Fascini, ela precisa de todos os aliados que puder ter. Então acho que não estou aqui só para me desculpar, estou aqui para implorar para você ficar do lado dela. Ser o primo que ela precisa que você seja. E prometer que se algo acontecer comigo, você vai estar lá para cuidar dela.

Fui recebido por nada além do silêncio.

Era idiotice.

Tristan estava apagado, e eu poderia muito bem estar falando com um cadáver. Mas não era como se eu pudesse acordá-lo. Ele daria uma olhada em mim de pé ali no quarto dele no hospital e chamaria a segurança.

Derrotado, fui até a porta. Meus dedos envolveram a maçaneta e puxei com cuidado bem quando um sussurro ressoou pelo ar:

— Você tem a minha palavra.

Olhei para trás, esperando ver Tristan me encarando. Mas ele não estava.

E talvez eu estivesse mesmo enlouquecendo.

Arianne

— Então... o que ele disse? — Nora sussurrou enquanto voltávamos para a mesa.

— Aqui, não. — Sorri, tentando passar a ilusão de que tudo estava bem.

Nada estava bem.

Nicco estava ali.

Ou, pelo menos, estivera.

Eu esperava que ele estivesse bem longe agora, fora do alcance dos capangas do meu pai e de Mike Fascini.

Ele não deveria ter vindo.

Mas meu coração ficou tão aliviado por vê-lo lá na sacada.

— Aí está você. — Scott se levantou da cadeira e me puxou ligeiramente para trás. — Você quase perdeu a parte mais importante da noite. — Ele deu um sorrisinho.

Estava tarde, e eu estava cansada.

Cansada de manter as aparências e de colocar um sorriso no rosto.

Tudo o que eu queria era ir para o meu quarto, trancar a porta e lavar os joguinhos e a mentira da minha pele. Mas, antes, Mike precisava fazer seu grandioso discurso.

Ele já estava no palco, microfone na mão e uma taça de champanhe na mesinha ao lado. Os garçons se moviam de uma mesa para a outra, substituindo as taças de vinho por taças flûte, enchendo-as de Dom Perignon para o brinde.

Assim que estávamos todos acomodados, Mike acenou para a nossa mesa, e o salão ficou em total silêncio.

— Talvez alguns de vocês não estejam cientes, mas tenho raízes aqui no condado de Verona. Minha família estava aqui no início e estará aqui enquanto seguimos para um novo futuro. Um futuro próspero, cheio de oportunidades e crescimento. Juntos, com a Capizola Holdings, a Fascini e

Associados se tornará um nome conhecido na reconstrução do condado. Venha aqui, Roberto. — Ele fez sinal para o meu pai para se juntar ele.

Ele beijou minha mãe no rosto, e os dois trocaram um olhar longo e demorado.

O que eu estava deixando passar?

As peças do quebra-cabeça estavam bem na minha frente, mas eu ainda não conseguia enxergar todas.

Meu pai subiu os degraus até o palco e apertou a mão de Mike.

— Convidei todos vocês aqui esta noite — ele prosseguiu — para comemorar a parceria entre duas excelentes famílias. Mas alguns de vocês já devem ter notado, a essa altura, que não é a única coisa que estamos comemorando. — Seu olhar encontrou o meu, escuro e cheio de perversidade. — Meu filho, Scott, pediu a mão de Arianne Capizola em casamento e ela disse sim.

O rumor dos sussurros se espalhou pelo salão.

— Essa união não apenas cimentará nossas relações comerciais, mas unirá as famílias. Então eu gostaria que vocês brindassem comigo ao feliz casal. A Scott e Arianne.

As palavras reverberaram pelo meu crânio enquanto Scott deslizava o braço ao meu redor e me puxava para perto.

— Você é minha agora, *Principessa* — ele suspirou, e as palavras me fizeram estremecer com violência.

— Antes de seguirmos com os festejos, eu gostaria de dizer a você, Arianne, que estamos ansiosos para recebê-la oficialmente na nossa família. Não sei quanto a Roberto, mas eu não vejo uma data melhor que o Dia de Ação de Graças para ver nossos filhos trocarem os votos. Agora, por favor, a noite ainda é uma criança, e a bebida vai continuar sendo servida. Espero ver todos vocês na pista de dança antes de nos despedirmos.

Vivas e aplausos tomaram o salão enquanto a luz diminuía. Mas eu não me movi.

Eu não conseguia.

Os olhos de Scott abriam um buraco na lateral do meu rosto enquanto Nora xingava baixinho.

Ação de Graças.

Ele tinha dito Ação de Graças.

Seria dali a poucas semanas.

— Você sabia. — Olhei para Scott.

Ele exibia um sorriso arrogante.

— Eu te disse que esta noite seria especial.

Empurrei a cadeira para trás com tanta força que ela quase tombou.

— Arianne, meu amor? — A cor foi drenada do rosto da minha mãe.

— Estou bem. — A coleira ao redor do meu pescoço se apertou, roubando o ar dos meus pulmões. — Só preciso tomar um ar.

Saí de lá com a cabeça erguida, assentindo e sorrindo para os acenos de parabéns oferecidos pelos convidados sem rosto.

Eu mal conseguia respirar, que dirá conversar.

Ação de Graças.

— Arianne, espera. — Nora me alcançou bem quando saí do salão, mas eu não parei. — Espera, espera. — Ela segurou o meu pulso e eu parei.

— Ação de Graças — sibilei.

— Eles sabem mesmo como arruinar a noite de alguém, não é?

— Preciso que você me faça um favor.

— Qualquer coisa...

— Preciso que volte lá para dentro e me dê cobertura.

— Ari... — Ela franziu os lábios.

— Eu só vou para o meu quarto. Preciso de espaço.

— Tem certeza?

— Tenho, o Luis vai estar comigo. — Olhei para ele, que assentiu.

— Aqui — ela me entregou a minha bolsa —, você esqueceu.

— Obrigada.

Nora me puxou para um abraço.

— Sei que é outro golpe, mas é só um jogo. Eles estão tentando manter a vantagem.

Assenti, rígida, respirei fundo e olhei nos olhos dela.

— É melhor você ir antes que alguém venha te procurar.

— Tudo bem, e se serve de consolo, eu sinto muito. — Ela voltou correndo, me deixando com Luis.

Ele veio até mim, com as sobrancelhas franzidas de preocupação.

— Eles sabem — ele disse.

— É o que parece. — Fomos até o elevador e esperamos.

— Vou avisar ao Marchetti.

Assenti. As portas se abriram e nós entramos.

— É um desvio inesperado, mas isso não muda nada.

Soltei um suspiro exasperado.

REI DE ALMAS

— Eu vou para o meu quarto. Não quero que você deixe ninguém entrar, ok?

— Arianne, talvez eu...

— Por favor, Luis. Eu preciso disso.

— Tudo bem — ele disse com uma expressão tensa. — Vou garantir que você tenha o seu espaço.

Ótimo.

Pela primeira vez desde que tudo aquilo aconteceu, eu me sentia fora de prumo. Descontrolada. Um animal acuado levado até o limite.

E estava apavorada com a possibilidade de que quando eu fosse encurralada, acabaria fazendo algo inconsequente.

Algo que eu não poderia desfazer.

Parecia que um furacão havia passado pela minha suíte no hotel.

No segundo em que a porta se fechou às minhas costas, liberei toda a minha raiva e frustração. Roupas estavam espalhadas pelo chão, meu vestido era uma pilha embolada na cama e os travesseiros estavam manchados com rímel e lágrimas.

Mas eu me sentia melhor.

Eu me sentia mais calma de algum modo.

Fiel à sua palavra, Luis havia mantido qualquer possível visitante longe dali. Nora tinha me mandado mensagem dizendo que a festa estava a pleno vapor, apesar da minha ausência. Todo mundo pensava que eu estava passando mal.

Mas Scott e a minha família sabiam a verdade. E me permitiram ter um momento comigo mesma. Acho que eu deveria ser grata, mas era o mínimo que eles podiam fazer dada a bomba que Mike havia lançado naquela noite.

Ação de Graças.

Eles queriam que eu me casasse com o homem que me estuprou, que roubou a minha inocência e que me feriu de maneiras indesculpáveis, dali a menos de dois meses.

Luis estava certo. A provável explicação para a súbita mudança de planos era que Mike Fascini sabia que Nicco e o pai haviam descoberto a verdade sobre Elena Ricci.

Peguei um copo na mesa de cabeceira e o atirei do outro lado do quarto, o som dos meus gritos perfurando o silêncio. Ele bateu na parede, partindo-se em mil pedaços.

— Arianne? — Uma batida soou na porta.

— Estou bem, Luis. Eu só... quebrei um copo.

— Talvez seja melhor eu...

— Eu disse que estou bem — gritei.

Ele não respondeu.

Abracei um travesseiro, me curvei nele e deitei. Eu queria ser mais forte, estar lá fora bancando a corajosa. Mas estava com medo de que se fizesse isso, e Scott me dissesse alguma coisa, eu ia perder o controle.

Ali, eu estava a salvo.

Eles estavam a salvo de mim.

Porque eu me sentia diferente. Uma energia escura e volátil me percorria, fazendo a minha pele vibrar e o meu corpo zumbir.

Eu queria machucar Scott.

Queria machucar o pai dele.

Queria fazer os dois pagarem pelo que tiraram de mim. Pelo que continuavam a tirar.

O último pensamento que tive foi de Scott de joelhos, me implorando perdão, me implorando pela própria vida, antes de tudo ficar preto.

Acordei no susto.

Medo me envolvia enquanto eu estava congelada na cama.

— Luis? — chamei.

Onde eu estava?

Tudo voltou como um tsunami.

A festa.

O anúncio de Mike.

Eu fugindo para o quarto do hotel.

Fiquei deitada, tentando ouvir qualquer som, mas não havia nada.

Eu me sentei, afastando os cachos bagunçados dos olhos. Eu estava um horror. Só de calcinha e sutiã, com o cabelo por toda a parte, e sem dúvida a maquiagem havia escorrido pelo meu rosto, então estava grata por não poder ver meu reflexo no escuro.

Passei as pernas pela beirada da cama e me atrapalhei para encontrar o celular. Eram quase duas e meia. A festa já devia ter acabado a essa altura, os convidados dormindo em paz em suas suítes caras. Nora estaria com Dan, aconchegada nos braços dele. Larguei o aparelho na mesa de cabeceira, estendendo a mão para o abajur, mas um barulho no canto do quarto chamou a minha atenção. Estreitei os olhos, meu coração retumbando furioso no peito.

— O que eu te falei, gata? — A voz de Scott me deixou paralisada. Ele se inclinou para a frente, aparecendo naquele abismo de escuridão como se fosse o próprio Diabo. — Se você atacar, eu vou revidar com mais força ainda.

Acendi a luz, e meus olhos se arregalaram quando vi a arma em sua mão.

— O que você está fazendo aqui, Scott? Cadê o Luis?

— Por aí.

Vômito subiu para a minha garganta enquanto eu dizia:

— Você não deveria estar aqui.

— Assim como o Marchetti não deveria ter estado aqui mais cedo? Como ele não deveria ter ido farejar lá em Vermont? — Ele se levantou e veio até mim, esfregando a pistola na cabeça como se fosse um pente. — Não sei quantas vezes vou ter que dizer isso, mas você. É. Minha.

Puxei as pernas para cima, recuando na cama, mas Scott foi mais rápido. Ele estendeu a mão, agarrou meu tornozelo e me puxou.

— Não, por favor... — Eu não deixaria aquilo acontecer, não de novo. — Meu pai vai...

— Você acha que o seu pai tem voz nisso? Eu sou intocável. Meu pai tem advogados e policiais à postos para me proteger. Eu poderia te comer agora mesmo e te picar em pedacinhos, e ninguém nem daria a mínima.

Ondas de náusea me invadiram.

— Você é minha, Arianne. — Ele se inclinou, passando as mãos pelas minhas pernas nuas, o fedor de bebida forte em seu hálito. — Olhe só você, deitada assim. Qualquer um pensaria que estava esperando por mim. Esperando seu noivo vir e te sujar toda.

Minha mão estalou em sua bochecha, e Scott cambaleou para trás.

— Sua piranha. — Ele me agarrou pelo cabelo, dor disparando pelo meu crânio, e eu me joguei no chão. Tentei engatinhar para longe dele, mas foi em vão.

Scott me rodeou como um predador indo atrás da presa.

— Você fica linda de joelhos. — Ele acenou com a pistola e a apontou para mim. — Acho que a gente deveria se divertir um pouco, não concorda?

— Vá se foder — falei entredentes.

Eu não ia implorar por misericórdia.

Talvez se eu o deixasse com muita raiva, ele me daria um tiro e terminaria com esse jogo doentio do qual eu não queria fazer parte.

— Hummm. — Ele soltou uma risada sombria. — A gatinha tem garras. — Ele avançou e pressionou a arma na minha testa. — Levanta.

Meu corpo tremia, lágrimas silenciosas escorriam pelo meu rosto. Eu não queria morrer. Mas não queria ser o brinquedinho dele, não de novo.

Ele manteve a mira em mim enquanto se sentava na cadeira e abria o cinto. Então abaixou o zíper e libertou sua ereção, afagando-se com força.

Ofeguei contra minha mão.

— Você me deixa tão duro, *Principessa*. Você não faz ideia das coisas que eu quero fazer contigo.

— Se tocar em mim, o Nicco te mata.

Ele parou, as pupilas se dilatando até virarem duas frestas de obsidiana.

— O Marchetti está condenado à morte. Na verdade, acho que vou te servir a cabeça dele numa bandeja de prata como presente de casamento. Você ia gostar disso?

— Você é um monstro.

Scott deslizou da cadeira e ficou de joelhos. A ereção roçou a minha barriga, e eu tive mais uma ânsia de vômito. Então ele me agarrou pelo pescoço, cortando o meu fôlego. Em seguida, pressionou a arma nos meus lábios.

— Chupa.

Pressionei minha boca, determinada a não permitir que ele me fizesse ceder.

Mas ele apertou minha traqueia com mais força, me forçando a arquejar. Usando meu desespero como vantagem, ele enfiou o cano da arma na minha boca. Ele estava se masturbando. Movendo a pistola para dentro e para fora enquanto se acariciava. Tudo enquanto lágrimas silenciosas escorriam pelo meu rosto.

Eu não entendia o que tinha acontecido para ele ser daquele jeito.

Ele não era só um monstro.

Era depravado.

Ele pegou minha mão e a colocou em seu comprimento, me fazendo tombar um pouco, forçando a pistola ainda mais entre os meus lábios, até eu não conseguir mais respirar.

— Isso, puta que pariu — ele gemeu, movendo os quadris com selvageria.

Ele tirou a pistola, agarrou meu cabelo de novo e forçou a minha cabeça para baixo, até a sua virilha. Ofeguei, desesperada.

— Você vai colocar esses lábios bonitos ao meu redor e vai chupar.

Eu me debati, mas ouvi o clique da trava de segurança e congelei.

— Anda.

Eu estava de quatro, sua mão forçando a minha cabeça. Frenética, tateei o chão procurando alguma coisa, *qualquer coisa*, que eu pudesse usar para feri-lo.

Então eu senti.

O couro macio do coldre que Luis me dera. Estava vazio, o canivete devia ter saído quando eu o atirei longe.

— Eu vou contar até cinco, Arianne. Não me faça chegar ao zero, porque você não vai gostar do que vai acontecer.

Ah, Deus.

Meus olhos arderam enquanto eu me mantinha onde estava, tateando o chão com desespero enquanto procurava a faca sem revelar o que eu fazia.

— Cinco… quatro… três… — Eu não conseguia encontrar, meus dedos só tateavam o tapete macio.

— Dois… — Estendi a mão mais longe, rezando para que algum poder superior me ajudasse.

— U…

Meus dedos encontraram o punho liso da faca.

— Acabou o tempo. — Ele quase soou decepcionado.

— Espera — falei, e me levantei devagar. Scott estreitou os olhos. — Não assim, por favor…

Ele franziu o cenho. Se ele olhasse para a esquerda, veria a minha mão, veria que eu estava tentando pegar a faca.

— Senta na cadeira — pedi, dando o meu melhor para disfarçar o tremor na voz.

— Ok — ele disse —, eu vou entrar na brincadeira. Mas é melhor você fazer valer a pena, porra.

Scott se sentou, mantendo as pernas abertas, a mão envolvendo orgulhosamente o seu comprimento.

Tudo nele me dava calafrios.

Mas não havia outro jeito.

Eu me inclinei para a frente de joelhos, deslizei uma mão pela sua coxa, deixando-a pairar perto demais da sua ereção. Scott grunhiu e se afundou na cadeira. Foi o bastante para eu pegar o canivete.

Sua mão subiu para o meu cabelo, me puxando para mais perto.

— Agora, Arianne. Eu não vou pedir...

Cravei a faca na sua coxa. Scott soltou um grunhido de dor.

— Sua piranha desgraçada. — Ele avançou para me atacar, mas saí depressa de seu alcance, pegando a primeira coisa que consegui e atirando nele.

O abajur se quebrou na cabeça de Scott com um barulho alto. Ele grunhiu, caindo na cadeira com sangue escorrendo do corte acima do olho.

Fiquei de pé, peguei o celular e um roupão do hotel, envolvendo o tecido macio ao redor do meu corpo e saí correndo do quarto.

— Arianne? — Luis parecia arrasado quando apareceu no canto do corredor, corado e ofegante.

— A gente precisa ir, agora.

— O que você fez? — Ele olhou para o meu quarto.

— Eu... a faca...

— Ele está morto?

Balancei a cabeça. Luis hesitou; seu olhar estava fixo na porta. Eu sabia o que ele estava pensando. Era a mesma coisa que eu. Seria tão fácil entrar lá e terminar o serviço.

— Ele está armado — sussurrei, e meu corpo se contorceu de medo.

— Merda, tudo bem. Vem, a gente vai te tirar daqui. Vou passar um rádio para um dos nossos caras lidar com ele.

Luis passou o braço ao meu redor e me conduziu pelo corredor. Não fomos de elevador, descendo a escada em vez disso.

— O que aconteceu? — ele perguntou enquanto descíamos correndo.

— Eu acordei e ele estava lá, no meu quarto. Eu perguntei por você e...

— Ouvi algo na escada, então fui olhar. — Ele cerrou os dentes. — Ele me atacou e eu apaguei.

— Ele tinha uma arma e tentou... — Engoli uma nova onda de lágrimas. — Encontrei a faca que você me deu e o esfaqueei. Eu não podia deixar que ele fizesse aquilo comigo de novo. Não podia.

— Você fez a coisa certa. — Luis olhou para mim. — Mas sabe o que isso significa?

— Eu não posso voltar. — Tremi.

— Não, não pode. — Ele tirou o celular do bolso e digitou uma mensagem. O aparelho apitou dois segundos depois, e ele leu a resposta. — Ok, vamos. Mantenha a cabeça baixa e não pare para ninguém, ok?

Luis abriu a porta e verificou se a barra estava limpa antes de fazer sinal para eu ir. Não estávamos no saguão; era uma entrada lateral apenas para hóspedes. Luis tirou uma chave do bolso e a pressionou no leitor. A porta abriu e nós saímos para a rua. Um carro parou ali perto e alguém desceu.

— Enzo? — Pisquei, me perguntando se meus olhos estavam me enganando.

— A gente precisa ir, agora. — Ele e Luis trocaram um olhar preocupado.

— Vai, Enzo vai te manter em segurança.

— Espera. — Pânico encheu a minha voz. — Você não vai com a gente?

— Preciso voltar e garantir que ele não vai fazer nenhuma idiotice. Vamos chamar de controle de danos.

— Mas ele está armado...

— Vitelli sabe se cuidar. — Enzo envolveu o braço ao redor dos meus ombros e me guiou para o carro. O gesto era tão diferente dele que eu não resisti.

— A gente se vê em breve, ok? — Luis deu um sorriso carinhoso para mim, mas não chegou aos seus olhos.

Tudo tinha mudado aquela noite.

E era tudo culpa minha.

— Desculpa por eu não ter conseguido — falei por sobre o ombro.

Ele franziu a testa.

— Está tudo bem, a gente sempre soube que isso poderia acontecer.

Eu não fazia ideia de a que ele se referia, mas Enzo não me deu chance de perguntar. Ele me enfiou dentro do carro e bateu a porta, indo para o lado do motorista.

Enzo entrou.

— Você está bem? — ele perguntou, frio.

— Na verdade, não. — Apoiei a cabeça no vidro frio, tentando entender as últimas horas. — Mas vou ficar.

Que escolha eu tinha?

Nicco

Meus olhos se abriram no susto, o toque do meu celular parecendo uma sirene no meio da noite.
— Mas que porra? — resmunguei, tentando encontrá-lo. — Oi?
— Nicco? — A voz de Enzo soou distante.
Eu me sentei de supetão.
— O que foi?
— É a Ari, ela... porra, cara. É uma confusão.
— Ela está bem? — Dor disparou por mim, minhas mãos tremendo enquanto eu segurava o celular com mais força.
— Ela está bem. Eu a trouxe para a cabana.
— Tudo bem, estou a caminho.
— Toma cuidado. — Ele deu um suspiro vacilante. — Fascini sabia que você estava no hotel, então é provável que esteja de olho em você. Se pensar que estão te seguindo, não pode trazê-los para cá.
Ele tinha razão.
A cabana estava fora do radar. Um esconderijo da família de que poucas pessoas sabiam.
— Vou tomar todas as precauções. — Minhas palavras saíram trêmulas. — Posso falar com ela?
— Ela está dormindo.
— Ok, te vejo em breve. ¬— Soltei um suspiro hesitante. — E?
— Sim?
— Obrigado.

Depois de acordar o meu tio e explicar a situação para ele, arrumei as minhas coisas, peguei as chaves e corri para a moto. O percurso até a cabana levava só uma hora, mas se Enzo tivesse razão e eu estivesse sendo seguido, então precisaria pegar uma rota diferente.

Estava no meio da noite, as estradas se encontravam desertas. Mas isso trabalhou a meu favor. Eu mal tinha saído de Boston quando percebi que estava sendo seguido.

O SUV preto mantinha distância, mas assim que fui para a interestadual e peguei a rodovia, e ele veio atrás, meu instinto me disse que não era coincidência. Não acelerei, mantendo a velocidade, tentando pensar na melhor forma de lidar com aquilo.

Se tentasse despistá-los e não conseguisse, eu os levaria direto a Arianne, o que não era uma opção. Mas se tentasse enfrentá-los, poderia acabar machucado... ou pior. Eu não fazia a mínima ideia de que filho da puta estava aqui a mando de Mike Fascini ou do filho dele. Não que importasse.

De todo o modo, eu era o inimigo aos olhos deles. Assim como eles aos meus.

Encostei em um ponto de parada nos arredores de Rhode Island. Alguns minutos a frente deles, desci da moto e esquadrinhei o perímetro. Havia um prédio baixo com a placa de "banheiro" e algumas máquinas de venda automática, mas sem muitas possibilidades para me esconder. Dei a volta no prédio, peguei a minha arma e esperei.

O SUV foi diminuindo a velocidade. Eu não conseguia ver, mas ouvi as portas se abrindo, as botas pesadas esmagando o cascalho. Eram dois. Um teria sido mais fácil, mas não importava.

Ninguém me impediria de chegar a Arianne.

Nenhum deles falou, provavelmente esperando me pegar desprevenido no banheiro enquanto eu fazia o que precisava. Assim que os ouvi entrar no prédio, fui até lá na ponta dos pés e entrei sem fazer barulho.

— Ele não está aqui — um deles disse.

— Ele tem que estar. Olha...

O tiro soou, um dos caras caindo no chão feito um saco de tijolos.

— Filho da puta — o outro rugiu, mas apontei a arma direto para ele.

— Não. Se. Mexa.

Ele ergueu as mãos e recuou.

— Quem mandou vocês?

Ele pressionou os lábios com força, mas eu não estava a fim de ficar de joguinho. Abaixei a arma, puxei o gatilho e ele caiu de joelhos, com sangue escorrendo do buraco em sua perna.

— Quem. Mandou. Vocês?

— Fascini.

— Não brinca — resmunguei. — Mike Fascini.

— N-não. O filho. Um filho da puta maluco aquele lá.

Sangue escorria de seu rosto enquanto ele gritava de dor.

— Por favor, cara, não me mata. Eu...

Avancei com tudo, pressionando o cano da arma bem na cabeça dele.

— Quais. São. A. Porra. Das. Ordens. De. Vocês?

— Seguir você e garantir que não conseguisse voltar para Verona.

Scott era mesmo louco pra caralho.

— Olha, cara, e-eu só estava fazendo...

O segundo tiro o atingiu no meio dos olhos.

Eu deveria ter ficado incomodado por matar alguém a sangue frio. Não era algo de que eu gostava, mas dessa vez foi diferente. Tinha a ver com Arianne, com mantê-la em segurança.

Voltei para a moto e nem olhei para trás quando chutei o pedal de partida e saí acelerando na direção da cabana.

Na direção da garota por quem eu mataria.

Meia hora depois, eu parei na cabana. Eram quase cinco e meia da manhã, os primeiros raios de sol rompiam o horizonte. Desci da moto e não fiquei surpreso quando a porta se abriu e Enzo apareceu.

— Você está bem? — ele perguntou.

— Vou ficar. Ela está aí dentro? — Passei esbarrando nele.

— Só um minuto. O que aconteceu?

Meus olhos fitaram os dele e soltei um longo suspiro.

— Você estava certo.

— Sobre estarem te seguindo?

— É.

— Mas você cuidou do assunto?

Eu sabia o que ele estava me perguntando. Franzindo o cenho, assenti.

— Ei, você fez o que precisava fazer. — Ele apertou o meu ombro.

— Onde ela está?

— No primeiro quarto. Eu a queria por perto.

— Obrigado.

— Vá ver a garota, e aí a gente conversa.

Saí pelo corredor. Eu não ia ali já tinha um tempo, mas tudo no lugar ainda me era familiar. A porta do quarto de Arianne estava aberta, e entrei sem fazer barulho. Ela parecia tão em paz dormindo no meio da cama queen, envolta em um roupão branco macio.

Cheguei mais perto, minha mente disparando para centenas de direções. Ele a havia machucado de novo, isso estava óbvio. Mas era difícil imaginar enquanto ela parecia tão em paz.

Eu me abaixei e afaguei sua bochecha. Arianne murmurou e se aconchegou ainda mais nas cobertas. Mas não acordou.

— Eu amo você, Bambolina — sussurrei.

A mão dela se curvou nos lençóis, a aliança em plena exibição. Com cuidado, estiquei seu dedo e a tirei, colocando-a na mesa de cabeceira. Aquilo não era dela, mas Arianne poderia decidir o que fazer com o anel.

Lancei um último olhar demorado, saí do quarto e fui atrás de Enzo.

— Tudo bem? — Enzo perguntou enquanto eu me juntava a ele na sala.

— Ela está dormindo. Não tive coragem de acordá-la.

— Foi uma merda do caralho. — A expressão dele ficou sombria.

— Que porra aconteceu? — Eu me larguei na poltrona à sua frente.

— Depois que você foi embora, Luis me ligou, disse que estava preocupado com o comportamento de Scott.

— Preocupado como?

— Disse que estava pressentindo algo. Então eu fiquei por lá, escondido nas sombras, vigiando. Nada me pareceu fora do comum, mas fiquei. Estava meio dormindo no carro quando ele ligou de novo. — Enzo fez cara de nojo. — Ele disse que ela...

Houve uma batida na porta e minha mão foi na mesma hora para dentro da jaqueta para pegar a arma.

— Relaxa — Enzo se levantou —, é o Vitelli. — Ele foi até lá e a abriu, deixando Luis entrar. — Eu estava chegando na parte boa — ele falou para o guarda-costas de Arianne, como se eles tivessem criado algum laço nas últimas horas.

— Sinto muito — Luis disse, sentando-se na ponta do sofá. — Eu não deveria ter permitido que ele me pegasse daquele jeito.

— O que aconteceu?

— Ele sabe? — ele perguntou a Enzo.

Meu melhor amigo balançou a cabeça.

— Sei o quê?

— O casamento... Mike anunciou uma nova data. Fim de semana do Dia de Ação de Graças.

— Só pode ser brincadeira... você está de sacanagem, né? — Era dali a menos de dois meses.

— Queria eu. — Uma sombra passou pelo seu rosto. — Fascini sabe que você foi para Vermont.

— Puta que pariu.

— É, puta que pariu mesmo. — Enzo passou a mão pelo rosto.

— Mas temos problemas maiores no momento. — Os dois trocaram outro olhar.

— Alguém pode fazer o favor de me dizer que merda aconteceu? — Eu estava ficando impaciente.

— Arianne foi embora da festa depois do anúncio. Acho que foi demais para ela. Ela não queria visita, então fiquei de guarda do lado de fora. Tudo estava bem, mas então, por volta das duas, ouvi um barulho na escada. Fui ver o que era, Scott saltou de lá e me nocauteou. Ele conseguiu despistar o cara que a gente tinha colocado de vigia no quarto dele, e deve ter pegado outra chave para o quarto dela, então entrou escondido... — Ele pigarreou, obviamente desconfortável com o que quer que fosse que precisava dizer.

— Arianne acordou e ele estava apontando uma arma para a cabeça dela, e tentou forçar a menina a...

— Ele não só apontou uma arma para a cabeça dela. — Enzo perdeu a paciência. — Ele a fez chupar aquela merda enquanto batia punheta. Mas sua garota atacou, cravou um canivete bem na perna dele e o nocauteou com um abajur.

— Ele fez o quê? — O ar foi sugado dos meus pulmões. Já era ruim ele a ter machucado, mas apontar uma arma para a cabeça dela enquanto a forçava a...

Engoli a bile que subia para a minha garganta.

— Ele...

REI DE ALMAS 175

— Não. Ela diz que ele não a tocou.

— Onde ele está agora?

— Eu fiquei para trás e acordei os pais dos dois para que eles lidassem com aquele merda. Roberto estava preocupado e queria ver Arianne, mas eu disse para ele que só por cima do meu cadáver.

— Legal — Enzo bufou. — Tem certeza de que ninguém te seguiu?

— Sou bom no que eu faço. Sei como ficar fora do radar. — Luis quase pareceu se ofender com as palavras de Enzo.

— Eu quero aquele filho da puta morto. — Saltei de pé. — Quero a cabeça dele na porra de uma bandeja de prata. — A bruma vermelha me engoliu inteiro até tudo o que eu conseguia ver era o cadáver de Fascini aos meus pés.

— Você precisa se acalmar. — Enzo pairava na periferia da minha consciência.

— Não, o que eu preciso é ver aquele desgraçado sangrar.

— Nicco? — A voz de Arianne soou acima do sangue rugindo nos meus ouvidos. Eu me virei devagar e encontrei seu olhar cansado. Seus olhos estavam vermelhos e inchados, o rosto manchado de rímel. — Você está aqui — ela disse, trêmula.

— Estou. — Fui até ela, caí de joelhos e enterrei o rosto em seu roupão. Eu não estava nem aí para a nossa audiência. Naquele momento, tudo o que me importava era que ela estava ali, sã e salva.

— Nicco. — Arianne deslizou a mão pela minha bochecha, puxando meu rosto para o seu. — Eu estou bem.

Mas ela não estava.

Não tinha como ela estar.

— Está cedo, e eu ainda estou muito cansada, venha para a cama comigo. — Ela puxou o colarinho da minha jaqueta. Fiquei de pé e olhei para trás.

— Vai — Enzo disse. — A gente dá cobertura.

Assenti, compreensão mútua se passando entre nós.

Arianne me levou até o quarto e fechou a porta quando passei.

— Eu sinto muito. — Minha voz saiu embargada.

— Shh — ela sussurrou, tirando a jaqueta dos meus ombros. Em seguida, suas mãos foram para a bainha da minha blusa de frio. Eu a ajudei a tirá-la do meu corpo antes de desabotoar a calça e chutá-la para longe. Arianne estava de pé diante de mim, me admirando com seus olhos cor de mel.

— Você está aqui mesmo.

— Estou. — E eu não pretendia ir embora de novo.

A gente enfrentaria junto o que Mike Fascini estava escondendo na manga.

Ela abriu o roupão macio e o tirou.

— Deita comigo?

Ela não precisava pedir duas vezes. Peguei Arianne no colo e a deitei na cama.

— Tem certeza de que você está bem?

— Estou agora. — Ela se esticou e deu um beijo carinhoso no canto da minha boca. — Mas estou cansada. Tão cansada, Nicco.

— Está tudo bem. — Eu me deitei ao seu lado, a virei de lado e a aconcheguei no meu peito. — Estou bem aqui. — Meus lábios tocaram seu ombro e se demoraram lá enquanto um tremor violento me percorria.

— Promete que você vai estar aqui quando eu acordar?

— Prometo.

Seu corpo relaxou contra o meu como se ela precisasse ouvir aquelas palavras antes de se permitir descansar. Mas eu não preguei os olhos, porque se fizesse isso, sabia que os pesadelos viriam. Então a abracei com força e ouvi sua respiração suave e os leves suspiros.

Arianne não deveria ter estado lá naquela noite. Mas ela tinha razão, ela tinha sido forçada a fazer a parte daquilo porque os homens da sua vida eram quem puxavam as cordas.

Eu não deixaria aquilo acontecer de novo.

Se Fascini queria guerra, eu o encontraria no campo de batalha. Eu lutaria com tudo de mim se isso significasse protegê-la de gente como Scott e o pai dele.

Eu sempre soube que minha vida na Família era tênue. Eu respeitava a Omertà; respeitava os códigos sob os quais vivíamos, mas Arianne era minha mulher.

Minha vida.

E colocar a Família acima dela era o equivalente a trair a minha alma.

Trair o futuro que eu esperava que tivéssemos um dia.

REI DE ALMAS

Eu devia ter apagado, porque quando acordei, a cama estava vazia, e eu com o pescoço dolorido. Eu sentei, esticando os músculos antes de vestir o jeans e ir atrás de Arianne.

O último lugar em que eu esperava encontrá-la era ao fogão, fazendo café da manhã para Luis e Enzo.

— Você está uma merda — meu primo disse com um sorrisinho.

Mostrei o dedo para ele e fui até Arianne. Passei o braço ao redor da sua cintura e a puxei para o meu peito, apoiando o queixo em seu ombro.

— Fiquei com saudade.

— Você estava dormindo. Eu não quis te acordar.

— Mas deveria. — Ela inclinou a cabeça para mim e roubei um beijo.

— Eu precisava fazer alguma coisa. Luis saiu para fazer compras para que eu pudesse preparar o café da manhã.

— Que horas são?

— Pouco mais de dez.

— Notícias? — perguntei a Luis.

— Roberto não para de me ligar, mas não atendi ainda. Imaginei que a gente ia alinhar as histórias antes.

— E você? — Meu olhar seguiu para Enzo.

— Você acha que sou eu que vou avisar ao tio Toni que a gente roubou a herdeira Capizola *de novo*? Não vai rolar.

— Vou falar com ele. — Passei a mão pelo rosto, me afastando de Arianne com relutância.

— Você está com fome? — Ela parecia tão feliz de pé ali, como se fosse um domingo como outro qualquer.

Não era.

Luis tinha razão.

A gente precisava alinhar as histórias e pensar no próximo passo. De jeito nenhum Arianne ia voltar para aquele merda, mas se ela não voltasse... Bem, aquilo tinha o potencial de desencadear tudo, e ainda não sabíamos quais eram as intenções do Fascini.

Troquei olhares com Luis e fiz sinal para ele ir comigo até lá fora.

— Fique com ela — dei a ordem a Enzo, que me bateu continência.

— Me conte tudo.

Luis fechou a porta ao passar e se juntou a mim na varanda.

— Fascini está puxando as cordas. Roberto jura que não sabia que eles iam adiantar a data do casamento.

— O que você acha que o Fascini tem contra ele?

— Não sei, mas seja o que for, é grande. Conheço Roberto há muito tempo, Nicco. E só o vi com tanto medo assim uma vez, e foi no ataque frustrado contra Arianne.

— Acha que o Fascini ameaçou machucá-la de novo?

— Não Arianne. Ela é a chave. Pense nisso, ela é o futuro da Capizola Holdings. Eles precisavam dela para ter acesso legal ao império dele.

— Então se não for Arianne... a mãe dela?

— Além de Tristan, ela é a segunda pessoa mais importante na vida dele.

— Porra. — Passei a mão pelo rosto. As bombas não paravam de cair. Se Luis estivesse certo, e Arianne não voltasse, ela poderia estar condenando a mãe à morte.

— É uma confusão, Nicco. Mas você sabe que a gente não pode mandar a garota de volta, não agora. Ele enfiou a porra de uma arma na boca da menina e...

— Não, por favor, não — falei entredentes enquanto dava um soco no parapeito de madeira. Eu queria trucidar alguma coisa. De preferência a cara daquele psicopata. — A gente precisa cuidar dele.

— Ela não vai te deixar fazer isso. Ela não quer o sangue dele nas suas mãos.

— Você tem uma alternativa? — Porque estamos ficando sem opção.

O celular de Luis começou a tocar e ele o tirou do bolso.

— Roberto? — perguntei.

— Não. — Ele franziu a testa. — Mas eu preciso atender.

— Vou esperar lá dentro.

Ele assentiu, saindo da varanda e indo para o SUV.

Voltei, sorrindo quando vi Enzo ajudando Arianne a encontrar os pratos. Eu me apoiei no batente da porta. Enzo ainda parecia frio pra caralho, mas só a presença dele ali me dizia tudo o que eu precisava saber.

Ele estava começando a gostar dela.

— Vai ficar parado aí o dia inteiro? — Ele ergueu a sobrancelha e olhou feio para mim.

— Me dê um trabalho.

— Na verdade, a gente está quase acabando. Sente-se, o café da manhã já vai ser servido. — Arianne abriu um sorriso cálido, me deixando derretido.

— Cadê o Vitelli?

— No telefone.

— Algum problema? — Enzo articulou com os lábios.

REI DE ALMAS 179

— Acho que não. — Eu me sentei ao balcão. Meu estômago roncou com o cheiro do bacon e das panquecas. — A cara está ótima, Bambolina.

Arianne sorriu enquanto servia a cada um de nós um prato cheio de comida.

— Isso é legal — ela disse, sentando-se no banco ao meu lado.

— Quando você vai ligar para o tio Toni? — Enzo perguntou.

— A gente tem tempo.

Eu precisava daquilo.

Ela precisava daquilo.

Passamos nosso relacionamento todo apagando incêndios, acho que merecíamos uma manhã.

— Nora me mandou mensagem. — Arianne cortou a panqueca e a empurrou pelo prato.

Segurei o fôlego, esperando a bomba.

— E?

— Ela mandou oi.

— Você contou para ela? — Enzo resmungou.

— Não, não contei, mas ela não é idiota. Ela sabe que só há um lugar onde eu estaria se não estivesse no hotel nem no apartamento.

— Você não pode contar para ela — falei, com a voz embargada. — Ainda não.

— Eu sei. Ela sabe que estou em segurança, e é tudo o que importa.

— Estou orgulhoso de você. — Envolvi a mão ao redor de seu pescoço e a puxei para mim, roçando os lábios nos seus.

— Não paro de pensar que eu deveria tê-lo matado. Se tivesse feito isso, então tudo teria terminado...

Ela estremeceu e largou os talheres no prato.

— Ei, você fez a coisa certa. — Ela não merecia ter o sangue dele nas mãos.

— Mas eu poderia...

— Não — Enzo disse, surpreendendo a nós dois. — Você não quer carregar um fardo desses. Você fez o que era preciso para se proteger, é tudo o que importa. Deixe o resto com a gente.

O tom protetor na voz dele acalmou algo dentro de mim. Eu precisava saber que Arianne podia contar com outras pessoas. Se tudo fosse para o inferno e eu acabasse no fogo cruzado, precisava saber que ela estaria protegida.

Comemos em um silêncio confortável depois disso. Arianne parecia mais leve quando terminamos.

— Eu limpo — ela disse, mas afastei sua mão do meu prato.

— Eu e Enzo cuidamos da louça. Você vai tomar um banho.

— Vocês vão lavar os pratos? — Ela balançou um dedo para nós.

— Não olhe para mim, Princesa — Enzo provocou. — Eu não...

— Pegue o pano de prato — ladrei para ele. — Você pode secar.

A risada de Arianne pairou no ar enquanto ela nos deixava lá.

— Você está completamente dominado por ela, sinto que preciso ver se perdeu os colhões.

— Você só não conheceu a garota certa ainda.

— Se me transformar... nisso. — Ele apontou para mim. — Pode esquecer.

Meus lábios se curvaram.

— Obrigado por cuidar dela.

— Ela é da família.

— Ela é.

— Bem, então, é simples. Eu nem sempre vou concordar com você, primo, mas nós protegemos os nossos. — As palavras dele me atingiram em cheio no peito.

O fato de ele achar isso significava muito para mim.

— Mas me faça o favor, ok, e mantenha essa melação no mínimo.

— Você tinha que estragar tudo mesmo, né? — Eu ri enquanto lavávamos os pratos.

Não demorou muito, e deixamos a cozinha limpa.

— Luis saiu já tem um tempo — Enzo disse. — O que você acha que ele está fazendo?

— Ele disse que precisava cuidar de uma coisa. — Dei de ombros e olhei para o corredor em que o banheiro ficava.

— Você confia nele mesmo, né?

— Sim. — Encontrei o olhar firme do meu primo. — Confio.

— Tomara que você esteja certo quanto a isso.

— Estou.

Eu tinha que estar. Porque eu havia confiado a vida de Arianne a ele. E se ele me traísse... não acabaria bem para o cara.

Arianne

— Não acredito que ele fez isso — Nora arquejou. — Tipo, acredito... mas, caramba, Ari. Que cara bizarro.

— Eu escapei, e é só o que importa. — Puxei as pernas para baixo do corpo. Nicco estava lá fora, falando com o pai ao telefone, e Enzo estava ocupado fazendo seja lá o que fosse que Enzo fazia.

— Ele é doente da cabeça, é a única explicação.

— Ele é um monstro. — Estremeci com a lembrança do que Scott fez comigo naquele quarto de hotel. O jeito como ele enfiou a arma na minha boca e...

— Meu bem?

— Desculpa, eu só... — *Respire. Apenas respire.*

— Ele não pode te machucar agora.

— Eu sei, mas isso não muda nada.

Scott estava descontrolado. O olhar vazio enquanto ele me atacava ficaria gravado na minha memória para sempre. Se eu não tivesse encontrado o canivete... não consigo nem cogitar aquilo.

— Eles vão dar um jeito.

Olhei de relance para a janela. Eu estava tão aliviada por Nicco estar ali. Não queria que nós nos separássemos, não de novo. Mas eu sabia que não era tão simples ele estar de volta. Não até que as coisas com Mike Fascini e o meu pai fossem resolvidas.

— Me conta como foi com Dan — mudei de assunto —, como está indo?

— Ele é legal.

— Nor, qual é. O cara é um fofo. Ele vestiu um smoking e foi à festa por você.

— Eu sei, não é ele — ela soltou um suspiro frustrado —, sou eu. Falta alguma coisa. Ele não vira meu mundo de cabeça para baixo.

— Talvez você só precise dar tempo ao tempo? — Dan era confiável. Ia às aulas, segurava portas e levava café. — Você disse que o sexo é gostoso.

— O sexo é gostoso, é só que... não é de fazer a gente perder a cabeça.
Soltei uma risada.
— Suas expectativas estão muito altas.
— Eu sei, eu sei. Você acha que estou desperdiçando uma boa chance. Mas eu não quero sossegar, amiga. Quero um amor épico, igual ao seu e do Nicco.

Naquele momento, Nicco voltou para a cabana. Ele sorriu para mim, com os olhos tão cheios de amor e possessividade que fez meu coração palpitar.

— Ele está aí, não está? — Ouvi a diversão nas palavras de Nora.

— Sim, ele voltou.

— Bem, diz que eu mandei oi. E que é melhor ele te manter em segurança. Você é um bem precioso.

— Pode deixar. A gente se fala.

— Pode ter certeza. — Ela desligou, e coloquei o celular na mesinha de centro.

— Nora mandou oi. — Nicco franziu o cenho, e soltei um suspiro cansado. — Eu não contei que estamos aqui. Eu te prometi que não contaria.

— Eu sei, desculpa. — Ele deu a volta no sofá e se sentou ao meu lado. — Eu só queria que as coisas não fossem assim.

— As coisas são o que são.

— Bambolina. — Nicco pressionou a mão na minha bochecha e eu me inclinei em seu toque.

— O que o seu pai disse?

Ele enrijeceu.

— Ruim assim?

— Ele vai se conformar.

Senti que Nicco não queria falar daquilo, então mudei de assunto.

— Cadê todo mundo? — Luis estava fora desde antes do café da manhã, e Enzo não estava em lugar nenhum.

— Luis foi tratar de algum assunto, e Enzo foi pegar umas coisas.

— Que coisas?

— Bem, se a gente vai ficar um tempo aqui, vamos precisar de roupas, comida e artigos de higiene.

— Então esse é o plano? Ficar aqui? — Segurei sua mão e a levei aos lábios, beijando seus dedos.

— Por ora. É mais seguro. Você vai ficar em segurança.

— E estamos sozinhos? — Calor aflorou no meu ventre.

REI DE ALMAS

— Estamos. Mas, Bambolina, eu não quero...

— Shh. — Rocei os lábios nos dele. — Pare de falar. — Meus braços envolveram Nicco pelo pescoço enquanto ele me puxava para o colo, e eu o montei.

— Enzo pode voltar a qualquer segundo. — Ele se afastou para olhar para mim.

— Então me leva para a cama.

Suas pupilas se dilataram, um grunhido aflito retumbou em seu peito.

— Tem certeza?

Assenti.

Eu precisava dele, precisava dele para apagar as lembranças da noite passada.

Nicco me segurou com força e se levantou, me carregando pelo corredor. Quando entramos no quarto, ele fechou a porta com um chute e nos levou até a cama.

— Nunca mais vou te deixar ir embora — ele murmurou contra os meus lábios, trilhando beijos pelo meu queixo e descendo pela curva do pescoço.

— Que gostoso.

Mas não era o bastante.

Eu precisava de mais.

Precisava de tudo o que ele podia me dar.

Devagar, Nicco me colocou no chão, e meu corpo deslizou pelo dele, me fazendo gemer de desejo.

— Me diz o que você quer, Bambolina. — Ele afastou o cabelo da minha nuca e beijou minha clavícula, roçando os dentes de levinho na pele de lá. Um arrepio me percorreu quando inclinei a cabeça para dar mais espaço a ele.

— Você — suspirei. — Eu quero você, Nicco.

— Você tem a mim, *amore mio*. Corpo, alma e coração. — Ele fez uma pausa, me olhando como se eu fosse um sonho.

— Nicco?

Ele saiu de seu transe e enfiou a mão dentro da minha camiseta. Os dedos quentes dançaram pelas minhas costas, indo mais e mais alto até o tecido estar amontoado ao redor do meu peito. Suas mãos continuaram a subir, e ergui os braços, permitindo que ele tirasse a peça.

— Na cama — ele deu a ordem, e eu me deitei, indo para o meio do colchão gigante.

Nicco segurou a camiseta preta pela bainha e a tirou de seu corpo sarado. Minha boca encheu d'água com a visão, a barriga tanquinho, os músculos retesados em seus ombros largos.

Ele era tão esculpido quanto uma obra de arte.

E era todo meu.

Nicco estendeu a mão e a passou pelo meu tornozelo, o toque leve enviando arrepios pelo meu corpo. Ele ficou de joelhos e me puxou com cuidado para mais perto.

Dei uma risadinha, mas logo parei quando ele brincou com o cós do shortinho que Enzo encontrou para eu vestir. Nicco não rompeu o contato visual enquanto o passava pelos meus quadris e o descia pelas minhas pernas. Seu olhar estava sombrio e intenso.

Voraz.

Ele parecia pronto para me devorar, transformando meu sangue em lava.

Nicco espalmou a mão na minha barriga e abaixou a cabeça, dando uma lambida longa e ávida. Eu me contorci, assolada pelas sensações.

— Relaxa, Bambolina — ele disse, rouco. — Deixa comigo.

Joguei a cabeça para trás quando ele começou a chupar e lamber. Nicco deslizou dois dedos para dentro de mim, curvou-os e os moveu até eu estar trêmula e ofegante sob ele.

— Nicco, é... — Meu fôlego ficou preso quando seus dentes provocaram a pele sensível e seus lábios pintaram canções de amor no meu corpo.

— Você tem gosto de céu. — Sua língua circulou o meu clitóris enquanto ele movia os dedos devagar. Eu estremeci e gemi, arqueando as costas, desesperada por mais.

— Nunca mais vou deixar aquele cara tocar em você — Nicco murmurou as palavras contra meu centro, me deixando ofegante.

— Oh, meu Deus... — Deslizei os dedos em seu cabelo e agarrei com força enquanto meu corpo começava a tremer, oscilando à beira do êxtase.

— Nicco... — Seu nome era como uma prece nos meus lábios enquanto eu me estilhaçava ao seu redor.

Ele beijou a parte interna da minha coxa antes de ficar de pé e tirar a boxer. Nicco se arrastou pelo meu corpo e me cobriu até não sermos nada além de um emaranhado de braços, pernas, pele e juras de amor.

— Eu vou matar ele por ter olhado para você, Bambolina. — Uma tempestade rugiu em seus olhos enquanto ele me fitava. O maxilar estava travado, a respiração ofegante.

— Nicco — arquejei —, não diga isso.

Ele segurou minha mão e a pressionou no peito.

— Este é quem eu sou, Arianne. Meu coração bate por você, e cansei de bancar o bonzinho no que te diz respeito. — Ele abaixou a cabeça, passou o nariz pelo meu queixo e deu um beijo leve nos meus lábios. — Vou fazer o que for necessário para te proteger. Mesmo se isso significar dar cabo dele.

Um tremor me percorreu. Eu não gostava de ouvir Nicco falando daquele jeito, mas ele tinha razão. Aquele era ele. Como eu poderia rejeitar aquela parte quando eu amava tanto as outras?

— Eu sei. — Envolvi as mãos em seu pescoço e o puxei para mais perto. — Eu amo você, Niccolò Marchetti, você todo.

Senti a tensão deixar o seu corpo. Nicco precisava daquilo. Precisava da minha aceitação.

Nenhuma palavra foi dita quando ele encaixou minha coxa em seu quadril e entrou em mim com um movimento suave.

— Porra, Bambolina... — Sua voz estava rouca de desejo. Passei a língua entre a junção dos seus lábios, desesperada por mais. Mais beijos, mais sensações, *mais* dele.

Nicco se moveu com um ritmo torturante; estocadas lentas e calculadas que faziam ser difícil respirar. Ele estava em toda a parte, seus lábios no meu pescoço, língua e dentes marcando a minha pele, o corpo forte me prendendo na cama, me amando. Me enchendo de um jeito que eu estava me afogando nele.

— Minha — ele sussurrou no meu ouvido, movendo-se com mais força. Mais fundo. — *Sei mia.*

Eu me agarrei a ele enquanto ele me levava até o limite. Estar com Nicco era como estar no olho de um furacão. Descontrolado, imprudente e imprevisível, mas, ainda assim, inspirador.

O modo como nos amávamos, o modo como o nosso corpo se unia como um, era mais do que luxúria.

Mais do que amor.

Era transcendente.

Era o destino fazendo o que queria, atando duas vidas até que nem mesmo a morte pudesse separá-las.

Aquilo deveria ter me deixado apavorada.

Não deixou.

Com Nicco, eu me sentia inteira. Eu me sentia em casa. Não conseguia explicar, não conseguia nem entender, mas era isso.

— Eu amo você — suspirei, segurando seu queixo e o beijando com voracidade. Desespero. — Eu te amo tanto.

— *Sei il grande amore della mia vita.*

Nossa pele estava suada; os gemidos, ofegantes. Nicco ergueu ainda mais a minha perna, se movendo em mim de um jeito delicioso. Criando a fricção perfeita, fazendo meu ventre se retesar e meus dedos se curvaram na maciez dos lençóis.

— Goza para mim, Bambolina. — Ele me beijou, engolindo meus gemidos enquanto ondas de prazer me atravessavam.

Meu corpo estremeceu, mas ele não parou. Seu ritmo era implacável, como se ele estivesse tentando se marcar na minha alma.

Talvez ele não tenha percebido que já tinha feito isso.

Se marcado a fogo no meu coração.

Se gravado em cada fibra da minha alma.

— Está tudo bem. — Deslizei os dedos por seu cabelo, salpicando beijinhos em seu rosto. — Pode se soltar.

Um grunhido baixo surgiu de sua garganta enquanto ele gozava dentro de mim. Seus olhos estavam quase pretos, a expressão perdida.

— Nicco — sussurrei contra sua boca. — Volte para mim.

Ele piscou, a expressão se suavizando.

— Você está bem. — Sua voz estava embargada.

— Estou. — Apoiei a mão na sua bochecha. — Estou bem aqui.

O corpo de Nicco começou a tremer quando ele apoiou o rosto na curva do meu ombro.

— Eu não posso perder você — ele murmurou contra minha pele suada. — Eu não posso te perder nunca, Arianne.

— Você não vai — sussurrei.

Não vai.

Depois de tomarmos banho juntos, encontramos Enzo na sala.

REI DE ALMAS 187

— Finjam que eu não estou aqui — ele resmungou, enfiando um monte de batata na boca.

— A gente só...

Ele calou o primo com um olhar que disse muito. Disfarcei a risada, me escondendo na lateral do corpo de Nicco.

— Estou com fome — murmurei.

— Que surpresa. — Enzo deu um sorrisinho.

— Cuidado. — Nicco apontou um dedo para o primo.

— Cadê o Matteo? — perguntei, saindo de sob o braço de Nicco e indo até a geladeira.

— Está ajudando a segurar as pontas lá em casa.

— E o que isso quer dizer?

— Ela sempre faz esse monte de perguntas? — Enzo ergueu a sobrancelha, e Nicco riu.

— Obrigado por ter feito isso... — Os dois começaram a conversar, e tentei não prestar atenção.

Tudo o que importava era que eu estava ali com Nicco.

A gente daria um jeito no resto, juntos.

Olhei a geladeira e peguei algumas coisas para preparar uns sanduíches.

— Vocês estão com fome? — perguntei.

— O céu é azul? — Enzo retrucou, e mostrei a língua para ele. O cara agia como se fosse o lobo mau, mas eu estava começando a achar que ele não era malvado. Somente cauteloso, com camadas de gelo ao redor do coração.

— Você é sempre tão convencido?

Ele franziu as sobrancelhas.

— Cuidado, *Principessa*. Só porque você é namorada do Nicco não quer dizer que eu não vá...

A caixa de ovos caiu no chão, rachando em uma pilha grudenta de gemas.

— Arianne? — Nicco correu até mim. — O que foi?

— Nada. — Respirei fundo. — Eu só...

— Você teve um gatilho. — Enzo se aproximou, estreitando os olhos para mim. — Ele te chamou disso, não foi?

Assenti, me forçando a engolir as lágrimas que ardiam em meus olhos.

— Desculpa, eu não...

— Jamais se desculpe por causa daquele filho da puta. Desculpa. — A expressão dele suavizou. — Eu não sabia, ou não teria...

— Não é culpa sua. Às vezes, eu estou de boa, aí alguém diz alguma coisa, ou eu me lembro de algo e é como se eu congelasse.

— Vem cá. — Nicco me envolveu em seus braços.

— Estou bem, juro. — Eu odiava que Scott ainda podia me controlar, mas eu sabia que não era fácil esquecer de um trauma igual ao que ele me fez passar.

— Nicco? — Ele estava tremendo de novo. Eu me afastei e o olhei.

— Por que você não vai se sentar? — Enzo disse, segurando meu braço com gentileza. — Dê um minuto para ele esfriar a cabeça.

Ele me afastou, mas mantive os olhos em Nicco. Seus punhos estavam cerrados com uma força inimaginável, e eu podia sentir a raiva emanando dele. Era como se uma nuvem de tempestade o rodeasse. Escura e raivosa, pronta para destruir tudo a qualquer momento.

Eu me sentei, me encolhendo com o som do punho de Nicco colidindo com o balcão.

— A gente deve fazer alguma coisa? — perguntei a Enzo. Ele me lançou um olhar compreensivo antes de ir até Nicco. Ele falou baixinho, dificultando para eu ouvir. Mas captei uma palavra estranha.

Calma...

L'Anello's...

Ela precisa de você...

— O que é L'Anello's? — perguntei, tentando pôr fim ao silêncio pesado.

Enzo olhou feio para mim e passou a mão pelo cabelo.

— Um lugar ao qual você jamais irá.

— E — Nicco suspirou. — Não começa.

— Tudo bem. Como quiser. — Os dois trocaram um olhar. — É um bar. A gente... vai lá às vezes.

— Um bar? — Suspeita exalava das minhas palavras. Sabia que eu não deveria fazer perguntas, e sabia que se as fizesse, eles não deveriam me dizer nada. Mas eu queria saber o máximo possível.

— Lembra que eu te disse que lutava às vezes? Para queimar energia? — Nicco veio até o sofá e se sentou.

— Lembro.

— É no L'Anello's que eu luto às vezes.

— Você luta em um bar?

— O bar é fachada para... outras coisas.

— Entendi. — Meu estômago revirou. — Você é bom?

— Jesus — Enzo resmungou baixinho, lançando a Nicco um olhar sombrio. Mas ele só tinha olhos para mim.

— Bastante, sim.

— Ok.

Enzo bufou.

— Nic acaba de te contar que é um bom lutador, e tudo o que você tem a dizer é ok?

Dei de ombros.

— O que você queria que eu dissesse?

— Nada, só fiquei surpreso. Estou começando a me perguntar quando tudo isso vai fazer você surtar.

— Ah, eu já estou surtada. — Soltei uma risada contida. — Mas também amo o Nicco, e quando a gente ama alguém, não dá para escolher só as partes que quer.

Ele me observou.

— É, estou começando a ver isso. — Ele foi até a janela e puxou as cortinas. — Parece que Luis voltou. Já era hora, porra.

Eu me aconcheguei em Nicco e soltei um suspiro satisfeito.

— Mas que porra? — Enzo puxou a porta com força e Nicco me afastou dele para ficar de pé.

— O que foi? — Ele foi até o primo e olhou por cima de seu ombro.

— O que você fez? — Enzo rosnou. Eu não conseguia vê-lo, mas ele não parecia feliz.

Eu me levantei, me aproximando deles com cautela, e parei de supetão quando vi o que Enzo e Nicco olhavam.

Eles não encaravam Luis. Mas a pessoa ao lado dele.

— Tristan? — arquejei, mal acreditando no que via.

Ele não estava mais no hospital.

Estava ali.

E parecia tão nauseado quanto eu me sentia.

Nicco

— Tristan? — Arianne deslizou entre mim e Enzo e desceu correndo os degraus para cumprimentar o primo.

— Podemos conversar? — Inclinei o queixo para Luis. Enzo deu um passo ao lado para deixá-lo passar.

— Em que merda você estava pensando?

— Relaxa...

— Relaxa? — Enzo sibilou. — Você trouxe a porra do inimigo para o nosso esconderijo. Eu sabia que não dava para confiar em você, Vitelli, seu filho da puta...

— Enzo — eu o interrompi.

— Olha — Luis disse. — Eu sei que se avisasse de antemão, vocês criariam dificuldade. Tristan tem informações, talvez ele possa ajudar. Eu me encontrei com ele na estrada, largamos o carro dele lá e eu o vendei, então o garoto não sabe onde estamos. Está tudo em segurança, prometo.

Enzo fingiu regurgitar e eu o cutuquei nas costelas.

— Você fez tudo isso? — perguntei a Luis.

— Cobri meus rastros, sim. Não sou idiota. Sei o que está em risco e, assim como você, não quero que nada de mal aconteça com Arianne. Mas você vai querer ouvir o que ele tem a dizer.

Dei um aceno tenso para ele. O homem tinha razão. Tudo o que Luis tinha feito até então provou que ele era confiável, mas levar Tristan ali ainda era um risco imenso.

Luis olhou ao redor antes de entrar. Enzo se inclinou e manteve a voz baixa:

— Eu não gosto disso, Nic.

— Você não precisa gostar. Mas talvez Luis tenha razão, pode ser que ele tenha boas informações.

Deus sabe que precisávamos. Tommy e Stefan ainda estavam atrás de algo útil para usar contra Mike Fascini, e meu coroa não ficou lá muito feliz quando eu disse que eu e Arianne estávamos ali. Mas ele sabia que eu não cederia de novo. Ele nem se deu ao trabalho de me mandar voltar para Boston.

Eu não ia.

Ficaria na cabana por ora, mas quando chegasse a hora, eu voltaria para casa e arcaria com as consequências.

— A gente não pode confiar nele. O cara é o melhor amigo do Fascini — Enzo cuspiu as palavras —, ou já se esqueceu disso?

Minha mente voltou para duas noites atrás, quando eu tinha ido a um quarto de hospital e confessado meus pecados mais profundos e obscuros para Tristan. Eu havia pensado que ele estava dormindo... mas não tinha tanta certeza agora.

— Vamos ouvir o que ele tem a dizer.

Enzo franziu os lábios, desaprovação brilhando em seu olhar.

— Você faz isso. Eu vou dar uma olhada no perímetro, me certificar de que Vitelli cobriu mesmo o próprio rastro.

— Tem certeza?

— Acho que é melhor. Não sei se posso me responsabilizar por minhas ações se tiver que sentar e escutar qualquer merda que o Capizola tenha a dizer.

— Tudo bem, mas não demora.

Enzo saiu da cabana bem quando Arianne e Tristan entravam.

— Eu sei que é esquisito pra caralho. — Tristan avançou e passou a mão pelo cabelo. Ele estava pálido, com os olhos fundos e olheiras escuras.

Culpa me inundou, mas ela não foi maior que a minha necessidade de proteger Arianne. Minha mão deslizou para dentro da jaqueta e antes que eu pensasse duas vezes, peguei a arma e a pressionei bem na cabeça dele.

— Nicco! — Arianne soltou um grito, e Luis se moveu para o lado dela, empurrando-a de levinho para trás.

Mas Tristan nem titubeou. Suas mãos se ergueram devagar.

— Eu juro, Marchetti, estou aqui para ajudar, nada mais.

— Como posso confiar em você?

— Não pode. — Ele soltou um suspiro entrecortado. — Vai ter que dar um tiro no escuro. Ela é minha prima, é da família. Claro que você consegue entender isso.

Família era tudo para mim, mas para pessoas como Tristan, como Roberto Capizola e Mike Fascini, até mesmo os membros da família eram meros peões. Eles provaram isso mais de uma vez.

Estávamos em um impasse. Eu não queria confiar nele, tudo em mim gritava para não confiar, mas precisávamos de aliados.

Precisávamos de respostas.

E ele era a única pessoa que poderia dá-las a nós.

— Desculpa. — As palavras escaparam antes que eu pudesse detê-las. Puxei a arma e a travei, então a pus de volta no cós do jeans.

— Não precisa se desculpar — ele disse. — Acho que uma vez já basta, não é mesmo? — Sua expressão se tornou presunçosa.

Ele estava acordado naquele dia.

Não sei se eu deveria sentir alívio ou vergonha.

— Vamos sentar. — Fui até o sofá. Arianne se acomodou ao meu lado, deslizando a mão na minha. Ela me olhou com preocupação.

— Eu precisava — sussurrei.

— Eu sei. — Ela deu um sorriso triste.

Tristan e Luis sentaram cada um em uma poltrona. O silêncio se estendeu. Denso e pesado com os segredos do nosso passado. Tenso com a realidade do problema em que nos encontrávamos.

— É melhor eu começar — Tristan falou. — Recebi alta ontem.

— Eu não sabia. — Arianne se sentou um pouco mais ereta.

— Minha mãe me buscou e eu apaguei. Fui até a propriedade hoje de manhã, esperando falando com tio Roberto. Queria discutir uns assuntos com ele... — Seu olhar se desviou para Arianne e depois para mim. — Eu sabia que havia algo errado no segundo em que cheguei lá.

— Você viu o meu pai?

Ele deu um aceno firme para Arianne.

— Ele estava fora de si. Eu nunca tinha visto aquilo. Tia Gabriella tentava consolá-lo, mas ele ficou tão bravo. O homem destruiu o escritório. Foi quando ela me contou tudo.

Arianne enrijeceu.

— T-tudo quanto?

— Tudo.

— Ah. — Ela se aproximou ainda mais de mim.

— Quero que você saiba, Ari, que estou do seu lado. Eu não sabia... — Ele soltou um suspiro exaurido. — Se soubesse o que ele faria, não teria encorajado o relacionamento. Eu não...

— Para, para — ela ofegou. — Você disse que eu precisava crescer e viver no mundo real. Disse que era o meu destino, eu querendo ou não. Você disse.

— Porra, eu sei, mas não significa que eu quis dizer *isso*. Vocês deveriam sair, se apaixonar e ficar noivos. — Ele ficou lívido. — Não era para ter sido assim, juro.

— Mas você sabia dos planos do meu pai para mim e Scott. Você sabia, e nunca disse nada.

— Merda, Ari. Sei que parece ruim quando dito desse jeito, mas é o seu legado. Você é a herdeira Capizola, um dia o império todo será seu. Scott era o meu melhor amigo. Pensei que vocês fariam um ótimo casal. Pensei que fazia sentido para os negócios. É assim que funciona nessa vida.

— Ele é um monstro.

Vergonha tomou conta dos olhos de Tristan.

— Eu sei agora. Ele sempre foi... intenso. Mas eu não sabia que iria... — Ele engoliu em seco, esfregando o queixo como se as palavras fossem dolorosas demais para dizer.

— Ele me estuprou, Tristan. Ele colocou algo na minha bebida no baile e me estuprou.

A voz de Arianne tremia, mas não era nada comparado com a raiva fervilhando sob a minha pele.

— Você nunca disse nada. Nunca...

— E teria adiantado? — A voz dela ficou embargada. — Eu tentei contar para o meu pai, e ele agiu como se eu estivesse exagerando. Ele fez pouco do meu estupro porque não se encaixava nos planos que ele tinha para os negócios. — Amargura se agarrava às suas palavras, mas Arianne não se acovardou. Não chorou nem lamuriou. Ela se manteve firme, com os olhos fixos no primo, na família dela, enquanto expurgava aqueles pensamentos.

— Ele merece a sua ira — Tristan enterrou a cabeça nas mãos, cravando os dedos no cabelo —, nós dois merecemos. Mas no segundo em que eu soube a verdade, liguei para Luis.

— É verdade?

O guarda-costas de Arianne assentiu.

— Você é minha família, Ari, meu sangue. Scott machucar você é o mesmo que machucar a mim. Eu sabia que ele seria um pouco afoito. Mas não fazia ideia... juro. De toda forma, está feito. Ele não é ninguém para mim agora.

— Simples assim? — debochei. — Parece conveniente pra caralho para mim.

Tristan encontrou meu olhar gélido. Ele merecia mais crédito. Poucas pessoas me encaravam daquele jeito.

— Todos cometemos erros, cara. Mas Scott... está obcecado por ela. Tio Roberto sabe que ela não está em segurança.

— Então por que ele prometeu a Arianne para aquele merda?

Tristan soltou um suspiro pesado, mas foi Arianne quem falou:

— Não sei se vou conseguir voltar a confiar em você. Você estava do lado dele, Tristan.

— Eu agradeço se tentar, e sei que não mereço uma segunda chance. — Ele deu um sorriso triste para ela. — Mas gostaria de ter a oportunidade de ganhar a sua confiança de novo.

Ela deu um breve aceno de cabeça para ele.

— Tudo bem. — Ele relaxou na poltrona. — Então, eu sempre soube que tio Roberto queria assegurar o seu futuro. Depois que Antonio Marchetti deu a ordem para...

— Não foi Antonio — Arianne corrigiu.

— O quê? — Tristan arregalou os olhos. — Mas tem que ser. Tio Roberto disse...

— Ela está dizendo a verdade — acrescentei. — Foi Mike Fascini. A gente acha que ele tentou armar para o meu pai e começar uma guerra entre as famílias. Quando não conseguiu, decidiu tentar outra abordagem, é o que achamos.

Tristan franziu o cenho.

— Não faz sentido. Por que ele faria isso?

— Porque há algo mais — respondi. — Algo que descobrimos há pouco tempo.

— O quê?

— O que você sabe dos Ricci?

— Ricci? Tipo, Elena Ricci? A garota que traiu a nossa família e fugiu com Emilio Marchetti?

Assenti.

— Mike é neto de Elena.

— *Cazzo*! — Seus olhos se arregalaram. — Então isso é o quê? Uma tentativa distorcida de consertar a história?

— Michael Fascini, pai de Mike Fascini, nunca superou o que aconteceu. De acordo com a tia dele, o homem ficou obcecado por vingança. Ele se mudou para o condado de Verona nos anos 1970, com o único propósito de revidar. Quando ele morreu, Mike assumiu as rédeas e aqui estamos nós.

— Então Mike é quem manipula tudo? Faz sentido. — Ele coçou o queixo antes de fitar Arianne. — Sei que parece que o seu pai não quer o melhor para você, Ari, mas ele te ama.

— Ele tem um jeito engraçado de demonstrar.

— Mas se Mike esteve mexendo os pauzinhos o tempo todo, talvez ele não tenha tido escolha.

Aquilo me ocorreu, mas ainda não justificava as ações de Roberto.

— Você acha que Scott sabe a verdade? — Tristan perguntou.

— A gente não sabe. Se for o caso, ele arriscou tudo ontem à noite, e o pai dele deve estar puto da vida. Se ele quer manter as mãos limpas, precisa da Capizola Holdings, e Arianne era a apólice de seguro.

— Só um segundo. — Ela segurou o meu braço. — Você acha que eu sou uma moeda de troca?

Virei o corpo para olhá-la.

— É possível que Mike esteja ameaçando te machucar de novo, a menos que seu pai colabore, claro.

— E-eu não sei o que dizer. — O sangue havia sumido por completo do rosto de Tristan. — Eu vim aqui para me oferecer para falar com tio Roberto e ver se fazia ele recuperar o bom senso. Eu não sabia... porra. O que a gente vai fazer?

— A gente? — Ergui a sobrancelha.

— Estou aqui, não estou? Eu quero ajudar.

— Você precisa arranjar mais tempo para nós enquanto pensamos na nossa próxima jogada. Arianne não pode voltar agora, não importa o que aconteça.

— Feito. — Tristan me deu um aceno incisivo. — Mas e os meus tios? Se Mike quer a Capizola Holdings, há outros meios de conseguir.

— Acho que você vai precisar garantir que isso não aconteça. Arianne é minha prioridade, e até eu ter certeza de que Fascini não tem um plano de contingência, a gente não pode pôr a mão nele. — Ele era um dos homens mais importantes de Verona. Se acabasse morto ou desaparecido, levantaria suspeitas. Suspeitas que poderiam levar direto à Família.

— O que é necessário para derrubar o cara? — Pela primeira vez desde que ele chegou, vi fogo nos olhos de Tristan. Ele poderia não estar pronto para enterrar o ódio entre as famílias, mas estava ali por Arianne. E, no momento, nada mais importava.

— Se quisermos evitar derramamento de sangue, precisamos de algo contra ele. Algo que garanta que ele nunca mais veja a luz do dia. — Ele merecia apodrecer no inferno pelo que tinha feito com Arianne. Mas uma cela de dois por dois teria o mesmo efeito.

Tudo começou com ele, e terminaria com ele.

— E o Scott?

— Ele é meu — falei entredentes, sentindo a labareda da fúria me percorrer.

— Nós temos evidências, Nicco. — Arianne puxou o meu braço. — A gente pode entregar para a polícia.

Tristan e eu trocamos olhares. Ele me deu um aceno imperceptível, e eu soube o que ele estava dizendo.

Scott era um homem morto.

— Nicco? — Arianne me chamou com mais ênfase dessa vez, e eu lhe dei a minha atenção.

— Está tudo bem, Bambolina. Eu estou bem. — Eu a puxei para mim e beijei a sua cabeça.

Eu não queria mentir para ela.

Mas ela não precisava saber que eu só descansaria quando tivesse minha vingança contra Scott Fascini.

Depois de esboçarmos um plano, Tristan e Luis foram embora.

Tristan voltaria para casa e tentaria descobrir o que pudesse sobre o plano de Mike Fascini. Ele também tentaria conseguir mais tempo para nós. O nosso inimigo havia se tornado um agente duplo. Era um risco, mas melhor que nada.

— Você está quieta — falei para Arianne. Ela estava lendo um livro que encontrou em uma das estantes. Só que não virava uma página havia uns dez minutos, então ela era uma leitora lenta ou estava usando o livro como distração.

Eu me inclinei e o tirei de suas mãos.

— Ei — ela reclamou. — Eu estava lendo.

Olhei sério para ela, que soltou um suspiro cansado.

— Tudo bem, você me pegou.

— Não tem problema precisar de espaço. Se quiser que eu saia...

— O quê? Não! — Ela se sentou. — Eu só... você acha que eu deveria perdoar o Tristan?

— A decisão é sua.

— Os dois me decepcionaram, Nicco. Quando precisei deles, meu pai e Tristan me deixaram na mão.

— Eu sei, Bambolina. Vem cá. — Eu a puxei para mim. — Você é tão forte. Tudo bem não querer perdoar com tanta facilidade. Mas não deixe o ressentimento apodrecer aí dentro. Vai chegar o dia em que você vai precisar perdoar ou esquecer. Mas saiba que vou estar ao seu lado e apoiar a sua decisão, ok?

Ela balançou a cabeça de leve me beijou.

— Obrigada — ela sussurrou. — Por tudo.

— Eu que deveria estar agradecendo. Você deixa o meu mundo mais brilhante, Arianne.

Emoção formou um turbilhão em seus olhos enquanto ela continha o sorriso.

— Me conte do L'Anello's. — Ela pigarreou. — O que você faz lá?

— Quer mesmo saber essas coisas?

— Eu quero saber tudo, mas sei que sempre vai haver coisas que você não vai poder contar para mim. Então só peço para ter as partes que eu posso.

— Lutar me ajuda a aliviar a tensão. Acho que pode se dizer que é um jeito de eu lutar contra os meus demônios.

Ela ficou tensa.

— Mas você pode se machucar.

— Às vezes eu quero me machucar. Me ajuda a lembrar que estou vivo.

— Não sei se entendi.

— Você não é a única que passou a vida enjaulada, Bambolina. Eu não pedi por essa vida, ela foi imposta a mim. E já estou em paz com isso, sério. Mas às vezes... às vezes, eu preciso resistir.

— Então a luta é um jeito de você assumir um pouco de controle?

— Pode-se dizer isso.

— Não gosto da ideia de você se machucando. — Arianne chegou mais perto e roçou o nariz no meu.

— São ossos do ofício.

— Como vai ser a vida, para nós, no caso? — Sua voz vacilou. — Eu vou ter que ficar em casa criando um monte de filhos?

Soltei uma gargalhada alta.

— Embora essa imagem faça loucuras comigo — sorri, com o coração tão pleno que eu quis arrastá-la para o quarto e já começar agora —, eu vou sempre apoiar os seus sonhos, Arianne.

Eu não era o meu pai. Não pretendia comandar a casa com mão de ferro. Queria que Arianne florescesse. Queria que ela fosse feliz.

— Acho que quero ajudar as pessoas, igual na IRSCV.

— Você tem um coração imenso.

— Mas filhos — ela sussurrou contra o canto da minha boca —, você quer ter algum dia?

— Eu quero tudo com você, *amore mio*. Mas nós somos jovens, temos tempo.

Arianne ficou quieta, mas o suspiro contente que escapou de seus lábios me assegurou de que ela não estava remoendo a nossa conversa.

— Eu estava pensando — ela disse depois de alguns minutos. — A Alessia pode vir visitar a gente?

— Não sei se é uma boa ideia. Quanto menos pessoas indo e vindo daqui, melhor. Pelo menos, por ora.

— Tudo bem.

— Não vai nem discutir?

— Eu confio em você, Nicco. — Ela sorriu. — Sei que vai me manter em segurança.

— É tudo o que eu quero — respondi, e passei os lábios bem de leve pelos dela.

Até o meu último suspiro.

Arianne

— Humm, bom dia. — Eu me aconcheguei em Nicco. Ele ainda estava dormindo, mechas de cabelo cobriam um pouquinho os seus olhos.

Eu o observei, sorrindo sozinha da perfeição daquele momento. Porque, dessa vez, eu não teria que me despedir.

Depois que Enzo saiu, passamos a noite aconchegados no sofá assistindo a filmes.

Luis tinha ficado, mas sumiu de vista.

Eu amava aquele lugar, longe de tudo e de todos, onde podíamos ficar juntos sem sermos julgados nem observados.

Eu sabia que não era real. Sabia que nossa bolha em breve arrebentaria. Mas pretendia saborear cada segundo que tínhamos juntos.

— Consigo sentir você me encarando — Nicco murmurou, a voz rouca de sono.

— É porque eu *estou* encarando. — Tracei círculos em seu peito, passando bem de leve os dedos pelas cicatrizes.

Ele segurou o meu pulso e levou minha mão até os lábios, me fazendo arrepiar.

— Bom dia, Bambolina.

— Bom dia.

— Eu poderia me acostumar com isso. — Ele se remexeu, fixando os olhos tempestuosos nos meus.

— Eu estava pensando a mesma coisa. É tão tranquilo aqui.

— Mas a gente precisa se livrar do guarda-costas. — Ele deu um sorrisinho divertido.

— E trocar as fechaduras. Não quero Enzo entrando aqui a qualquer momento. — Abaixei a cabeça e rocei os lábios nos dele. — Preciso de um minuto, e aí vou fazer o café.

— Tudo bem.

Saí da cama e vesti a imensa camisa da UM de Nicco. Enzo havia trazido algumas roupas, mas eu ia precisar das minhas coisas se a gente fosse ficar mais tempo lá.

Era estranho.

Eu sabia que deveria estar preocupada com tudo: as aulas e meu trabalho voluntário da IRSCV, mas tudo parecia insignificante dadas as circunstâncias.

Depois de ir ao banheiro, escovei os dentes depressa antes de ir para a cozinha. Luis já estava de pé e vestido, lendo um jornal.

— Bom dia — falei. — Café?

— Eu não negaria mais um. — Ele deslizou a caneca para mim. — Dormiu bem?

— Dormi, obrigada. E você?

— Consegui dormir algumas horas.

— Estamos seguros aqui, Luis.

Ele sorriu.

— Força do hábito, eu acho. O Nicco...

— Bem aqui. — Ele apareceu na cozinha, e roubou o meu fôlego. Ele havia vestido uma calça de moletom, mas ficou sem camisa, e as linhas firmes do seu corpo ondulavam e se flexionavam.

O corpo dele era uma obra de arte. Pele bronzeada repuxada sobre músculos robustos, ombros largos e a cintura fina definida com aquele V delicioso que desaparecia para dentro da calça.

Luis pigarreou, me lançando um olhar divertido antes de acenar para Nicco.

— Bom dia.

— Tudo certo?

— Tudo tranquilo.

— Bom. — Nicco veio até mim, envolveu a mão no meu pescoço e pressionou os lábios na minha cabeça. — Vou tomar um banho rápido. Você vai ficar bem?

Foi a minha vez de assentir.

Assim que ele sumiu de vista, eu me juntei a Luis na mesa.

— Desculpa por você ter que ficar aqui.

— Pensei que a gente já tivesse superado isso. — Ele me lançou um olhar incisivo. — Estou aqui porque quero, Ari. Sabe, você está diferente.

— É ele... — Meu olhar seguiu para o corredor por onde Nicco havia saído. — Sei que você deve nos achar novos e bobos demais… — Eu parei. Luis não queria ouvir aquilo.

Ele cobriu a minha mão com a sua.

— Muito pelo contrário. Acho que o que vocês dois encontraram é admirável. Aquele homem morreria por você.

— Eu prefiro que não seja necessário. — Forcei um sorriso, meu estômago revirando com as palavras dele. — Posso te perguntar uma coisa?

— Claro.

— Você acha que o meu pai está sendo chantageado ou ameaçado pelo Mike Fascini?

— Acho que é o mais provável.

— Mas antes de tudo acontecer, quando eu entrei na UM, o que você acha que o meu pai estava pensando na época?

— Não posso responder isso, Arianne. Você sabe tão bem quanto eu que o seu pai é um homem determinado e bem-sucedido que se importa muito com a família. Acho que ele pensava de verdade que estava fazer o melhor. Ao te prometer para Scott, estava assegurando o seu futuro e absolvendo você do fardo pesado de ter que tocar a Capizola Holdings algum dia. Acho que uma parte dele queria que você estivesse bem-cuidada.

— Mas eu tenho dezoito anos. Ele poderia ter esperado.

— Acho que é provável que Mike Fascini tenha estado sempre manipulando as coisas e sussurrando no ouvido dele. Seu pai é um homem ambicioso, Arianne. A oportunidade de fazer uma fusão com a Fascini e Associados era boa demais para deixar passar. Mas a linha entre negócios e família acabou ficando tênue.

Bufei ao ouvir aquilo, e Luis apertou a minha mão.

— Ei, não estou tentando justificar as ações dele. Seu pai cometeu muitos erros, nada vai mudar isso.

— Acha que ele sabe quem Mike Fascini realmente é?

— Se não souber, saberá em breve.

Refleti a respeito disso. Se meu pai não sabia, aquilo mudaria as coisas? Eu não tinha todas as respostas. Não ainda. Tudo o que eu sabia era o que estava no meu coração. E eu me sentia traída.

Ele deveria ser o homem a quem eu confiaria tudo, o homem que moveria montanhas por mim.

Ele me deixou na mão vezes demais para eu varrer tudo para debaixo do tapete.

Terminei o café antes de ir até a geladeira.

— Você está com fome?

— Eu não recusaria um café da manhã também. — Luis me lançou um raro sorriso. — Se não se importar...

— Não vejo mais ninguém aqui para cozinhar, não é mesmo? Além do mais, vai me manter ocupada.

O que cairia muito bem no momento.

Enzo voltou depois do café da manhã.

E não estava sozinho.

O pai de Nicco, os tios e Matteo tomaram conta da cabana e da sala com expressões sombrias e presença imponente.

— Ari — Matteo veio até mim e me abraçou, me pegando de surpresa —, estou feliz por você estar bem — ele sussurrou.

— Arianne — Antonio disse, me dando um aceno de cabeça. Ele estava dividido, os olhos tempestuosos guerreando com o leve sorriso que exibia.

— Srta. Capizola. — Um dos outros homens avançou. — Eu sou Michele, pai do Matteo. É um prazer enfim te conhecer.

— Oi.

— Vincenzo — o pai de Enzo se apresentou com frieza. Desaprovação irradiava dele, e eu me aproximei mais de Luis.

— Niccolò, talvez Arianne queira dar uma caminhada. Tenho certeza de que o Vitelli pode...

— Ela fica.

— Filho, não é uma opção.

— Está tudo bem. — Dei um passo à frente e apoiei a mão no braço de Nicco. — Quero ligar para Nora e a minha mãe mesmo. Vou deixá-los a sós.

Ele olhou para mim, com as sobrancelhas franzidas de incerteza.

— Eu vou ficar bem — repeti. — Vá conversar com a sua família.

— Você fica — ele disse para Luis, que enrijeceu.

— Você...

— Você fica.

Comecei a me afastar de Nicco, mas ele agarrou a minha mão, me puxando para si.

— A gente não vai demorar. — Ele segurou o meu rosto e se inclinou para me beijar. Minhas bochechas arderam. Todo mundo estava observando. O pai dele, os primos, os tios, as pessoas mais importantes de sua vida. Ainda assim, ele me beijou como se eu exercesse verdadeiro poder sobre ele.

Foi inebriante.

Avassalador.

Foi tudo.

— Vá — ele murmurou baixinho contra os meus lábios —, antes que eu ponha todo mundo para fora e te arraste para a cama.

Não consegui disfarçar o sorriso quando fui para o nosso quarto. Fechei a porta, peguei o celular na cômoda e me joguei na cama. Eu queria ligar para Nora, mas minha mãe andava me bombardeando com mensagens desde a festa, então decidi lidar com ela antes.

— *Mamma?*

— Arianne, graças a Deus. Eu estava tão preocupada.

— Luis disse ao meu pai que eu estava em segurança, não?

— Disse, mas não consigo parar de me preocupar desde que Scott fez...

— Eu estou bem, *mamma*. Estou bem.

— Você está em segurança?

Dei um sorriso irônico. Não consegui evitar. Ela agia como uma mãe superpreocupada, mas estivera tão disposta a me forçar a ter um relacionamento com Scott antes de descobrir o monstro que ele era.

— Onde você está?

— Você sabe que eu não posso dizer.

— Oh, *figlia mia*, isso tudo é uma confusão.

— Você falou com o Tristan?

— Falei. Ele está tentando fazer seu pai recuperar o bom senso. Ele está descontrolado, meu amor.

Meio tarde para isso.

— Você poderia vir para casa, para a propriedade. A gente pode te manter em segurança.

— Não posso. — Soltei um suspiro cansando. — Nem vou.

— Não. — Ouvi a tristeza na voz dela. — Acho que você não vai.

— Você falou com a Suzanna?

— Nenhuma palavra desde a manhã depois da festa. Assim que descobrimos o que aconteceu, seu pai me trouxe para a propriedade.

— Não é seguro para você aí, *mamma*. Você pode estar em perigo. Tem algum lugar para onde possa ir?

— Como assim?

— Mike. Ele não é quem diz ser. Você não pode confiar nele.

— O que você não está me contando?

Hesitei.

— Só toma cuidado, ok?

— Eu vou. Seu pai reforçou a segurança da casa. Ele tem andado muito paranoico ultimamente.

— Você precisa tentar falar com ele, *mamma*.

— Não sei se ele vai me dar ouvidos.

— Mas talvez se Tristan estiver aí também, talvez os dois consigam alguma coisa.

— Vou tentar. — Um segundo se passou, e ela disse: — Não era isso que eu queria para você, Arianne. Espero que saiba disso.

— Eu sei, *mamma*.

Só que a verdade era que eu não sabia de mais nada. Não no que dizia respeito à minha família. Eram tantos segredos e mentiras que era impossível separar a verdade da falsidade.

— Eu tenho que desligar — falei, subitamente sobrecarregada.

— O que eu digo ao seu pai?

— Diga a ele que eu não vou voltar. Não vou. — Não enquanto Scott estivesse à solta e Mike Fascini ainda manipulando tudo.

— Ok. Eu amo você, meu amor. — Ela soltou um leve suspiro. — Se cuida.

— Tchau, mãe.

Desliguei, engolindo as lágrimas queimando na minha garganta. Mas não fiquei remoendo aquela conversa. Em vez disso, liguei para a minha amiga, que atendeu no terceiro toque.

— Oi — Nora disse. — Como está sendo ficar escondida com seu guarda-costas bonitão e com o gostoso do namorado mafioso?

— Nor. — Soltei uma risada tensa.

— Por favor, você está escondida com o cara... se quiser a minha opinião, é o próprio paraíso.

— Você esqueceu a razão disso?

— Não, Ari. Deus, não. Mas quando a vida te dá limões... sabe como é.

— Você é doida. — Um leve sorriso curvou os meus lábios.

— E você me ama. O que está rolando?

— Antonio e os tios do Nicco acabaram de chegar. — Mantive a voz baixa. Eu só conseguia ouvir murmúrios lá fora. Pareciam tensos, mas eu não conseguia distinguir as palavras.

Talvez fosse melhor assim.

— Espera, eles estão tendo uma reunião de negócios agora?

— Acho que sim.

— Você precisa ir escutar.

— Nora!

— Vai me dizer que não está curiosa com o que — ela abaixou a voz — eles estão falando?

— Não importa. Eu nunca...

— Eles podem estar tomando decisões que te afetam.

— Nicco vai me contar.

— Vai? Eles vivem sob um código, amiga. Segredos. Mentiras. Disfarces. É assim que a máfia funciona. — Ela era tão irreverente com essas coisas.

— Você está vendo televisão demais.

— Você sabe que eu tenho razão.

— Pode ser, mas eu não vou ouvir escondido. É... errado.

— Você fala como se alguma coisa nessa situação fosse certa.

O que Nicco e eu sentíamos um pelo outro era certo.

Ninguém nunca me convenceria do contrário.

— O que você acha que eles...

— Nora, sério?

Ela riu.

— Eu deveria estar aí. Conseguiria algumas respostas.

— E as aulas? — Mudei de assunto.

— Chatíssimas. Não é a mesma coisa sem você. O apartamento está tão vazio, e o Maurice não é tão interessante quanto o Luis.

— Você pode pedir ao Dan para te fazer companhia.

— Acho que decidi que Dan e eu combinamos mais como amigos.

— Que pena.

— Na verdade, não. Ele está ocupado com o time, e eu... bem, não estou na dele.

— Bem, desde que você não esteja jogando fora algo legal por causa de um certo mafioso emburrado...

— Enzo, sério? Faça-me o favor, eu tenho um pouco de dignidade. — Seu tom de voz indicava o contrário, mas não discuti. Tínhamos problemas maiores com que nos preocupar no momento.

Um segundo se passou, e Nora sussurrou:

— Quando você acha que vai poder voltar?

— Não sei. — Meu coração doía. A gente nunca tinha ficado longe uma da outra. Nem mesmo quando eu morava com o meu pai, ela sempre estava a uma caminhada de distância, no chalé da família dela.

— Tudo bem, se cuida. É tudo o que importa no momento.

— Você também. Scott ainda...

— Ele não vai se atrever a tentar alguma coisa comigo — ela desdenhou. — Além disso, Maurice me segue igual a uma sombra.

Eu esperava que ela estivesse certa.

— Te mando mensagem mais tarde, ok? — ela disse.

— Tudo bem. Tchau.

Desligamos assim que vozes exaltadas vieram da sala. Fui na ponta dos pés até a parede mais distante e pressionei o ouvido na madeira. Eu não queria ouvir escondido, não queria agir assim, mas Nora havia me deixado com uma pulga atrás da orelha. E eu não podia negar que parte de mim queria saber o que estava acontecendo.

— Não. — Ouvi Nicco dizer. — Nem fodendo.

— Niccolò — Antonio estalou a língua —, você precisa... — Suas palavras foram abafadas.

— *Porca miseria*! — Eu não sabia quem falou, talvez Enzo ou o pai dele.

— ... para nossa vantagem.

— Eu não vou fazer isso. — Nicco parecia irritado. Algo se estilhaçou, então a porta bateu, reverberando por toda a cabana.

Tropecei para trás, arrependida da decisão de ter ouvido. Segundos depois, ouvi uma batida na minha porta.

— Arianne — Luis chamou.

— Entra.

Ele entrou e fechou a porta.

— Quanto você ouviu?

— Não muito.

Ele me lançou um olhar penetrante, e soltei um suspiro derrotado.

— Uma coisa ou outra. Está tudo bem?

— As coisas ficaram um pouco tensas, mas vai ficar tudo bem. Antonio e os irmãos acabaram de ir embora.

— Então eu posso ir ver o Nicco?
— Humm... — Ele ficou desanimado.
— Ele...

Passei por ele com um esbarrão e fui para a sala.

— Nicco?
— Ei, Ari. — Matteo parecia envergonhado, passando a mão pelo cabelo e a deslizando pelo pescoço.
— Cadê ele?
— Eu... é... ele... — Seu olhar seguiu para a porta. Eu disparei, abrindo-a com um puxão e vi Nicco prestes a sair com a moto.
— Nicco? — chamei.

Ele se curvou na moto e abaixou a cabeça. Eu me aproximei, sentindo seu tormento.

— Nicco, olha para mim.
— Eu preciso de um minuto. — A voz dele saiu brusca.
— Você vai embora? — Dei a volta na moto.
— Não, eu nunca... só preciso... — Ele deu um suspiro entrecortado. — Desculpa.
— Não quero que você peça desculpa. Quero que fale comigo. O que aconteceu?

Ele fechou os olhos e soltou um suspiro trêmulo.

— Por favor, não me pergunte isso, qualquer coisa, menos isso.

A necessidade de saber o que tinha acontecido me queimava, mas Nicco estava sofrendo, e eu só queria melhorar as coisas.

— Você vai entrar comigo?
— Eu preciso dar uma volta, Bambolina. Eu preciso... de espaço.
— De mim? — Dor apertou o meu coração.
— Não de você, nunca de você. Eu só... é assim que eu lido com as coisas.
— Então eu vou junto. — Avancei para subir na garupa, mas Nicco me prendeu pela cintura e me puxou para si.
— Não é seguro.
— Nem para você. — Pressionei a mão na sua bochecha, estreitando os olhos enquanto dizia: — Entra, Nicco. Não vou pedir de novo.

Eu me afastei, marchando de volta para a cabana e me sentando no sofá.

— Tudo bem? — Matteo perguntou.
— Veremos. — Descansei o queixo nos punhos, contando os segundos sem prestar muita atenção.

Se Nicco não voltasse, não sei o que faria. Mas se íamos ficar juntos, se íamos superar aquilo, ele precisava perceber que não poderia sumir toda vez que as coisas se complicavam. Ele podia não ter autorização para me contar tudo, mas ele poderia *ficar* comigo.

Deveria me procurar se queria ser reconfortado.

Olhei para a porta, esperando que ele entrasse.

— Ari, talvez você devesse...

— Não — resmunguei.

— Não tem nada a ver contigo, você precisa saber. Essa situação está acabando com ele.

— Não é lá muito fácil para mim também. — Encontrei o olhar compreensivo de Matteo.

— Eu sei. Acredite em mim, eu sei. Mas Nicco está acostumado a ficar no controle. Está acostumado...

Eu não precisei me virar para ver Nicco. Eu o senti, a amarra entre nós se repuxando.

— Vou dar um minuto aos dois. — Matteo se levantou e saiu da cabana.

O ar estalava entre nós, pesado e opressivo.

— Quer conversar? — perguntei, rompendo o silêncio carregado.

— Eu só quero ficar com você, Bambolina. Tudo bem?

Assenti, com medo de que se eu falasse, o momento se perderia.

Nicco havia cedido.

Em vez de fugir para clarear a cabeça, ele me procurou.

Pareceu um ponto de virada.

— Estou aqui, Nicco. Para o que você precisar, estou aqui.

Ele enfim se moveu e parou na minha frente. Seu corpo vibrava de raiva, eu conseguia senti-la permeando o ar. Deslizei a mão na dele e me levantei.

— Do que você precisa?

O maxilar de Nicco estava impossivelmente tenso.

— De você, Bambolina, eu só preciso de você. — Ele curvou o braço ao redor da minha cintura e me puxou para perto. Deslizei as mãos pelo seu peito e me inclinei para beijá-lo.

— E você me tem — suspirei —, para sempre.

Nicco

Passamos o resto do dia na cama. Matteo e Luis fizeram o favor de sumir. Havia uma fogueira nos fundos da cabana. Arianne queria ir ver, mas eu disse a ela que não era seguro.

Eu não queria dividi-la, não ainda.

Não depois de mais cedo.

Eu não queria sair, mas após o encontro com meu pai e meus tios, eu precisava.

O que eu precisava mesmo era de uma luta, mas não podia fazer isso, então saltei na minha moto com um único pensamento em mente: eu e a estrada.

Aí Arianne apareceu.

Eu tinha visto decepção nos olhos dela; aquilo me cortou como punhaladas minúsculas. Mas não era mais do que eu merecia.

Eu não podia contar a verdade para ela, não ainda. E os segredos e mentiras estavam começando a parecer um fardo pesado demais para carregar.

Quando o sol começou a descer por trás das árvores, Matteo, Enzo e Luis voltaram para a cabana, dessa vez com pizza.

— Você parece melhor — Enzo afirmou enquanto nós dois pegávamos pratos e guardanapos.

— Estou bem. — Trocamos um olhar silencioso.

Meus olhos seguiram para Arianne, que logo desviou o rosto. Eu tinha certeza de que ela queria saber o que aconteceu mais cedo, mas, até o momento, estava respeitando a nossa privacidade.

Nós nos juntamos a eles, e desfrutamos da pizza e da cerveja com o guarda-costas dela e os meus melhores amigos. Entre a comida, a conversa tranquila e as risadas, foi fácil fingir que não tinha uma merda federal acontecendo.

— Estava tão gostoso. — Ela lambeu os dedos, e um grunhido baixo foi subindo pelo meu peito quando notei Enzo e Matteo observando-a. Os dois riram, e mostrei o dedo do meio para eles.

Luis estava quieto, feliz de escutar a gente contando nossas histórias de infância para Arianne.

Quando o celular dele vibrou pela quinta vez, Enzo resmungou:

— Vai atender?

— É o Roberto. — Luis desviou o olhar para mim. — Ele quer que Arianne responda às mensagens dele.

— Não tenho nada a dizer a ele — ela respondeu.

Arianne tinha deixado o celular no quarto o dia todo.

— Se você precisar conversar...

— Eu falei que não tenho nada a dizer a ele. — Irritação envolvia as palavras dela.

— Tudo bem. — Apertei seu joelho. — Luis cuida do assunto. — Lancei um olhar incisivo para ele, que ficou de pé e sumiu no corredor.

Tristan estava arranjando mais tempo para nós. Mike Fascini sabia do último ataque de Scott. E também que Luis tinha levado Arianne para um lugar seguro. Até onde pudemos averiguar, Roberto havia dito a ele que Arianne precisava de espaço. Mas o homem não era bobo. Acabaria juntando as peças e saberia que eu estava com ela, que estávamos planejando atacar.

— Vocês dois vão ficar? — ela perguntou aos meus primos.

— Sim, vamos ficar por aqui.

— E as aulas?

— É só para manter as aparências, mas depois disso tudo, a gente não precisa... — Matteo deu uma cotovelada nas costelas de Enzo.

— Me deixa adivinhar, vocês não deveriam falar disso. — A expressão de Arianne ficou desanimada.

— Desculpa. — Rocei os lábios na sua testa.

— Está tarde — ela soltou um leve suspiro —, é melhor a gente ir dormir.

— Como se você fosse fazer isso — Enzo debochou.

Peguei uma tampinha na mesa e atirei na cabeça dele.

— Olha essa boca.

— Vou limpar tudo antes. — Arianne se levantou, mas segurei sua mão.

— Eles podem cuidar disso. — Encarei meus primos fixamente. — A gente vê vocês de manhã.

Guiei Arianne pelo corredor e entramos no quarto em um emaranhado de beijos e gemidos suaves.

— Estou me sentindo mal — ela suspirou contra os meus lábios.

— Por quê?

— Porque eles estão presos aqui enquanto a gente... — Suas bochechas ficaram rubras.

— Eles entendem.

— É mesmo?

— Enzo não muito, mas Matteo, sim.

— O que você...

— Bambolina? — Avancei para Arianne e só parei quando ela estava presa entre o meu corpo e a parede.

— Sim? — Ela me observou através de seus cílios.

— Pare de falar.

— Por quê? — Seus lábios se curvaram e abaixei a cabeça para capturá-los em um beijo arrebatador.

— Porque, *amore mio*, eu vou tirar as suas roupas, te deitar na cama e adorar cada centímetro seu.

— Ah. — Ela corou.

— Ainda quer conversar? — Ergui a sobrancelha.

Arianne balançou a cabeça.

— Vou ficar quietinha.

— Que bom. — Beijei o canto da sua boca e sussurrei: — A única palavra que quero ouvir sair dos seus lábios enquanto estivermos neste quarto é o meu nome.

Na manhã seguinte, deixei Arianne dormindo e fui atrás dos meus primos. Eles já estavam vestidos, se empanturrando de panqueca.

— O cheiro está bom — falei para Matteo.

— Ei, o que faz você pensar que foi ele preparou tudo? — Enzo perguntou, e franzi a testa para ele.

— Quando foi a última vez que você cozinhou?

— Eu cozinho.

— Pedir pizza não é cozinhar.

Ele me mostrou o dedo do meio.

— Cadê a Arianne?

— Dormindo.

— Cansou a garota?

— Pode parar. — Balancei o dedo para ele. — Novidades?

— Nada — Matteo disse, me passando um prato.

— Talvez você deva pensar no que o seu coroa...

— Não. Vai. Rolar — rosnei.

— Tudo bem, tudo bem. — Enzo ergueu as mãos. — Esqueça que eu disse.

— Vamos esperar para ver o que Tristan descobre antes de tomarmos decisões.

— Ele precisa ser abatido. O cara orquestrou o ataque contra Arianne quando ela era só uma criança, Nicco. E aí deixou o filho dele...

— Ela não está forte o bastante. — Arianne não estava pronta para entrar de verdade no nosso mundo. Eu queria protegê-la daquilo o máximo possível.

— Você vai ter que escolher em algum momento. — Enzo soltou um suspiro exasperado.

— Ele tem razão, primo — Matteo acrescentou. — Talvez você precise tomar a decisão por ela.

— Eu preciso de mais tempo. Ela precisa de mais tempo.

— Espero que você saiba o que está fazendo, cara. — Enzo se levantou e saiu da cabana. Estava se tornando um padrão. Mas pelo menos não estávamos resolvendo nossos problemas com os punhos.

— Sei que você quer fazer a coisa certa, mas, na nossa vida, fazer a coisa certa significa algo diferente do que no mundo deles. — Matteo me lançou um olhar incisivo.

— Mundo deles?

— Arianne, Nora e até mesmo Roberto. Eles seguem um código moral diferente. Sei que você sabe disso.

— Eu não vou desistir dela.

Não vou desistir dela por nada.

— Eu sei. Não estou dizendo para você abrir mão dela, só que talvez você precise tomar decisões difíceis para manter a consciência dela limpa.

Passei a mão pelo rosto e soltei um suspiro tenso. Mas Matteo não tinha acabado.

— Se ele estivesse aqui agora, se Fascini entrasse aqui, o que você faria?

Estreitei os olhos, raiva reverberando através de mim.

REI DE ALMAS

— Você sabe.

— Então, Mike é muito diferente? Ele quer destruir a gente, Nic. Quer tomar a Capizola Holdings primeiro e depois vir atrás da gente. Ele é o inimigo.

— Acha que eu não sei? — sibilei, com os punhos cerrados. — Não penso em outra coisa.

Seria fácil acabar com os dois. Tínhamos vários caras que poderiam fazer isso. Cacete, eu poderia fazer isso.

— A gente ainda não sabe se ele tem um plano de contingência.

— Mesmo se tiver, não é nada que não possamos contornar. Você está enrolando.

Ele tinha razão, eu estava.

Porque eu queria algo melhor para Arianne. Queria ser capaz de dar a ela coisas, coisas que eu talvez nunca fosse capaz.

— Isso é quem você é, Nic. Se ela vai ficar contigo, vocês precisam aceitar o fato.

Matteo bateu a mão nas minhas costas.

— Aquela garota te ama mais do que deveria. Você é Niccolò Marchetti, a porra do Príncipe de Copas. Você não se acovarda e sem dúvida não foge de fazer decisões difíceis.

Ele me deixou sozinho com os meus pensamentos.

Eu não queria ser o príncipe de Arianne. Eu queria ser o rei dela. O rei do seu coração.

O rei da sua alma.

Mas eu ainda estava me segurando. Eu estava tentando me dividir entre Niccolò Marchetti, filho do chefe, e Nicco Marchetti, o cara apaixonado pela namorada.

Matteo e Enzo tinham razão.

Eu não podia ser as duas coisas.

Não havia como escapar da minha sina.

E, ainda assim, eu queria proteger Arianne do inevitável.

Passei o dia remoendo a visita do meu pai. Ele queria atacar Mike o quanto antes. Mas ele sabia o que Arianne significava para mim. Sabia que corria o risco de me perder caso algo acontecesse a ela. Porém, no fim, meu tormento foi em vão.

Tristan chegou com notícias, e não era o que queríamos ouvir.

— Mike deu ao meu tio até o fim de semana para trazer Arianne de volta. — Ele lançou um olhar injetado para a garota calada ao meu lado. — Desculpa.

— Ou o quê? — Luis ladrou.

— Ou ele vai... — A cor foi drenada do rosto de Tristan. — Matar o tio Roberto.

— O quê? — Arianne se levantou em um salto, o corpo tremendo. — Você está mentindo... ele não pode...

— É verdade. Tio Roberto insistiu para que eu não te contasse. Mas isso não é um jogo. Mike não está de brincadeira dessa vez.

Agarrei a mão de Arianne, persuadindo-a com gentileza a voltar para o sofá.

— Como ele fez a ameaça?

— Tem um pacote. Uma carta e... — Ele passou a mão pelo cabelo.

— Tristan — insisti.

— Um pen drive. Contém imagens de toda a propriedade.

— Ele pôs um grampo na casa?

Ele assentiu.

— Porra. — Mike Fascini era mais organizado do que pensávamos.

— O escritório do meu tio, a cozinha... os quartos. Ele tem o bastante para derrubar a Capizola Holdings com o pressionar de um botão.

Arianne tapou a boca, abafando um arquejo.

— Ele não vai fazer isso. Ele quer tudo o que Roberto tem. Só está tentando mostrar que tem todas as cartas.

— Talvez meus pais possam ir embora... talvez eles possam...

— Não vai mudar nada. — Apertei a mão de Arianne. — Mike Fascini já foi longe demais. Ele não se importa com como vai terminar, só com o fato de que ele tem todo o poder.

— Eu vou voltar então. Vou voltar e talvez você possa... Ah, Deus.

— Bambolina, olhe para mim. — Segurei o rosto de Arianne e afaguei sua bochecha. — Você não pode voltar. Não agora. Não é só com Mike que temos que nos preocupar, com o Scott também. Ele é instável. — E nem a pau ele ia chegar a um metro de Arianne.

— Ele é meu pai, Nicco, não posso deixar... — Arianne soltou um choro estrangulado, e eu a puxei para os meus braços, segurando sua cabeça enquanto ela soluçava baixinho.

— Você sabe o que tem que ser feito. — Tristan me olhou sério.

— O quê? — Arianne se afastou, engolindo as lágrimas enquanto afastava o cabelo dos olhos. — O que tem que ser feito? — Ela alternou o olhar entre mim e Tristan.

Respirei fundo e sussurrei:

— Mike Fascini tem que morrer.

— M-morrer? — ela se engasgou, afastando-se de mim.

A reação dela doeu, mas era de se esperar. Esse era o lado feio do meu mundo. A parte sombria e maculada que eu esperava nunca ter que dividir com ela.

— Tipo, você *matando* ele? Isso... você não pode...

— Se significar te manter em segurança, vou fazer o que for necessário.

— Mas matar um homem?

— Bambolina. — Dei um sorriso triste. — Já fiz coisa bem pior.

— Não precisa ser você. Pode ser outra pessoa, qualquer um. — Ela aumentou a voz enquanto lágrimas escorriam pelo seu rosto.

— Não importa se for eu ou outra pessoa. Isso é quem eu sou.

— Tudo bem — Luis disse, ficando de pé. — Talvez seja melhor a gente deixar vocês dois a sós.

Mas Arianne não parecia querer que eles saíssem, ela pareceria querer que *eu* saísse.

— Vocês ficam, eu vou. — As palavras quase me sufocaram. — Vou tomar um ar.

— Nicco — ela chorou, e ergui o olhar para ela. Mas nada mais saiu.

Ela não me pediu para ficar...

Ela não disse nada.

— Leve o tempo que precisar. — Dei um aceno tenso de cabeça. — Não vou longe.

Saí da cabana sem olhar para trás.

Porque se olhasse, ficaria aos pedaços.

E um príncipe com um reino em ruínas não poderia proteger sua rainha.

Quando enfim voltei para a cabana, estava escuro. Entrei de fininho, com o coração pesado.

O que Arianne diria? Ela ia querer que eu fosse embora e nunca mais voltasse?

Eu me preparei, mas encontrei apenas Luis e Tristan na sala.

— Ela está dormindo — Luis comunicou. — Como você está?

— Não é comigo que eu estou preocupado. — Eu me sentei e meu olhar seguiu para o longo corredor que levava ao nosso quarto.

— Tem sido muita coisa para ela processar.

— É o que me preocupa. Com quanto mais ela consegue lidar?

— Não subestime a Arianne — Luis afirmou.

— E você, a que conclusão chegou? — perguntei a Tristan.

— Para ser sincero, não faço a mínima ideia do que dizer. Eu sabia, cara. Sabia que o meu tio planejava casar a Arianne com aquele merda. Fico arrasado por saber que eu nunca enxerguei quem ele era de verdade.

Arqueei a sobrancelha.

— Arianne deu a entender que ele já tinha machucado outras meninas.

— Todo mundo sabe que ele fica cheio de mãos quando bebe. Mas ele nunca... porra, você acha que tem outras meninas?

— Acho que sim. Mas não como Arianne. O que ele fez com ela no hotel... — Minhas costas ficaram rígidas.

— Como você consegue?

— O quê? — perguntei a Tristan.

— Eu quero matar o cara com as minhas próprias mãos por ter machucado a minha prima, não consigo nem imaginar como você está se sentindo.

Não respondi. Não conseguia verbalizar as coisas que eu queria fazer com aquele filho da puta.

— Acha que ela vai se conformar?

— Em algum momento. — Tristan franziu as sobrancelhas. — Ela odeia o Roberto no momento, mas é a família dela, seu sangue. Ela não vai querer que nada de mau aconteça a ele. Ela não é assim.

— Então concordamos? Só há uma opção? — Os dois assentiram. — Vou precisar ligar para o meu pai e providenciar tudo.

— Acha que ele vai ajudar? — Tristan perguntou.

— Sei que vai. Ele sempre soube que acabaria assim. Não dá para negociar com homens como o Fascini.

— E depois... o que acontece?

Eu conseguia ler as entrelinhas. Ele queria saber o que aconteceria depois que nos livrássemos de Mike.

— Eu amo a Arianne e quero passar a vida com ela. Se ela ainda me quiser, acho que seremos família um dia.

Ele deu um leve aceno de cabeça.

— Meu tio vai estar em dívida com os Marchetti; ele não vai gostar.

— Não é problema meu.

Eu estava fazendo aquilo por Arianne.

Para protegê-la.

— Vou falar com ele de novo, tentar explicar que a gente tem um plano.

Dei de ombros.

— Faça o que for necessário, mas saiba que eu sempre vou colocar Arianne em primeiro lugar. Sempre.

— Anotado. — Ele passou a mão pelo queixo. — Sabe, Marchetti, a gente pode nem sempre ter se dado bem, mas estou feliz por ela ter podido contar contigo nessa.

Fiquei de pé e estreitei os olhos para ele. Tínhamos acabado. Eu não queria a aprovação nem a gratidão dele. Ela não pôde contar com ele quando mais precisava, o cara estava ocupado demais bancando o rei do campus da UM.

— É, bem, ela deveria ter podido contar com você também. — As palavras se derramaram, mas não me arrependia delas. — Scott era seu melhor amigo, o seu cara. O que aconteceu entre Arianne e ele... parte disso é culpa sua.

— Merda, Marchetti, você acha que eu não sei? Acha que eu não fico acordado à noite pensando em como as coisas teriam sido diferentes se eu tivesse percebido o que estava acontecendo? Olha, não posso mudar o que aconteceu, mas estou aqui tentando acertar as coisas agora. Não vou te atrapalhar. Você ama a Arianne e Deus sabe que ela deixou bem claro que te ama também.

Dei um sorrisinho.

Como se ele pudesse se meter entre nós.

Arianne era parte de mim agora.

Tanto quanto eu era parte dela.

Arianne

Sonhei com a morte. Com sangue e gritos, armas e socos.

Sonhei com Mike Fascini espancado e sangrando no chão, com um círculo rubro ao seu redor, tendo a vida partindo de seus olhos. E de pé sobre ele, como um anjo sombrio, estava Nicco.

Assustada, agarrei os lençóis junto ao corpo, desejando que meu coração desacelerasse.

— O que foi? — Nicco perguntou, pressionando os lábios no meu ombro.

— Só um pesadelo, volte a dormir.

Ele soltou um suspiro baixinho, mas não demorou a apagar. Só que eu não conseguia dormir, não depois do pesadelo.

Eles queriam matar Mike Fascini.

Talvez isso não devesse me incomodar. O homem era o vilão da nossa história; estava determinado a se vingar e disposto a fazer o que fosse necessário para ver a queda da minha família e da de Nicco. Mas eu não podia deixar de pensar que tinha que haver outro modo. Um jeito que não fosse a vida dele em troca da liberdade do meu pai.

Em troca da *minha* liberdade.

Nicco parecia decidido a me fazer entender que aquela era a vida dele, que a alma dele já estava manchada. Eu não duvidava disso. Mas ainda queria mantê-la o mais limpa possível. Talvez fosse idiotice pensar que importava. Mas importava. Para mim, importava.

Mike e Scott mereciam pagar pelos próprios pecados, eles mereciam sentir tudo escapando por entre seus dedos e sumir.

Mas morte?

Minha consciência não estava pronta para aceitar que as coisas tinham que ser assim.

— Você deseja nunca ter me conhecido? — Nicco sussurrou contra a minha pele.

— Não. Nunca. — Meu coração doeu só de pensar naquilo. — Mas eu queria que as coisas fossem diferentes. Queria que eu fosse uma garota comum e que você fosse um cara comum.

Nicco me envolveu com mais força, me puxando para mais perto de seu corpo.

— Eu amo você com tudo o que eu sou. Espero que saiba disso, Bambolina. Espero que seja o bastante.

— Eu sei. E é. — Coloquei a mão sobre a dele. — Mas deve haver outro jeito.

— Não há...

— Não é justo.

— A vida não é justa, Arianne. É fria, cruel e dolorosa. Mas há fagulhas de luz no escuro. Você é a minha fagulha, *amore mio*. Seu brilho ofusca a escuridão da minha alma.

Ele ergueu o queixo para descansar na curva do meu pescoço.

— Não quero que seja assim, Nicco.

— Às vezes a gente precisa fazer escolhas difíceis, Bambolina. No fim das contas, é tudo o que nós somos: uma cadeia de decisões, algumas boas, outras ruins.

Pensei naquela noite no beco. Se Scott não tivesse tentado me machucar, eu não teria fugido. E se eu não tivesse fugido, não teria conhecido Nicco.

Scott foi uma escolha ruim que me levou até aquele momento. Foi o catalisador de uma série de eventos que me mudaram para sempre. Ainda assim, eu tinha fé na humanidade, nas pessoas que escolhiam fazer o que era certo. A decisão moralmente justa.

Fechei os olhos e soltei um suspiro trêmulo. Tinha que haver outro modo. Tinha que haver.

Nicco já tinha saído quando acordei. Ele tinha deixado um bilhete. Três palavrinhas que afrouxaram o nó no meu estômago.

Até mais tarde.

Quando enfim me arrastei para a sala, Luis confirmou o que eu já sabia.

Nicco tinha ido ver o pai. Eu estava em conflito. Por um lado, sabia que ele estava tentando me proteger do que estava por vir. Por outro, parecia covardia.

— É a decisão certa, Arianne — Luis afirmou enquanto tomava café.

— É?

— Ele tentou te matar. Não é um homem com quem você quer negociar.

— Mas matar? — Bile deu voltas no meu estômago.

— Sei que é difícil para você.

— Você não sabe de nada. — Perdi a paciência. — Mentiram para mim, me usaram, me *estupraram*. Talvez Mike Fascini mereça a morte. Mas parece a saída fácil para ele. Aquele homem merece apodrecer no inferno pelos crimes que cometeu.

Ele havia orquestrado tudo.

A tentativa fracassada de me matar quando eu era mais nova.

A fusão de negócios com o meu pai.

O noivado.

O casamento.

O *noivado*.

Um plano começou a tomar forma na minha mente. Mike Fascini havia se posicionado como alguém digno do meu pai. Era algo que eu poderia explorar. Algo que eu poderia usar.

— Arianne? — Luis chamou enquanto eu encarava o nada.

Pisquei e deixei o olhar vagar até o dele.

— Preciso que você faça algo para mim.

— Por que eu não gostei de como isso soou?

— Preciso que você me leve para ver Antonio.

— Você enlouqueceu? — Ele arregalou os olhos.

Era possível, mas eu não queria confirmar.

— Sei que Nicco foi lá para acertar as coisas. — A palavra azedou na minha língua. — Mas eu preciso falar com ele.

— Vou ligar para o Nicco. A gente pode pedir ao Antonio para vir aqui.

— Isso não pode esperar. — Agora que a semente foi plantada, eu sabia o que precisava fazer.

— Ari, não sei...

— Eu vou. Você me ajudando ou não, eu vou, Luis. Fiquei na minha, deixando esses... esses homens fazerem o que quisessem com a minha vida, mas não vou ficar sentada sem fazer nada enquanto um homem é assassinado a sangue frio. Mike Fascini merece ser punido. Mas não assim.

Sua expressão se tornou sombria.

— É assim que eles fazem as coisas.

— Você vai me levar ou não?

— Você quer mesmo fazer isso? Não é seguro...

Eu o encarei fixamente para ele. Eu não ia mudar de ideia. Não descansaria até que ele me deixasse na casa de Antonio.

— Tudo bem — ele resmungou, com desaprovação gravada no semblante. — Eu te levo.

— Obrigada.

Antonio Marchetti poderia ser o chefe da Dominion, mas, no fundo, ele era um homem de negócios.

E eu tinha uma oferta que ele precisava escutar.

Paramos do lado de fora da casa dos Marchetti uma hora depois. Luis não falou nada o caminho todo. Ele não aprovava a minha presença ali. Porém, era tarde demais.

A porta se abriu e Enzo apareceu.

— Mas que porra? — Ele marchou até o carro, puxando a porta. — Em que merda você está pensando?

— Preciso falar com o Antonio.

— Você não deveria estar aqui.

Indignação subiu pela minha coluna. Saí e fitei seu olhar com igual obstinação.

— Bem, estou aqui agora, e não vou embora até falar com ele.

— Nicco vai enlouquecer quando souber que você está aqui. E você. — Enzo apontou para Luis. — Só tinha um maldito trabalho. Manter a garota na cabana.

— Ela ia chegar aqui com ou sem a minha ajuda. — Seu olhar se fixou em mim. — Ela é bastante teimosa.

— Não me diga.

Não esperei que eles chegassem na casa. Entrei de fininho e segui o som das vozes de Antonio e Nicco e os encontrei na mesma sala daquele dia depois do baile.

Respirei fundo e bati na porta.

— O que foi? — Antonio ladrou.

Empurrei a porta e entrei.

— Arianne? — Nicco ficou pálido.

— Ora, se não é uma surpresa. — Antonio me encarou furioso e desviou o olhar para o filho.

— O que você está fazendo aqui? — Nicco correu até mim.

— Preciso falar com o seu pai.

— Você deveria ter me ligado.

— Para você me fazer mudar de ideia? — Franzi os lábios.

— Niccolò, do que se trata isso?

— Desculpa invadir assim, mas Nicco não faz ideia do que eu planejei. Nem eu fazia até que acordei — falei, encontrando os olhos nebulosos de Antonio. — Mas preciso falar com o senhor, sr. Marchetti. É urgente.

— Por favor, Arianne, me chame de Antonio. — Ele se recostou na cadeira. — Bem, estou esperando...

— Na verdade, queria falar com você... em particular.

Nicco soltou um resmungo baixo. Olhei-o de relance. Ele parecia confuso, traição brilhando em seu olhar. Mas eu precisava fazer aquilo.

— Muito bem. Niccolò, nos deixe a sós.

— Só um minuto — ele avançou —, talvez eu devesse...

— Niccolò! Arianne pediu privacidade, e ela terá. Espere lá fora.

— Por quê? — Nicco perguntou, a mágoa em seus olhos sendo quase demais para suportar.

— É necessário.

Ele saiu da sala, e culpa tomou conta de mim. Mas me preocuparia com Nicco depois. No momento, eu precisava conversar com o pai dele.

— Parece que subestimei você, Arianne — ele falou. — Por favor, sente-se.

Eu me acomodei em uma das poltronas de couro.

— Desculpa aparecer assim, mas eu não podia ficar esperando. Mike Fascini e o filho merecem ser punidos, sr. Mar... Antonio. Mas assassinato?

— No nosso ramo, preferimos chamar de execução. — Ele disse aquilo com tanta indiferença que meu peito se apertou. — Mike Fascini armou para a minha família, Arianne. Tenho certeza de que você entende que não posso deixar isso passar. Ele te ameaçou diretamente, e agora ao seu pai. — Ele uniu os dedos, formando um triângulo. — Posso te perguntar uma coisa?

Assenti.

— Você prefere se sacrificar para salvar o Roberto?

— Não, não é isso...

— Às vezes a gente precisa fazer escolhas.

— Foi o que Nicco falou.

— Niccolò não aceita bem essa vida. Suponho que, em parte, a culpa seja minha. Ele me culpa pela mãe dele ter ido embora. Ele me culpa por muita coisa. E a culpa não é injustificada. Eu fiz coisas, Arianne. Coisas desprezíveis. Mas esse sou eu. Assim como você sentada diante de mim agora é quem é.

— Tem outro modo?

Antonio franziu as sobrancelhas, fazendo uma careta.

— Outro modo?

— De lidar com Fascini. O senhor é bem relacionado, tem as evidências do que Scott fez comigo, claro que tem um jeito de levar tudo para as autoridades...

— Sempre tem outro jeito, Arianne, mas não significa que é o certo.

— Não quero que ninguém morra.

— A morte é inevitável. — Ele coçou o queixo, me estudando, como se eu fosse um quebra-cabeça que ele tentava montar.

— Eu quero que eles paguem, e caro. Mas não desse jeito.

— Sabe, há pessoas que podem pensar que você deveria estar sentada aí me agradecendo. Estou, no fim das contas, me oferecendo para salvar o seu pai. O meu inimigo.

— Mas o senhor não está fazendo por mim, não é? Está fazendo por si mesmo. Pela Família. Matar dois pássaros com uma cajadada só.

— Explique.

— Se você se livrar do Fascini, meu pai vai ficar em dívida com você. Pode usar como vantagem para assegurar que ele não vai atrás de La Riva. Se Fascini se for, a posição do meu pai vai ficar enfraquecida. E os Marchetti vão sair por cima.

— Interessante. — Seus olhos brilharam.

— O quê?

— Você é mais parecida com o seu pai do que eu pensei.

— O senhor gostando ou não, eu sou filha dele. E estou aqui para negociar.

Ele se inclinou para a frente; com as mãos cruzadas sobre a mesa.

— Sou todo ouvidos.

— E se você não tivesse minha família em débito com vocês, mas como parceira?

— Não sei se você está em posição de fazer essa oferta, Arianne.

— A vida do meu pai está em jogo e, um dia, a Capizola Holdings vai ser minha. Acho que sou a pessoa certa para fazer a proposta. — Ergui a sobrancelha.

— Suas condições?

— Pensar em outro modo de derrubar o Fascini. Você disse que era possível. Se puder garantir que ninguém vai sair ferido, farei de você um sócio passivo.

— Seu pai nunca vai concordar com isso.

— Não é decisão dele. — Minha voz estremeceu. — Nós dois sabemos que ele vai estar em dívida contigo, de um jeito ou de outro.

— Você tem colhões, preciso reconhecer. A minha família e a sua estão de lados opostos da moralidade. Nos unir...

— É corrigir a história.

— Isso não vai mudar nada, Arianne. Não vai mudar quem Niccolò é. Você entende?

— Eu sei. — Minha voz estava baixa. — Não sou idiota, sei o que vocês fazem. Sei o que a sua família faz. Mas isso é diferente. É pessoal. E não sei se posso carregar o fardo de uma morte.

— Digamos que eu aceite a sua proposta, preciso de garantias.

— Eu te dou a minha palavra. Depois que a questão com Fascini for resolvida, vou pedir à equipe jurídica do meu pai para redigir a papelada. — Meu pai ia dar ouvidos, ele não tinha escolha.

Não depois de Antonio ter salvado sua vida.

Além disso, ele estava em dívida comigo.

Meu pai me devia isso.

— Aprecio sua tenacidade, Arianne. Mas não passa de palavras e papel. Coisas que se danificam com facilidade.

Meu estômago revirou. Era o meu trunfo, minha última cartada. Se Antonio não aceitasse... não sei o que seria de mim e Nicco.

— Desculpa — mantive a voz firme —, não sei se entendi. Posso pedir para redigirem a documentação em breve, mas estamos ficando sem tempo. Mike vai matar o meu pai, Antonio. Ele vai...

Ele me silenciou com um gesto da mão.

— Meu filho está preparado para matar por você, para *morrer* por você, Arianne... o que você está preparada para fazer por ele?

Franzi o cenho.

O que ele queria dizer?

— Eu amo o Nicco, faria qualquer coisa que pudesse para protegê-lo.

— Fico feliz de ouvir isso. — Os lábios dele se curvaram, uma sombra cruzou suas feições. Aquilo me fez sentir calafrios. — Os laços do casamento são sagrados no nosso mundo. Eles atam duas pessoas muito mais que qualquer promessa.

Casamento?

— Você quer se *casar* com Nicco? Mike Fascini pode estar cego por sua sede de vingança, Arianne, mas ele sabia o que estava fazendo quando convenceu Roberto a te prometer ao filho dele. Um dia, você vai ser a rainha do império Capizola, e seu filho vai ser o herdeiro. Fascini sabia disso. Ele sabia que se você tivesse um filho de Scott, a linhagem Ricci substituiria a Capizola.

— Eu não... isso não... — Era uma conversa maluca, mas, lá no fundo, eu sabia que ele falava a verdade.

— Meu filho ama você, Arianne. Ele te escolheu como mulher dele. Um dia, ele vai pedir a sua mão em casamento. É inevitável. Não estou sugerindo nada que já não esteja escrito no seu destino.

Antonio estreitou o olhar enquanto observava a minha reação. Percebi, então, que era um teste.

Ele estava me testando.

Eu não pertencia ao mundo deles. Era pura demais, certinha demais. Ele queria saber até onde eu iria para provar a minha lealdade a Nicco.

À família dele.

Encarei-o dentro dos olhos e dei um breve aceno.

— Eu caso. Faça isso por mim. Salve o meu pai, e eu me caso com Nicco.

— Casa? — Antonio me olhou estranhamente aliviado.

— Como você disse, eu amo o seu filho, Antonio. Penso no futuro, e vejo uma vida ao lado dele. Então, sim, eu me caso com ele. — Meu corpo zumbiu de expectativa com a ideia de atar a minha vida à de Nicco de modo tão irrevogável.

— Quer contar a ele, ou eu conto?

— Me deixa falar com ele antes.

Ele assentiu.

— Como quiser. Mas, Arianne, você deve saber que talvez ele não goste da ideia. Niccolò nunca gostou muito de seguir ordens, especialmente as minhas.

Mas dessa vez seria diferente.

Era eu me entregando por completo a ele.

Coração.

Corpo.

Alma.

E em casamento.

— Nicco? — Entrei na cozinha e ele ergueu o rosto. Sua expressão estava abatida, o que fez meu coração se apertar.

— Você não deveria ter vindo, Arianne.

— Deveria, sim. — Fui até ele e parei à distância de um braço. — Podemos conversar? Em particular?

Incerteza dava voltas em seu olhar. Eu tinha criado uma barreira entre nós ao ir ali, e sabia que ele se sentia traído. Mas não havia como voltar atrás, só seguir em frente.

— Por favor — acrescentei.

Ele pressionou as palmas no balcão e se levantou.

— Tudo bem, venha.

Doeu ele não segurar a minha mão, mas inspirei, trêmula, e o segui pela porta dos fundos, até a fogueira em que nos reunimos uma vez com os primos dele e Alessia.

Parecia ter sido tanto tempo atrás, mas havia poucas semanas. Eu estava diferente agora.

Nós dois estávamos.

Mas a verdade era que eu nunca me senti tão forte.

Eu não precisava mais ficar sentada e deixar que os outros decidissem o meu destino, eu poderia forjar meu próprio caminho.

Eu só precisava que Nicco entendesse isso.

Ele se sentou em uma das cadeiras, e eu fiz o mesmo. O clima estava frio entre nós, e não só por causa das gélidas temperaturas do outono.

— O que você ofereceu a ele? — Nicco não me encarou, ele olhava à distância.

— Como você...

Seu olhar enfim se moveu para mim, com tanta intensidade que perdi o fôlego.

— Eu conheço você, Arianne. Acho que ontem à noite eu soube que você não deixaria essa história para lá. Então, o que ofereceu a ele?

— Nós negociamos — falei com calma, lutando contra cada instinto de ir até ele e implorar para que ele entendesse. — Ofereci a ele sociedade na Capizola Holdings se ele entregar o Fascini para as autoridades.

— E ele aceitou? — Nicco estreitou o olhar, sombrio e ameaçador. Um arrepio percorreu meu corpo.

— Ele propôs os próprios termos.

Nicco bufou.

— É claro.

— Eu te amo, Nicco, e quero uma vida ao seu lado. Sei quem você é. Sei o que significa estar no seu mundo, mas não estou pronta para... — Engoli as palavras. — Não consigo abrir mão da minha moralidade. Não consigo.

— Então resolveu fazer um pacto com o diabo?

— Não é... — Pressionei os lábios. Nicco tinha razão. — Não consigo explicar. Só sei que, lá no fundo, eu não poderia fechar os olhos para isso. Talvez isso faça de mim uma boba ou uma ingênua, talvez me faça indigna do seu amor, mas este mundo se provou um lugar obscuro para mim. Você disse que eu era a luz. Não vou desistir disso.

Pego de surpresa, Nicco se levantou e veio até mim, então se ajoelhou na minha frente.

— Você é a luz, Bambolina, mas isso não muda o fato de que Fascini precisa pagar pelos próprios crimes.

— Eu sei. — Afastei o cabelo dos olhos dele. — Mas sempre há uma escolha.

— O que ele quer de você, Arianne? — Derrota tomou conta de sua expressão.

— Nada que eu não faria um dia de todo modo. — Eu me inclinei para baixo e segurei seu rosto, unindo sua testa à minha. — Ele quer o meu nome, Nicco. Quer que a gente se case.

Nicco

— Não. — A palavra escapou da minha boca antes que eu pudesse detê-la.

Arianne ficou pálida, se afastou de mim de supetão e me deixou frio e desolado.

— Não? — ela gritou. — Mas eu pensei... você não me quer?

— Não desse jeito. — *Nunca* desse jeito.

Queria que nosso futuro nascesse do amor, não da obrigação.

— Mas isso resolve tudo — ela disse, incapaz de disfarçar a dor na própria voz. — Seu pai vai ajudar a garantir que Mike e Scott paguem pelos próprios crimes, a vida do meu pai vai ser salva, e nós vamos ficar juntos.

— Você não sabe o que está falando — afirmei entredentes.

Eu queria uma vida ao lado de Arianne, um futuro. Mas ela mereceria mais que... mais que *isso*. Ela merecia um noivado e um chá de panela. Ela merecia se envolver com os preparativos do casamento.

Ela merecia muito mais do que uma cerimônia de última hora combinada como parte de um acordo de negócios.

— Seu pai disse que você não ia gostar. — Tristeza emanava de suas palavras. — Mas eu pensei... só estou tentando fazer o que é certo. — Um suspiro suave escapou de seus lábios. — É a ideia de se casar comigo que não te atrai?

— Bambolina, não é isso... — Respirei fundo. — Não é assim que eu queria que fosse.

Eu queria deixar tudo isso para trás e aproveitar a gente sendo um casal. Não queria que ela pulasse de cabeça em algo para o qual não estava pronta.

Algo para o qual *nós* não estávamos prontos.

— Eu sei o que eu quero, Nicco. — A expressão de Arianne ficou desanimada, como se ela pudesse ouvir meus pensamentos e sentir o meu tormento. — Eu imaginei que me casaria aos dezoito anos? Não. Mas também não imaginei que conheceria alguém como você. Não imaginei que tudo o que eu pensei saber se revelaria uma mentira.

Frustração tomava conta de suas palavras.

— Nada nessa história é o que eu imaginei que seria, mas aqui estamos nós. Eu amo você, tanto... — Lágrimas silenciosas escorriam por suas bochechas, mas eu estava paralisado, incapaz de erguer a mão até ela.

O tempo todo meu pai havia dito que Arianne seria a vantagem de que ele precisava contra Roberto, e havia conseguido realizar seu desejo.

Não importava se Arianne pensasse que a escolha era dela. Eu sabia a verdade.

Eu sempre saberia a verdade.

E, um dia, aquilo criaria uma barreira entre nós.

— Nicco, por favor, diga alguma coisa.

— Preciso falar com o meu pai. — Eu me levantei e passei a mão pelo queixo.

— Já está feito. — Pânico dominava sua voz. — Eu tomei a minha decisão. Não entendo por que você está tão relutante. — Desafio queimou em seu olhar. — A menos que você queira...

— Bambolina, para. — Segurei a sua nuca e a puxei para perto de mim. — Eu amo você, mas não quero que faça algo de que vai acabar se arrependendo. — Algo pelo que talvez ela se ressentiria de mim.

— Isso vai unir a nossa família, Nicco. — Ela se afastou para me encarar. — Vai consertar as coisas.

A sinceridade em seu olhar quase me matou. Mas não seria possível reescrever a história amarga da nossa família com um casamento, um casamento motivado pelos negócios.

— Você não percebe? — questionei, inclinando seu rosto para o meu. — Você está apenas trocando uma gaiola por outra.

— Não, não é assim. Eu estou escolhendo isso, estou escolhendo você. Eu quero isso, Nicco. Eu quero você. — Seu lábio inferior tremeu. — Pensei que você sentia a mesma coisa por mim. Pensei...

Pressionei um beijo forte na sua testa, silenciando-a.

— Preciso falar com o meu pai. Não vou demorar. — Eu me afastei, sem olhar para ela.

Eu não conseguia.

Porque se olhasse, temia que talvez dissesse algo de que me arrependeria. Algo que não poderia desfazer.

Algo que talvez fosse nos destruir.

— Ahh, Niccolò, Arianne te deu a boa notícia? — Meu pai deu um sorrisinho que só serviu para provocar a tempestade de mim, deixando-a mais intensa.

— Em que merda você estava pensando? — perguntei entredentes.

— Olha essa boca, rapaz. — Ele estreitou o olhar. — Arianne veio me fazer uma proposta, e eu vi uma oportunidade. Você deveria me agradecer. Isso vai fazer dela a sua esposa. Vai atar a sua vida à dela para todo o sempre.

— Não deveria ser assim. — Balancei a cabeça.

— O que você queria que eu fizesse, filho? Dizer não para a sua mulher e executar o Fascini? Fazer a garota odiar a mim e se ressentir de você? Ela não está pronta para ter sangue nas próprias mãos; você sabe que estou falando a verdade.

Eu sabia.

Mas não tornava mais fácil engolir aquela história.

— Arianne é forte — ele prosseguiu. — Ela já provou isso. Não tenho dúvidas de que ela será uma boa esposa para você, Niccolò.

— Não era para ser assim. — Olhei para o meu pai, rogando em silêncio para que ele desse um jeito naquilo. Mas não havia uma solução mágica.

Ele tinha razão.

Se ele abatesse o Fascini, Arianne jamais o perdoaria. Jamais perdoaria a si mesma. Talvez até mesmo eu.

Ou se ele entregasse o homem para as autoridades e se tornasse sócio da Capizola Holdings como Arianne queria, as coisas ficariam bem por um tempo. Entretanto, conforme os meses fossem passando, Roberto ficaria amargurado, e Arianne acabaria se ressentindo da minha família do mesmo jeito.

E eu não poderia abrir mão do conto de fadas que ela merecia.

— Você a ama, não? — ele me perguntou.

— Você sabe que sim. Mais do que pensei que poderia amar outra pessoa.

— Então talvez seja hora de confiar nela. — A expressão do meu pai suavizou. — Arianne passou anos sem ter o direito de fazer escolhas. Agora ela está livre, e fez uma. Perdi a sua mãe porque não consegui enxergar além dos meus caprichos, Niccolò. Ela era uma boa mulher. Forte, leal e linda. Deus, ela era tão linda. — Ele encarou o nada, inundado de vergonha.

Era estranho ver Antonio Marchetti reconhecendo os próprios erros, vê-lo se lamentar pela mulher que havia escapado entre seus dedos.

— Não faça algo de que vai se arrepender, filho. — Meu pai me deu um sorriso triste. — Aquela garota é tudo que eu poderia desejar para o meu filho. Vejo tanto da sua mãe nela que me assusta. Mas também me dá esperança. Esperança de que você vai ter a chance de corrigir os meus erros.

Ele tinha razão?

Eu estava me concentrando no ângulo errado?

Arianne parecia tão certa, tão segura de que me amava. Mas parte de mim não conseguia aceitar isso. Não conseguia aceitar que uma garota como Arianne Carmen Lina Capizola pudesse amar um cara como eu.

Eu continuava pensativo sobre o que Arianne merecia, mas talvez o problema não fosse ela.

Era eu.

O que *eu* merecia.

Do que *eu* era digno.

— Olha, sei que não é como você queria que as coisas fossem. Mas a vida nem sempre sai conforme o esperado, Niccolò. Às vezes, oportunidades surgem quando a gente menos espera. Se o resultado for o mesmo, importa que caminho você escolheu? — Ele passou a mão pelo queixo. — Não posso te dar o que você mais deseja, não posso te libertar dessa vida. Mas posso te dar isso.

Meu corpo tremia de raiva, frustração e incerteza. Eu era Niccolò Marchetti.

Nada jamais mudaria isso. Mas uma vida com Arianne ao meu lado faria tudo valer a pena.

— Você sabe que eu estou certo, filho.

Encarei o meu pai, e dei um aceno firme. Eu ainda não sabia o que sentir. Estava elétrico demais, volátil demais.

— Vá se acalmar — ele deu a ordem. — E depois converse com ela. A garota precisa saber que você apoia essa decisão, Niccolò. Ela precisa saber que você a apoia.

Não fui atrás de Arianne.

Mandei Alessia no meu lugar e pedi para minha irmã fazer companhia à minha garota. Meu pai tinha razão, eu precisava me acalmar. O que significava que eu precisava de tempo e espaço. Mas mandei mensagem para Arianne.

> Prometo que não vou sumir. Só preciso pensar nas coisas.

A resposta de uma palavra só quase acabou comigo.

> Ok.

Mas quando eu voltasse, queria estar com a cabeça fresca e presente. Queria ser tudo o que ela merecia.

Um assovio ecoou pelo ar, e vi Enzo esperando perto do carro dele.

— Então, o que aconteceu?

— Aqui, não. — Abri a porta e entrei.

Enzo veio logo atrás e deu a partida.

— Cadê a Arianne?

— Lá dentro com a Alessia. — Eu me apoiei no encosto de cabeça e soltei um suspiro cansado. — Eu só precisava de um pouco de espaço.

— Ruim assim, é? — Enzo deu ré e foi para a rua.

— Ela veio aqui barganhar com ele.

— Ela tem coragem, primo, preciso reconhecer. Me deixa adivinhar, ela pediu ao tio Toni para poupar aquele merda?

— Foi, ela quer que a lei cuide do assunto.

Enzo bufou. Não era como a gente costumava fazer as coisas. Tínhamos nosso próprio código, nosso próprio sistema de justiça. Se alguém traísse ou ferrasse com a Família, o assunto era logo resolvido.

E Mike Fascini tinha tentado o que outra pessoa jamais tentou.

— Ela não foi feita para essa vida.

— Que bom que eu não estou pedindo para ela ser iniciada na família, então. — Sarcasmo escorria das minhas palavras.

— É, mas você sabe bem o que eu quis dizer. Ela nunca vai entender essa vida, ela nunca vai entender o que você faz. O que a gente faz.

— Ela aceitou se casar comigo — confessei —, foi isso que eles negociaram.

— O quê?! — O carro deu uma guinada quando Enzo virou o rosto para me encarar.

— Olha a estrada — sibilei.

— Você não pode falar uma coisa dessas e esperar que eu mantenha a cabeça no lugar. Casar... ele quer que você se *case* com ela? Ele perdeu a porra do juízo?

— Legal, E. Muito legal.

— Desculpa, eu não quis dizer... mas vocês dois são tão jovens. Tipo, muito novos. Casamento é importante. É...

— Para a vida toda? — Eu podia ver que era o que ele queria dizer. — Eu a amo. Eu a amo mais que tudo, porra.

— Estou sentindo que tem um mas... — Ele me olhou de soslaio.

— Não deveria ser assim. Não quero que ela seja obrigada a se casar comigo para salvar o pai, para salvar aquele filho da puta daquele monstro.

Meu coração disparou de novo, mas eu me forcei a respirar. Era para eu estar me acalmando, não ficando mais agitado.

— O que você quer, Nic? — Não havia qualquer traço de deboche em sua voz, só curiosidade.

— Ela, eu só quero ela.

— Então talvez você já tenha a sua resposta. Talvez só precise aceitar seu destino e seguir em frente.

Olhei pela janela. Estava escuro, só os faróis dos carros passando e os postes acesos no caminho. Minha mente vagou para Arianne. Para o modo como ela me fazia me sentir todas as vezes que me tocava, o modo como meu coração acelerava sempre que aqueles grandes olhos castanhos cruzavam com os meus.

Ela era a minha âncora.

Minha estrela guia no infinito céu noturno.

E embora nosso tempo juntos tenha sido relativamente curto, eu não conseguia imaginar minha vida sem ela.

Nem queria.

— O que está se passando nessa cabeça sua? — A voz de Enzo invadiu meus pensamentos.

— Eu sei o que fazer — falei, apressado, uma sensação de paz tomando conta do meu corpo.

— Então a gente não vai para a minha casa?

— Mudança de planos. Você pode parar no Matteo? — Oficialmente, ele morava com Enzo no apartamento perto da Romany Square e de University Hill. Mas ele ficava mais na casa da família, em La Riva.

Tirei o celular do bolso.
— Está ligando para ele?
— Não. Para Luis.
— Ok... — Ele franziu o cenho. — Vai me contar o plano?
— Vou, assim que chegarmos no Matteo.
— O que você está aprontando, Nicco?
Um sorriso se espalhou pelo meu rosto.
— Você vai ver.

Quase três horas depois, Matteo desviou o olhar do celular e falou:
— Eles estão a caminho.
Meu coração estava batendo tão forte que me senti meio tonto.
— Tudo bem aí, primo? — Enzo bateu nas minhas costas. — Você não está com uma cara boa.
— Estou bem — murmurei, tomando um bom gole de cerveja.
Estávamos na cabana. Eu não queria fazer isso lá. Não com meu pai, Alessia e Genevieve por perto.
Arianne e eu precisávamos conversar, e eu queria privacidade total para isso.
— Tem certeza de que não quer que a gente fique? — Enzo perguntou, e eu balancei a cabeça.
— Está tudo em ordem.
— É, está. — Matteo sorriu. Ele se virou para os armários aéreos, pegou três copos e os colocou na nossa frente.
— Tem bebida boa em algum lugar aqui?
Ele foi até o armário de bebidas do meu pai.
— Bingo. — Matteo apanhou uma garrafa de uísque e nos serviu.
— Eu vou dirigir — Enzo lembrou a ele.
— Um não vai fazer mal. Isso merece um brinde.
Ele deu um aceno incisivo para Matteo e aceitou o copo. Peguei o meu, girando o líquido âmbar.
Talvez acalmasse meus nervos.

— Aos melhores primos, aos melhores amigos, que um cara poderia ter. Eu amo vocês — Matteo disse, segurando o próprio copo. — À amizade, à família e ao futuro. *Salute*.

— *Salute*. — Nós brindamos e viramos a bebida de uma só vez.

— Cacete, esse é forte — ele balbuciou.

— Está te faltando colhão. — Enzo bateu nas costas dele.

— Ser um filho da puta insensível não quer dizer que você tenha. — Matteo mostrou o dedo para ele, e os dois começaram a se empurrar e a trocar socos.

— Deixem disso — mandei. — Está na hora de vocês irem.

— Seria melhor se a gente ficasse...

— Agora — falei, estreitando o olhar para os dois.

— Vamos, E. Nic tem razão. É melhor a gente vazar.

— Liga depois? — Enzo me fitou, preocupação brilhando em seus olhos gélidos.

— Mando mensagem.

Ele revirou os olhos.

— Tanto faz, só avisa, tá bom?

— Como se ele precisasse. — Matteo deu um sorrisinho.

— Tchau. — Apontei o queixo para a porta. Eu estava grato pelo apoio deles, mas queria alguns minutos sozinho antes de Arianne chegar.

Não haveria como voltar atrás depois de hoje.

Olhei meus amigos partirem. E vi os faróis do SUV de Luis aparecerem ao longe. Eu o observei parar e sair, então abrir a porta de Arianne.

Eu a observei sair do carro com um pouco de receio no rosto.

— Nicco? — ela disse, confusão nublando seus olhos. — O que foi?

— Entra comigo? — perguntei, estendendo a mão.

Luis captou meu olhar por cima do ombro dela e me deu um breve aceno de cabeça antes de entrar de novo no carro. Arianne olhou para trás.

— Ele está indo embora?

— Quero ficar sozinho com você. — Puxei de levinho a mão dela. — Entra para a gente conversar.

— Nicco, você está me assustando.

— Você não tem nada a temer, prometo. — Eu a puxei para perto e afaguei a sua bochecha. — Você confia em mim?

— Você sabe que sim. — Ela deu um sorriso tímido.

— Então entra, Bambolina. — Eu a conduzi até a cabana, trêmulo de expectativa.

— Você está tremendo — ela falou, olhando para mim.
— Vou ficar bem já, já. Entra...
Arianne subiu os degraus com cautela.
— Nicco — ela arquejou quando entrou. — O que você fez?
— Toda garota merece um conto de fadas — falei, envolvendo a mão em sua cintura e a puxando para mim. Abaixei a cabeça, roçando os lábios em sua orelha e disse: — Desculpa.

Mas aquela não era a palavra mais importante que eu diria a ela naquela noite.

Nem de longe.

Arianne

A cabana tinha sido transformada em um cenário de conto de fadas. Pisca-piscas estavam pendurados nas vigas de madeira, lançando uma luz bruxuleante pela sala. A lareira crepitava, enchendo o cômodo com um aroma defumado, e vasos de lírios brancos cobriam a mesa e o balcão.

Era tão lindo! Fui tomada pela emoção.

Nicco nos fez avançar, mantendo o queixo aconchegado na curva do meu pescoço.

— Gostou? — ele sussurrou.

— Eu amei. Mas não entendo…

— Senta. — Ele deu a volta por mim, me guiando até uma das poltronas. Meu coração estava na boca quando ele ficou de joelhos na minha frente.

— Ai, meu Deus — suspirei, tapando a boca com a mão. Meu corpo tremia, o sangue retumbando em meus ouvidos. — Nicco.

— Me dá só um minuto. — Ele abriu o colarinho da camisa social. Foi quando notei o quanto ele estava arrumado. O tecido preto moldava os seus ombros, e ele havia dobrado as mangas até o cotovelo, deixando à mostra os fortes antebraços.

— Você está todo arrumado. — Eu sorri.

— Bem, claro, é uma ocasião especial.

Minhas mãos foram para o rosto dele enquanto eu me curvava.

— Meu Deus, como eu te amo — ele murmurou contra os meus lábios. Mas Nicco não me beijou. Ele se afastou com cuidado. — Você está me distraindo.

— Desculpa. — Minhas bochechas arderam, mas ele estava tão lindo ali ajoelhado, com os olhos queimando com nada além de amor e adoração.

— Tudo bem — eu me sentei erguida —, continua.

Ele soltou um suspiro trêmulo.

— Se quatro meses atrás alguém tivesse me dito que eu estaria aqui neste momento… eu teria rido da cara da pessoa. Eu não estava interessado em um relacionamento. Sabia o que essa vida significava para mim e, para ser sincero, não tinha certeza se algum dia arrastaria uma garota para isso. E aí eu te conheci. Na noite em que te vi naquele beco, meu primeiro impulso foi deixar Bailey lidar contigo. E aí eu olhei para você, olhei *de verdade* para você, e algo se encaixou. Eu queria secar as lágrimas do seu rosto. Queria te pegar no colo e te manter segura. Esse sentimento só se intensificou quanto mais tempo eu passava com você.

Nicco segurou a minha mão e afagou a pele com o polegar.

— Fiquei desarmado, Bambolina. Você me desarmou. Mas eu não conseguia me fartar de você. Você consumia meus pensamentos e assombrava os meus sonhos.

— Nicco... — Fiquei sem fôlego, meu coração batendo desvairado no peito.

— Sua força interior nunca deixou de me surpreender. Sua compaixão e seu coração imenso. Mesmo depois que descobriu quem eu era, você não fugiu. Não há limites para o amor que você sente, Arianne. E eu vou passar a vida tentando ser digno de você. — Ele enfiou a mão no bolso e tirou de lá um saquinho de veludo. — Eu não tive muito tempo, então considere este um substituto até eu encontrar outro.

O mundo sumiu quando Nicco virou a aliança simples na mão. Ele deixou a bolsinha de lado e segurou a minha mão esquerda.

— Arianne Carmen Lina Capizola, você é meu coração, minha alma e o meu futuro. Eu não quero seguir com essa coisa chamada vida sem você. — Nicco moveu a aliança no meu anelar. — Eu quero você ao meu lado, sempre. Você me daria a honra de se tornar minha esposa?

— Sim — chorei enquanto ele encaixava a aliança. — Eu amo você. — Jogando meus braços ao redor do pescoço de Nicco, eu me lancei nele. Ele me segurou, sua risada e minhas lágrimas de felicidade preenchendo o espaço entre nós.

— *Sei la mia anima gemella.* — Ele me segurou pela nuca. — A futura sra. Arianne Marchetti.

— Gostei de como soou.

Nicco roçou os lábios nos meus, selando o momento com um beijo.

Eu seria dele: corpo, alma, coração e nome.

Ele me puxou de pé e distribuiu beijos pelo meu rosto.

— Desculpa ter agido feito um idiota mais cedo. Fiquei tão chocado por você fazer uma coisa dessas sem nem considerar tudo o que merece.

— Eu só quero você.

— Sei disso agora. — Ele segurou minha mão e pressionou um beijo nas juntas, os diamantes cravejados na aliança brilhando à luz.

— É linda.

— É meio que uma relíquia de família. Era da minha tia Marcella, mãe do Matteo. Pertenceu à minha *nonna*. Assim que for seguro, vou te levar para escolher…

— Não — falei, já me sentindo possessiva com a joia. — Eu amei. — O fato de ser uma herança de família só fazia o anel ser ainda mais especial.

— Tem certeza?

Quase estalei o pescoço ao assentir, e dei um sorriso tão largo que as minhas bochechas doeram.

— Me dá só um segundo. — Ele deu um beijo na minha cabeça e me deixou ali enquanto ia à cozinha. Havia uma garrafa de champanhe no gelo e duas taças esperando por nós.

— Você pensou em tudo.

— Tive um pouquinho de ajuda. — Nicco abriu a garrafa e nos serviu. Fui até ele e peguei a taça.

— A nós.

— A nós. — Brindei com ele. Seus olhos nem se desviaram do meu rosto enquanto eu tomava um gole do espumante.

— Você é tão linda, *amore mio*.

Estendi a mão, admirando a aliança. Essa era a última coisa que eu tinha esperado quando apareci na casa de Antonio.

— Em que você está pensando? — Nicco me perguntou.

— Estou tão feliz… mais cedo, lá na casa, pensei que você estivesse mudando de ideia quanto a nós.

— Não tinha nada a ver com querer você, Bambolina. Eu só não queria que você tomasse uma decisão tão importante por obrigação. Nosso amor não é moeda de troca. Nosso futuro não deve ser usado para vantagem de ninguém. Você não é nenhum bem para ser negociado — ele afirmou com tanta veemência que tirou o meu fôlego.

— O que te fez mudar de ideia?

— Meu pai, Enzo… *você*. — Ele tirou a taça da minha mão e a colocou no balcão. — Você me possui, Arianne. Eu sou seu, nesta vida e além.

Para minha surpresa, Nicco se curvou e deslizou a mão sob minhas pernas, me pegando no colo e me embalando junto ao peito.

— O que você está fazendo? — soltei um gritinho, uma risada escapando dos meus lábios.

— Você vai ver.

Ele me carregou para o quarto, e um aroma doce invadiu os meus sentidos.

— O que é... — Eu vi a caixa na cômoda. — Me diz que não é o que eu estou pensando. — Meu estômago se agitou.

— Eu pedi um favor. — Nicco me deitou na cama. Seus olhos estavam escuros e semicerrados enquanto ele os trilhava pelo meu corpo. Ele parecia faminto, e eu soube que o tiramisù do Blackstone Country Club não era o único item no cardápio naquela noite.

Acordei com os pássaros cantando. O braço de Nicco estava pendurado com possessividade no meu quadril, seu corpo impossivelmente perto do meu. Sorri ao lembrar da noite anterior.

Ele tinha me pedido em casamento.

Niccolò Marchetti, príncipe da máfia, o Príncipe de Copas, havia ficado de joelhos e me prometido a eternidade.

Eu estava tão alto nas nuvens que não queria descer.

Depois de me levar para o quarto, Nicco fez amor comigo com palavras e com o corpo. Tinha sido tudo ser uma com ele.

Meu noivo.

Soltei o lençol e admirei o anel da avó dele. Os dedos de Nicco percorreram o meu braço, curvando-se no meu pulso.

— Ficou bem em você — ele murmurou, com a voz rouca de sono.

— Ainda não consigo acreditar — consegui dizer, apesar do nó na garganta. — É como acordar de um sonho perfeito.

— Acredite, Bambolina, em breve, estarei de pé diante da nossa família e amigos e direi que você é minha. — Nicco me deitou de costas e se inclinou sobre mim. — Sem arrependimentos?

— Nenhum. — Pousei a mão em sua bochecha e me inclinei para beijá-lo. — Eu amo você, para sempre.

Ele fechou os olhos, como se minha admissão fosse demais para suportar.

— Nicco, olha para mim. — Ele abriu os olhos devagar. — Eu quero isso. Está na hora de reescrever a história.

Eu acreditava piamente que havia conhecido Nicco por uma razão. Não era coincidência ele estar lá no beco naquela noite.

Era destino.

— Eu nunca vou deixar outra alma te machucar. Você sabe disso, não é?

— Sei. O que você acha que seus tios vão dizer? — Eu não era idiota, sabia que Antonio não costumava resolver os problemas dele desse jeito.

— Não importa. Meu pai é o chefe. A palavra dele é a lei.

— Mas eles não vão ficar felizes? — Meu estômago revirou.

— Tio Vincenzo está com sede de sangue. Ele vai ficar decepcionado. — Estremeci com as palavras sinceras de Nicco. — Tio Michele é mais tranquilo. Será mais compreensivo. Mas, de todo modo, o acordo que você firmou com o meu pai vai dar à Família uma posição melhor no condado.

— E o meu pai? O que vai ser dele?

— Acho que tudo depende dele mesmo.

— Ele vai se conformar — falei baixinho.

Ele não tinha escolha.

E mesmo se tivesse, bem, tenho certeza de que Antonio cuidaria do meu pai.

Nicco abaixou a cabeça até a minha e me beijou com vontade. Eu ainda sentia a doçura do tiramisù na sua língua. Eu jamais seria capaz de comer esse doce de novo sem pensar em Nicco lambendo-o das partes mais íntimas do meu corpo.

— Está com fome, amor? — ele sussurrou contra a minha boca.

— Eu...

Meu olhar disparou para a porta quando ouvi uma batida.

— O que foi isso?

— Fica aqui. — Nicco saiu às pressas da cama, vestiu a cueca e pegou a arma na cômoda. Eu nunca o vi segurando uma arma antes. Mas era quem ele era, a pessoa a quem me prometi.

— Nicco — sussurrei enquanto ele chegava mais perto da porta. — Talvez a gente devesse...

— Shh — ele articulou, e levou a mão à maçaneta. Agarrei o lençol ao redor do corpo, com medo percorrendo minha coluna.

Sem fazer barulho, Nicco abriu a porta e saiu. Eu me inclinei e peguei o celular para ligar para Luis. Mas ouvi vozes. Risos. Empurrei os lençóis, saí da cama e me vesti. Meu coração estava disparado quando saí do quarto e percorri o corredor em direção à sala.

— Você tem explicações a dar. — Nora veio em linha reta até mim. — Eu sabia que você estava aqui, eu sabia, porra. Mas a gente fala disso depois. Me deixa ver. — Ela estendeu a mão para a minha, mas eu fiquei parada lá, olhando boquiaberta para ela. — O que você fez com a minha amiga, Marchetti? Acho que quebrou a garota.

— Eu... o que você está fazendo aqui? — Franzi as sobrancelhas.

— A gente achou que você fosse querer comemorar. — Enzo me lançou um olhar aguçado.

— Você fez isso?

— E isso? — Alessia espiou das costas de Matteo. — Parabéns. — Ela veio até mim, e ela e Nora suspiraram ao ver a aliança.

— Não posso acreditar que vocês estão aqui. — Era o jeito perfeito de encerrar uma noite perfeita.

— Abraço em grupo — Matteo gritou, então se inclinou e passou os braços imensos ao redor de nós três.

— Ah, Matt, você está fedendo a bacon.

— Bem, claro, alguém tinha que preparar o café da manhã.

— Tem café da manhã? — perguntei, esperançosa. Não sobrou muito tempo para comer ontem à noite.

— A gente deu uma exagerada. — Matteo manteve o braço ao redor do meu ombro, me guiando até o balcão.

— Só porque você come igual a um porco — Enzo resmungou.

— E você está sendo fofo como sempre — Nora implicou.

— Cala a boca e come, Abato.

— Ei, lembra daquela vez quando ela quase caiu de boca no seu...

— *Matteo*! — Nicco o cortou com uma olhada séria.

— Tá, tá, eu vou me comportar. Mas sério, gente, parabéns.

— Não posso acreditar que vamos ser irmãs. — Alessia deu um sorriso enorme. — Posso ser madrinha?

— Eu também — Nora acrescentou.

— Humm, não fomos tão longe. — Olhei para Nicco, que sorriu.

— Bem, na minha opinião, vocês dois perderam a porra da cabeça — Enzo disse enquanto ele e o Matteo desembalavam a comida. — Mas se estão felizes, acho que é o que importa.

— Obrigada, eu acho. Você não convidou o Luis? — Olhei ao redor, meio que esperando que ele fosse aparecer a qualquer segundo.

— Ele está com o Tristan, eles... — Matteo olhou para Nicco, que assentiu. — Estão com o seu pai.

Silêncio envolveu a nós seis. Ali estávamos nós comemorando, mas ainda havia dificuldades à frente.

— Não. De jeito nenhum — Nora declarou. — Este é um café da manhã de celebração. Então menos tristeza e mais felicidade.

— Obrigada — articulei com os lábios para ela, que assentiu, com orgulho brilhando nos olhos.

— Algo bom em casamento... é a despedida de solteiro. — Matteo deu um sorrisinho.

Um grunhido baixo escapou dos meus lábios e cabeças se voltaram para mim.

— A Ari acabou de grunhir? — Ele arregalou os olhos.

— Só estou com fome. — Desviei o olhar, minhas bochechas queimando.

— Ela acabou de grunhir, sim. — Enzo achou graça.

— É, só porque ela sabe o que acontece nessas coisas — Sia respondeu. — Lembra do tio Sil? A despedida de solteiro dele foi uma loucura.

— E como você sabe o que aconteceu na despedida de solteiro do tio Sil? — Nicco arqueou uma sobrancelha para a irmã.

— Eu ouço as coisas. Tia Dru o fez dormir no sofá por...

— Tá legal, Sia. — Nicco tapou a boca da irmã. — Acho que já entendemos. — Ele me lançou um olhar suplicante.

— Deixe os caras se divertirem. — Nora espetou uma pilha de panquecas. — Enquanto os caras saem, as meninas fazem a festa.

— Acho que o ditado não é assim — Matteo disse, e ela deu de ombros.

— É, no meu mundo. Estou pensando em um stripper, massagem, o pacote completo.

Nicco ficou branco feito papel, e disfarcei uma risada.

— Ah, desculpa. — Nora abriu um sorriso dulcíssimo. — Achou que a gente ia ficar sentada aqui trançando o cabelo uma da outra e fazendo guerra de travesseiro enquanto os bonitos estão curtindo *lap dances* e bebendo o peso de vocês em cachaça?

— Está mais para afiando as garras umas das outras — Enzo resmungou.

— Cuidado, E, eu mordo também. — Ela mostrou os dentes para ele.

— Vocês sabem que só precisam queimar essa energia aí, né? — Alessia deu uma mordida no bacon.

— Oi? — Nora fez careta enquanto Enzo ficou mortalmente imóvel.

— A tensão entre vocês. — Ela sacudiu o dedo para a minha melhor amiga e para o primo.

— Foda-se — Enzo disse entredentes.

— Digo o mesmo — Nora sibilou.

— Tudo bem, por que a gente não respira fundo? — sugeri. Eu estava feliz demais para a briguinha deles azedarem o momento.

— Ari tem razão — Matteo disse. — Estamos aqui para comemorar. — Ele pegou um copo de suco de laranja e o ergueu. — A Nicco e sua noiva, Arianne. Que a vida de vocês seja cheia de felicidade, amor e muito, muito sexo gostoso de recém-casados.

Depois do café da manhã, Nicco pediu para conversar comigo.

— O que foi? — perguntei quando ele me afastou dos nossos amigos.

— Vou voltar com os caras para ver o meu pai.

— Você vai embora? — Meu coração se apertou, mas eu sabia que seria assim às vezes. Que havia coisas que precisavam ser resolvidas.

— Não vou demorar. Precisamos traçar um plano. Quanto antes fizermos isso — ele segurou o meu rosto —, mais cedo podemos seguir com a nossa vida.

— Tudo bem. — Cobri sua mão com a minha, virei o rosto levemente para beijá-la. — Se cuida.

— Sempre. Luis está a caminho. Acho que Tristan está junto.

— Talvez seja melhor vocês não estarem aqui quando eles chegarem. — Sorri.

— Não tenho medo do Tristan, Bambolina.

— Eu sei. — Eu me aproximei mais, e nossos lábios quase se encostaram.

— Você é minha agora — ele sussurrou. — Nada pode mudar isso. — A possessividade em sua voz fez meu coração disparar.

Torci as mãos na sua camiseta.

— Não demora.

— Prometo. Acho que ainda tem tiramisù na geladeira.

Meu ventre se contraiu.

— Nicco, você não pode falar essas coisas quando estamos em público. — Soltei um suspiro, olhando para onde nossos amigos estavam enquanto os lábios dele traçavam um caminho quente até minha orelha.

— Mas o seu gosto é bom pra cacete.

— Vitelli chegou — Enzo avisou. — É melhor a gente ir.

— Eu já volto. — Nicco pressionou um beijo na minha cabeça antes de pegar a minha mão e voltar para os nossos amigos.

— Vem, Sia, vamos. — O olhar gélido de Enzo foi até onde Nora e Alessia estavam no sofá.

A irmã de Nicco fez beicinho.

— Eu poderia ficar.

— Não vai rolar. Você já deu sorte por nós termos te trazido.

— Tá. — Ela abraçou a Nora antes de vir até mim. — Estou tão feliz por você.

— Obrigada. — Eu a abracei, Alessia me apertando com firmeza. Havia algo tão puro na aceitação fácil dela. Só reafirmou a sensação de que eu finalmente tinha achado o meu lugar.

Nora entrelaçou o braço no meu enquanto os acompanhávamos até lá fora. Nicco se demorou na caminhonete de Matteo, encarando os meus olhos.

— Caramba, Ari. Onde eu arranjo um desses?

— Shh. — Eu a cutuquei com o ombro.

O SUV de Luis apareceu na estrada, e reduziu até parar ao lado da caminhonete. Luis e Tristan saíram, detendo-se para falar com Nicco. Prendi o fôlego quando vi meu primo estender a mão para ele.

— Eu não acredito. — Nora soltou um gritinho de alegria quando Nicco a apertou.

Os dois olharam para nós antes de Nicco se afastar e entrar na caminhonete.

Tristan se aproximou de nós, com um leve sorriso repuxando seus lábios.

— Parece que você tem explicações a dar... — Seu olhar seguiu para a aliança no meu dedo.

— É melhor a gente conversar, sim.

— Conversar é o cacete. — Ele me puxou para um abraço. — Você tem colhões, Ari.

l. a. cotton

— Eu não fiz nada de mais.

— Até parece. Você fechou um acordo com Antonio Marchetti e foi lá e ficou noiva, pelo que tudo indica.

— Fiz o que precisava ser feito.

Tristan se afastou para olhar para mim.

— Mas você está feliz, né? Você quer isso?

Assenti, tentando segurar um sorriso.

— Sei que nós somos jovens e sei que muita gente não vai entender...

— Foda-se o que os outros pensam. Só me interessa se você está feliz e em segurança.

— Você viu o jeito como ele olha para ela? — Nora bufou. — A segurança da Ari deveria ser a última das suas preocupações.

Os olhos de Tristan se estreitaram, e havia um pouco de mágoa ali. Ou talvez fosse culpa.

— É — ele disse —, estou começando a entender isso.

27

Nicco

Quando chegamos à casa do meu pai, eu meio que esperava encontrar meus tios lá, prontos para brindar às boas novas. Mas a casa estava silenciosa quando entramos.

— Ah, Nicco. — Genevieve apareceu no corredor. — Ouvi dizer que devo te dar os parabéns.

— Você sabe? — Entrecerrei o olhar para ela.

— Não pareça tão surpreso, Niccolò — meu pai apareceu ao lado dela, apertando-a pelo ombro —, Genevieve é praticamente família.

Ergui uma sobrancelha ao ouvir aquilo.

— Sia, você poderia vir comigo à cozinha? — ela perguntou à minha irmã, sem dúvida sentindo a tensão tomando conta do ambiente.

— Claro. A gente se vê depois. — Alessia me deu um beijo na bochecha antes de ir atrás de Genevieve.

— Niccolò, no meu escritório. — Meu pai deu meia-volta e saiu pelo corredor.

— Por que estou com a sensação de que estou encrencado?

— Que nada — Enzo deu um sorrisinho —, ele só deve estar querendo ter uma conversa de pai para filho para falar das três regras de ouro.

— Três regras de ouro? — Matteo franziu o cenho.

— Controle de natalidade, controle de natalidade, controle de natalidade.

Balancei a cabeça e apontei na direção da cozinha.

— Vão para lá, já chego.

Matteo deu um tapa nas minhas costas.

— Vai dar tudo certo — ele disse.

Eu quis acreditar.

Pedir Arianne em casamento, ouvir o *sim* se derramar de seus lábios, encaixar o anel da minha *nonna* no dedo dela tinha sido o melhor e mais aterrorizante momento da minha vida.

Mas nossa luta ainda não tinha chegado ao fim.

Não acabaria até Fascini e seu filho de merda não serem mais uma ameaça.

— Entra — meu pai ordenou. Entrei e fechei a porta. — Como está a Arianne?

— Bem.

— Um brinde. — Ele foi até o armário de bebidas e tirou de lá uma garrafa de seu melhor uísque e serviu um copo para cada um de nós. — Aqui.

Eu o peguei.

— Estou feliz por você ter recuperado o juízo, Niccolò. É a jogada certa tanto para a Família quanto para o seu futuro.

Eu me sentei e o fitei, confusão nublando meus olhos.

— Este trabalho pode levar a uma vida solitária. Agora que paro para pensar, vejo quanto tempo desperdicei. Tudo o que não valorizei. Não repita meus erros, filho. Quando você a trouxe aqui pela primeira vez, e eu vi como a olhava, fiquei preocupado com a possibilidade de ela ser uma fraqueza. Mas agora vejo que ela pode ser a sua força. O amor te dá algo pelo que lutar, algo a perder. Arianne vai te ancorar, filho. À família. — Ele ergueu o corpo, e eu imitei o gesto.

— À família. O que acontece agora? — perguntei.

— Tommy está esperando a minha ordem para passar a dica para o amigo dele da polícia. Os caras do Michele estão lidando com a equipe de advogados do Fascini.

Um dos caras do tio Michele, Johnny Morello, era o nosso quebra-galho. Com uma quedinha pela extorsão e a coesão, ele raramente falhava quando o assunto era assegurar o silêncio e a cooperação alheia.

— E o tio Vin?

— Dei a ordem para ele sossegar. Ele não gostou, e a última coisa de que precisamos é dele vindo com todas as armas na mão.

— Ele precisa se conformar comigo e Arianne — falei, pressionando os lábios.

— E ele vai. Você é sobrinho dele, meu filho. Um dia, vai ser o chefe. Ele vai superar. Além do mais, assim que você puser uma aliança no dedo dela, ela será da família também. Será uma Marchetti.

Porra.

Meu coração deu cambalhotas.

Gostei daquilo.

— Tem certeza de que vai dar certo?

Fascini não era idiota. Ele tinha que se precaver no caso de seu disfarce ir pelos ares: políticas de garantia, os melhores advogados que o dinheiro poderia comprar, para não mencionar sua reputação ilibada no mundo dos negócios.

Mesmo se Johnny conseguisse se meter no círculo interno do homem... não tinha como a gente garantir que Fascini não se safaria. Para quem olhava de fora, Mike Fascini era um cidadão íntegro. Mas todo mundo tinha segredos. Só precisávamos saber como encontrá-los e a melhor forma de tirar proveito deles.

Meu pai me deu uma olhada e bufou:

— Niccolò, tenha um pouco de fé. Vai dar certo. Mike Fascini e o filho vão pagar. Ninguém mexe com os Marchetti e sai impune. — Seu agarre no copo se intensificou. — Ninguém.

Dei um breve aceno de cabeça para ele.

— Mas preciso perguntar, Niccolò. Tem certeza de que não quer que demos um jeito naquele merda por causa do que ele fez com a Arianne? Ela nunca ficaria sabendo. Posso providenciar para que seja discreto. Fazer parecer suicídio.

Um disparo de raiva me atravessou.

— Ele vive. É o que ela quer. — Não importava o quanto me doesse dizer essas palavras.

Meu pai coçou o queixo.

— Você é mais forte que eu. De todo modo, ele nunca mais vai chegar perto dela.

Era o bastante. Tinha que ser.

— Vai levar alguns dias para providenciarmos tudo. Vamos manter entre nós, entendido?

— Já sei como funciona.

— Tem mais uma coisa...

Meu corpo ficou tenso. Claro que tinha.

— Ela vai ter que voltar para a propriedade do pai até cuidarmos de tudo.

— Mas nem fodendo. — Lancei o corpo para frente.

— Nicco, me ouça, filho. Não podemos correr o risco de Fascini descobrir o nosso plano. Tem também o pequeno pormenor de Roberto ficar na dele. Ela precisa falar com o pai.

— Ela pode ligar...

— Tem que ser assim. Ela estará segura. A propriedade está fortemente protegida, e Luis vai estar lá. No momento, precisamos garantir que todas as peças estejam no lugar.

— Então eu vou. Não vou deixar Arianne de novo. Eu prometi a ela. Prometi a mim mesmo.

Meu pai bateu a mão na mesa.

— Niccolò, não estou pedindo. Estou mandado, será assim. Já estamos vendo a linha de chegada, filho. Não perca a cabeça agora. Ela vai estar segura lá.

— Se alguma coisa... *qualquer coisa* acontecer com ela, vou te julgar pessoalmente responsável.

— Eu não esperava menos. Mas ela vai estar em segurança. Ela voltar à propriedade do pai vai aplacar o Fascini até conseguirmos fazer a nossa jogada.

Não gostei daquilo.

Não gostei nada.

Mas que escolha eu tinha?

Arianne tinha feito um pacto com o diabo, e agora não tinha escolha senão cumprir a parte dela.

Meu pai soltou um suspiro pesado.

— É melhor você ir ficar com ela. Tenho certeza de que vocês têm muito a conversar. Ela não precisa ir agora mesmo. Aproveite a noite, ela pode ir de manhã. E aí você fica lá na cabana. Entendido?

A vontade de desafiá-lo queimou dentro de mim. Mas aquilo não se resumia a mim.

Era sobre Arianne.

— Entendido.

— Ótimo. — Ele me deu um breve aceno de cabeça. — Não vai ser por muito tempo, e aí vocês vão poder planejar o futuro.

— Quanto a isso... você tem as estipulações para o casamento?

— Assim que lidarmos com Fascini, imagino que Roberto vai precisar de um tempo para se acostumar com o nosso novo... arranjo. Mas eu preferiria que lidássemos com as questões o quanto antes.

Estremeci com as palavras diretas. Era da minha vida que ele estava falando. Do meu futuro e de Arianne.

Nosso casamento.

Mas ele não estava sendo o meu pai no momento, estava sendo o chefe.

— Há muito em que pensar. Onde vai ser a cerimônia, a lua de mel

— os lábios dele se curvaram —, onde vocês vão morar, onde formarão o lar de vocês.

Eu me afundei na cadeira e soltei um longo suspiro.

— Está acontecendo depressa. — Sua expressão suavizou. — Eu entendo.

— Entende? — A palavra saiu com mais rispidez do que eu esperava.

— Você é meu filho. Arianne vai ser minha nora. Não faltará nada a vocês. É só dizer, e terão tudo o que quiserem.

— Eu preciso falar com ela.

Ele me deu um aceno incisivo.

— É claro. Vá falar com ela. Posso cuidar das coisas aqui.

— Você vai me manter informado?

Eu não gostava de ficar de fora, não no que dizia respeito a Scott, mas Arianne precisava de mim. E, verdade seja dita, eu não confiava em mim para fazer o certo no que dizia respeito a ela.

— Claro. Pode confiar em mim, filho, você tem a minha palavra.

Virei o resto da bebida, fiquei de pé e coloquei o copo na mesa do meu pai. Ele me deixou chegar à porta antes de me parar.

— Niccolò — ele disse. — Um dia você vai entender o que significa sentar nesta cadeira. Mas eu tenho fé em você. E tenho fé que Arianne é forte o bastante para ficar ao seu lado. Este é o seu legado... e agora é o dela. Talvez as coisas estivessem destinadas a ser assim.

Enzo me levou para a cabana. Arianne e Tristan conversavam quando entrei. Luis chamou a minha atenção e fez sinal para eu encontrá-lo na cozinha.

— Como foi? — ele perguntou.

— Meu pai vai cuidar de tudo.

— E Roberto?

— Amanhã, eu preciso que você leve Arianne para a propriedade do pai dela, e que a mantenha lá até tudo isso terminar.

— Ela não vai gostar disso, mas faz sentido. Antonio quer que Fascini acredite que Roberto está colaborando.

Assenti e olhei para ela e Tristan. Cruzamos olhares, e ela sorriu. Deus, aquele sorriso.

— Você vai ficar com ela o tempo todo. Se alguma coisa, e eu quero dizer se *qualquer coisa*, parecer estranha, tire ela de lá.

— Eu a protegerei com a minha vida.

— Eu sei disso.

— Sabe, jamais imaginei que ia chegar o tempo em que eu chamaria um Marchetti de amigo, mas você é um cara legal, Nicco, e estou feliz por vocês dois. De verdade.

— Obrigado. Você pode levar Tristan para casa e dar uma sumida essa noite?

— É claro. Chego cedinho para buscar a Arianne.

— O que está acontecendo?

Respirei fundo, me virei e encontrei Arianne encarando a gente.

— Não era para você estar ouvindo, Bambolina.

— Aconteceu alguma coisa?

— Meu pai acha que é melhor você voltar para a casa do seu pai enquanto ele cuida das coisas.

— Quando? — Ela era a imagem da compostura.

— Amanhã de manhã.

— Ótimo.

— Ótimo? — Franzi o cenho.

— Eu deveria falar com o meu pai cara a cara. Já passou da hora.

— Vem cá. — Eu a puxei para os meus braços e a abracei forte. Ela havia mudado tanto nas últimas semanas. Arianne não era mais a garota tímida e ingênua que eu conheci naquele beco, mas uma mulher forte que se recusava a se curvar aos desejos dos homens que faziam parte de sua vida.

Eu estava tão orgulhoso dela.

Estava tão impressionado com quem ela era... e com quem continuaria se tornando.

Arianne impunha respeito a todos ao redor, mas não era pelo medo. E sim pela humildade e compaixão.

— Luis vai estar com você.

— E eu vou estar por perto — Tristan disse ao se aproximar de nós três. Seu olhar encontrou o meu, compreensão mútua se passando entre nós.

— Tudo bem — Arianne respondeu. — Eu estou bem. Vai dar tudo certo. Tem que dar. E então — ela me olhou —, a gente vai deixar tudo isso para trás.

— Sua mãe está bem? — perguntei no segundo em que Arianne entrou no quarto. Depois de Luis e Tristan irem embora, ela quis ligar para a mãe e avisar que iria no dia seguinte.

— Eu não contei tudo, só que vou voltar amanhã.

Depois de colocar mais lenha na lareira, eu recuei e estendi a mão para ela.

— O que é isso? — Arianne olhou para as almofadas no tapete, para os morangos e o champanhe sobre a mesinha.

— É a nossa última noite juntos. — Minha voz ficou embargada.

— Só por um tempinho. — Ela pressionou as mãos no meu peito. — E aí, quando tudo acabar, ficaremos juntos para sempre.

— Olha — passei o braço pelas suas costas e a curvei, pressionando os lábios em sua garganta —, gostei disso.

Sua risada suave ressoou acima do crepitar do fogo e da música baixinha tocando ao fundo pelo alto-falante Bluetooth no aparador.

— Já sabe que tipo de cerimônia você quer? — Eu a puxei para mim.

— Sinceramente? Eu não ligo, contanto que seja você me esperando no altar.

— Eu achava que todas as meninas sonhavam com o dia do casamento.

— Não sou todas as meninas, Nicco.

— Não, não é. Meu pai perguntou onde a gente gostaria de morar… já pensou nisso?

Seus lábios se separaram em um pequeno arquejo, e naquele momento eu soube que ela não tinha pensado.

— Tudo bem — falei. — Temos tempo para resolver tudo.

— Aconteceu tudo muito rápido, né?

— Isso te assusta?

Arianne balançou a cabeça.

— Deveria, eu sei. Mas quando penso em passar a vida ao seu lado… parece certo.

Minha mão deslizou por suas costas, pressionando-a junto a mim.

— Porque é certo, Bambolina. Nunca tive tanta certeza de alguma coisa como tenho do meu amor por você.

— Talvez alguma coisa no meio do caminho. University Hill ou na cidade. Eu gostaria de ficar perto da Nora. — Sua expressão sonhadora desapareceu. — Ah, Deus, a Nora...

— Vai ficar bem. — Beijei sua cabeça. — Ela só quer que você seja feliz.

— Eu sei. Eu só me sinto mal. A faculdade era para ser uma grande aventura, o início da nossa liberdade...

— Você ainda pode ter uma vida, Bambolina. Não vou cortar as suas asas, Arianne. — Rocei os lábios nos dela. — Só quero te fazer feliz.

— Eu sei, e você faz, muito. — Ela aprofundou o beijo, passando a língua na minha boca e a emaranhando na minha.

Desejo pulsou em mim, e eu a peguei no colo. Ela envolveu as pernas ao meu redor enquanto eu me ajoelhava devagar antes de deitá-la no tapete macio.

— Está com fome?

Peguei um morango e o segurei perto de seus lábios rosados e inchados.

— Abra a boca, Bambolina.

Ela obedeceu, me deixando alimentá-la.

— Humm — gemeu. — Está gostoso.

Afastei o morango e sumo escorreu pelo queixo dela. Abaixei a cabeça e lambi a trilha doce.

— Nicco. — Meu nome era como uma prece em seus lábios.

— Me diz o que você quer, *amore mio*.

— Você. — Ela torceu os dedos no meu agasalho e me puxou para perto. — Eu quero você.

— E você tem.

Possessividade incendiou seus olhos, fazendo meu peito inflar.

— Então me mostra — ela murmurou.

E eu mostrei.

A noite toda.

Arianne

— Como você está se sentindo? — Luis perguntou enquanto parávamos nos portões. O guarda deu uma olhada e fez sinal para que entrássemos.

— Bem — falei, encarando a propriedade do meu pai. O lugar que tinha sido meu parquinho na infância jamais foi um lar. Estava mais para uma lembrança persistente desbotada pelo tempo.

— Da última vez que estive aqui, meu pai me sentou na frente de Mike e Scott e me disse que eu estava prometida a ele. Jamais vou perdoá-lo por isso.

— E eu não te culpo.

— Mas?

Luis seguiu a estradinha sinuosa até a frente da casa e parou ao lado do carro do meu pai.

— As pessoas cometem erros, Arianne, mas esses erros não devem defini-las.

— Você é um bom homem, Luis. Mas eu preciso de tempo. — E, mesmo assim, talvez não seja o suficiente para eu perdoar o meu pai.

— Eu tento. — Ele me deu um sorriso melancólico. — Pronta?

Respirei fundo e endireitei os ombros.

— Como nunca.

Ele saiu e veio abrir a minha porta.

— Arianne, meu amor. — Minha mãe veio correndo da casa e me envolveu em seus braços magros com tanta força que o ar saiu zunindo dos meus pulmões. — Eu estava tão preocupada. — Ela me segurou à distância de um braço.

— Estou bem.

Ela entrecerrou o olhar.

— Você parece diferente. — Ela me observou.

— É melhor a gente conversar. Onde está o meu pai?

— No solário. Desde que Mike deu o... ultimato — a palavra saiu estrangulada —, ele raramente sai de lá.

— Você sabe, então? — Meu pai andava deixando minha mãe de fora, então fiquei um pouco impressionada por ela estar por dentro das coisas.

— Ele enfim entregou os pontos e me contou tudo. Mas não se preocupe, meu amor, ele vai dar um jeito.

Eu fiz uma careta. Ela ainda estava iludida com as promessas vazias do meu pai, e isso fez meu coração doer.

— Vamos entrar. — Observei os seguranças postados de cada lado da porta.

Luis entrou conosco, indo na frente como precaução, sem dúvidas.

Uma energia implacável fluía através de mim, fazendo meu ventre vibrar. Desde que descobriram as câmeras na casa, os homens do meu pai fizeram uma varredura no lugar e as destruíram.

Mas eu sabia que Luis e Nicco ainda tinham suas preocupações. Devia ser por isso que o meu pai estava no solário. Tinha sido um dos poucos cômodos que não foram grampeados.

— Pai — falei ao entrar.

O formidável Roberto Capizola estava um horror. Olheiras contornavam seus olhos e a roupa estava desgrenhada. Ele me lembrou de alguns dos frequentadores da IRSCV; pessoas que não tinham o luxo de um banho quente e de roupas limpas.

— Arianne, *mio tesoro*. Você está bem.

— Não graças a você. — Minha voz estava inexpressiva.

Minha mãe soltou um suspiro trêmulo.

— Arianne, não é...

— Justo, *mamma*? Nada disso é. Mas não vem ao caso. — Fui até o sofá de couro. — Vão cuidar de tudo em breve.

— O que você quer dizer?

— Ela quer dizer... que ela me vendeu. — A voz do meu pai tinha um quê de decepção.

— Fiz o que era melhor. Você fez um pacto com o diabo. Com o homem que tentou me matar e começar uma guerra entre você e os Marchetti. Quando não deu certo, ele se voltou para as alternativas mais legítimas. Ele queria te controlar, te usar... e você deixou. — Indignação corria pelas minhas veias.

— Roberto? — Minha mãe escancarou a boca, como se não conseguisse acreditar.

— Ah, ele não te contou? — Ela tinha dado a entender que sabia de tudo, mas eu deveria saber que ele ainda guardaria segredos. — Não foi Antonio Marchetti que tentou me matar, *mamma*, foi o Mike.

— Não — ela arquejou —, isso não é...

— É verdade. — Ele abaixou a cabeça, envergonhado. — Mike quer me destruir, destruir a todos nós.

— Eu fiz o que você não conseguiu — falei. — Fui até Antonio e pedi ajuda.

O olhar dele desviou para o meu, queimando com desprezo.

— Esse homem...

— Está disposto a salvar a sua vida.

— A que custo? — ele desdenhou. — Eu preferiria... — Meu pai engoliu as palavras.

— Morrer? — Ergui a sobrancelha. — Ninguém vai morrer. Antonio está disposto a entregar Mike e Scott para a polícia e, em troca, vai se tornar seu sócio.

— De jeito nenhum! — Ele se levantou de uma vez.

— Está feito. Eu sou a herdeira Capizola. Tenho dezoito anos. Um dia o seu império vai ser meu.

— Eu não vou fazer isso. Não vou entregar os negócios para aquele... aquele criminoso.

— Aquele *criminoso* cuidou de mim depois do Scott, o homem com quem você queria me casar e que me estuprou. Ele prometeu me proteger quando meu próprio pai não acreditou no que eu disse. Aquele homem vai ser meu sogro um dia. Então, sim, pai, você vai aceitar. Do contrário, vou estar morta para você.

— Arianne! — O rosto da minha mãe ficou branco feito papel, mas mantive o foco no meu pai.

— Eu vou me casar com Nicco. Ou você está do meu lado, ou não está.

— Você não pode confiar neles... — ele murmurou, passando a mão pelo rosto.

— A confiança é conquistada, pai. E Nicco e o pai fizeram muito mais para ganhar a droga da minha confiança do que você.

Devastação marcava sua expressão, mas ele precisava ouvir. Ele precisava entender o quanto a traição dele havia me machucado.

Meus olhos arderam por causa das lágrimas não derramadas, mas eu não ia chorar.

Não naquele dia.

Não na frente do homem que havia partido o meu coração vezes demais.

— Talvez eu jamais te perdoe, mas esse é um começo para reparar os seus erros.

Ele se largou na cadeira, um choramingo dolorido escapando de seus lábios.

— Acho que não tenho escolha, não é?

— Não, pai. — Olhei para o homem que uma vez eu adorei. O homem que eu pensei que nunca poderia errar.

Éramos estranhos agora.

Duas pessoas atadas por nada mais que o sangue e lembranças ruins.

— Você não tem.

Houve uma batida na porta.

— Entra — falei.

— Sou eu. — Minha mãe entrou no meu quarto. Embora ele não parecesse mais meu quarto.

— Eu só queria ver como você estava.

— Vou ficar feliz quando tudo isso acabar — confessei.

— Eu ainda não consigo acreditar... — Ela deu um suspiro trêmulo e foi até a poltrona no canto do quarto. — Você deve nos odiar.

— Eu não... — Soltei um suspiro cansado. — Não é ódio que eu sinto, *mamma*. Só não entendo como acabamos nessa posição.

— Venho me fazendo a mesma pergunta ultimamente. — Seus lábios tremeram enquanto ela suspirava. — Seu pai sempre foi superprotetor, mas ele tinha as suas razões. E aí depois que tentaram te matar na escola... bem, ele mudou depois disso. Ficou obcecado em te proteger. Apesar das falhas do seu pai, ele agiu por amor, Arianne.

— Eu não posso esquecer... nem vou. O que Scott fez comigo... me mudou, *mamma*.

— Ah, meu amor, eu sei. Sei que vai levar tempo.

— Vai levar mais que tempo. Dizem que os filhos nascem à imagem do pai. Bem, sou filha do meu pai. Se ele me ensinou uma coisa, foi que tudo tem um preço. E esse é o meu.

— Mas você é tão jovem. Sei que as coisas entre você e Nicco são sérias, mas casamento, *mia cara*? É muito... permanente.

— Você se casou com o meu pai quando mal tinha vinte anos, e estava mais do que disposta a me entregar a Scott. Você não se preocupou com a minha idade na ocasião, *mamma*. — Descrença emanava das minhas palavras.

— Arianne, por favor... — Ela inspirou com dificuldade. — Você tem razão, seu pai e eu éramos jovens, mas estávamos juntos havia quase quatro anos. — Ela me deu um pequeno sorriso, e não me passou despercebido que ela ignorou a parte do Scott. — É tudo tão recente... ele é...

— Mafioso?

Ela estremeceu.

— Nicco daria a vida por mim. Você entende isso? Ele arriscaria tudo... por mim.

— Eu sei, mas...

— Não, *mamma*. Eu tenho dezoito anos. Posso tomar minhas próprias decisões, e eu o escolho. Eu escolho o Nicco.

Nada ficaria entre nós. Nem meu pai, nem minha mãe, nem a família dele.

— Você precisa conversar com ele. — Ergui o queixo em desafio. — Precisa fazê-lo entender o que está acontecendo. Será tudo muito mais tranquilo se ele estiver a bordo.

— Tudo bem. — Ela me deu um breve aceno de cabeça e se levantou. — Vou te deixar descansar.

Esperei até ela chegar à porta.

— *Mamma*?

— Sim, meu amor? — Sua voz estava envolta em tristeza e arrependimento.

— Eu vou ficar muito feliz se você for ao casamento. Meu pai deveria ir também, mas vou entender se ele preferir não comparecer.

— Vou falar com ele — ela disse.

Eles eram meus pais. Não estarem lá parecia errado. Mas os dois tinham que decidir com o que conseguiriam conviver, assim como eu tinha feito.

E se não pudessem se conformar com o fato de que eu ia me casar com Nicco, eu é que não ia implorar.

Depois de passar o resto da tarde e da noite no frágil santuário do meu quarto, caí em um sono inquieto. Eu não queria estar ali, mas sabia que era o único jeito, por ora.

Tomei banho e não tive pressa enquanto lavava as memórias que restavam da minha reunião com o meu pai no dia anterior. Quando voltei para o quarto, meu celular estava tocando. Meu coração disparou quando vi o nome de Nicco na tela.

— Bambolina, como você está?

— Eu odeio estar aqui — confessei. — Eu o odeio, Nicco. Por tudo o que ele fez, por tudo que me fez passar... — Um choramingo escapou de mim, mas eu me controlei. Estávamos tão perto. Tão perto de deixar tudo para trás. Antonio e os homens dele se certificariam de que Mike Fascini não seria mais uma ameaça, e Nicco e eu nos casaríamos.

— *Amore mio*, o que foi?

— Eu odeio ele, de verdade. Ainda assim, não consigo não sentir pena dele.

— Ele é seu pai, é possível amar e odiar o homem ao mesmo tempo.

— Acho que você tem razão. Parte de mim sabe, lá no fundo, que ele deve ter feito tudo pelo meu bem, mas aí em penso em tudo pelo que Scott me fez passar, então... — Meu corpo estremeceu de dor, com o ardor da traição.

Nicco sibilou baixinho.

— Eu deveria ter matado o cara.

— Não, Nicco — neguei depressa. — Não quero que você carregue esse fardo. Não por mim. — Eles tinham as provas do que ele fez comigo. Bastaria para selar o destino dele. Scott e o pai apodreceriam na prisão, e eu estaria em segurança.

— Quando vai perceber, Bambolina? Eu faria qualquer coisa por você. — A intensidade por trás daquelas palavras me deixou sem fôlego. — Eu te amo mais que tudo. Só de pensar nele te machucando...

— Ele não pode me machucar mais. Ele vai pagar, Nicco. — Eu precisava acreditar naquilo.

— Você é boa demais para essa vida, pura demais. — O tormento dele atravessou a linha. — Acho que sou um desgraçado egoísta por te atar ao meu lado.

— A escolha não é sua.

— Tais violentos prazeres têm fins também violentos... — ele sussurrou as palavras.

— Você está citando Shakespeare para mim? — Eu ri, mas saiu meio tenso.

REI DE ALMAS

Nicco ficou quieto, taciturno. Eu sabia que ele não era a favor do acordo que fiz com seu pai, e parte de mim se perguntava se era ingenuidade pensar que tudo terminaria de forma pacífica. Mas eu precisava acreditar que depois de tudo pelo que passamos, que nós merecíamos isso. Merecíamos começar o futuro sem sangue nas mãos e com a consciência limpa.

Eu sabia que a vida com Nicco significaria andar na corda entre a luz e a escuridão, o bem e o mal. Mas isso era diferente. Eu não queria que isso, o que Scott tinha feito, se interpusesse entre nós dois mais do que já fez.

Quando não respondi, Nicco soltou um longo suspiro.

— Eu morreria por você, Arianne. — Sua voz saiu em um grunhido baixo. — Nunca se esqueça disso.

Um tremor me percorreu.

— Então eu morreria com você. — Porque eu não queria viver em um mundo sem ele.

— Bambolina...

— Não, Nicco. Você não pode dizer coisas assim para mim sem esperar uma resposta. Se algo acontecer contigo... — Eu não conseguia nem dizer as palavras.

— Nada vai acontecer comigo. Você fez o acordo com o meu pai. Ele vai manter a palavra dele.

— Só quero deixar tudo isso para trás. Queria que você estivesse aqui. — Com os braços de Nicco ao meu redor, eu me sentia mais forte. Sentia que poderíamos enfrentar qualquer tempestade.

— Em breve, *amore mio*. Em breve.

Nicco

Apanhei o celular e logo atendi.

— Alô?

— Niccolò — a voz rouca do meu pai respondeu. — Está tudo certo. Nosso amigo da polícia vai aparecer nos Fascini essa noite, quando eles menos esperarem.

Uma mistura potente de alívio e raiva me inundaram.

— Filho?

— Eu... — Passei a mão pelo cabelo. — Que boa notícia.

— Sei que não era o que você esperava. — Havia um tom distinto na voz dele. — Mas é um bom resultado, para Arianne. Para a Família.

— Eu sei, é só que... — Porra, eu queria que Scott pagasse pelos pecados dele. Queria ver o cara sangrar, sabendo que eu passaria a vida amando a garota que ele nunca mais machucaria de novo.

— Seja forte, *figlio mio*. Em breve, isso vai chegar ao fim, e você e Arianne poderão seguir com a vida de vocês.

— Isso não parece certo — murmurei. — Eu que devo proteger Arianne, eu que devo... — As palavras morreram nos meus lábios.

— Não cometa os mesmos erros que eu, Niccolò. Não permita que a sua sede de vingança corroa a sua alma, não quando você tem algo pelo que viver. Arianne está em segurança, ela é forte, e vai ser uma boa esposa para você.

Suas palavras foram como um soco no meu coração. Eu queria o final feliz, de verdade. Mas deixar Scott vivo me parecia um erro gigantesco.

— O que aconteceu com a possibilidade de acabar com o cara e fazer parecer acidente? — Joguei as palavras de volta para ele, que riu.

— A proposta ainda está de pé, mas sei que você não vai fazer isso. Porque seria um fardo pesado para carregar. Arianne quer justiça, Niccolò. Ela quer acreditar que as autoridades farão o que é certo. Ela não está pronta para aceitar que o nosso mundo é...

— Não, por favor, não. — Dor me partiu ao meio.

— Me deixe cuidar disso, filho. Confie em mim para fazer isso por você. Por vocês dois. — Dei um aceno incisivo de cabeça, mesmo ele não podendo ver. — Sei que você deve estar enlouquecendo, então estou te mandando uma distração. Fique aí. Já, já chega.

Naquele momento, o rugido familiar do GTO de Enzo chamou a minha atenção.

— Eles estão aqui? — perguntei.

— Você não deveria ficar sozinho, Niccolò. Eles são seus primos, seus irmãos, fique com eles. Vou avisar quando tudo estiver resolvido.

Nós desligamos e fui lá para fora.

— Trouxemos suprimentos — Matteo gritou, acenando com duas garrafas de uísque.

Enzo inclinou o queixo para mim enquanto se aproximava com um fardo de cerveja.

— De boa?

— O que você acha?

Ele passou o braço pelo meu pescoço e me puxou para a cabana.

— Acho que a gente precisa beber todas e aproveitar.

Geralmente, eu diria para ele segurar a onda.

Mas não naquele dia.

Naquele dia, eu precisava dos meus amigos.

Eu precisava esquecer.

— É o certo a se fazer — Matteo disse mais tarde, quando nos sentamos ao redor da fogueira, bebendo cerveja e falando merda.

— O caralho que é. — Enzo bateu a cerveja no braço da cadeira. — Aquele filho da puta merece sangrar.

— Ari...

— Ela não entende, Matt. Ela não entende essa vida.

— E — avisei. Eu já tinha bastante raiva circulando por mim sem que ele piorasse as coisas.

— Ele estuprou a garota, Nic. E, como se não bastasse, pegou uma arma e enfiou na boca dela e...

— Para. — A palavra saiu em um rosnado baixo.

Eu estava me descontrolando, a corda tênue da minha compostura cada vez mais frágil.

— Você deveria estar com raiva — ele continuou. — Você deveria...

— Enzo — Matteo alternou o olhar preocupado entre nós —, não está ajudando.

— Não, deixe ele falar — retruquei entredentes, entrecerrando o olhar. — Quero saber o que ele pensa de verdade.

— Você não tem coragem — ele sibilou. — Está deixando a garota mandar em tudo. Você é Niccolò Marchetti, porra, e está aqui, se escondendo igual a um...

Eu me levantei com tudo da cadeira, punhos cerrados.

— Repete.

Enzo ficou de pé, o olhar gélido fixado em mim.

— Você me escutou. — Ele avançou, o ar entre nós crepitando com a tensão. — Você não tem coragem...

Puxei o braço para trás e deixei o punho voar contra o seu rosto. Enzo recuou, e atingi seu queixo de raspão.

— Qual é, galera. — Matteo tinha se levantado também. — Não é isso que o tio Toni tinha em mente.

Mas já era tarde demais.

Enzo tinha me pressionado demais. Ele havia libertado a minha besta interior e não havia mais como voltar atrás até ela ter o que queria.

Meu primo coçou o queixo, dando um sorrisinho para mim.

— Quer mesmo fazer isso?

Dei de ombros.

— Com medo de não conseguir me encarar?

Matteo soltou um resmungo de desaprovação, mas Enzo e eu só tínhamos olhos um para o outro.

Ele me observou, com o maxilar cerrado e os olhos estreitados, enquanto eu tirava a jaqueta e a jogava na cadeira.

Fazia tempo demais desde que eu tinha lutado, lutado *de verdade*. Andei preocupado demais com Arianne, e não podia negar que ela me acalmava. Quando estávamos juntos, era fácil me perder nela, me banhar na sua luz. Mas sentado ali, encarando as chamas enquanto elas lambiam o céu noturno, sucumbi à escuridão de novo.

E Enzo sabia.

Ele sabia bem onde a minha cabeça estava e continuou do mesmo jeito.

Ele avançou para mim como um touro, envolvendo os braços fortes ao meu redor e me jogando no chão. Caímos com um baque surdo, o ar saindo dos meus pulmões. Bati o ombro no dele, alavancando meu peso e rolamos. Enzo me olhou feio, e o filho da puta sorriu. Ele sorriu.

— Está rindo do quê? — Ergui a sobrancelha.

— Você precisa disso. E fico feliz por ajudar. Não vai amarelar agora.

— Então é para o meu bem?

Ele deu de ombros.

— Talvez eu precise queimar algumas coisas também.

— Vocês são doidos — Matteo resmungou da fogueira.

— Eu não...

Enzo se debateu sob mim, me empurrando, e eu fiquei de pé, circulando enquanto ele se levantava. Adrenalina corria pelas minhas veias enquanto eu observava o meu primo. Enzo era um lutador decente, pés rápidos e imprevisível, mas ele havia subestimado uma coisa.

Eu era um homem caminhando no fio da navalha; abastecido pelo amor e atormentado pelo desejo de vingança.

Corri para ele, e dei um cruzado no seu queixo. Sua cabeça foi jogada para trás, os grunhidos de dor tomando conta do ar.

— Vou te permitir esse. — Ele cuspiu sangue aos meus pés.

Uma risada entrecortada retumbou no meu peito. Eu estava descontrolado, consumido pela raiva e acorrentado pelo amor. Queria proteger Arianne, adorá-la e cuidar dela, mas parte de mim também queria a cabeça de Scott em uma bandeja, pintar Verona de vermelho com o sangue dele.

— Imagine que eu sou ele — Enzo provocou. — Imagine que fui eu quem a machucou. Eu quem...

Avancei de novo, mas Enzo previu meu movimento, foi para a esquerda e se esquivou do meu punho com um gancho. Dor explodiu no meu rosto, mas gostei da queimação. Eu a absorvi, deixando-a alimentar o fogo que ardia em mim.

— Sério, galera, talvez a gente devesse...

Ignoramos os apelos de Matteo. Já tínhamos começado, não iríamos nos segurar. Enzo queria que eu imaginasse que ele era Scott... então ele precisava se preparar para ser rasgado membro a membro.

Um arrepio me percorreu enquanto eu estalava o pescoço. Os olhos de Enzo viraram duas frestas, seus lábios se contorcendo em um sorrisinho.

— Aí está ele, a porra do Príncipe de Copas. É hora de me mostrar do que você é capaz.

Avancei com os punhos em riste... eu não ia somente mostrar para ele. Eu iria aniquilá-lo.

— Satisfeitos? — Matteo me entregou uma compressa de gelo antes de jogar outra para Enzo.

— Cuidado, filho da puta — ele resmungou. O cara estava largado no sofá, com o lábio inchado e o supercílio partido.

Eu também tinha a minha cota de ferimentos: juntas arrebentadas, uma ou duas costelas machucadas, para não dizer o hematoma feio no meu olho esquerdo. Mas apesar do latejar persistente irradiando por mim, eu me sentia melhor. Mais leve de certa forma.

Enzo havia me provocado porque sabia que eu não podia ficar sentado sem fazer nada.

E tinha dado certo.

— Não sei o Enzo — falei, olhando para ele. — Mas eu estou ótimo.

Ele deu um sorrisinho e me mostrou o dedo.

— Você bate feito uma menina.

— Diz isso para o seu lábio arrebentado.

— Mas deu certo, não deu?

— Deu — minha voz ficou rouca —, deu, sim. — Encarei-o nos olhos, expressando em silêncio a minha gratidão.

— Eu sempre vou te dar cobertura. — Ele me deu um aceno firme de cabeça.

— Vocês enlouqueceram, porra. — Matteo soltou um longo suspiro.

— Nem todos podem amar tudo igual a você, Matt. — Enzo tateou seu queixo. — Alguns de nós precisam lutar. Precisam ser feridos.

— Vocês quase se mataram.

— Que nada, passou longe. — Dei uma risada.

— Vá se foder, primo. — Enzo dobrou os braços atrás da cabeça e se encolheu de dor. — Eu quase acabei com você.

Meus ombros relaxaram, a tensão foi diminuindo. Eu não tinha percebido quanto precisava daquilo até o punho de Enzo colidir com o meu rosto.

Lutar sempre tinha sido a minha válvula de escape, o modo como eu lidava com os meus demônios. Mas Arianne havia me mudado, me moldado em algo novo, algo mais.

— Acha que acabou? — Enzo perguntou.

— Ele vai ligar. — Era quase nove da noite, fazia tempo que o sol havia sumido por trás das árvores.

— Merda, eu teria pagado para ver aquele filho da puta ser enfiado em uma viatura. O desgraçado convencido não vai saber de onde veio o golpe.

Peguei o celular e abri as mensagens. Eu não tinha respondido a de Arianne ainda, ocupado demais quebrando a cara do meu primo.

> Você está bem?

A resposta dela chegou na hora.

> Estou. E você? Estava ficando preocupada.

> Eu e Enzo estávamos resolvendo umas coisas...

> Que coisas?

Eu sorri. Minha doce Bambolina sempre fazendo perguntas.

> Só queimando energia.

> Vocês estavam lutando?

> Não é o que você pensa...

> Então me diz o que é.

> Sei que isso é o que você quer, Bambolina, mas eu queria muito fazer aquele merda pagar por sequer ter encostado o dedo em você.

Esperei a resposta, meu coração retumbando contra o peito.

> Eu sei, e desculpa por ter tirado isso de você, de verdade. Mas eu não ia conseguir, Nicco. Eu não ia conseguir ficar parada, vendo você se perder.

Deslizei do banco, me virei para os meus primos e disse:

— Já volto.

— Diga a Ari que mandamos oi. — Ouvi a diversão na voz de Matteo, e lhe mostrei o dedo do meio por cima do ombro.

Eu sabia que eles pensavam que eu era um pau mandado. Que Arianne me tinha na palma da mão.

Mas eu não estava nem aí.

Só me importava com ela.

Em fazer o que certo por ela.

Era por isso que eu estava sentado ali, seguindo ordens feito um filho obediente... por ela. Não pelo meu pai nem pela Família.

Só por ela.

Dentro do nosso quarto, fechei a porta e me sentei na beira da cama antes de ligar.

— Nicco?

— Eu precisava ouvir a sua voz — confessei ao passar a mão pela cabeça.

— Você está machucado?

— Você tem tão pouca fé em mim assim, Bambolina? — Meus lábios se curvaram.

— Não gosto de pensar que você está brigando com o seu primo. — Sua voz estava baixa, incerta, mas também havia um pouco de desaprovação lá.

— Não é como você pensa. Ele estava... me ajudando.

— Porque você precisa lutar.

— Às vezes, sim.

— Por causa de mim?

Eu queria dizer não, que meus demônios eram meus. Mas a verdade era que eu não queria mentir.

— Nicco?

— Eu quero matar ele, Arianne. Quero pegar a minha arma e estourar os miolos dele. É o que o filho da puta merece.

— Mas você não vê, Nicco, que matar ele não vai mudar nada, e se você fizer isso, eu posso acabar te perdendo? — Um segundo se passou, sangue pulsando entre meus ouvidos. — Eu não posso perder você.

— E não vai. Estou bem aqui.

— Sei que você não entende, Nicco. Mas isso é simplesmente algo que eu precisava fazer. Um dia, espero que você perceba.

— Bambolina... — Respirei fundo em meio ao ataque de emoções que me atingiu. Eu era o príncipe da máfia, dividido entre querer vingar a garota que eu amava e honrar os desejos dela.

A decisão havia sido tirada de mim, mas eu sabia que se pedisse ao meu pai, ele faria acontecer. Mas eu também sabia que ainda não seria o bastante. Eu queria que fossem as minhas mãos roubando o ar dos pulmões dele e apertando sua garganta. Minha arma encostada no pequeno círculo de pele entre seus olhos.

Naquele momento, outra ligação chegou, e olhei a tela.

— Nicco, o que é?

— Meu pai está ligando, preciso atender. Mas eu ligo depois, ok?

— Ok. — Ouvi o longo suspiro dela e o som quase me partiu ao meio.

— Não vai demorar, prometo. Aguente firme por mim, ok? Eu preciso que você aguente firme um pouco mais.

— Eu amo você.

— Eu amo você também. — *Mais do que você jamais saberá.*

Desliguei e atendi o meu pai, saindo do quarto e indo até os meus primos.

— Está feito? — perguntei no segundo que o ouvi respirar.

— Está.

Ainda bem, porra. Alívio me percorreu. Mas logo percebi que ele não parecia feliz.

— O que houve?

Enzo e Matteo ficaram de pé na mesma hora, os olhos me fazendo centenas de perguntas para as quais eu ainda não tinha resposta.

— Mike Fascini foi levado sob custódia. Ele está na delegacia agora.

— E Scott? — Minha pele vibrava.

— Escapou. Ainda não tenho detalhes, mas parece que ele conseguiu fugir.

— É sacanagem, né? Alguma piada?

— Queria eu, filho. — Decepção exalava de sua voz.

— Você me prometeu... você me prometeu, porra...

— Eu sei, eu sei. — Ele soltou um longo suspiro, e eu podia imaginar sua expressão sombria. — Não sei o que aconteceu, Niccolò, mas vou descobrir. Não vou descansar até encontrar o cara. Ok?

Puta que pariu.

Ele ainda estava por aí.

Scott estava por aí, e Arianne...

— Tenho que ir até ela.

— Eu sei, filho. Vá ficar com a sua mulher. Ligo quando tiver novidades.

Enzo e Matteo estavam de pé agora, com preocupação brilhando nos olhos.

— Vamos buscar a Arianne? — Matteo perguntou, e eu assenti.

— Scott escapou. Aquele filho da puta conseguiu fugir.

— Caralho — Enzo murmurou. — Do que você precisa?

— Precisamos ir até a Arianne, agora.

Ela não estava segura.

Enquanto Scott estivesse por aí, ela não estaria segura.

Luis me encontrou no portão. Sua expressão dizia tudo: ele estava tão puto por Scott ter conseguido escapar de ser preso quanto o resto de nós.

— Que porra aconteceu? — ele rosnou assim que saí do carro.

— A gente não sabe ainda. Você contou para a Arianne?

— Não, mas ela sabe que algo deu errado.

— Tudo bem. — Soltei um breve suspiro.

— Vem, ela está lá dentro. Deixe ele entrar, Harlen. — Ele fez sinal para o segurança, que olhou feio para nós, mas o portão começou a abrir.

— Não esquenta com ele. — Luis segurou o meu ombro. — Ele sabe o que está em jogo. Todos sabem.

— Você é um bom homem, Vitelli.

Luis me deu um aceno firme.

— Vou te encontrar lá na casa. Quero verificar o perímetro e falar com os guardas.

— Puta que pariu — Enzo disse enquanto entrávamos no carro. — Esse lugar parece a Casa Branca.

Ele não estava errado. A propriedade dos Capizola era imensa, e bem no meio ficava a casa com as sacadas grandiosas e os pilares de alabastro flanqueando a entrada.

— Isso é... — Enzo começou a grunhir.

— Relaxa. — Olhei sério para ele. — Roberto sabe do acordo. Ele pode ser um merda, mas Arianne ainda é filha dele. O cara vai querer que ela fique em segurança.

Ele bufou ao ouvir aquilo, e eu sabia em que ele estava pensando. Roberto havia praticamente entregado Arianne para Scott e para o Fascini, embrulhada para presente.

Raiva percorreu o meu corpo, mas eu a afastei. Eu não estava ali pelo Roberto, mas pela filha dele.

O carro parou e todos nós saímos.

— Você — Roberto disse entredentes, com os olhos cheios de desdém.

— Cuidado, coroa. — Enzo avançou, mas uma voz nos fez parar.

— Nicco? — Arianne disparou pelos degraus e só parou quando chegou aos meus braços, com o rosto enterrado no meu peito.

— Shh, Bambolina. — Eu a abracei com força. Roberto capturou o meu olhar, uma expressão estranha atravessando o seu rosto.

— Há algo errado. — Arianne recuou e curvou o pescoço para olhar para mim. — O que houve? Me conta.

Encarei aqueles olhos cor de mel que haviam capturado a minha alma e nunca mais a devolveu e sussurrei as duas palavrinhas que tinham o poder de me empurrar para a escuridão.

— Scott escapou.

Seu corpo ficou tenso, e ela apertou minha jaqueta com mais força.

— Ele fugiu?

Assenti, observando sua expressão. Mas ela não esmoreceu. Minha Bambolina era forte e se ergueu, respirando fundo.

— Tudo bem — ela disse com calma. — Vocês vão encontrar ele.

— E se a gente não encontrar? — alguém perguntou.

— Scott não seria idiota de tentar alguma coisa agora. — Seu olhar não se desviou do meu, e então Arianne disse as nove palavrinhas que viraram meu mundo de cabeça para baixo. — Ele sabe que Nicco o matará se ele tentar.

— Eu...

— Tudo bem. — Ela se inclinou para cima, passando os dedos de leve pelo meu rosto. Seu calor se infiltrou em mim, me envolvendo e tomando conta. — Scott se foi, ele não pode mais me machucar.

Ela estava calma demais.

Composta demais.

Enzo olhou para mim, arqueando a sobrancelha.

— Precisamos ficar aqui por enquanto — falei. — Esperando que meu pai dê notícias. Os homens dele estão procurando o Scott. Se ele ainda estiver em Verona, nós o encontraremos.

Arianne segurou minha mão e começou a ir em direção à porta. Mas Roberto se aproximou.

— *Figlia mia*, não sei se...

— Não começa — ela disse entredentes. — Niccolò é meu noivo, pai. Ele está aqui para me proteger. Para proteger a gente. Você vai fazê-lo se sentir bem-vindo ou pode se retirar para o seu escritório. — Ela cravou o olhar nele até Roberto abaixar a cabeça e assentir.

— Por favor — ele quase se engasgou ao dizer aquilo —, juntem-se a nós.

Enzo pareceu impressionado. Matteo sorriu. E eu? Eu encarei Arianne com nada além de amor e orgulho pela mulher que ela tinha se tornado.

Quando a conheci, ela era tão insegura e incerta de seu lugar no mundo. Mas agora, de pé ali, ela era forte. E corajosa. Corajosa pra caralho.

Ela não era mais um peão em um jogo que não entendia.

Ela era a rainha.

A *minha* rainha.

E eu passaria a vida mostrando isso a ela.

Arianne

Um mês depois...

— Caramba, meu bem, você está... — Nora abanou o rosto. — Lágrimas, eu estou com lágrimas nos olhos. Anda, alguém me dá um lenço.

Genevieve pegou uma caixa de lenços e a entregou a Nora.

— Nada de chorar. Não podemos permitir que estraguem a maquiagem da Ari. *Sei bela come il sole.* — A expressão dela se suavizou ao olhar para mim.

— Meu irmão vai pirar. — Alessia segurou as minhas mãos.

— Ah, não sei, Sia. Vocês duas vão roubar a cena.

Elas estavam perfeitas com o vestido lilás. O traje sem mangas fluía pelos quadris e roçava o chão. Seus cabelos haviam sido trançados de um lado e presos em um coque intrincado, entrelaçado com os mosquitinhos e as esporinhas do meu buquê.

— Tudo bem. — Genevieve estendeu um lenço para mim. — Tire o excesso do batom e aí acho que estaremos prontas.

Fiz conforme o instruído, deixando uma mancha de batom para trás.

— Pronta? — Nora me ajudou a descer do banco em que eu havia passado a última hora sentada enquanto ela e Genevieve faziam meu cabelo e maquiagem.

Nicco queria pagar um profissional, mas eu não queria alarde. Além do mais, era especial compartilhar o momento com a minha melhor amiga, minha futura cunhada e Genevieve. Eu ainda não tinha descoberto o lugar dela na minha vida, mas ela havia se tornado uma amiga ao longo das últimas semanas, e nós duas criamos um laço por causa dos homens Marchetti na nossa vida. Eu não sabia se era oficial, mas soube por uma fonte confiável que ela seria a acompanhante de Antonio no casamento.

Eu a deixei mexer no vestido, alisar a cauda de renda e arrumar o longo véu que cobria o meu cabelo. Por fim, ela deu um passo para trás e olhou para mim.

— Ah, meu Deus — Alessia suspirou.

Nora estava secando lágrimas do canto dos olhos enquanto sorria para mim.

— Você está incrível.

A porta se abriu às minhas costas, mas não me movi por medo de estragar o cabelo.

— Desculpa o atraso. — A voz da minha mãe preencheu o cômodo.

O Blackstone Country Club havia movido céus e terra para nos encaixar com tão pouca antecedência, mas não fiquei surpresa. Estava aprendendo rápido que ser um Marchetti tinha o seu peso. Eles haviam transformado o lugar em algo digno de uma princesa.

— Ah, minha nossa... Arianne, meu amor. — Lágrimas tomaram os seus olhos. — Você está...

— Obrigada. — Meu corpo vibrava com uma energia irrequieta.

— Aquele garoto não tem nada com que se preocupar. — Franzi a testa e ela riu. — Nicco precisava de algumas palavras de encorajamento. — Um sorriso cúmplice se formou em seus lábios.

— Você falou com ele? — Ergui a cabeça de supetão.

— O cabelo, cuidado com o cabelo — Nora brigou comigo.

— Opa, desculpa. — Lancei um olhar de desculpas antes de me virar para minha mãe de novo.

— Você o viu? Ele está...

— Bem, só nervosismo de última hora. Tristan, Matteo e Enzo estão no bar com ele.

— No bar? — grunhi. — Espero que alguém esteja de olho neles.

Testemunhei o rescaldo depois da despedida de solteiro. Nicco havia arruinado meus tênis favoritos quando vomitou neles antes de declarar amor eterno por mim e então desmaiar no chão do banheiro.

— Não esquenta, Enzo ainda está de castigo por ter deixado o Nicco ficar bêbado daquele jeito. — Alessia deu uma piscadinha para mim.

— Pronta? — Nora havia se posicionado entre mim e o espelho.

— Não — minha mãe deu um gritinho. — Dá azar a noiva se ver antes do noivo.

Revirei os olhos. Depois de tudo por que passamos, eu não estava prestes a permitir que uma superstição italiana me incomodasse.

Fui até o espelho de corpo inteiro no meio do quarto e respirei fundo.

— Espera — Genevieve disse. — Pelo menos tire um sapato.

— Um sapato? — Nora hesitou.

— Para dar sorte — minha mãe acrescentou.

— Tudo bem. — Ergui o pé e deixei Alessia tirar o scarpin de seda marfim do meu pé.

— Pronta? — Nora havia se movido para a minha frente, bloqueando a vista.

— Como nunca. — Meu coração batia com tanta força que no segundo que ela saiu da frente e eu me vi, ele parou.

— Eu estou...

— Linda, meu amor. — Minha mãe segurou a minha mão, aparecendo no canto do espelho.

Minha pele brilhava, meus olhos arregalados de expectativa e fascínio. Mas foi o vestido que me tirou o fôlego. Camadas de renda se reuniam na minha cintura e caíam ao redor do meu corpo como uma cachoeira delicada. As mangas morcego davam a ilusão de eu estar usando uma capa, mas quando me virei e olhei para trás, vi o decote em V profundo que acabava logo abaixo das costas e fluía em uma linha de botões de pérola. Era simples e lindo, sexy e recatado.

Era perfeito.

— Eu amei. — Eu soube no segundo em que o vi que era o vestido ideal. Eu nem experimentei outros. Nós nos encontramos e era para ser.

Assim como Nicco e eu.

— Tudo bem, agora só resta o algo emprestado e o algo azul. — Nora se aproximou de mim com um grampinho de prata e safira. Ela se inclinou e o colocou no meu cabelo. Então jogou uma liga de renda marfim em cima de mim.

— Nora! — Minhas bochechas pegaram fogo.

— O quê? É tradição. Diz a ela. — Minha amiga olhou para minha mãe e Genevieve, que assentiram.

— *La giarrettiera.* — Genevieve deu uma piscadinha.

— Obrigada — consegui dizer, apesar do nó na garganta.

— E algo novo. — Alessia se aproximou de mim em seguida, com uma caixinha de joia nas mãos.

— Nicco queria que eu te entregasse isso. — Ela abriu a tampa, revelando um bracelete prateado. — Posso?

Assenti, lutando contra a emoção se avultando dentro de mim.

— Diz "*tu mi completi*".

— Você me completa — minha mãe suspirou. — Que romântico.

Minha vez. — Ela veio na minha direção. — Você não pode ir até o altar sem algo antigo. Era da minha mãe, e da mãe dela antes disso. — Ela ergueu um broche de borboleta e o prendeu no meu vestido.

— *Vola libera, la mia farfalle.*

Voe livre, minha borboleta.

— Mãe...

Ela secou os olhos.

— Sinto muito, por tudo. Mas hoje é o seu dia, Arianne.

— Isso mesmo — Nora concordou, cortando a tensão. — E Nicco vai morrer quando te vir.

— Tomara que não — uma risada tensa escapou dos meus lábios —, eu meio que gosto de ter ele por perto.

No momento, estávamos morando no apartamento no prédio do meu pai. Nora havia se mudado oficialmente para os dormitórios de novo, mas, extraoficialmente, ela ainda ficava muito lá. Acho que nós duas sabíamos que assim que este dia acabasse, tudo mudaria, então nos agarramos uma a outra o máximo possível. Nicco parecia não se importar. Na verdade, era ele quem a convidava. Às vezes, Matteo aparecia também. E Alessia passava lá de vez em quando.

Mas nunca Enzo.

— Temos cinco minutos até Allegra aparecer e começar a dar ordens.

Allegra era a cerimonialista, mas Nora gostava de chamar a mulher de Cretinona.

— Comporte-se — falei. — É o trabalho dela.

Genevieve acompanhou as meninas até a porta, armando-as com os buquês. Nora entraria primeiro com Tristan, e Alessia iria atrás com Matteo. Então eu entraria enquanto Enzo esperava no altar com Nicco.

Deus, eu mal podia esperar para vê-lo. Parecia fazer dias, sendo que não tinha nem vinte e quatro horas.

— Ele veio? — perguntei à minha mãe, mas sua expressão fechada me disse tudo o que eu precisava saber.

— Ele te ama muito, Arianne, mas tem sido difícil para ele.

— Ele fez a própria escolha. — Guardei meus sentimentos pelo meu pai para outra hora.

Nada arruinaria aquele dia.

Eu tinha feito minha escolha, assim como ele.

— Você precisa saber que ele te ama muito, Arianne, nós dois amamos.

REI DE ALMAS

Deus, meu amor, é isso. O primeiro dia do resto da sua vida. Tem certeza absoluta de que é isso que você quer?

— Nunca tive tanta certeza de nada.

Ela me deu um breve aceno.

— Hora do show. — A voz de Allegra soou no corredor. — *Grazie Dio*, você está um arraso. Niccolò vai parar de respirar.

— Podemos parar de fazer piadinha com morte? — Dei um sorriso tenso.

— Você lembra da caminhada?

Assenti.

— Um, dois, junta. Um, dois, junta… Mantenham a cabeça erguida e os olhos adiante.

Nora captou o meu olhar e fez uma careta.

Disfarcei a risada.

— Acho que a gente entendeu — falei, tentando aplacar Allegra, que levava o trabalho muito a sério.

— É claro que você entendeu. — Ela bateu as mãos, fazendo meu coração disparar. — Vamos lá ver o seu homem. — Allegra saiu do quarto no mesmo furacão em que entrou.

— Ela é mesmo impressionante. — Nora riu enquanto nos encontrávamos na porta. Soltei um suspiro trêmulo e ela franziu o cenho. — Nervosa?

— Sim, e animada. — Parecia ter uma geleira na minha barriga. — Eu só quero chegar até ele.

— Estou tão orgulhosa de você, Ari. — Ela beijou minha bochecha de longe. — Agora, vamos atrás daquele cara.

O salão Blackstone estava cheio com cem dos nossos amigos mais próximos e família.

Na verdade, a maioria eram tios e tias de Nicco, mas aquelas pessoas demonstraram mais amor e aceitação para comigo no último mês do que o que eu tive em toda a minha vida.

Vi Michele e a esposa, Marcella; a irmã de Matteo, Arabella, ao lado deles.

A família de Boston estava atrás. Dane deve ter nos sentido de pé perto da porta, porque olhou para trás e deu uma piscadinha. Ele era encrenca, isso estava óbvio, e fiquei aliviada por não ter que me preocupar com ele indo atrás de Nora. Ela podia gostar da liberdade recém-descoberta, mas tinha limites, e Dane ainda estava no Ensino Médio.

Além do mais, no segundo em que a porta se abriu, e ela segurou o braço de Tristan, a garota teve a atenção de cada cara ali. Inclusive Enzo.

— Pronta? — Luis se aproximou de mim. Ele estava muito elegante em seu terno de três peças.

— Estou. — Ele me ofereceu o braço, que entrelacei com o meu.

— Você está linda, Arianne. Todo pai deveria ver a filha fazendo os votos de casamento... tenho certeza de que ele vai se arrepender disso pelo resto da vida.

— Ele fez a própria escolha.

— Bem, sorte a minha. É uma honra te acompanhar até o altar. Vamos?

Nós nos posicionamos, esperando o pianista e a violoncelista começarem a música de entrada. As notas suaves de *A Thousand Years* de Christina Perri tomaram o salão, e todo mundo se virou para olhar enquanto Luis me conduzia até o altar.

Senti os olhares, ouvi os suspiros de aprovação e os cochichos de julgamento. Mas tudo sumiu no segundo em que fitei Nicco no altar. Seus olhos se arregalaram, brilhando de amor puro e incondicional enquanto ele me encarava. Eu quis correr até ele, disparar para os seus braços e me declarar dele por toda a eternidade. Mas sabia que Allegra estava de olho, pronta para intervir se algo saísse do script.

A cada passo que eu me aproximava, meu coração batia mais forte, até eu ter certeza de que ele saltaria do peito. Quando finalmente chegamos à pessoa que celebraria a cerimônia, Nicco veio até nós.

— Bambolina, você está... — As palavras morreram nos seus lábios, mas eu vi a intenção em seu olhar caloroso, e minhas bochechas coraram.

Luis apoiou minha mão na de Nicco antes de abaixar a cabeça e beijar a minha bochecha.

— Este é o seu momento, Ari. Você merece. — Ele se afastou e nós nos viramos para o altar.

— Bem-vindos, família, amigos e entes queridos — ele começou. — Estamos reunidos aqui hoje, na presença de Deus, para unir Arianne e Niccolò em sagrado matrimônio. O casamento é um presente, dado a nós para que possamos experimentar as alegrias do amor incondicional com um parceiro para a vida toda...

Nicco apertou a minha mão, e eu o olhei. Ele estava devastadoramente bonito.

O terno de três peças se moldava em seus ombros largos e na cintura estreita. Os olhos estavam escuros, brilhando com possessividade. Mas foi o sorriso que me tirou o fôlego. Ele parecia tão feliz.

Ele parecia... *livre*.

O sacerdote respirou fundo, sorrindo para nós dois.

— Niccolò, você aceita Arianne como sua legítima esposa, para viver segundo os mandamentos de Deus em sagrado matrimônio? Você promete ser fiel, amá-la e respeitá-la, na alegria e na tristeza, na saúde e na doença, na riqueza e na pobreza, por todos os dias da sua vida, até que a morte os separe?

— Aceito.

Meu coração começou a bater forte, e eu respirei fundo.

— Arianne, você aceita Niccolò como seu legítimo esposo, para viver segundo os mandamentos de Deus em sagrado matrimônio? Você promete ser fiel, amá-lo e respeitá-lo, na alegria e na tristeza, na saúde e na doença, na riqueza e na pobreza, por todos os dias da sua vida, até que a morte os separe?

— Aceito.

Ele assentiu antes de olhar para a multidão atrás de nós.

— Quem entrega Arianne em casamento para Niccolò?

— Eu. — A voz do meu pai soou alta e clara no salão, e minha cabeça virou com tudo para trás.

Ele veio até nós, com os olhos cheios de orgulho e arrependimento.

— Desculpa o atraso. — Ele olhou para mim. — *Mio tesoro*. — As palavras saíram embargadas. — *Sei bellissima*.

Lágrimas surgiram nos meus olhos, mas eu as segurei.

— Você está aqui?

— Estou. — Meu pai desviou o olhar para Nicco. — Cuide bem dela, filho.

— Eu vou. — Eles trocaram um longo olhar antes de ele se acomodar no assento vazio ao lado da minha mãe.

Ela deu um sorriso enorme para mim, e uma sensação de que tudo estava no lugar me invadiu. Eu havia lamentado a ausência do meu pai, mas a presença dele ali para testemunhar aquilo me deu esperança para o futuro.

O sacerdote continuou, e eu estava perdida demais em pensamentos para ouvir o que ele dizia. Sonhando acordada com bebês de cabelo escuro e olhos castanhos, com risadas e felicidade e uma casa cheia de amor.

Foi só quando Nicco apertou a minha mão que percebi que estavam esperando por mim.

— Desculpa — sussurrei.

— Está na hora dos votos. Niccolò, você primeiro. Repita comigo...

Eu, Niccolò Luca Marchetti, aceito a ti, Arianne Carmen Lina Capizola, como minha legítima esposa,

prometo ser fiel,

amar-te e respeitar-te,

na alegria e na tristeza,

na saúde e na doença,

na riqueza e na pobreza,

por todos os dias da minha vida,

até que a morte nos separe.

— Agora Arianne...

Eu, Arianne Carmen Lina Capizola, aceito a ti, Niccolò Luca Marchetti, como meu legítimo esposo,

prometo ser fiel,

amar-te e respeitar-te,

na alegria e na tristeza,

na saúde e na doença,

na riqueza e na pobreza,

por todos os dias da minha vida,

até que a morte nos separe.

— E agora as alianças. — O sacerdote chamou Enzo. — A aliança é um símbolo, ela não tem começo nem fim. Acredito que a troca de anéis não apenas nos lembra do amor infinito de vocês um pelo outro, mas também reflete o amor eterno de Deus por cada um de vocês. Posso ter o símbolo do amor do noivo por Arianne? — Ele se virou para Enzo, que entregou um saquinho de veludo.

— Niccolò, repita depois de mim...

Receba esta aliança como sinal do meu amor e da minha fidelidade. Em nome do Pai, do Filho e do Espírito Santo.

Nicco deslizou a aliança no meu dedo trêmulo, seu toque ficou lá por um segundo a mais, como se ele quisesse saborear o momento.

— E agora posso ter o símbolo do amor da noiva por Niccolò? — Enzo entregou ao sacerdote a aliança, e ele a passou para mim.

Receba esta aliança como sinal do meu amor e da minha fidelidade. Em nome do Pai, do Filho e do Espírito Santo.

Deslizei a aliança de ouro simples no dedo de Nicco. O sacerdote uniu as nossas mãos e as segurou.

— Niccolò e Arianne, como consentiram juntos em sagrado matrimônio e se comprometeram um ao outro pelos votos solenes e a troca de alianças, e declaram seu comprometimento com o amor diante de Deus e dessas testemunhas, eu agora os declaro marido e mulher em nome do Pai, do Filho e do Espírito Santo. Que o que Deus juntou, homem nenhum separe. — Ele sorriu. — Niccolò, você pode beijar a noiva.

Nicco se virou para mim e se aproximou, pressionando a mão na minha bochecha.

— *Ti amo più oggi di ieri ma meno di domani.* — Ele roçou os lábios nos meus, mas eu o agarrei pelo paletó e o puxei para mais perto, aprofundando o beijo.

Este homem era meu, assim como eu era dele, e eu queria que o mundo soubesse.

As pessoas começaram a comemorar, mas o sacerdote pigarreou. Enterrei o rosto no ombro de Nicco.

— Está tudo bem, esposa. — Nicco me persuadiu a me afastar. — Nós temos tempo. — Seus olhos brilhavam com a promessa. E eu soube que ele tinha razão.

Nós tínhamos tempo.

Tínhamos todo o tempo do mundo.

— Senhoras e senhores — o sacerdote ergueu a voz acima do trovejar do meu coração —, é meu privilégio apresentar a vocês pela primeira vez o sr. e a sra. Marchetti.

— Sabe, o Nicco é um cara legal, mas acho que você escolheu o Marchetti errado.

— Legal, Dane, legal pra caramba. — Enzo se aproximou de nós. — Não deixe ele te ouvir dizer isso. O cara já te deu uma surra, e vai repetir a dose.

— Eu posso com ele — Dane desdenhou.

— Continue repetindo isso, moleque. E larga a bebida antes que o seu pai perceba que você está bêbado.

— Eu não estou bêbado... — Ele balançou o corpo. — Só estou feliz.

— Tá, tá. — Enzo deu um tapa nas costas dele e um empurrãozinho para onde Arabella e Bailey estavam. — Vá ficar na mesa das crianças.

— Ele é um fofo.

— Ele é problemático. — Enzo deu um sorrisinho. — Você está bem?

— Estou. — Sorri. — Só descansando os pés. — Chutei o vestido e mostrei meus pés descalços.

— Isso foi... esquisito. — Ele enfiou as mãos nos bolsos, os olhos fixos na pista de dança.

— Você pode dançar com ela, sabe? — falei. Eu não gostava da ideia de Enzo com a minha melhor amiga, mas a tensão entre eles era inegável. Eu só não conseguia decidir se os dois estavam cultivando puro ódio ou um desejo abrasador.

— Eu não danço.

— Matteo parece não ter problema nenhum com isso. — Ele girou Nora como se ela fosse uma boneca de trapos, os dois rindo e sorrindo.

— Tenho certeza de que a noiva não deveria estar escondida, observando todo mundo aproveitar o dia dela. — Ele me lançou um olhar de soslaio.

— Não estou escondida, estou só... tomando um ar.

A família Marchetti era grande. Cheia de gente barulhenta e mulheres autoritárias. Nicco havia passado a primeira hora da noite me apresentando a todo mundo que eu ainda não conhecia.

Todos foram uns amores, mas eu estava exausta, e precisava recuperar o fôlego.

— Passei cinco anos trancada na propriedade do meu pai, isso é muita coisa.

— Bem-vinda à loucura. E todo mundo ama o Nicco. Ele é mesmo o príncipe que dizem que é.

Dava para ver enquanto eu o observava indo de mesa em mesa, cumprimentando pessoas e verificando se estava tudo em ordem.

— Eles já o olham como se ele fosse... — As palavras desapareceram nos meus lábios.

— O chefe? — Enzo ergueu a sobrancelha, e eu assenti. — Você não vai partir o coração do meu amigo, né? Porque você está me contagiando, Ari. E eu não quero...

— Eu estou contagiando você?

— É, igual a uma coceira insuportável.

— Ei. — Eu o cutuquei nas costelas.

— Mas, sério, não tem com o que se preocupar. Você é a *Principessa* dele agora. E um dia, será a rainha. Há uma fila de homens Marchetti que levariam um tiro por você.

Houve uma época em que essas palavras me deixariam morta de medo, mas não mais.

— Até você?

— É. — Ele ficou sério. — Talvez até mesmo eu.

Um segundo se passou e eu fiz a pergunta que estava sendo difícil de ignorar:

— Acha que Scott vai voltar?

— Se ele sabe o que é bom para ele, vai ficar longe de Verona. Mas se ele mostrar aquela cara feia por aqui de novo, estaremos preparados.

Um arrepio me percorreu. Fazia pouco mais de um mês que Mike Fascini tinha sido preso e que Scott havia escapado. Os homens de Antonio procuraram por ele em toda a parte. Depois de algumas semanas, concluíram que ele tinha ido embora. Todo mundo estava em alerta, mas a vida finalmente parecia ter voltado ao normal.

Bem, tão normal quanto era possível depois de me casar com um membro de uma das maiores famílias de criminosos da Nova Inglaterra.

— Monopolizando a minha esposa, E? — Nicco nos encontrou. Ele veio até o meu lado e segurou minha nuca, me beijando profundamente.

— Eu estou bem aqui — Enzo resmungou.

— Eu sei. — Nicco deu um sorrisinho. — Estou torcendo para te deixar desconfortável ao ponto de você me deixar sozinho com a minha esposa.

— Ela tem nome, sabe?

— Eu sei. Arianne Carmen Lina Marchetti. A sra. Marchetti. — Ele beijou a ponta do meu nariz. — Minha esposa.

— Você está bêbado. — Eu o segurei pelas lapelas e me aproximei. Eu conseguia sentir o cheiro de uísque no hálito dele.

— Tomei uma ou duas bebidas.

— Contanto que você não acabe igual ficou na despedida de solteiro. — Meu olhar se desviou para Enzo, que se empertigou.

— Essa é a minha deixa. — Ele nos deixou a sós.

— Algum dia você vai me perdoar por aquilo?

— Eu amava aqueles tênis. — Eu fiz beicinho.

— E eu amo você. — Nicco encaixou o corpo entre as minhas pernas, tendo o cuidado de não amassar o vestido. — Senti saudade.

— Só precisava de cinco minutos.

— Não está se divertindo?

— Não, eu estou. Hoje foi perfeito. É só que a sua família é um pouco... intensa.

Ele franziu as sobrancelhas.

— Se alguém disse algo...

— Todo mundo foi muito gentil. Eu só...

— É demais. — Desânimo tomou conta de Nicco, que encarou o chão.

— Nicco, olhe para mim. — Deslizei o dedo sob seu queixo. — É perfeito. Eu não poderia ter pedido por nada além disso. Mas você tem que entender que eu não tenho uma família grande. Às vezes, vou precisar de espaço para respirar. É só isso.

— Tem certeza?

Assenti.

— Eu amo você, Niccolò Luca Marchetti.

Ele me beijou, mal contendo o sorriso.

— Não tanto quanto eu amo você, esposa.

31

Nicco

Observei Arianne enquanto ela dançava com Nora e a minha irmã. Genevieve e Arabella e algumas das tias haviam formado um círculo em volta delas, aplaudindo e assoviando.

— Ela fica bem lá. — Meu pai se juntou a mim no bar.

— A Genevieve também. — Olhei-o dentro dos olhos, que soltou uma gargalhada.

— Ela é…

— Mais do que só uma governanta?

— É, filho. Acho que sim. — Ele passou a mão pelo rosto. — Você acha que é cedo demais depois de…

— Todo mundo merece a chance de ser feliz. Só prometa que as coisas serão diferentes dessa vez. Alessia ama aquela mulher. Se você a magoar, não sei se ela vai te perdoar.

— Niccolò, não sou mais aquele homem.

Assenti em compreensão.

— Tem sido um bom dia, filho. Arianne está brilhando. — Ele estava prestes a dizer alguma coisa quando alguém se aproximou de nós.

— Posso? — Roberto fez um sinal para nós.

— Devo dizer que não esperava te ver aqui.

— Você não é o único. — O pai de Arianne estava obviamente desconfortável. — Mas ela é minha filha, meu sangue. E devo isso a ela. Devo mais do que temo que conseguirei pagar.

— Todos cometemos erros, Capizola — meu pai resmungou. — É o que faz de nós humanos.

— Obrigado. — Os lábios dele se franziram como se as palavras machucassem. E talvez fosse isso mesmo. Não se esquecia sem mais nem menos um século de amargura.

— Você protegeu a minha filha quando eu não pude — Roberto prosseguiu. — E salvou a minha vida. Estarei em dívida eternamente.

Meu pai o avaliou.

— Aquela menina é especial, e eu a tratarei como se fosse uma dos meus. Mas isso não vai mudar o fato de que ela é uma Capizola. — Ele estendeu a mão. — Estou disposto a trabalhar por um futuro melhor. O futuro que nossos ancestrais queriam que tivéssemos.

Roberto encarou a mão do meu pai como se ela estivesse contaminada. Mas, depois de um segundo, ele a apertou.

— Ao futuro. — Eles trocaram uma encarada antes de o pai de Arianne piscar como se não pudesse acreditar no que tinha acabado de acontecer.

— Com licença, preciso encontrar a minha esposa antes que ela passe vergonha.

— Eu não esperava por essa — falei para o meu pai enquanto Roberto se afastava.

— Ele finalmente está percebendo que algumas coisas são mais importantes que os negócios. — Ele colocou a mão no meu ombro e apertou. — Estou orgulhoso de você, Niccolò. Do rapaz que você é e do homem que vai se tornar.

E, com isso, ele se afastou.

— Então, qual é a sensação? — Matteo perguntou um tempo depois, quando a festa estava a pleno vapor.

Eu me obriguei a desviar o olhar de Arianne.

— Oi?

— Estar casado.

— Incrível pra caralho — falei, sorrindo.

— Meu Deus, você está vendido mesmo. — Enzo se largou na cadeira com outro copo de bebida.

Enquanto a noite passava, o humor dele tinha começado a ficar ainda mais sombrio. Eu suspeitava que tinha a ver com o fato de Nora ter passado a última hora dançando com Dane.

— Ela não vai fazer isso — afirmei. — Ele ainda está no ensino médio.

— Não sei de que merda você está falando — ele resmungou.

— Não? Então você não vai ligar se ele estiver dando em cima d…

A cabeça dele se virou com tudo para a pista de dança, com um olhar assassino. Matteo soltou uma gargalhada.

— Ah, cara. Você está caidinho.

— Vá se foder. Eu nem gosto da garota. Ela é… irritante.

— É melhor você fazer alguma coisa para esquecer. — Matteo deu um sorrisinho.

Mas havia algo no olhar de Enzo. Algo que parecia demais com medo.

— Seja lá o que você decidir fazer, não sacaneia ela. A garota é a melhor amiga da Arianne.

— Pode ficar em paz — ele resmungou. — Não vou por esse caminho.

— Bom saber. — Lutei contra um sorriso cheio de insinuação.

— Está preocupado com o fato de o Fascini aparecer? — Ele mudou de assunto.

— Não estou despreocupado. Mas nossos amigos da delegacia estão com uma ordem prisão para ele, e os nossos caras estão cuidando disso também. Ele seria idiota se tentasse alguma coisa.

Mas ele sempre estava lá, se esgueirando nos confins da minha mente. Arianne havia encarado o sumiço dele melhor que eu imaginava. Mas se eu não estivesse com ela, Luis e Jay estavam. Ficávamos de olho nela o tempo todo, vigilantes. Aquela filho da puta não chegaria a três metros dela sem que eu soubesse.

— Não deixe aquele merda estragar o seu dia. Você está casado, cara. — Matteo ergueu o copo para mim. — É um bom dia.

Ele estava certo. Era um bom dia.

O melhor dia da minha vida.

Como se tivesse ouvido meus pensamentos, Arianne me encontrou lá da pista de dança e me chamou com o dedo.

— Acho que sua noiva quer dançar. — Matteo riu. — Vá lá, tigrão.

Eu abri as abotoaduras e arregacei as mangas.

— Ah, merda, ele não está para brincadeira — Enzo provocou, e eu mostrei o dedo do meio.

O círculo de mulheres se abriu enquanto eu ia na direção delas. Já havíamos passado pela primeira dança, mas foi antes de a bebida correr solta. Eu não estava preocupado com o olhar férreo de Allegra agora, ao contrário de antes, quando ela estava comprometida a nos dar um dia perfeitamente cronometrado. A comemoração estava bem encaminhada, e eu não queria nada mais do que puxar Arianne para os meus braços e reivindicá-la diante de todo mundo.

E foi exatamente o que eu fiz.

Nossos lábios se encontraram em um beijo apaixonado enquanto eu segurava seu corpo bem junto ao meu.

— Oi — ela suspirou, afastando-se para olhar para mim.

— Oi. — Eu me inclinei e a beijei de novo.

— Nicco, todo mundo está olhando.

— Que olhem. Você é minha agora, Bambolina. Ti amerò per sempre, fino alla morte.

Ela deslizou as mãos pelo meu peito enquanto eu nos conduzia no ritmo da música.

— Gostou do seu dia?

Os lábios de Arianne se curvaram.

— Tem sido perfeito.

— Allegra nos deixou orgulhosos. — Passei o nariz pelo dela. Eu não conseguia me fartar dessa garota.

A atração que sentia por Arianne sempre tinha sido intensa, mas quando eu a vi caminhar até o altar, foi como vê-la para primeira vez. Seus olhos brilhavam com tanto amor e felicidade que fez meu coração parar. E o vestido... era pura perfeição, como se tivesse sido feito para se encaixar nela. Mas apesar de bonito, eu mal podia esperar para tirá-lo dela mais tarde.

Só pensar naquilo fez meu sangue aquecer.

— Quando acha que a gente vai poder ir embora?

— Está cedo ainda, não podemos...

— Eu quero você, sra. Marchetti. Eu preciso mais de você do que de respirar.

Ela corou e me encarou com os olhos semicerrados.

— Em breve.

— Tem espaço para mais um? — Os braços de Nora nos envolveram enquanto ela se enfiava entre nós.

— Para mim também — Alessia gritou, juntando-se ao montinho. Matteo e Dane vieram em seguida, então Arabella e Bailey. Enzo pairou lá perto até que o chamei e, relutante, ele se juntou à refrega.

— Só porque é você — ele articulou com os lábios.

— Obrigado.

Observá-los ao nosso redor, testemunhar os sorrisos e as risadas, a alegria irradiando de todo mundo, foi o melhor sentimento do mundo.

Passei tanto tempo em guerra comigo mesmo, com o meu destino, mas meu pai tinha razão.

O amor não é fraqueza; é força.

E eu tinha tudo de que eu precisava bem ali.

Bons amigos.

Uma família amorosa.

E a outra metade da minha alma.

A minha esposa.

Os raios de sol me atingiram enquanto eu abria um olho. Arianne estava enrodilhada ao meu lado, ressonando baixinho, com o lençol cobrindo o seu corpo nu. Memórias difusas preenchiam minha cabeça: eu tirando o vestido dela e fazendo amor na cama, depois no chuveiro. Não havia um centímetro da pele dela que eu não tinha provocado e provado, marcado com os meus lábios.

Meu pau acordou, esfregando a curva de sua bunda.

— Humm — ela murmurou. — Você está armado ou só feliz em me ver?

Uma risada retumbou no meu peito quando enganchei o braço ao redor da sua cintura e a puxei para mais perto.

— Bom dia, esposa. — Mordisquei o seu ombro.

— Bom dia, marido. — Ela inclinou a cabeça, me oferecendo a boca. Eu a beijei, com lambidas lentas e preguiçosas da minha língua que me deixaram desesperado por mais.

— Como você está se sentindo?

Nós mal dormimos, perdidos demais um no outro.

— Eu estou...

Uma batida alta soou à porta.

— Se for o Enzo, eu vou enforcar ele.

— Pode ser importante. É melhor ir ver o que é.

— Tudo bem, mas não se mova. Vou despachar quem for e aí volto para terminar o que começamos.

— Começamos alguma coisa? — Os olhos dela enfim abriram, pesados de sono.

— Não. Se. Mova.

— Mandão. — Arianne riu baixinho enquanto eu saía da cama e vestia a calça social.

A suíte nupcial do Country Club ficava escondida nos fundos da propriedade. Uma única entrada, com uma sacada com vista para o lago e o campo de golfe. Uma sacada que eu esperava aproveitar essa manhã com Arianne, quando entregassem nosso champanhe de café da manhã.

— O que foi? — Puxei a porta com força e encontrei o rosto pálido de Enzo. — O que aconteceu?

— É a Nora...

— Nora? — Arianne arquejou, e eu me encolhi.

— Pensei ter dito para você ficar paradinha, Bambolina. — Passei o braço ao redor do ombro de Arianne e a puxei para o meu lado.

— Você a machucou?

— O quê? *Não!* — Enzo negou. — Ela se foi.

— Se foi? Que merda você quer dizer com ela se foi?

— Eu... nós... — Ele respirou fundo, com dificuldade. — Depois que vocês saíram, nós ficamos bebendo. E uma coisa levou a outra e acabamos no quarto dela. Mas quando eu acordei hoje de manhã, ela tinha sumido.

— Talvez ela não quisesse lidar com a esquisitice da manhã seguinte?

— Enzo não era conhecido por ter tato.

— Foi o que pensei, mas as coisas dela ainda estão no quarto. — Ele estendeu um celular.

— É da Nora — Arianne sussurrou, pegando o aparelho.

— Algum sinal de arrombamento? De luta?

— Nada.

— Você passou a noite toda lá? — perguntei, porque nada daquilo fazia sentido.

Ele assentiu.

— Mas acho que eu apaguei. As coisas ficaram bem intensas... porra. — Enzo passou a mão pelo cabelo. — Eu disse ao cara da segurança para ir dar uma volta. Eu estava com a arma e uma faca lá.

— N-não. — Arianne cravou os dedos nas minhas costelas. — Você acha que ela foi... *levada?*

— Tem que ser ele. — Enzo parecia prestes a matar alguém. — Eu vou matar, puta que pariu, eu vou matar...

— Calma. — Eu o olhei, sério. — Ainda não sabemos o que aconteceu.

REI DE ALMAS 291

Pode haver uma explicação perfeitamente razoável. — E sabia que ele devia estar certo, mas não queria preocupar Arianne desnecessariamente.

— Você alertou mais alguém? — perguntei.

— Não, eu vim direto para cá.

— Ligue para o Luis. Vá de quarto em quarto. Vamos revirar o lugar.

— Entendido. — Ele hesitou antes de fixar o olhar tempestuoso em Arianne. — Eu não sabia... juro, eu não pensei...

Ela deu um passo à frente e colocou a mão no braço dele.

— Não é culpa sua. Mas, por favor, encontre a Nora. — Um arrepio a percorreu, e eu a puxei para os meus braços.

— Vá — articulei para Enzo. — E me mantenha atualizado.

Ele me deu um aceno tenso de cabeça e disparou pelo corredor.

— Acha mesmo que Scott fez alguma coisa? — Arianne me encarou com os olhos marejados.

— Pode ser alguma coisa, como pode ser nada. Até onde sabemos, Nora pirou e está dormindo com a Alessia, ou com os pais dela.

— É, pode ser. — Ela me lançou um pequeno sorriso.

— Vamos nos vestir e aí a gente dá uma olhada, tudo bem?

— Tudo bem.

Raiva disparou por mim, ameaçando fincar as garras. Aquele era para ser o primeiro dia do resto da nossa vida, e o filho da puta do Scott Fascini tinha dado um jeito de arruiná-lo.

Você ainda não sabe se foi ele.

Mas meu instinto dizia que tinha sido.

— Você acha que foi ele, não é? — Uma lágrima escorreu pela bochecha de Arianne.

— Bambolina — eu respirei fundo —, tudo vai ficar bem, eu prometo.

Eu me arrependi daquelas palavras no segundo em que as proferi.

Menos de um dia de casado, e eu já estava fazendo promessas que não sabia se ia cumprir.

— Tudo bem, o que descobrimos? — Eu, Enzo, Luis, Maurice e

alguns dos nossos caras estavam reunidos ao redor das gravações das câmeras de segurança do clube.

— É ele, sem dúvida — Enzo rosnou enquanto olhava a imagem de um cara entrando no elevador. — O cabelo está mais longo e ele está com o uniforme da equipe, mas eu reconheceria aquele sorrisinho em qualquer lugar.

— Ele tem razão. — Meu coração disparou. — É o Fascini.

— Ele some aqui. — O cara da informática aponta para outra tela. — É um ponto cego. Mas outra câmera o captura aqui e aqui.

— E depois? — perguntei.

— Ele some. É como se fosse um fantasma.

— Puta que pariu. — Enzo bate o punho na parede e eu ergo uma sobrancelha.

— Melhor?

— Vou me sentir melhor quando aquele filho da puta estiver a sete palmos do chão.

O cara da informática ficou pálido, mas não disse nada. Ele sabia o que estava em risco. Sabia quem a gente era e o que tinha acontecido.

— E as câmeras externas?

— Nada além desse carro saindo — ele se inclinou e estreitou os olhos para a tela — um pouco depois das cinco.

— Temos que supor que ele a pegou. — Luis me olhou com preocupação. — O que quer dizer que ele tem uma vantagem de cinco horas.

— Nora é a melhor amiga da Arianne — falei. — Ele sabia que não seria capaz de se aproximar dela, então partiu para a segunda opção. Ele a usará como vantagem para conseguir o que quer.

— Ari.

Assenti, meu estômago revirando com violência.

— Ele vai entrar em contato quando estiver pronto.

— Então a gente simplesmente espera? Mas que palhaçada do...

— Enzo — avisei. — A gente não pode perder a cabeça. Não fazemos ideia de onde ele pode estar. E não é a Nora que ele quer.

Era Arianne.

A *minha* Arianne.

— Se ao menos eu tivesse...

— Não. — Balancei a cabeça para Enzo. — Você não pode se culpar por isso.

— Ela estava bem ali ao meu lado. Eu deveria ter sentido alguma coisa. Eu deveria ter feito alguma coisa. Porra — ele rugiu.

REI DE ALMAS

— A gente fechou o lugar. Ele estava usando uniforme da equipe e tinha uma chave de acesso ao elevador — Luis pontuou. — O cara estava preparado.

— Vocês precisam de mais alguma coisa? — o cara da informática perguntou, obviamente desconfortável com a nossa presença.

— Não, obrigado. — Apontei a cabeça para a porta e todo mundo começou a sair.

— Alguma coisa? — Matteo correu até nós.

— É o Fascini.

— Puta merda.

— Cadê a Arianne? — perguntei.

— Está com os pais dela e os da Nora. A sra. Abato está desesperada.

Enzo chutou a parede antes de sair em disparada, resmungando que precisava de ar.

— Ele está bem?

— Ele está se culpando. — Eu o observei abrir a porta com o ombro e sair feito um furacão pelo corredor.

— Ele estava bem aceso quando deixei os dois. Você sabe como ele fica.

— Ele disse que desmaiou, mas não consigo acreditar que ele não ouviu nada.

— Talvez o Fascini tenha drogado a Nora, assim ela não resistiria. Não seria a primeira vez.

Soltei um suspiro pesado enquanto encontrava o olhar de Matteo.

— Eu pisei na bola?

Fazia um mês e não havia nem rastro de Scott.

Porra nenhuma.

— Todos nós pensamos que ele tinha ido embora. Você disse a Enzo para ele não se culpar, mas você também não pode se culpar, Nic.

— Precisamos estar a postos — falei. — Quando ele ligar — e eu sabia que ele iria —, a gente precisa estar pronto.

Eu estava farto de fazer rodeios no que dizia respeito a Fascini.

Isso só podia acabar de um jeito.

Com uma bala no meio da cabeça dele.

32

Arianne

Scott estava com a Nora.

Parecia loucura demais para ser verdade.

E, ainda assim, tínhamos saído do Country Club sem ela.

Minha amiga se foi, levada por um psicopata para Deus sabia onde.

Nicco tinha certeza de que ele ligaria, mas já fazia quase duas horas desde que descobrimos que ela tinha sumido, e nada. O sr. a sra. Abato queriam chamar a polícia, mas meu pai e Antonio descartaram a ideia, insistindo que eles fariam tudo o que pudessem para trazer Nora de volta sã e salva.

Tinha sido estranho ver os dois trabalharem juntos pelo bem comum.

— Por que está demorando tanto? — perguntei. Estávamos na casa de Antonio. Eu, Nicco, Matteo, Enzo e Luis. Maurice estava no apartamento com Jay, no caso de ele aparecer lá, e Tristan tinha voltado para a propriedade da minha família com os pais de Nora e os meus.

Mas todos nós sabíamos que ele não apareceria em nenhum lugar conhecido.

Ele ia querer me afastar de todo mundo.

— Ele vai ligar. — Nicco apertou o meu joelho.

Nós dois estávamos sentados no sofá, Matteo na poltrona. Luis estava de pé perto da porta, em sua postura habitual de guarda-costas, pronto para partir para a ação a qualquer momento. Já Enzo andava para lá e para cá, parecendo um leão enjaulado.

Ele estava quieto.

Quieto demais.

Eu sabia que ele se culpava pelo que aconteceu, mas parte de mim se perguntava se havia mais. Se ele estava assim porque era Nora.

Deus, tomara que ela esteja bem.

Não sei o que faria se ela fosse ferida... por minha causa.

Por causa da paixonite depravada de Scott por mim.

Meu telefone estava na mesinha de centro, me provocando. Nós presumimos que Scott entraria em contato comigo, mas o tempo estava passando.

— Notícias? — Alessia entrou na sala.

— Nada ainda — respondi.

Ela se sentou ao meu lado.

— Ela vai ficar bem. Nora é dura na queda.

Um som estrangulado saiu da garganta de Enzo.

— Talvez seja melhor você ir tomar um ar? — Nicco sugeriu.

— Não — ele falou. — Preciso estar aqui no caso…

Meu celular começou a tocar.

— É ele. — Apanhei o aparelho com os dedos trêmulos.

— O que está dizendo? — Todo mundo se aproximou enquanto eu destravava a tela e abria a mensagem.

— É um endereço.

— Vitelli — Nicco chamou.

— Pode deixar. — Luis olhou para a tela e começou a digitar no próprio celular. — Parece que é um prédio industrial abandonado perto da Romany Square.

— O filho da puta está querendo morrer — Enzo rosnou.

Outra mensagem chegou.

— Venha sozinha ou ela morre — alguém leu em voz alta.

— Ah, Deus — choraminguei, e Alessia me puxou para os seus braços.

— Ssh, está tudo bem. Vai ficar tudo bem.

— Como a gente vai fazer? — Matteo perguntou. — Não podemos deixar a Ari ir sozinha.

— Podem. — Eu me afastei e sequei os olhos. — Podem, sim. Eu tenho que ir. Não vou deixar Scott machucar Nora.

Se ele já não tiver machucado.

— Você não pode me pedir para fazer isso, Bambolina. — O sangue tinha sido drenado do rosto de Nicco.

— Que escolha a gente tem? Ele não vai me machucar. Não até conseguir o que quer. Posso aplacá-lo enquanto vocês se aproximam.

— Não. — Nicco parecia prestes a cometer assassinato.

— Ela tem razão — Luis concordou. — O cara é obcecado por ela. Se alguém pode distraí-lo, é a Ari.

— Eu não vou arriscar a sua vida. — Nicco se levantou de supetão. — *Não* está em discussão.

Fiquei de pé e segurei o rosto dele.

— Nora é a minha melhor amiga. Não posso ficar parada sem fazer nada.

— É uma armadilha. Se a gente te mandar para lá sozinha...

— Eu não vou estar sozinha. Sei que você vai me manter em segurança, Nicco.

— Porra, Bambolina. — Ele fechou os olhos e engoliu em seco. — Não me peça uma coisa dessas.

— Ela pode ir com um colete à prova de balas — Luis sugeriu. — Não é o ideal, mas é melhor do que nada.

— Um colete à prova de balas... puta que pariu. — Nicco passou a mão pelo rosto.

— Eu preciso fazer isso — falei, mais confiante. Quanto mais tempo ficássemos parados lá decidindo o que fazer, mais tempo Nora passava com ele.

— É a nossa melhor chance para tirar ela de lá... — Luis engoliu as palavras.

Palavras que eu nunca ia querer ouvir.

Nora sobreviveria.

Não tinha outra opção.

Todos olhamos para Nicco, esperando.

— Tudo bem — ele, por fim, falou. — Vamos nessa. Mas escute cada palavra que eu disser. — Assenti. — Preciso falar com o meu pai, e aí a gente sai. Matteo, você fica aqui com a Alessia.

— Mas, Nic...

Nicco o calou com um olhar incisivo.

Ele ergueu as mãos.

— Vou ficar de babá, entendido.

— Enzo, Luis, vocês vêm com a gente. — Ele foi na direção de Enzo e baixou a voz para que o resto de nós não pudesse ouvir.

— Se cuida. — Alessia desviou meu foco do irmão e do primo.

— Eu vou, prometo.

— Arianne — Luis me chamou —, é melhor você se paramentar.

Olhei para Nicco, e ele me lançou um sorriso tenso.

— Vá, eu chego lá em breve.

Eu não tinha ideia de onde *lá* era, mas segui meu guarda-costas para fora da sala e por um corredor. Ele parecia conhecer muito bem a casa, o que me surpreendeu.

— Esteve aqui muitas vezes?

— Algumas.

— Estou vendo.

Ele soltou uma risadinha.

— Tudo o que fiz foi pensando na sua segurança.

— Eu sei.

E sabia.

Só me parecia estranho que um homem que era tão leal ao meu pai agora estava do outro lado.

Mas, com o casamento, talvez estivéssemos do mesmo lado.

Luis seguiu caminho até chegarmos ao SUV. Ele abriu o porta-malas e levantou o tampo, revelando um compartimento escondido.

— Um colete a prova de balas. Ponha por baixo do agasalho.

Minhas mãos tremiam enquanto eu o pegava.

— É mesmo necess…

Ele me lançou um olhar incisivo.

— Scott é desequilibrado, Arianne. Sei que você quer fazer a coisa certa, e eu concordo, acho que é o melhor a se fazer para salvar Nora, mas não muda o fato de que podemos estar caindo feito patinhos nas mãos dele.

— Eu sei, só… tudo bem. — Soltei um suspiro cansado. — Eu vou colocar. — Tirei o agasalho e permiti que Luis me ajudasse a vestir o colete. Era estranho, restritivo e pesado, como um torno envolvendo o meu peito.

— Não é infalível, mas vai te proteger pelo menos um pouco. Faca. — Ele me entregou o canivete, o mesmo que me dera antes, o que eu usei para esfaquear Scott.

— Eu…

— Pega. — Ele o empurrou para mim. — Não tem como eu te deixar sair daqui desarmada, e você sabe que Nicco vai concordar comigo.

Meus dedos se fecharam no punho da arma enquanto encarava a lâmina, me lembrando de como foi cravá-la na coxa de Scott. Um arrepio me percorreu.

— Ari, olha para mim. — A mão de Luis pousou no meu ombro. — Você consegue. Vamos estar lá o tempo todo.

Assenti, sufocada demais para falar. Mais cedo, eu estava cheia de adrenalina, no puro desespero de salvar Nora. Mas agora estava ficando com medo.

— Arianne. — A voz profunda de Antonio me assustou. — Nicco me passou os detalhes do plano. — Ele veio até nós, e Luis nos deu espaço.

— Eu tenho que ir — falei, como se estivesse convencendo a mim mesma.

— Eu sei. Ela é sua amiga.

— Nora é família. Eu não conseguiria conviver comigo mesma se eu não fizesse isso e ela...

— Ela vai ficar bem. É você que Scott quer. Só o mantenha falando e Niccolò vai cuidar dele, ok?

— Ok. — Lágrimas arderam no fundo dos meus olhos.

Em uma rara demonstração de afeto, Antonio me puxou para seus braços fortes.

— Você é parte desta família agora. Não vamos deixar nada de mal te acontecer. Entendeu?

— Entendi.

— Que bom. — Ele se afastou. — Você e meu filho têm toda a vida pela frente. Não vamos deixar Scott Fascini tirar isso de vocês.

— Tudo pronto? — Nicco veio até nós. Ele parecia fatal, com os olhos escuros e tempestuosos. Ele não gostava daquilo, mas eu tinha que ir adiante.

— Me liga quando tiver acabado — Antonio disse.

E foi então que percebi, aquela era uma missão suicida.

Mas não para mim nem para Nicco.

Para Scott.

A fábrica era um prédio grande perto da Romany Square, quase na fronteira. Paramos, e Nicco entrou em modo protetor.

— Luis e Enzo, vão dar uma olhada. — Ele estreitou os olhos perigosamente enquanto encarava o armazém como se fosse o inimigo.

Talvez fosse, de certa forma.

Luis e Enzo saíram, se separando e varrendo a área.

— Vai ficar tudo bem — falei, rompendo o silêncio carregado.

— Bambolina. — Ele soltou um suspiro, olhos fixos em mim. — Por que eu sinto que essa é uma péssima ideia?

— É a única opção, Nicco. Se você entrar, ele vai machucar Nora, ou pior. Não vou arriscar.

— Então devo simplesmente arriscar a sua vida?

— Scott é um psicopata. Posso apelar para o ego dele.

— Você sabe como isso termina, não sabe?

Assenti, engolindo o nó na garganta.

— Está tudo bem. Eu entendo.

Scott não poderia se safar daquela. Não importava o quanto eu quisesse que Nicco não o matasse, que não carregasse aquele fardo, eu sabia que eles não o deixariam viver depois disso. E eu precisava ficar em paz com o fato.

— Acho que entendo agora. Ele ameaçou Nora, e eu faria qualquer coisa para salvar a minha amiga. — Coloquei a mão na bochecha dele. — Está tudo bem. Faça o que tem que fazer, mas volte para mim.

Nicco reduziu a distância entre nós, passou a língua pela minha boca e me beijou. Foi um beijo cheio de raiva e frustração, medo e desespero. Foi um beijo cheio de promessas e conforto.

Um que eu queria que não acabasse nunca.

— Eles voltaram. — Nicco se afastou, encostando a cabeça na minha. Ele respirou fundo antes de se sentar erguido, a máscara fria voltando ao lugar.

Luis abriu a minha porta e colocou a cabeça para dentro.

— Uma única porta para sair e entrar. Ele está em um canto nos fundos.

Uma energia nervosa disparou por mim, meu corpo vibrando descontroladamente. Peguei a mão de Luis, e ele me ajudou a sair.

Nicco veio atrás.

— Tudo bem. Eu vou acompanhar Arianne até a porta — ele disse. — Assim que Nora estiver livre, vocês esperam pelo meu sinal. — Ambos assentiram enquanto ele pegava a minha mão e me guiava até o prédio. Cada passo parecia um tiro no meu peito. Sangue pulsava entre meus ouvidos, meu coração batia rápido e eu me sentia meio bamba.

— Espera — Enzo gritou, correndo atrás de nós.

— O que foi? — Minha voz estremeceu.

— Só a traga de volta, ok?

Um leve sorriso ergueu o canto da minha boca.

— Eu vou. — Coloquei a mão no braço dele. O corpo de Enzo pareceu relaxar ao meu toque, alívio se infiltrando em sua expressão.

— Vem. — Nicco me puxou. — A gente precisa... — Ele apontou a cabeça para a porta. O locar estava trancado, correntes imensas fechavam as janelas da frente. Mas havia uma porta na lateral do prédio que estava aberta.

Quando chegamos lá, Nicco me puxou para ficar de frente para ele.

— Vou estar logo atrás de você, ok? Mantenha o cara falando, mas não chegue perto demais.

— Ok. — Uma lágrima escorreu pelo meu rosto.

— Shh, Bambolina. Vai acabar logo, logo. — Ele me segurou pela nuca e me puxou para perto, beijando a minha testa. — Eu te amo mais do que a vida, Arianne.

Hesitei, e então, sem olhar para trás, entrei.

Estava escuro e frio, um cheiro enjoativo permeando o ar empoeirado. Meus tênis mal faziam barulho enquanto eu percorria o corredor, mas conseguia ouvir o meu coração. Eu o sentia enquanto ele batia no peito. O corredor se abriu para o armazém principal, estantes de aço que iam do chão ao teto criavam um labirinto de passagens.

— Olá — chamei.

— Ari, não... — A voz de Nora saiu abafada, e ouvi Scott grunhir e resmungar.

Apertando o passo, costurei pelas estantes até que os vi. Scott havia amarrado Nora em uma cadeira, as mãos delas estavam para trás e os tornozelos atados juntos.

— O que você está fazendo, Scott? — Eu me aproximei.

Quando a fábrica estava aberta, aquele lugar devia ter sido uma estação de triagem, pois caixas e engradados estavam espalhados ao redor. Passei por cima dos escombros e parei na frente deles. Nora estava amordaçada, se debatendo contra as amarras, os olhos implorando para eu fugir.

— Onde ele está? Cadê o filho da puta do Marchetti? — A voz dele se elevou, ecoando ao redor do armazém, enviando um tremor violento pelo meu corpo.

— Solte a Nora, Scott — falei, me atendo ao roteiro que Luis e Nicco repassaram no percurso até ali. — Ela não tem nada a ver com isso. Você queria a mim, e eu estou aqui. Mas precisa soltar a Nora.

— Acha que eu sou idiota? — Ele brandiu a arma, movendo-a como um maníaco.

Ergui as mãos devagar e me aproximei.

— Scott, olha para mim.

Ele estava nervoso, e parte de mim se perguntava se estava sob os efeitos de alguma coisa.

— Abaixe a arma e solte a Nora, por favor.

O olhar dele disparou, descontrolado, entre mim e Nora.

— Solte-a — eu o incitei. — Se você se importa um pouquinho comigo, por favor, solte-a.

Scott ficou imóvel; minhas palavras finalmente atingiram algo profundo dentro ele.

— Você vai ficar?

Balancei a cabeça, concordando. Ele estava descontrolado, totalmente delirante. Mas deu certo. Apelar para a parte de Scott que era apaixonada por mim o fez começar a desamarrar Nora.

No segundo em que ela ficou livre, acenei para ela vir para mim.

— Espera. — Ele apontou a arma para ela.

— Scott. — Medo me percorreu, transformando meu sangue em gelo. — Deixe ela ir e a gente pode conversar. Só você e eu.

Rezei em silêncio para que Nicco estivesse dentro daquele prédio. Assim como Luis e Enzo. Mas não me atrevi a olhar, por medo de distraí-lo.

— Devagar — ele mandou Nora começar a andar.

Ela veio até mim e eu abaixei a mão, afagando seus dedos.

— Vá e não olhe para trás, ok? — sussurrei, e ela assentiu, lágrimas escorrendo por seu rosto. Além do machucado no lábio e alguns hematomas na bochecha, ela parecia estar bem. Mas eu sabia melhor do que ninguém que não eram as cicatrizes físicas que ficavam.

Nora disparou na direção do labirinto de estantes de aço.

— Obrigada. — Dei toda a minha atenção a Scott.

— Eu tinha que fazer alguma coisa... não conseguia chegar até você, mas sabia que você viria atrás dela. Você me magoou, gata. Me magoou pra caralho. — Ele avançou para mim, e eu recuei devagar, tentando manter uma distância segura entre nós. Ele ainda segurava a arma, mas não a estava apontando para toda a parte mais. Seus olhos estavam fixos nos meus. Ódio e desejo giravam naquelas profundezas. Ele estava em guerra consigo mesmo. Scott me queria. Mas parte dele queria me machucar também.

— Você deveria ser minha — ele rosnou.

— Estou aqui agora. — Minha consciência gritava em protesto contra aquela declaração. Eu jamais seria dele, mas Scott precisava pensar que eu estava do lado dele.

Continuei me movendo, nos virando até ele ficar de costas para a única porta. Ele estava concentrado em mim, exatamente como eu sabia que ficaria.

— Você me traiu — ele cuspiu as palavras. — Você só precisava me amar. *A mim*, Arianne. Eu teria te dado tudo. Eu teria feito de você a minha rainha. Mas o Marchetti apareceu e arruinou tudo. Eu vou matar o filho da puta. E aí finalmente vou pegar o que me pertence.

A mão segurando a arma tremeu de novo enquanto ele a acenava na minha direção. Eu estava paralisada, enraizada enquanto dor disparava por mim. Mas eu me forcei a não chorar, me recusando a mostrar um grama de fraqueza para ele.

— A gente pode conversar sobre isso — falei.

— Talvez eu não queira conversar. — Seus olhos estavam escuros, sem alma, enquanto ele vinha na minha direção. — Talvez eu tenha cansado de falar. Acha que eu sou idiota? Acha que não sei que ele está por aqui, esperando o momento de atacar? O que você está esperando, Marchetti? — ele gritou. — Venha salvar a sua mulher. Venha salvar ela antes que eu...

— Scott... — Eu o estava perdendo.

— Você. É. Minha. — O veneno nas palavras me cortou como se fossem cacos de vidro. — Se eu não puder ter você. — Ele ergueu mais a arma. — Ninguém po...

Nicco apareceu do nada, agarrando Scott e o puxando para trás.

— Nicco — gritei quando um tiro disparou. Fui jogada para trás, dor ricocheteando por mim quando caí com força. Estrelas explodiram nas minhas vistas.

— Filho da puta — alguém rosnou, as vozes oscilando nos limites da minha consciência.

— Eu deveria ter feito isso há muito tempo.

— Nicco.

Era Nicco.

Pisquei, levando uma mão à cabeça e tentei me sentar. Nicco estava em cima de Scott, os dois lutando pelo controle. Ele socava Scott sem parar, o estalo nauseante de osso batendo em osso preenchendo aquele salão cavernoso.

— Nicco — gritei, ainda desorientada. Eu me tateei procurando sangue, mas não havia nada. O colete tinha cumprido a sua função.

— Ela. É. Minha — Scott rugiu. — Eu fui o primeiro dela. Eu. Você acha que pode tirar a garota de mim?

Outro estalo nauseante soou.

— Ela nunca vai ser sua — Nicco rosnou, com a voz fria e mortal. — Eu deveria ter feito isso há muito tempo. — Ele pressionou o cano da arma na testa de Scott. — Você nunca vai tocar a Arianne de novo. Nunca mais vai olhar para ela. Nunca mais vai respirar o mesmo ar que ela.

O tempo pareceu se arrastar enquanto eu assistia a Nicco sussurrar algo para ele.

Mas Scott não parecia assustado, ele parecia... feliz, os lábios se curvaram em um sorriso perverso. Eu vi a mão dele se mover, vi o brilho do metal.

— Nicco, ele está com um...

Meu grito tomou conta do armazém enquanto eu assistia, horrorizada, a faca na mão de Scott se afundar em Nicco. O corpo dele travou de dor, e ele só percebeu quando Scott o empurrou para longe.

Nicco saiu rolando, pousando com um baque, uma piscina de sangue vermelho-escuro escorrendo por entre seus dedos enquanto ele segurava o peito.

— Bambolina... — A palavra saiu em um gemido sussurrado enquanto ele estendia a mão para mim.

— Não — gritei. — Não. — Eu me levantei aos tropeços e corri até ele. Havia tanto sangue. — Você vai ficar bem — falei, caindo de joelhos.

— Eu estou bem aqui.

— Sinto muito, *amore mio*, eu... eu sinto muito. — Suas palavras estavam entrecortadas, sangue escorria de sua boca.

— Ssh, ssh. — Eu me inclinei e o beijei na cabeça. — Você vai ficar bem.

— Ari, eu preciso dar uma olhada nele. — Luis me afastou com gentileza. Eu não o ouvi chegar. Não notei Enzo abordar Scott e manter a arma apontada para a cabeça dele.

— Fale comigo, Vitelli — ele disse na nossa direção.

— Tem sangue demais. — Luis me lançou um olhar pesaroso, depois fitou Enzo. — Ele precisa de cuidados médicos, agora.

— Nicco. — Agarrei a mão dele, sangue escorrendo entre nossos dedos. Mas eu não me importei. Contanto que ele continuasse respirando, contanto que eu ainda sentisse seus dedos ao redor dos meus, ele estaria vivo. — Você precisa aguentar firme, ok? — Dor me atravessou. — Eu preciso de você... eu preciso de você.

— Ele não parece muito bem. Se eu não puder ter você, achou mesmo que eu o deixaria ter? — A diversão nojenta e distorcida na voz de Scott despertou algo dentro de mim, e, sem pensar, eu me afastei de Nicco e me levantei. Minha mão foi para o cós do jeans.

— Arianne — Luis gritou, mas era tarde demais. Eu estava consumida pelo ódio, pelo desejo avassalador de ferir Scott do mesmo jeito que ele havia me ferido tantas vezes.

— A raiva te cai bem, *Principessa*. — Ele sorriu quando avancei até ele, como se tudo isso fosse parte do plano dele.

Bem, eu estava cansada de brincadeira.

— Ari — Enzo avisou quando cheguei mais perto.

— Relaxa. — Scott riu. — Ela não vai me machucar. Ela não tem cor...

Eu mal senti a lâmina perfurar a pele suave do pescoço dele. Mal registrei o sangue espirrar da sua jugular, cobrindo minhas mãos e minhas roupas como um jato de cor vermelha. Mal ouvi seus apelos gorgolejados por ajuda enquanto sangue tomava conta de sua boca, escorrendo pelo queixo como o sumo de um morango maduro.

— Puta que pariu. — Enzo abaixou a arma e, devagar, tirou a faca ensanguentada da minha mão. — Ari, olhe para mim.

Meu olhar disparou para o dele como se eu estivesse acordando de um transe.

— Ele está morto. — Olhei para o corpo sem vida de Scott.

— Está — Enzo confirmou. — Ele não pode mais fazer mal a você.

Mas quando olhei para Nicco, a piscina de sangue ao redor dele, o fôlego ofegante e a palidez da sua pele, eu sabia que era tarde demais.

Scott havia tirado tudo de mim.

Não havia futuro sem Nicco. Nem vida nem felicidade. Havia apenas dor, luto e pesar.

Nicco era o meu coração.

A outra metade da minha alma.

Eu não queria viver em um mundo sem ele.

Enquanto eu o olhava, o único homem que já amei, vendo a vida ser drenada de seus olhos, desejei aquilo também.

Eu desejei morrer.

Arianne

Os dias eram longos, e meu coração estava aos pedaços.

Fazia duas semanas que Nicco morrera naquele prédio.

Duas semanas de dor e angústia inimagináveis.

Eu quis morrer naquele dia. Segui-lo para além da vida. Mas Enzo e Luis haviam me segurado, Nora também. Eles ficaram do meu lado, observando o socorro entrar correndo no armazém e começar a acudir Nicco, tentando estancar o sangramento e encontrar pulsação.

Lágrimas queimaram a minha garganta só de pensar nisso. Em menos de vinte e quatro horas, eu tinha ido de ser uma noiva cheia de amor e esperança para o futuro, a uma assassina com sangue nas mãos, lamentando uma perda tão inimaginável que eu não conseguia nem pensar em como sobreviveria.

Mas eu não me arrependia de ter matado Scott.

Só me arrependia de não ter feito isso da primeira vez, quando tive a chance.

Talvez não estaríamos ali agora.

— Arianne. — Tristan estava parado na entrada do quarto. Ele se aproximou e me puxou para os seus braços. — Como você está?

— Eu me sinto oca. — Minha mão foi para o peito.

— Você não pode pensar assim. Ele não ia querer isso.

— Eu simplesmente não sei o que vou fazer sem ele, Tristan. — Lágrimas escorreram por minhas bochechas.

Meu primo segurou o meu rosto.

— Você tem esperança. Os médicos disseram que ele está estável. O corpo dele só precisa de tempo.

Tempo.

Eu mal tinha conseguido sobreviver a catorze dias sem ele, não queria sobreviver nem mais um.

— Obrigada. — Sequei os olhos na manga na blusa. — Por ficar com ele. — Fui até a cama, e afaguei o cabelo de Nicco para longe dos olhos. A pele dele estava pálida, e os olhos fundos. Um tubo o conectava a uma máquina que respirava por ele.

Ele tinha morrido naquele dia, no chão frio do armazém, mas o socorro o trouxe de volta à vida. Duas vezes, na verdade. Eles conseguiram estancar o sangramento e salvar o pulmão perfurado, mas Nicco não tinha acordado. Eles disseram que o corpo dele precisava se recuperar sozinho.

Disseram que ele precisava de tempo.

Mas tempo não parecia ser nosso amigo, parecia ser um inimigo nos cercando.

Eu me sentei e segurei a mão dele.

— Sou eu — falei. — Já são quinze dias sem você, e você precisa acordar agora. Por favor, Nicco. — Beijei as juntas de seus dedos. — Preciso que você acorde.

— Vou deixar vocês à vontade. — A mão de Tristan descansou nos meus ombros. Olhei para ele e dei um sorriso fraco.

— Obrigada.

Depois que Nicco foi transferido da UTI para cá, eu me recusava a sair do lado dele.

Passei quatro noites dormindo no sofá até Matteo e Enzo praticamente me arrastarem de lá. Eles fizeram Genevieve e Alessia me levarem para casa e garantirem que eu tomasse um banho e comesse alguma coisa que não fossem os sanduíches duros da máquina de venda do hospital.

Agora nós tínhamos um cronograma. Alguém estava sempre com ele, então assim eu poderia tentar cuidar de mim também.

Uma batida na porta me assustou, e vi Enzo parado ali.

— Sei que é sua vez com ele, mas eu...

— Tudo bem, pode entrar.

O golpe tinha sido duro para Enzo. Eu sabia que ele se culpava. Algo que tínhamos em comum.

— Como a Nora está? — perguntei quando ele se largou na cadeira do outro lado da cama de Nicco.

— Ela está... bem. — Ele franziu a testa.

— Não tem problema você passar tempo com ela, sabe?

— Não é isso. — Ele passou a mão pelo cabelo. — Ela me ajuda a...

Ergui a mão.

— Não preciso de detalhes.

Aquilo o fez rir, mas o sorriso logo desapareceu quando ele encarou Nicco.

— Qual é, primo. A gente precisa que você acorde.

— Você acha que ele ouve a gente?

— Os médicos disseram que pode ajudar. Mas eu sempre me sinto idiota, sentado aqui, falando sozinho.

Silêncio nos envolveu. Enzo ainda é tão intimidante como sempre foi, mas algo havia mudado entre nós desde aquele dia.

— Matar muda as pessoas — ele havia dito para mim no hospital enquanto esperávamos notícias de Nicco.

Eu me sentia diferente, mas não do jeito que eu esperava.

Eu tinha sido tão contra Nicco e Antonio lidarem do jeito deles com Mike Fascini e seu filho perturbado, que não tinha parado para considerar que talvez todos nós fôssemos meio sombrios por dentro. E isso só se mostrava quando éramos levados ao limite.

Eu não fiquei muito surpresa de o meu limite ter sido Scott machucar Nicco.

Deixei o cara me machucar, me provocar e rir de mim. Eu o deixei fazer coisas desprezíveis comigo. Mas vê-lo cravar aquela faca em Nicco havia acendido um fogo dentro de mim, e, naquele momento, a escuridão havia me consumido.

Estremeci. Tínhamos passado por muita coisa.

Coisa demais.

— Você vai aprender a conviver com isso — Enzo disse, como se pudesse ler meus pensamentos.

— Não há nada com que conviver. — Encarei-o dentro dos olhos. — Eu faria de novo, e de novo, um milhão de vezes.

Ele passou os dentes pelo lábio inferior, me analisando.

— Sabe, você está meio assustadora agora.

— Eu sou uma Capizola *e* uma Marchetti. Você deveria ficar assustado mesmo. — Meus lábios se curvaram, e uma risada retumbou do peito dele.

— Ele não vai gostar, sabe. — Enzo olhou de relance para Nicco.

— Não importa — respondi.

Tudo o que importava era que Nicco voltasse para mim.

Três dias depois, finalmente recebi a ligação que estava esperando.

— Ele acordou — Alessia gritou pelo celular.

Eu larguei Genevieve na cozinha e pedi a Luis para me levar direto para o hospital.

— Ele vai estar desorientado — Luis disse. — Os médicos disseram que pode levar tempo para ele se recuperar.

— Eu sei. — Meu corpo zumbia de ansiedade enquanto íamos de elevador até o andar de Nicco.

— Ele está acordado, Luis. Eu não achei...

— Eu sei. — Ele pegou a minha mão e apertou de levinho. — Eu sei.

No segundo em que as portas se abriram, saí correndo, deslizando até parar quando o vi através das persianas. Nicco estava sentado, rindo de alguma coisa que Alessia contava.

Ele deve ter me sentido observar, porque seus olhos me encontraram, brilhando de alívio.

Eu estava tão ansiosa para vê-lo, mas agora que o momento chegou, eu não conseguia obrigar as minhas pernas a se moverem.

— Ele é todo seu. — Alessia apareceu na porta. — Luis pode me comprar um sorvete na cantina. — Ela passou por mim e pegou a mão dele, puxando-o para o corredor.

Entrei no quarto, congelando quando nosso olhar se colidiu de novo.

— Bambolina. — A voz dele ficou embargada.

— Você acordou — suspirei. — Você acordou mesmo. — O fio invisível entre nós ficou tenso, me puxando na direção dele. — Como você está se sentindo? — Estendi a mão para a dele, abafando um choramingo quando seus dedos se apertaram ao redor dos meus.

— Ssh, não chora. Por favor...

— Eu pensei que tivesse te perdido. — Meu olhar lacrimejante mirou a cama. — Pensei que você estivesse...

— Arianne, olhe para mim. — Devagar, olhei para ele. — Está tudo bem. Tudo vai ficar bem.

— Você morreu, Nicco. Eu vi você morrer. — Toda a dor e mágoa das últimas duas semanas me atingiram feito uma bola de demolição. Lágrimas grandes, feias e gordas escorreram pelas minhas bochechas enquanto eu tentava processar tudo.

— Ssh, *amore mio*. — Ele passou o polegar pelas minhas bochechas. — Eu estou aqui. Eu estou bem aqui. Ele não vai poder machucar a gente mais.

Congelei no lugar.

— Está tudo bem. Eu sei o que aconteceu. Sei o que você fez, Bambolina. E, um dia, a gente vai falar disso. Mas não hoje. — Ele me deu um sorriso caloroso. — Agora, eu só quero aproveitar o momento. Eu amo você, Arianne Carmen Lina Marchetti, e eu nunca mais vou deixar você.

As palavras dele se infiltraram em mim, me enchendo com uma sensação de paz que eu não sentia desde o nosso casamento.

— Eu amo você também — sussurrei, beijando a ponta dos seus dedos.

Nicco sempre disse que morreria por mim.

O que eu não tinha percebido até então era que eu faria o mesmo.

O amor nos deixava mais fortes.

Nos dava algo a proteger.

Algo pelo que lutar.

Mas, acima de tudo, dava a nós algo pelo que viver.

Epílogo

Nicco

Três semanas depois...

— Nicco, me põe no chão. — Os gritinhos de Arianne encheram o apartamento enquanto eu a carregava pela porta.

— Bem-vinda ao lar, esposa. — Acariciei o seu pescoço com o nariz. Meu corpo doía pra caramba, mas eu não iria contar para ela.

Arianne estava me observando feito um falcão desde que recebi alta. Foi fofo de início, mas agora estava começando a testar a minha paciência. Eu queria tocá-la. Deixá-la nua e fazer amor com ela. Mas Arianne levava seu trabalho de enfermeira muito a sério.

— Essa noite, a gente vai batizar nosso quarto novo, e talvez o balcão da cozinha e o chuveiro também.

Ela pressionou as mãos no meu peito.

— Você ainda está sarando.

— Eu estou bem. — Mas não continuaria bem se ela dissesse não para mim de novo.

— Nicco... — Ela fez beicinho.

— Eu estou bem. Olha. — Eu nos girei, e estremeci de agonia quando meus músculos se contraíram. — Porra.

Arianne se desvencilhou dos meus braços e deslizou para o chão.

— Vou ligar para o médico. — Ela começou a se afastar, mas eu a segurei pelo pulso.

— Bambolina, é só uma dorzinha de nada. O médico disse que eu precisava pegar...

— Aí, eu sabia. — Ela olhou feio para mim. — Repouso para você.

— Você vai ficar na cama comigo? — Dei um sorrisinho malicioso.

— Nicco... isso é sério. Você ainda está sarando. Você quase...

Eu a interrompi com a boca, beijando-a com toda a frustração e desespero que eu sentia.

— Nossa — ela suspirou. Suas bochechas coraram, as pupilas dilatadas. — Ele não falou nada de beijar, né? — Ela se aproximou de novo, segurando meu queixo com os dedos, me puxando para perto.

Riso retumbou entre nós, e eu estava prestes a tentar a sorte de levar as coisas mais longe quando uma voz ribombou:

— Lugar bacana.

— Só pode ser sacanagem. — Apoiei a cabeça no ombro de Arianne.

— Que bom ver você também, primo — Enzo resmungou.

— Galera, que lugar fofo. — Nora jogou os braços ao nosso redor, sem se importar com o meu pau a meio-mastro e os meus lábios ainda grudados no pescoço de Arianne.

— Não é?

Eu me desvencilhei das meninas e me recostei no balcão. Escolhemos um apartamento na Romany Square, a uma caminhada da IRSCV. Arianne queria continuar com o voluntariado e gostou da ideia de poder ir a pé. Eu ainda não tinha dado a ela a notícia de que eu só a deixaria andar livre por aí se ela usasse uma camiseta com as palavras "esposa de Niccolò Marchetti" estampadas bem na frente, ou com dois guarda-costas.

Não que Luis a perdesse de vista.

— Como você está? — Enzo me viu segurando as costelas.

— Se Arianne perguntar, eu estou bem.

— Doendo pra caralho por dentro? — ele sussurrou.

— Algo assim.

— Então acho que você vai ficar um tempo sem aparecer no L'Anello, né?

— Nunca — Arianne gritou. — Ele *nunca mais* vai aparecer no L'Anello.

— Porra, a tua garota tem colhões.

— Como se os seus não estivessem na palma da mão de Nora. — Ergui a sobrancelha.

— Não é...

— Assim? Sim, tá bom, continua repetindo isso para si mesmo. Quando der por si, vai estar pensando em como ficar com ela.

Ele bufou.

— Acho que você comprou toda a quota de mercado de ser cachorrinho. Já falou com o seu coroa essa semana?

A pergunta me pegou desprevenido.

— Faz uns dias que não, por quê?

— Ele parece meio preocupado. Eu estava me perguntando se você sabia o que estava rolando com ele.

Pavor me percorreu, mas coloquei um sorriso no rossto.

— Seja o que for, tenho certeza de que está tudo bem.

— É, você deve ter razão. — Ele foi até Nora e passou o braço ao redor do pescoço dela. Foi uma demonstração de completa possessividade.

Arianne lançou um olhar curioso para a amiga, que deu de ombros, mas eu vi o leve rubor em suas bochechas. Enzo a surpreendeu.

E ela não foi a única.

— Então, qual é o plano?

— Ainda temos algumas caixas para abrir. Matteo foi buscar Alessia e Bailey na escola, e depois eles vão vir para cá.

— Parece legal. Gata, dá uma olhada na geladeira e veja se Nicco tem cerveja. — Enzo deu um tapa na bunda de Nora antes de se largar no sofá.

— Humm, o que foi isso? — Ela fez uma careta para ele, depois para nós.

— Acho que Enzo está apaixonadinho.

— Eu ouvi — ele resmungou.

— Vocês dois estão, tipo… *juntos*? — Arianne sussurrou. — Porque você disse que não era nada.

— Foi o que eu pensei.

— Conheço Enzo a minha vida toda — falei —, e o jeito como ele se comporta contigo é alguma coisa. Só tome cuidado, ok? — Enzo era complicado, e a última coisa que eu queria era que Nora terminasse magoada. Ainda mais depois de tudo pelo que ela passou.

— Preocupe-se menos comigo e com Enzo, e mais com quando a sua esposa vai te deixar mandar ver — ela disse com um sorrisinho, então se desviou de nós e foi até a geladeira.

— Você contou para ela? — Olhei boquiaberto para Arianne, e sua expressão se encheu de culpa.

— Bem, é difícil não poder… sabe. Eu tinha que desabafar com alguém.

— Vem cá. — Eu a puxei pelo cós da calça, trazendo-a mais para perto e mergulhando a boca em sua orelha. — Essa noite, quando nossa família e amigos forem embora, eu vou te levar para o nosso quarto, te deixar nua e passar todo o tempo do mundo me familiarizando de novo com cada centímetro da sua pele.

Seus dedos se torceram no meu agasalho enquanto ela reprimia um gemido.

— Objeções? — perguntei, e ela balançou a cabeça. — Que bom, achei que seria o caso.

Arianne se virou ligeiramente, roçando meus lábios com os dela.

— Essa noite.

— Essa noite — eu mal consegui dizer.

Minha nossa. Ia ser um dia longo pra caralho.

Na manhã seguinte, meu pai nos convocou. A gente não conseguia ter uma folga.

As palavras que Enzo disse ontem permaneceram na minha mente. Ele tinha razão, havia algo errado. Eu só não sabia dizer o quê.

O acordo com Roberto estava, até onde eu sabia, indo tão bem quanto o esperado. As notícias do nosso contato na polícia era de que Mike Fascini ia pegar uma pena bem longa. Scott já era, o caso tinha sido aberto e fechado graças aos nossos amigos na polícia. E os médicos estavam confiantes na minha plena recuperação.

— Você está nervoso — Arianne disse enquanto saíamos do SUV.

— Obrigado. — Inclinei o queixo para Luis. Ele tinha se tornado nosso motorista desde a minha alta. Eu não podia nem andar de moto nem dirigir por ora. E Arianne ainda não tinha tirado carteira. Estava na minha lista de coisas a fazer.

— Eu só não gosto de surpresas.

— Tenho certeza de que não é nada. — Ela se inclinou para mim.

— É, talvez.

Entramos na casa e fomos direto para o escritório do meu pai.

— Niccolò, é bom demais ver você firme e forte, filho.

— Obrigado. — Aceitei seu abraço, mas não deixei de perceber a tensão em seu rosto.

— E, Arianne, linda como sempre.

— Obrigada, Antonio. Querem que eu saia ou...

— Na verdade, o assunto tem a ver com você também. Por favor, sente-se.

Meus sentidos estavam fazendo hora-extra.

— Depois que você e Tommy visitaram Vermont — meu pai se inclinou para a frente e juntou a ponta dos dedos —, Luis Vitelli passou mais informações a Tommy sobre a tentativa frustrada contra a vida de Arianne.

— Eu lembro — falei, me perguntando onde ele queria chegar com aquilo.

— Tommy foi atrás de mais algumas informações... — Ele deu um suspiro trêmulo, o sangue desaparecendo de seu rosto.

— Ele descobriu alguma coisa?

— Nada. Ele não descobriu nada.

— Mas isso não faz sentido. — Franzi o cenho. — Tem que ter sido o Fascini.

— Eu sei, filho. Foi por isso que mandei Tommy ir ver o Mike Fascini.

— O quê? — Agora eu estava confuso de verdade.

— Algo nessa história toda não me descia. Mike precisaria jogar a culpa em nós. Haveria um rastro, qualquer coisa. — Ele coçou o queixo. — E, então, quando Fascini mudou a data do casamento, eu comecei a me perguntar: e se ele não tivesse orquestrado tudo, mas simplesmente dado a informação certa à pessoa certa? Mas descartei a possibilidade, porque não era possível.

Ele estava falando em enigmas... até que eu percebi.

— Você acha que há um traidor entre nós. — Não foi uma pergunta.

Eu tinha me perguntado como era possível Fascini ter descoberto que nós tínhamos visitado Elizabeth Monroe, mas supus que estávamos sendo vigiados.

— Eu não acho, filho. — Ele fechou a cara. — Tenho certeza.

— Quem é? — Qualquer um que traía a Família sabia o que isso significava.

Sabia que era uma sentença de morte.

— Puta merda, eu não sei como dizer isso, Niccolò. É... o Vincenzo.

— Vincenzo? — A voz de Arianne saiu baixinha. — O pai de Enzo tentou me matar?

— De acordo com o Fascini, ele entrou em contato com Vincenzo, sob outra identidade, passando a informação de que ele precisava organizar o ataque.

— Ele queria guerra — falei, sem rodeios.

Não fazia sentido nenhum e, mesmo assim, fazia total sentido.

Meu tio sempre amolou meu pai por causa do modo como ele lidava com Roberto Capizola. Ele preferia levar as coisas a cabo, não importava o custo, mas meu pai via o quadro geral.

— Foi Vincenzo quem contou a Fascini que você e Tommy foram a

REI DE ALMAS 315

Vermont, assim como avisou sobre o mandado de prisão. Mas Scott interceptou a ligação, e foi como ele conseguiu escapar.

— *Figlio di puttana*! — Cerrei o punho. — Ele traiu a gente.

— Traiu. — Meu pai se afundou na cadeira. — Meu próprio irmão. Sempre soube que ele não gostava do jeito com que eu lidava com as coisas, mas nunca pensei...

— E agora? — Arianne parecia estranhamente calma.

— A gente vive de acordo com um código, Arianne. — Meu pai a encarou nos olhos, tratando-a como uma igual. Sob quaisquer outras circunstâncias, aquele momento me encheria de orgulho.

— Então ele vai morrer pelos próprios pecados?

— Isso mesmo.

Ela deu um suspiro trêmulo.

— Isso vai destruir com o Enzo.

Puta merda.

Enzo.

Eu nem sequer havia considerado o meu melhor amigo, ainda tentando me conformar com o fato de que o meu tio era um traidor.

— Lorenzo é forte. Ele vai sobreviver.

— Quando? — questionei entredentes.

— Hoje à noite. Já está tudo planejado. Eu, você, Michele e Enzo.

— O Enzo, não. Ele não precisa testemunhar isso.

— Você sabe que ele precisa. É assim que as coisas devem ser feitas.

Eu consegui acenar com a cabeça. Haveria um interrogatório. Uma chance para Vincenzo confessar os próprios pecados e lavar a alma antes da própria morte.

— Licença. — Arianne se levantou e saiu correndo da sala.

— Ela precisava saber — meu pai disse. — Há certas coisas das quais não podemos proteger aqueles a quem amamos.

— Eu sei. — Mesmo se meu pai não tivesse pedido para ela vir, eu teria contado. Mas isso não tornava mais fácil processar a realidade.

— Onde?

— Uma das cabanas.

Assenti. Não seria na cabana em que Arianne e eu nos escondemos, no lugar em que eu a pedi em casamento. Aquele lugar era sagrado agora. Seria em outra. Alguma que meu pai não se importava de sujar um pouquinho.

Eu me levantei, desesperado para ir atrás dela.

— O que devo dizer ao Enzo?
— O necessário para fazer ele ir para lá.

— Você não precisa ver — falei para o meu primo enquanto meu pai chocava o soco inglês no rosto de Vincenzo.
— A verdade — ele rugiu.
— A verdade? — Vincenzo cuspiu, sangue escorrendo de vários cortes no seu rosto. — A verdade é que você não tem o que é preciso para ser o chefe…

Enzo estava mortalmente parado ao meu lado, uma energia pesada emanando dele. Eu não queria que ele estivesse ali, testemunhando aquilo. Mas meu pai tinha razão, havia uma ordem para se fazer certas coisas.

— Você sabe como isso acaba, Vin. — Tio Michele avançou. — Conta o que precisamos saber, e tudo acaba. — Dor brilhou nos olhos dele. Ele não estava gostando daquilo. Poucos homens gostavam. Estava oferecendo uma saída ao cunhado, mas Vincenzo sempre foi um idiota teimoso.

— *Vaffanculo*!

O som do soco de Michele na cara de Vincenzo tomou a cabana. A cabeça dele estalou para trás, pendendo dos ombros como uma boneca de trapos.

— Por quê? — meu pai sibilou. — Por que você traiu a gente? A sua *famiglia*?

— Porque deveria ter sido eu. Ele me prometeu um lugar na mesa, sabia?

Vincenzo estava zombando agora, sangue escorrendo dos seus dentes e do queixo.

— Assim que déssemos cabo da herdeira do Capizola, e Roberto fosse atrás de você, eu levaria a Família para um novo futuro. Um futuro forte. Você não pode confiar neles. Os Capizola são…

— É da minha esposa que você está falando. — Saquei a arma e fui com tudo para cima dele, enfiando-a bem na sua testa.

— Niccolò — meu pai avisou. Aquilo só acabaria quando o meu pai dissesse. Mas eu não podia ficar parado ali, ouvindo meu próprio sangue falar sobre machucar Arianne.

— Você não tem coragem, moleque — ele cuspiu. — A *puttana* Capizola te mantém em rédea curta.

Choquei a coronha da arma no nariz dele, sangue espirrando para todo o lado. Mas ele nem titubeou. Em vez disso, curvou os lábios em um sorriso debochado.

— Fui eu, sabe? — ele cuspiu. — Fui eu. Eu matei a Lucia.

O ar gelou quando nós percebemos o que ele acabara de confessar.

— Você está mentindo. — Meu pai avançou até nós, uma energia sombria emanando dele. — Ela foi embora. — Sua voz estava repleta de dor, combinando com o aperto no meu coração.

Ele tinha matado a minha mãe.

Meu próprio tio havia tirado a vida da minha mãe?

Que pesadelo era aquele?

— Ela não foi embora. — Vincenzo não demonstrava nem um pingo de remorso. — Ela descobriu o que eu tinha feito e ameaçou te contar. Sempre tão leal — ele disse.

— Está me dizendo que você matou a minha esposa? — Meu pai tremia, raiva irradiava dele, fazendo o ar ao nosso redor estalar. — Eu vou arrancar as suas tripas e te jogar para os peixes. — Meu pai partiu para o ataque, mas um tiro disparou e abriu um buraco no crânio de Vincenzo.

Todos olhamos para Enzo que estava parado feito uma estátua, sem sequer um grama de emoção em seus olhos enquanto encarava o cadáver do pai.

— Você está bem, filho? — Meu pai se aproximou e tirou a arma da mão dele.

— Melhor que ele. — Seus olhos estavam pretos. Sem alma.

Aquilo era ruim. Ruim pra caralho.

— O que você quer que a gente faça com o corpo? — Michele perguntou.

— Por mim, pode tacar fogo. — Enzo saiu.

— Vá — meu pai ordenou. — E cuide para que ele não faça nenhuma idiotice.

Dei um aceno firme para ele e saí. Mas quando cheguei lá fora, Enzo já tinha sumido.

Assim como o carro dele.

Arianne

— Você acha que ele vai ficar bem? — perguntei a Nicco enquanto estávamos aconchegados na cama. Fazia dois dias que ele havia voltado da cabana, com o rosto pálido e as mãos trêmulas, e caído nos meus braços.

Não perguntei o que havia acontecido.

Nem precisava.

Vincenzo havia morrido.

Enzo não tinha pai.

E todo mundo próximo a Antonio precisava aprender a se ajustar à vida depois da traição de Vincenzo.

Mas então Nicco me contou a última confissão de Vincenzo. Ele havia matado a mãe de Nicco e de Alessia quando ela descobrira a traição. Ela não tinha ido embora. Estava morta. Nicco havia desabado nos meus braços naquela noite, e eu o reconfortei do único modo que sabia: com o meu corpo, meu coração e a minha alma.

— Ele só precisa de tempo — Nicco respondeu. — O pai dele não era bem um pai devoto enquanto ele crescia, mas ainda era pai dele.

— Não consigo nem imaginar como ele está se sentindo. Nora está louca de preocupação. Ele não atende as ligações dela.

— É melhor ela ficar na dela, dar espaço a ele.

— É da Nora que a gente está falando… — E ela não sabia da história toda. Nicco me virou de lado para que ficássemos frente a frente.

— Eles são nossos amigos e eu sei que você está preocupada, eu também estou, mas o que eu gostaria muito de fazer no momento é curtir estar acordado na cama com a minha esposa. — Sua mão deslizou entre nós, encontrando o meu centro.

— Ah, Deus… — gemi enquanto ele traçava círculos lentos no meu clitóris.

— Está gostoso?

— Hum-hum. — As palavras ficaram presas na minha garganta enquanto ele inseria o dedo lentamente em mim.

— Já está molhadinha para mim, Bambolina. — Nicco me beijou, a língua imitando o entrar e o sair de seus dedos.

— Mais — exigi.

— Paciência. — Sua risada fez cócegas no meu rosto.

— Eu preciso de você, Nicco. Por favor... — Eu não me importava de implorar. Além do mais, geralmente compensava.

Nicco puxou uma das minhas pernas até o seu quadril, descendo um pouco na cama para encontrar o ângulo perfeito para estocar em mim.

— Puta merda — ele disse entredentes. — Que sensação incrível. — Ele me ancorou ao seu corpo, fazendo todo o trabalho. A boca estava em toda a parte: nos meus lábios, no pescoço, presa ao meu seio. Ele parecia um homem faminto, banqueteando-se da minha pele, saboreando cada centímetro.

— *Ti amo*.

— Sempre — respondi, ondas de prazer se erguendo dentro de mim, ameaçando me cobrir.

Mas eu queria me jogar.

Eu queria me perder nele. No modo como ele me amava de forma tão plena.

— Nossa, Bambolina. Acho que nunca vou me fartar disso. — Ele estocou com mais força, nos lançando da beira do precipício.

Eu estava quase lá quando meu celular tocou.

— Deixa — ele rosnou, sugando e mordiscando minha clavícula.

— Eu não pretendia atender — arfei, mal conseguindo respirar, sobrepujada demais pelas sensações.

Nicco ergueu ainda mais a minha perna, indo mais fundo. Tão fundo que era como se ele quisesse me consumir.

— Se solta, *amore mio* — ele sussurrou no meu ouvido e eu me perdi. Me estilhacei ao redor dele, meu corpo tremendo com o êxtase.

— Deus, Arianne. — Ele congelou, agarrando o meu corpo enquanto desacelerava os movimentos, prolongando o momento.

— Isso foi bom. — Passei o nariz pelo dele.

— Bom...

Meu celular começou a tocar de novo.

— Não atenda.

— Pode ser importante — falei, virando a cabeça para tentar encontrá-lo. — É a Nora. Ei...

Os soluços dela tomaram conta da linha.

— O que houve? O que há de errado?

— Ele me colocou para fora.

— Como assim ele...

— Eu fui lá ver se ele estava bem, e ele me colocou para fora. Disse que não conseguiria lidar comigo naquela hora... — Ela soluçou.

— Nora, ele é... é tudo muito complicado.

— Segredo da máfia. É, eu sei. Mas ele foi tão... cruel, Ari. Você não viu como ele... — Ela não completou a frase.

— Por que você não vem para o apartamento e a gente pensa no que fazer? — sugeri.

— Não, eu estou bem. Você me avisou para não me meter com ele, e eu não dei ouvidos. Mas ele era diferente... ele era... Você acha que eu sou idiota?

— Não, não acho que você seja idiota. Ele estava mudando. — Todos tínhamos visto. Enzo gostava da Nora. Depois do armazém, foi como se tivessem apertado um interruptor. Mas Enzo estava passando por um momento difícil depois de descobrir a verdade sobre o pai.

— Vou dar espaço a ele, mas vou voltar.

— Não sei se é uma boa ideia, Nor.

— Ele precisa de mim, Ari. Sei que precisa.

— Só tome cuidado, ok?

— Desculpa incomodar.

— Para de ser ridícula, você pode ligar sempre que quiser. — Desliguei e me virei para Nicco.

— Me deixa adivinhar, Enzo partiu o coração dela?

Pressionei os lábios e me sentei.

— Merda, Enzo fez alguma coisa? Eu estava só brincando.

Ele afastou o cabelo do meu rosto.

— O que ela disse?

— Ela foi lá na casa dele para ver como ele estava, e ele a colocou para fora.

— Ele não está muito bem no momento.

— Eu sei, e você também sabe, mas ela, não. — E a gente não podia contar para ela. — Eu sei que ele está sofrendo... — falei. Não justificava o comportamento de Enzo, mas Nora não sabia a história toda. — Talvez a gente devesse contar a verdade para ela.

— A história não é nossa. — Nicco beijou o meu ombro.

— Eu sei, mas não gosto de pensar nos dois sofrendo quando eles estavam começando a ficar bem.

— Você não pode consertar tudo, Bambolina. Às vezes, as pessoas precisam se virar sozinhas.

— Você tem razão. — Apoiei a cabeça na dele. — E olha só a gente, conseguimos, apesar de tudo.

— É verdade. — Os lábios de Nicco se demoraram nos meus. — E eu vou ser eternamente grato por você ter entrado na minha vida naquela noite.

Nosso amor estava fadado a acontecer.

Escrito nas estrelas.

Um amor tão poderoso e consumidor que deveria ter queimado a nós dois até virarmos cinza. Mas desafiamos as probabilidades.

Sobrevivemos para contar a história.

E tudo o que restava agora era vivermos nosso felizes para sempre.

Nora

Eu queria dar ouvidos ao que Ari disse, juro. Mas não conseguia ficar sentada ali o dia inteiro, remoendo as palavras cruéis de Enzo quando ele praticamente me expulsou de sua casa.

— Você não significa nada para mim — ele disse entredentes quando tentei reconfortá-lo.

Eu sabia que algo ruim tinha acontecido.

Sabia que tinha a ver com Enzo e a Dominion. Mas ninguém me contava o quê. Nem mesmo a Ari.

E doeu.

Ao longo das últimas semanas, eu tinha sentido que era um deles. Parte do círculo interno. Mas, no fim das contas, eu não era.

Enzo tinha provado isso nessa manhã.

Justo quando ele finalmente estava se abrindo para mim.

Depois do incidente com Scott, e eu chamo de incidente, porque chamar de qualquer outra coisa ainda me paralisava de medo, Enzo estava diferente. Talvez antes mesmo disso.

Tivemos uma noite tão incrível no dia do casamento, o sexo tinha sido intenso e suado, mas o modo como ele me adorou estava além dos meus sonhos mais delirantes. E aí ele foi lá e arruinou tudo.

Balancei a cabeça e afastei aqueles pensamentos. Eu não ia seguir por esse caminho. Não agora. Nem nunca. Scott se foi. Arianne o havia matado com as próprias mãos.

— Maurice — gritei. Apesar de Scott estar morto e a ameaça de retaliação ser insignificante graças a Mike Fascini estar atrás das grades, Nicco e Ari insistiram para que meu guarda-costas ficasse comigo, por ora.

— Sim, srta. Abato? — Ele entrou correndo, buscando algum sinal de perigo.

— Eu vou sair.

— Sair? Mas pensei... — Ele olhou a pilha de doces no balcão da cozinha. Depois de sair do apartamento de Enzo, eu posso ter passado um pouco dos limites e comprado o equivalente ao meu peso em doces.

Mas foda-se. Eu não ia ficar ali choramingando.

Eu ia lutar.

Eu sabia que Enzo estava sofrendo. E sabia que tinha algo a ver com o que havia acontecido, seja o que fosse.

Se ao menos ele se abrisse e me deixasse entrar, eu poderia ajudar.

Eu queria.

— Mudança de planos — falei, indo até o espelho e verificando minha aparência. — Vou precisar de uma carona até o apartamento de Enzo.

— Tem certeza de que...

Lancei-lhe um olhar conciso.

— Se eu quiser a sua opinião, eu peço.

— Tudo bem. — Ele me deu um breve aceno de cabeça. — Vou pegar o carro.

— Ótimo. Desço em cinco minutos. — Isso me daria tempo suficiente para passar um gloss nos lábios e blush nas bochechas. Não me dei ao trabalho de trocar a calça skinny e o agasalho. Eu nunca me vesti para impressionar o Enzo, e não ia começar agora.

Mas eu o faria me ouvir.

Porque Nora Hildi Abato não aceitava não como resposta.

Havia algo entre nós. Algo inegável, algo que eu não iria ignorar só porque ele decidiu que não podia lidar com os próprios sentimentos.

Com a decisão tomada, peguei a bolsa e a chave e fui atrás de Maurice.

Enzo morava em um prédio pequeno bem na divisa de University Hill com a Romany Square. Eu tinha ido lá algumas vezes. Era uma caverna masculina, com paredes cinza com detalhes em preto e cinza-escuro. A cozinha era toda de armários pretos brilhantes e puxadores cromados. Era elegante e ousado, e me lembrava do cara perigoso que morava lá.

Matteo ficava lá algumas vezes também, mas, pelo que entendi, ele passava mais tempo na casa da família. Mas Enzo, não. Ele gostava do próprio espaço.

Maurice deixou o SUV reduzir até parar e saiu, vindo abrir a minha porta. Mas eu fui mais rápida e saltei lá de dentro.

— Vou ficar bem, você pode esperar aqui.

— Srta. Ab...

— Nora. Pelo amor de Deus, me chame de Nora — resmunguei.

Fazia semanas já, e ele insistia em manter as coisas estritamente profissionais.

— Você consegue ver a porta daqui. Eu vou ao apartamento de Enzo. Ele pode me proteger.

As palavras causaram uma sensação esquisita no meu estômago, não que eu tenha pensado que ele ficaria feliz em me ver depois de hoje de manhã.

— Vou te acompanhar até lá.

— Argh, tudo bem. — Disparei na direção do prédio, determinação me fazendo endireitar a coluna. Mas meu plano estava indo pelo ralo, já que Enzo não atendia o interfone.

Droga.

Que merda eu ia fazer?

Então vi um cara vindo na direção da portaria. Ele franziu a testa ao sair do prédio, e eu segurei a porta, me desviando dele para entrar.

Felizmente, o cara não tentou me impedir, e subi os dois lances de escadas até o apartamento de Enzo. Adrenalina me percorreu. Eu tinha enlouquecido. Estava completamente louca. Ari me disse para dar espaço a ele. Cacete, até Maurice tentou me dizer para não vir. Mas eu nunca dava ouvidos a ninguém. Além disso, quando queremos alguma coisa, precisamos lutar por ela.

E eu queria Enzo em toda a sua glória sombria e mal-humorada.

Parei, erguendo a mão para bater quando notei que a porta estava aberta.

— Srta. Abato, talvez seja melhor eu... — A preocupação de Maurice entrou por um ouvido e saiu pelo outro quando entrei, atacada pelo cheiro de bebida e de maconha. O lugar estava uma bagunça, cheio de copos e garrafas vazias.

— Enzo? — chamei, o medo me percorrendo. Fazia algumas horas desde que o vi, mas, ainda assim, parecia que ele tinha dado uma festa.

Meu coração disparou enquanto eu entrava ainda mais no apartamento e percorria o corredor até o quarto dele. Eu sabia que deveria ter ligado para alguém. Nicco, talvez. Mas não queria sair sem ver se ele estava bem.

— Enzo? — repeti, e fui olhar o banheiro. Então ouvi. Um grunhido vindo do quarto dele.

Fui inundada pelo alívio. Ele estava bem.

Enzo estava bem.

Bem, obviamente não bem, dado o que tinha acontecido aqui bem no meio do dia, mas ele estava vivo.

Pressionei a palma da mão na porta do quarto, respirei fundo e a empurrei.

— Enzo? Sou eu...

As palavras sumiram na minha língua.

— Mas que porra? — ele resmungou ao se erguer, os olhos injetados em mim. — Nora?

Ele franziu as sobrancelhas, o olhar frio como gelo me prendendo onde eu estava.

Mas eu estava concentrada demais na pessoa ao lado dele.

Na garota nua com o cabelo espalhado ao redor dela enquanto dormia feito um anjo.

Senti vontade de vomitar quando percebi o que estava acontecendo.

— Seu filho da puta. — As palavras saíram da minha garganta em uma rajada de ar.

— Nora? — Ele esfregou os olhos, como se não soubesse se eu era real ou não.

— E pensar que eu vim aqui só para ver se você estava bem. Porque eu me importo. Puta que pariu, eu me importo com você... — Dor me inundou. — E é assim que você me paga. Acho que eles estavam certos. — Soltei uma risada amargurada, incapaz de me impedir de me comparar com a garota ao lado dele.

Ela era tudo o que eu não era.

Loura platinada com o cabelo chegando até a cintura fina.

Seios grandes.

Pele bronzeada.

Curvas em todos os lugares certos.

Eu sempre fui bem segura de mim, mas, naquele momento, eu me senti um lixo.

Enzo enfim saiu do seu transe, olhando de mim para a garota ao seu lado e de novo para mim.

— Porra — ele resmungou e empurrou as cobertas. — Nora, eu posso explicar...

— Se poupe. — Minha voz falhou enquanto eu saía do quarto, esbarrando em Maurice.

— Srta. Abato? — A pena no olhar dele fez meu estômago revirar.

— A gente já vai, agora. — Passei raspando por ele e praticamente saí correndo de lá.

Eu tinha ido ali brigar por Enzo, mostrar que ele podia contar comigo, e ele tinha me traído.

Ele tinha pegado tudo o que havia entre nós e jogado fora como se não fosse nada.

Como se *eu* não fosse nada.

E enquanto eu fugia do prédio, com lágrimas escorrendo pelas minhas bochechas, soube que Arianne estava certa quando me avisou sobre Enzo.

Ele não era um cara legal.

Não como o Nicco. Ele era uma anomalia. Um ponto fora da curva. O herói do conto de fadas inesperado dela.

E Enzo Marchetti...

Era o vilão.

A história de Nora e Enzo continua em *Vilão dos segredos*.

Sobre a autora

Romances angustiantes. Tensos. Viciantes.

Autora best-seller do *USA Today* e do *Wall Street Journal* de mais de quarenta livros para jovens adultos, L A fica mais feliz quando escreve o tipo de história que ama ler: as viciantes, cheias de angústia adolescente, tensão e reviravoltas.

Ela mora em uma cidadezinha no meio da Inglaterra, onde concilia a vida de escritora em tempo integral com a de mãe/juíza da vida de duas pessoinhas. Em seu tempo livre (e quando não está acampada na frente do notebook) é provável que você a encontre mergulhada em um livro, escapando desse caos que é a vida.

A The Gift Box é uma editora brasileira, com publicações de autores nacionais e estrangeiros, que surgiu no mercado em janeiro de 2018. Nossos livros estão sempre entre os mais vendidos da Amazon e já receberam diversos destaques em blogs literários e na própria Amazon.

Somos uma empresa jovem, cheia de energia e paixão pela literatura de romance e queremos incentivar cada vez mais a leitura e o crescimento de nossos autores e parceiros.

Acompanhe a The Gift Box nas redes sociais para ficar por dentro de todas as novidades.

 www.thegiftboxbr.com

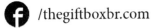 /thegiftboxbr.com

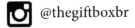 @thegiftboxbr

 @GiftBoxEditora